JAC BARRON

LES **CICATRICES**

Thriller psychique

*Ouvrage établi sous la direction
de Stéphane Berthomet*

Transit

Transit Montréal
1996, bd St-Joseph Est
Montréal, QC
H2H 1E3
Canada

Transit Paris
66, rue Escudier
92100
Boulogne-Billancourt
France

Transit New York
265 Canal Street,
Suite 603B New York,
New York 10013
U.S.A

www.transitediteur.com

Éditeur : Stéphane Berthomet
Éditeur adjoint : Nicolas Fréret
Correction : Aimée Verret
Conception et mise en page : Pierre Pommey
Conception de la couverture : K-STATION
Réalisation de la couverture : K-STATION et Pierre Pommey

Illustration de la couverture : © Ivan Bliznetsov / © Eduard Härkönen
Photo de l'auteur : © Julien Cozzolino

Distribution en France-Belgique-Suisse : Hachette Livre
Distribution au Québec : Agence du livre (ADL)

ISBN : 978-1-926745-19-0

© 2010 Transit Éditeur inc. et Jac Barron
Dépôt légal : deuxième trimestre 2010

LES CICATRICES

« *Lentement les corps de la vie dansent.*
Ils ondulent, fragiles, volontaires, sous le soleil.
Les sons de la ville, comme les fouets du sang.
Les cœurs, recouverts de sourires, aspirent et libèrent, machinalement.
Mais tout au fond, dans cette zone sombre de l'esprit,
Un œil sans paupière observe la vérité, ses limites, en cette vie.
Quelque chose, alors,
Force les corps à accélérer, puis à courir…
Heureux ou terrifiés. »

Jac Barron

À Marie Tessier, cœur inspiré et bienveillant.
J'entends toujours ta voix.

PROLOGUE

Les sourires des pigeons fendent les gris de la ville.
Les enfants ont du rouge sur les doigts.
Le monde s'ouvre.
Autour de moi.

Prédateur

Juin 1976

L'amour n'existe pas.

Mon père le traîne par les cheveux et l'attache autour du chêne avec la corde tressée. Il lui enlève le garrot de la bouche. Il respire à pleins poumons. Il sait que c'est là qu'il va mourir. Il me regarde, ne regarde plus que moi. Je vois ses cheveux de jais, ses cernes et sa bouche rosie par le sang dans sa gorge. « Tu dois faire une incision, juste là », m'avait dit mon père, alors que je tenais la lampe de poche pour éclairer la gorge d'un autre garçon, trois mois plus tôt. Mon père me donne les tenailles et me pousse vers lui. L'adolescent me fixe et je sens une immense tristesse se dégager de son corps. C'est un parfum très spécial, la peur. J'ai vite appris à reconnaître celles et ceux qui en sont imprégnés.

« Marco ? »

* * *

C'est un dimanche comme les autres. Après l'église, les sermons, la voix du prêtre, c'est très important pour le salut de l'âme, mon père me ramène de l'office religieux... J'ai huit ans. Il m'appelle « Marco ». Tous les dimanches, il change mon prénom. Tous les dimanches, il m'appelle « Marco » : « C'est pour te préparer à ta nouvelle éducation. » Je redoute ce dernier jour de semaine, plus que n'importe qui d'autre. Personne ne me croirait : ce monde ne croit pas les enfants.

Sinon, pourquoi les submergerait-on de faux amis, comme les jouets et les sucreries dans des pièces « d'à côté » ?

Mon père prend une bifurcation. Je reconnais les cimes des arbres de la forêt. Nos sièges tressautent et j'entends les bonds dans le coffre, des bonds que je ne connais que trop bien pour mon âge.

Nous nous enfonçons dans les bois. Les couleurs sont plus sombres. Le vert devient si épais qu'il m'étouffe, le silence me pèse. Je le regarde conduire. Je sais qu'il est témoin de ma stupeur, de mes changements intérieurs, qu'il en est la cause principale. Quelque chose prend la place du conducteur au fond de moi. Au fur et à mesure que nous avançons dans les ténèbres de verdure et de fougères, je sens ma personnalité me fuir presque naturellement, de plus en plus facilement. Impossible de résister. Ma seule volonté ne suffit plus. Encore une bosse, encore ce sursaut dans le coffre. Deux ou trois clignements de paupières plus tard, je ne suis plus que Marco. Mon ancienne personnalité reste en moi, là où résonnent les chants monotones des églises, « pour le salut de l'âme ».

Téléguidé.

Le chêne est là. Je vois sur l'écorce, chaque strie des cordes de nos passages précédents. Je descends de la voiture et me dirige vers le coffre que mon père vient d'ouvrir.

Je reconnais le sac en toile de jute, les cordes et les tenailles.

« Cette fois-ci, c'est à toi de le faire, tu es assez grand maintenant. Et n'oublie pas, nous faisons ça pour nettoyer le monde ! Nous rendons grâce au Seigneur ! »

Il ouvre le sac.

L'adolescent est nu. Il a passé une semaine dans la cave de notre maison. Mon père y est descendu plusieurs fois dans la nuit ; j'ai entendu les cris et les hurlements.

« Marco ? »

Je suis immobile. Je réalise que partout, autour de moi comme à l'intérieur, il n'y a pas plus de Dieu que de père et que, pire encore, l'essentiel de ce qui fait la vie d'un homme ne m'a jamais touché. J'avance d'un pas.

Il n'y a que des actes. L'amour n'existe pas.

ÉPIDERMES

FRANCK MARSHALL

Paris, de nos jours

Sa pupille est ovalisée par la terreur. On dirait un shooté aux amphétamines. Sa bouche est béante, fusionnée de métal et de chairs meurtries. Un écarteur chirurgical la maintient ainsi. Son visage a des allures élastiques, distendues, terrifiantes. On dirait qu'il hurle dans un parfait silence. L'équipe de secours lui a mis des bandages à chacune de ses mains.

Il lui manque ses dix doigts. Mon estomac éructe.

Dix-neuf ans ! Il a tout juste dix-neuf ans.

Chaque doigt a été grossièrement sectionné à l'aide d'une tenaille. J'ai besoin du rapport du légiste pour confirmer ce que je ne vois pas à l'œil nu.

Sa chair, boursouflée, a été entaillée à vif avant d'être cicatrisée par le feu. J'imagine que la tenaille utilisée doit avoir un numéro de série aussi commun qu'un fil de pêche. N'importe quel peigne-cul peut s'en procurer une.

Aucune trace de piqûre n'a été décelée sur le corps du garçon : il devait donc être aussi lucide que conscient quand il a été torturé. Il me faut attendre les analyses de sang pour en savoir plus.

Deux questions s'imposent à moi : Comment faire passer de telles tortures inaperçues ? Et quel endroit dans cette ville, ou même en banlieue, peut absorber d'insupportables hurlements sans éveiller le moindre soupçon ?

Je m'approche de lui… Sa langue a été sectionnée. Cautérisée. Léonard Lestier est vivant. Son agresseur l'a libéré, volontairement. Je me passe la main dans les cheveux. *Vivant.*

Il était porté disparu depuis deux semaines. La plupart du temps, les ados fugueurs, nous les retrouvons dans les rues, errant au milieu des gens paumés. Parfois c'est la prostitution. Au pire, c'est le suicide. Mais il est très rare, malgré ce que nous font croire les tabloïds qui abusent de notre fascination morbide, pulsion qui nous anime tous, que l'on songe sérieusement à l'homicide ou que l'on diffuse un avis de recherche dans les lieux publics. Les parents de Lestier n'ont cessé de lancer des appels à la télé et à la radio… mais la police n'a pas reçu le moindre coup de fil. Pour le moment, les journaux s'en tiennent à la fugue d'un adolescent. Mais pour moi, c'est une putain de tension que je ressens sur mes épaules et dans mes tripes. Car malheureusement, j'en suis certain : ce n'est qu'un début ! Une perfusion de caféine va s'imposer, prochainement.

La plupart des flics ne sont pas encore au courant de ce qui se trame. Ma simple présence ici le prouve. L'angoisse est palpable. Chacun se contient comme il peut. Rien ne sent bon, et je me demande par quel biais cette histoire se formalisera vraiment. La journée risque d'être longue. Une chose est sûre : Léonard Lestier, porté disparu il y a deux semaines, a été retrouvé vivant.

Deux semaines de tortures ?

Vivant ? Peut-il encore être appelé « vivant », ce corps de dix-neuf ans mutilé ?

Il est là, assis devant moi. Une vitre sans tain nous sépare. Je suis en colère. J'ai le sentiment que Léonard Lestier, dans son autisme sulfurique, attend le coup de grâce, que quelqu'un achève ce que son tortionnaire n'a pas terminé. Tout, chez lui, souligne une impuissance en moi.

« Franck Marshall ? »

Il n'y a qu'une personne capable de prononcer mon nom comme si je faisais la queue dans une file d'attente. Serge Miller me regarde de ses deux billes noires, huilées, sur lesquelles aucun mensonge n'a prise. Sa voix est aussi rauque qu'une poignée de graviers jetée dans un broyeur. Je baisse la tête furtivement et passe la main dans mes cheveux. Il s'approche de moi.

— Une ambulance banalisée arrive. Nous le transporterons incognito dans une cellule de crise qui vient d'être mise en place pour l'occasion. Vu l'acte commis, nous devons faire un minimum de bruit.

Entendons bien qu'il ne s'agit pas de bruit, mais de rumeurs. Serge Miller a tout intérêt à escorter le gosse lui-même, s'il ne veut pas mettre la puce à l'oreille des journalistes fouineurs. Ça vibre dans ma poche.

— C'est très joli !

Il y a parfois des mots qui sonnent bizarrement dans la bouche de votre interlocuteur.

Froidement, il montre d'un doigt long et charnu ma poche qui clignote en bleu. Je sens le vibreur sur ma cuisse une seconde fois. Pendant que je déplie la bestiole métallique, Serge Miller s'approche de la vitre sans tain. Sa bouche laisse échapper une buée qui se plaque instantanément sur le reflet de ce molosse carré à l'ossature en poutre.

— Allô ?

Toujours le même silence.

— Allô ?

J'entends un soupir. C'est Emily. Depuis quelque temps, elle m'appelle mais ne me dit rien. Je replie mon téléphone. Va falloir qu'on en parle un de ces jours… Pourquoi toutes nos douleurs attendent-elles le même moment pour se liguer contre nous ?

Je m'approche de Miller. Nos ombres se collent sur la vitre. Mon reflet amaigri fait pâle figure à côté de celui de Miller. Dans l'autre pièce, le jeune Léonard Lestier attend, la mort dans ses yeux. La bouche maintenue ouverte, béante, par l'écarteur chirurgical. On devine la base de sa langue brûlée.

— C'est quoi ce merdier, Marshall ?

Qu'il me pose la question en dit long sur son agacement, ce qui légitime ma crampe d'estomac et mes soupçons quant à la discrétion de l'enquête à venir.

— Où allez-vous l'emmener ?

— Au Val-de-Grâce. Rien de mieux que la discrétion d'un hôpital militaire.

— Vous avez prévenu ses parents ?

Il me fixe : je suis la stupidité incarnée.

— Bien sûr que non ! Et vous savez très bien pourquoi !

Il n'y a rien de plus frustrant pour un flic que de ne pas faire son devoir lorsque la situation l'exigerait pourtant.

Derrière la vitre, la porte s'ouvre. Une équipe en combinaison entre. Ils ressemblent à des cosmonautes ou à des tueurs de cafards. Tout ce cinéma pour éviter de « salir » la victime. Ils saisissent le gosse, lui font une injection. Deux secondes plus tard, la pièce est vide.

J'ai envie d'appeler Emily pour lui parler, essayer de…

— Venez avec moi, Marshall !

Je passe ma main dans mes cheveux.

— Et arrêtez de faire ça !

Je sais reconnaître un ordre.

Nous prenons ensemble le chemin de la cellule de crise. Miller se tient droit malgré son imposante stature. Il paraît monstrueusement calme. Je finis par lui poser la question qui me turlupine depuis mon premier regard posé sur la victime.

— Comment l'a-t-on retrouvé ? À quelle heure ?

S'ensuit un silence si épais que je doute d'avoir parlé…

— Vers cinq heures ce matin, un appel anonyme.

— Où se trouvait-il ?

— Avenue Foch. Adossé à un arbre. L'heure de la découverte est à notre avantage, tâchons de le garder.

— C'est un citadin qui a appelé ?

— Oui. D'une cabine téléphonique. On l'a enregistré. Vu l'appel et le timbre de sa voix, je pencherais pour un gamin.

— À cinq heures du matin ?

Des coups de klaxons de partout, des insultes, nous sommes à la place de Clichy. Notre chauffeur reste calme.

— Je me demande quand même à quelle hauteur de l'avenue il a été retrouvé…

Je pose cette demi-question comme si je me parlais à moi-même. Les bruits de la rue me déconcentrent.

— En bas de l'avenue Foch, adossé à un chêne, sur une pelouse.

Je visualise très bien.

— Près de la porte Dauphine ?

— Oui. Vous m'épatez, Marshall ! Je ne regrette pas de vous avoir choisi !

Je déteste le cynisme de Miller.

La nuit, la porte Dauphine est le théâtre d'une prostitution masculine conséquente. Ce qui expliquerait la jeune voix enregistrée. Éventuellement.

— Marshall ?

Je n'ai pas envie de croiser son regard ni même d'entendre ce qu'il va me dire. Je ne réponds pas.

— Vous allez prendre l'affaire en main. Il y a un taré dans les rues de cette ville, nous le savons tous les deux. J'ai bien l'intention de le mettre sous les verrous avant même que le préfet ne l'apprenne. Il est hors de question de provoquer une psychose aiguë à l'heure où le ministre vient d'augmenter nos subventions pour renforcer la sécurité. Nous devons faire preuve de sang-froid… Nous n'avons pas le choix. La France est décidée à vivre en paix, mais foutaise : la plupart des Français donnent un sens à ce mot en dénonçant les déshérités, les immigrés et les sans-papiers ! Le Français devient américain, puissant et lâche. Nous savons que l'inhumain et les culs-bénits sont comme un couple de névrosés. Notre pays vit dans la peur : la bonne aubaine pour nos hommes politiques complètement largués qui l'alimentent ! La France a aussi peur de découvrir son propre visage. Nous devons veiller sur nos culs bleu blanc rouge et maintenant : noirs, métis et jaunes. Les antidépresseurs ne suffisent plus ! Quel temps de merde ! Les nuages sont aussi gris que mes tripes. On est pourtant dans la dernière semaine de mai.

J'ai du mal à comprendre le langage de Miller : tout y semble éteint.

— Je déteste les compliments, Marshall, mais vous êtes le meilleur ! Alors, pas d'erreur. Vous êtes le seul selon moi à être capable de mettre un fêlé sous les verrous en moins de temps qu'il n'en faut pour le dire, alors je compte sur vous ! On laissera travailler vos petits collègues sur l'enquête officielle. Le préfet de police tient à ce que vous meniez la vôtre pour le compte des affaires réservées[1]. Vous avez carte blanche, mais je tiens à ce que vous me rendiez compte en personne et aussi souvent que possible.

J'ai voulu dire quelque chose, mais il a levé sa main en guise de protestation.

— D'abord, rentrez chez vous, Marshall. Reposez-vous ! Vous avez la gueule de mon labrador mort. Je suis désolé de vous avoir dérangé à l'aube, mais quelque chose me dit que vous ne dormiez pas. Et puis, parlez avec votre compagne ! Faites en sorte qu'elle ne vous dérange plus dans votre enquête.

— Comment savez-vous… pour ma compagne ?

---

1. Les affaires réservées sont des groupes spécifiquement désignés au sein des services de police pour traiter dans la plus grande confidentialité les affaires particulièrement sensibles ou qui impliquent des personnalités de haut rang.

Il me regarde avec ces yeux si particuliers.

— Il n'y a que les femmes de flics qui sont capables de vous appeler pour vous « parler » et ne rien dire une fois la communication établie, avant de raccrocher. Et puis vous avez la gueule de travers, Marshall. Tout ça me rappelle quelqu'un…

Il finit sa phrase en regardant son reflet sur la vitre arrière. De l'autre côté, le chaos des rues. Il fait un signe de la main. La voiture s'arrête.

— Je vous ai fait envoyer chez vous un rapport complet sur le gosse par coursier. Filez maintenant, il va pleuvoir. On est en mai et regardez-moi ce temps de merde !

Avec la pluie, pas d'empreintes. Pas d'empreintes, donc pas de direction sérieuse pour commencer l'enquête. Je fais un signe de tête, me passe un rapide coup de main dans les cheveux et ouvre la porte.

— Et puis enlevez-moi cette manie… de vous coller la main dans les cheveux ! Vous m'énervez !

La porte se referme. Je me retrouve devant le métro Blanche. Saoulé. Sous la pluie.

J'ai envie de boire un café, de prendre le temps de me poser pour réfléchir.

EMILY

— Lorsque j'étais petite, j'avais peur d'être avalée par mon ombre. Mon grand-père, le seul à qui je racontais mes secrets, m'avait dit qu'il y a une heure dans la journée pendant laquelle il est impossible d'en avoir peur. Je crois bien que j'ai souri ce jour-là et de bon cœur... à cette possibilité.

— Oui, continuez...

— Un jour, il s'est assis près de moi, sur le seuil de la porte arrière de la maison de vacances familiale, à Noirmoutier. Mes parents et ma grand-mère étaient partis à la chasse aux crabes et s'éternisaient sur la plage. Nous sommes restés tous les deux sur le seuil, toute la matinée, à regarder nos ombres rapetisser. Jusqu'à l'heure dite, à midi. J'étais émerveillée de la patience qu'il avait avec moi. Je fus rassurée l'espace de quelques secondes, surtout lorsque nos silhouettes ne formèrent plus que deux flaques d'huile sous nos pieds nus. Je commençais même à en sourire avec satisfaction quand tout à coup, une voix me dit : « Attends un peu que le soleil se couche et tu verras ton ombre grandir jusqu'aux dunes, aux pins et à la maison. Tu l'observeras avaler le monde entier... » J'ai d'abord cru que c'était mon grand-père qui me causait mais, en fait, c'était en moi. Une ombre n'est qu'une ombre, mais, pour moi, elle était symbole de forces actives, nébuleuses.

Silence.

— Oui ?...

— Mon grand-père s'est éteint, deux étés plus tard. Ses mains sont devenues aussi rêches que les racines d'un chêne centenaire, son cou aussi fatigué qu'une écorce. Seules, ses paupières gardaient un semblant de douceur comme un voile soyeux fermé sur le monde. À jamais, je me souviendrai de ce jour comme d'une immense tristesse, un arrêt de pendule, un tic-tac au repos. Je l'ai embrassé dans sa couche, lui disant que je l'aimais pour toujours. Ce soir-là, après les lamentations presque exagérées de ma famille, j'ai réalisé que les morts n'avaient plus d'ombre. Enfoncés dans des boîtes, ils ne prenaient plus jamais le risque de traîner une zone sombre à leurs pieds. C'est vraiment ce jour-là que j'ai décidé, que j'ai élu la mort. Ma propre ombre me coûtait autant que de regarder le soleil en face. J'ai décrété que ni l'un ni l'autre ne m'emprisonnerait plus dans leurs étaux complexes et morbides. Plus jamais. Je me suis blottie sous une couverture d'indifférence et j'ai goûté ma première nuit, détachée de tout ce qui m'entoure, allongée comme mon grand-père, dans un soupir qui venait du plus profond de mon être, bien au-delà des limites de la chair. Ce fut, pour moi, le jour réel de ma naissance. Enfin ! Je n'avais plus de liens affectifs avec ce qui m'entourait, je ne cherchais surtout pas à en créer. D'un coup, je suis devenue subitement intéressante pour les autres. Ce fut l'un de mes premiers changements notables. Mes notes en classe ont augmenté. Je donnais l'impression d'être vivante à tout le monde alors que, parallèlement, je ne ressentais plus rien pour personne, pas même pour moi. J'étais allongée dans la boîte avec mon grand-père, pour l'éternité…

— La boîte ?

— Oui, « la boîte ». C'est ma façon, mon expression intérieure, de rebaptiser la mort.

— Continuez…

— Toute mon enfance et mon adolescence ont été balisées, canalisées dans un quotidien plus ou moins chaotique de joies et de déceptions et, sans grande originalité, j'avais décidé de ne plus jamais laisser mes angles de vue m' engloutir. Puis, je me souviens de ce soir d'hiver alors que mon père, attablé, pleurait doucement. Je me suis avancée vers lui, cherchant l'objet de sa peine. Ma mère sanglotait aussi, en retrait cependant, dans le canapé. Elle m'a fixée, le visage empourpré : « Ton père. Cancer. » Je les voyais défaits, abattus. Brusquement, je réalisais que je ne pouvais pas pleurer… Je ne ressentais absolument rien ! Et quelque part, il y avait pire encore.

— Pire ?

— Oui, pire. La déconfiture de leur existence m'apparaissait, évidente : toute une vie à travailler pour finir dans la maladie ! Et moi, leur fille unique, leur fierté, je suis restée penaude, dans l'incapacité de m'émouvoir au moment où ils en avaient peut-être le plus besoin. Au lieu de m'effondrer, je me suis sentie plus forte, plus vigoureuse. C'était presque comme un orgasme violent. Je réagissais ainsi parce qu'ils étaient devenus faibles…

— Qu'avez-vous fait ?

— Je leur ai dit : « Bonne nuit. »

— Vous avez ressenti quoi ?

— Une déflagration de sentiments, une succession violente de sensations terribles : de la joie, de l'horreur et une confusion générale, presque gastrique… Je me donnais l'envie de vomir… mais… malgré tout, rien ne transparaissait, j'étais aussi lisse qu'une tache d'huile en surface… M'est alors apparue une évidence.

— Oui, dites ?

— Je n'aurais jamais dû être en vie.

— On va arrêter là-dessus.

Les psys ont ce langage qui n'a l'air de rien. Une poignée de main clôt définitivement la séance.

Une fois dans la rue, je me sens bizarre, j'ai le sentiment d'être humaine, vulnérable. C'est dérangeant. C'est ça ma vie. On est fin mai. Il y a moins d'une semaine, je mettais des t-shirts et des sandales. Aujourd'hui, il tombe des cordes et le froid est mordant.

Je vois une grosse femme, visage haineux et peau huileuse, qui pousse son gamin à coups de grandes tapes dans le dos. Je crois qu'elle est capable de lui cracher dessus. L'enfant, qui ne réalise rien, sourit. Il l'aime. Violence ordinaire.

Le métro est un intestin. Des kilomètres de vies tassées attendent d'être rejetés sur les quais. Je m'assois à côté d'un homme âgé à la peau burinée. Il met instantanément une de ses mains entre ses jambes, en me fixant. Je soutiens son regard… jusqu'à ce qu'il se sente parfaitement ridicule. Ce qui est facile pour moi et humiliant pour lui.

Je rentre. La boîte aux lettres est bouchée par un mot du concierge. Je frappe à la porte, juste en bas de l'escalier. Le petit gros me regarde d'un air suspect.

— C'est un dossier pour monsieur Marshall… Faut signer ici.

Même si cela ne fait que quatre mois que nous sommes ensemble, je réalise que je signe déjà « Marshall ». Il est des relations qui s'inscrivent comme évidentes et pour lesquelles le temps ne compte pas. Je remonte tout en sachant que le petit gros me mate le cul. Ebony m'accueille en se frottant à ma jambe. Je suis seule.

La fenêtre est ouverte : la rue semble passer par le salon. Je me sens mal. À quoi ça sert de souffrir ?

Ce soir, je vais faire des coquillettes avec du jambon et une salade verte. Je pose le CD de Sia. L'album solo : *Colour the small one*. Je m'allonge sur le canapé et laisse la voix de l'artiste gratter mon âme.

Franck arrive bruyamment, rouge, essoufflé et dégoulinant de sueur.

Sa journée s'est mal passée. Son supérieur l'a appelé cette nuit. Il mène la vie dure à ses hommes depuis que sa femme et sa fille sont parties et que son labrador s'est laissé mourir de tristesse derrière la porte de sa cuisine.

Franck me regarde, soupçonneux.

— C'est toi qui m'as appelé ce matin, vers six heures trente ?

Je ne réponds pas. Je donne ses croquettes à Ebony ; je me cache derrière ses miaulements hideux. Je n'aime pas cette chatte.

Je regrette mes tentatives d'appel téléphonique. Chaque fois qu'il décroche, je n'ai plus rien à lui dire… J'aimerais pouvoir en parler avec lui, un jour… Mais pas ce soir. Je sais qu'il m'attendra. Nous le savons tous les deux.

— Franck ! Il y a un dossier pour toi, sur la commode.

— Oui, j'ai vu, je le consulterai après le dîner.

— Tu as fait quoi de ta journée ?

C'est ma façon de lui demander : « Pourquoi tu n'as pas pris l'enveloppe chez le concierge ? »

— J'ai dormi, j'en avais plus que besoin, puis je suis allé faire un footing. Pour le moment, il me faut une bonne douche. Je bosserai plus tard.

Il n'est pas convaincant. Mais il aime travailler le soir. Il est dans son élément.

Les pâtes cuisent, la vapeur d'eau caresse mon visage, avec cette odeur de farine bouillie, tiédie. Je repense à mon grand-père… À mon passé. J'ai encore tellement de choses à découvrir sur moi. La psychanalyse est un outil merveilleux.

Il sort de la douche, passe sa main dans ses cheveux ; ce geste apporte plus d'informations sur lui que ses propres empreintes. Il sourit et se met une main sur le ventre. Il paraît faussement joyeux. Il est amaigri et semble préoccupé.

« Ça sent bon… dis donc ! »

Il regarde sa chatte, puis se met à faire des grimaces en s'approchant de la table.

« Allez, hop ! À la boîte ! »

C'est la phrase qui remplace : « À table ! »

La table du salon est un immense couvercle de caisse en bois de chêne, une caisse de livraison de moto reconstituée. Franck l'a recouvert de faïence et l'a fixé sur des tréteaux : ça fait office de table.

Nous passons donc à table… À la boîte. Je suis électrifiée, éveillée. La boîte. À chaque repas. En moi, j'allais à la boîte… avec mon grand-père.

Avec Franck, je meurs. Un peu plus chaque jour.

La Proie

Fatigue.

L'aube parisienne m'aspire dans un dimanche pluvieux, fantomatique, aussi gris et froid qu'un « amen » de foule avorté. Les boulevards dilués dans les couches superposées de gris, les enseignes grillées par l'aurore, pas d'horizon possible. Les hommes en vert s'acharnent sur les trottoirs. On n'arrivera jamais à laver cette ville.

Derrière moi, le videur m'ignore. Je déteste les videurs.

Celui-ci a une sale gueule qui se froisse en permanence dans l'effort qui consiste à ouvrir et fermer une porte qu'il garde avec la jalousie déplacée d'une mère italienne. Un corps de GI, cependant. Les videurs sont de bien étranges créatures, mais ils n'ont aucun mystère.

Fatigue.

J'ai passé la nuit dans mon corps. La nuit entière.

Les mains chaudes du désir m'ont attiré dans un dédale de couloirs. En ce lieu, des inconnus m'ont fouillé dans des cabines improvisées. Leurs susurrements, leur soif, sont d'authentiques échardes logées dans ma mémoire immédiate. Je reste hanté par ces mains anonymes, ces souffles chauds tout près de mon oreille, et ces sexes, que je n'ai pris le temps ni d'aimer ni de voir se redresser entre mes jambes pour jouir, ce spasme fulgurant qui rend le repos masculin possible. Je quitte ce bordel pour hommes et ses consommateurs compulsifs qui prennent soin de laisser leurs sentiments de côté.

Mon corps de jeune adulte arpente les côtes cruentées de l'aube, je dois trouver un taxi et relever le compteur de mon cœur qui n'en peut plus. Je dois me battre pour deux choses : jouir et rentrer chez moi. Drôle d'époque.

Les taxis parisiens coulent dans les veines de l'aube, fuyant comme la peste les embouteillages roulés dans des océans de tôle furieuse… Un quotidien aussi aguichant qu'une crise cardiaque. La plupart d'entre eux sont aussi fatigués que moi. Des exilés.

Une Mercedes, un chien assis sur le siège avant, s'arrête devant moi. Le conducteur me sonde et le mot « pitié » clignote entre nous. Le chien semble sourire et déroule une langue immonde. Tourné vers moi, le conducteur regarde sur ma droite. Je me retourne. Un homme habillé en noir se tient là.

— Ça te dirait de venir chez moi ?

L'homme en noir est parfaitement immobile. Il est magnifique. Les ombres rectilignes lui sculptent un visage carré, iconoclaste. Ses pupilles luisantes scrutent mes cavités. Il n'y a que les hommes pour perforer, d'un coup d'œil, les couloirs de l'esprit qui mènent au plaisir.

Je n'ai pas le courage de dire non. Je fais une place à côté de moi et je le laisse commander la course au chauffeur.

Il glisse une main épaisse sur ma jambe. Mon esprit interprète ce geste comme une décharge ; ma peau se remet à respirer ou à paniquer, je ne saurais dire. Le plaisir a multiplié ses regards. Il bave, se nourrit d'images et de projections, sans fin. J'appuie mon visage sur la vitre, la pluie s'effrite en perles éphémères. Je sens la fraîcheur sur mon front, la laisse m'imprégner ; j'ai besoin d'une douche. Je ne veux pas dormir, je ferme à demi mes paupières.

Compacts, les tumultes du passé s'enroulent autour des tumultes du présent. En moi, j'ai froid.

Sa main glisse sur mon autre jambe… Le conducteur, momifié par les nuits, fixe dans son rétroviseur ces moments volés impunément. Avec un certain recul jubilatoire, il me fait un clin d'œil. Je m'abandonne.

Mon regard se pose sur ces vies éclatées par la pluie. Elles m'offrent une vision grotesque de la ville, comme un énorme bébé qui s'éveille, les yeux bouffis, humides, au ralenti. L'homme noir est dans l'ombre. L'ombre est toujours dans l'homme.

Soudain, j'ai un mal fou à respirer. Tout va très vite. Les virages, les crachats orangés des réverbères, la pluie, les ombres des noctambules en phase terminale, courbés, téléguidés jusqu'à leur lit où les attend leur solitude crasse. Ils croisent des silhouettes éveillées, fraîchement parfumées, qui foncent vers les rendez-vous puants des familles heureuses au bonheur relatif. Les affiches de théâtre tournent dans leurs colonnes Morris. Des putes trop maquillées aux décolletés aguicheurs sur leurs faux poumons racolent en silence...

Respirer.

Combien de regards ont glissé sur moi, ce soir ? La pluie me répond qu'il n'y en a jamais eu qu'un seul, qu'il nage dans ma mémoire, remontant le courant de mon existence. Il y nage pour l'éternité. Je pars à la dérive. La pluie est une main aux milliards d'ongles impatients qui grattent à la vitre et démangent ma mémoire asséchée. Mon âme est une authentique bouche pâteuse qui ne peut plus hurler.

Les doigts de l'homme en noir quittent ma jambe. Je baisse la tête, attendant presque qu'il m'enfonce ses deux mains sur la nuque et qu'il appuie très fort.

Fatigue.

Ronronnement du moteur.

Le ciel lève une jambe nue, torturée, dans l'aube. Puis, l'arrêt de la course. J'entends la danse de l'argent qui change de main. Un courant d'air s'engouffre par la porte ouverte, à droite. J'ai toujours la tête courbée, la sensation d'être un homme mouillé de toutes parts... J'attends, j'ai peur. Je ne comprends pas ce qui se passe.

C'est à ce moment qu'une photo remonte le couloir de mes souvenirs. L'image est nette, précise. Un souvenir qui me fouette. Ma mère assise à l'ombre d'un citronnier. Sa main passe sur sa lèvre, puis tombe d'un coup. Des gorgées de soleil autour.

J'ai du mal à respirer et un grand besoin de calmer ma fatigue.

Le chauffeur donne un coup dans le dossier de son fauteuil pour que je m'active. Je sors de ma torpeur, paniqué. « Vous n'avez pas vomi, quand même ? »

Je claque la porte, laissant mon apathie sur le siège arrière. Lorsque je me retourne, l'homme m'attend devant une impasse. L'odeur de végétations humides, d'urine de chat claque comme autant de coups de fouet. Il s'enfonce dans l'impasse, m'invitant à le suivre. Les pans des murs sont en pierres, parasités de lierres fous. Ils empêchent l'aube de me guider. J'ai l'impression que je ne suis pas sorti du bar de nuit, que je m'y engouffre pour la seconde fois.

Je suis tellement fatigué.

Mais dans cet état, les mots s'inscrivent, je me sens vivant. C'est la raison pour laquelle je suis ici : quand on se sait vivant, on se sait aussi mortel et on ne peut plus dormir.

Mon cœur bat fort. Il revit ma nuit au creux de mille corps perdus, suant et imbibant leurs angoisses, bandant entre le repos et les frictions de la chair, jusqu'à l'épuisement... Une nuit entière à baiser.

La lumière s'allume sur ma gauche. Un immeuble d'ouvriers tend son œil unique. Une silhouette pressée descend dans la cage d'escalier qui se découpe en carrés lumineux superposés, suspendus dans l'aube déclinante. Des rectangles de lumière, et autour des angles durs de l'immeuble, le soleil s'écrase dans une ultime poussée, derrière un amas de nuages en béton fondu.

C'est beau, superbe ! J'écris dans ma tête.

L'homme se rend au fond de l'impasse. Jusqu'à une barrière blanche. Il l'entrebâille et la retient de sa main large, généreuse. Des clefs. Une porte qui s'ouvre, un peu plus loin sur la gauche. J'entre.

C'est un atelier d'artiste avec une verrière au plafond. L'aube n'est pas assez morte ici pour y voir clair. Deuxième souvenir coup de fouet. Ma mémoire me ramène à l'ombre du citronnier : Ma mère, cette fois, a la bouche ouverte et ses cris s'adressent à mon père, assis sur la berge. Ce jour-là, sous le soleil, je me noie, me débats dans les eaux d'une rivière torturée par un été corse. Mon père, lui, ne me voit pas.

Ce jour-là, j'écris pour la première fois dans ma tête.

L'odeur de chats, d'urine et de javel est encore plus forte ici. Je suis sur le pas de la porte. Où est l'homme en noir ?

— Approche…

Sa voix est suave. Je me remémore ses mains sur mes jambes. Je m'avance dans les ténèbres.

Mon cœur s'arrête soudainement. Le sol n'existe plus. Le vide. Pas le temps de crier. Je tombe.

Un choc sourd, une toux de poussière, moi au milieu. La terre. Le claquement de la trappe, au-dessus de moi. Des bruits de pas sur ma tête. Je suis abasourdi. Les clefs. La porte d'entrée qui se referme et les pas de l'homme en noir qui s'en va. Je suis englouti par les ténèbres, ma respiration saccadée et le souvenir en terribles compagnons. J'ai mal. Je ne lutterai pas, c'est une évidence : l'homme qui nage dans ma tête va venir me chercher. Enfin !

Je me calme. Les souvenirs se rembobinent. Je viens de me faire agresser, ça me ramène un peu plus dans mon passé. La fatigue m'a fait baisser ma garde, je ne peux plus fuir. Inéluctablement, je sais pourquoi je n'ai jamais pu me défendre dans ma vie, pourquoi je cherche ce qu'on a bien failli me donner par « amour ».

Ma mémoire immédiate se déroule : un soleil orange écrasé... Une impasse... L'odeur de chat... De la pluie sur la vitre du taxi, de l'eau sur les trottoirs, un passé jamais propre, odeur de chat, rectangles de lumière, soupirs, doigts sur mes cuisses... Un videur haineux... Il y a vingt minutes de vie derrière moi qui partent en lambeaux et rejoignent le torrent d'eau croupie du passé. Ma mémoire, tireuse de cartes, éjecte un geyser de mots, d'images : celles que j'y ai inscrites... Cet été-là.

Mon père soupire, visiblement dérangé. Il plonge.

Je tourne mes yeux fatigués vers le visage de ma mère : il fond d'angoisse. Elle est assise, terrassée, sous l'ombre du citronnier, les deux mains plaquées sur le visage telle une monstrueuse emprise. Nos deux regards se vissent, s'affolent.

L'urgence.

Mon père s'approche, le corps englouti dans une nage colérique. Ses grandes mains fendent les eaux éclatées. Un rouge incandescent fume dans son regard, ses dents crépitent. Âtre dément. Il est près de moi, il me frappe, me secoue. Je crache l'eau violemment, ma gorge brûle au contact de l'oxygène chaotique de l'été.

Sa bouche essoufflée se colle à mon oreille. J'ai huit ans. Mon cœur palpite, mon corps frémit de ce bonheur sans fin : je ne sais combien de temps j'ai attendu ce moment intime de nudité avec lui, le contact de sa peau musquée, la puissance qui hante ses veines. Tout cela est venu me sauver. D'un coup, il pose ses dix doigts épais sur ma tête.

— Je sais ce que tu fais... Tu es comme une fille, j'ai honte de toi.

Il m'enfonce dans un tumulte de bulles, tout en criant mon prénom comme s'il me perdait. Il mime de me sauver en me coulant. Sous l'eau, je vois l'érection entre ses jambes et je comprends qu'il lutte contre lui-même, qu'il projette sur moi ce désir qui lui appartient et qui le dérange tant. Je vais mourir à cause de ça.

Je me sens poussé à pleins bras vers les fonds, les abîmes, et il me semble que rien n'a changé depuis ce jour-là... Que je suis responsable de ce qu'il est. Ma bouche se remplit d'eau, on dirait ma tristesse. Mon impuissance se fige en une réalité cinglante : il n'y a pas un seul sentiment d'amour identifié dans les yeux de mon père.

Je vois ses jambes se croiser dans un tourbillon de haine. Des milliards de bulles éclatées, perles brillantes, qui dansent autour de ses doigts de pied tordus par les ralentis. Tandis que mon corps remonte à la surface, le sien se détend comme après la jouissance. Il se calme, se ressaisit, comprend que je n'y suis pour rien... Puis ses mains me lâchent ainsi que les serres d'un rapace dont la rage s'estompe.

Depuis ce jour, j'attends ma mort.

FRANCK MARSHALL

La rue Pigalle est aussi bruyante qu'un boulevard.

C'est dû aux flancs élevés, bombés et prétentieux des immeubles qui se renvoient les hurlements des moteurs métalliques, un ping-pong permanent d'accélérations et de freinages soudains. Un face-à-face furieux sans filet de protection.

Les coquillettes au jambon ont du mal à passer. Emily n'a franchement pas l'air d'aller bien : elle est restée un long moment à contempler le flanc en céramique de la table du salon, une ancienne caisse à moto, le regard perdu, lointain. Après le dîner, elle s'est fait couler un bain et a mis la radio sur le rebord de la baignoire. Ebony avait l'air ravie. Elle était bien la seule.

Et si la radio tombait dans l'eau ? D'où viennent tous ces malaises dans ma vie ?

Les fenêtres vibrent dans mon deux-pièces, en permanence. La plupart du temps, Emily n'est pas gênée par le bruit. Je crois que les silences entre nous sont bien plus éloquents. Il m'est parfois arrivé de les comparer à un accident de la route. À tout prendre, je préférerais l'accident. Je rumine en débarrassant la table. Elle a à peine entamé son assiette. Je jette le reste dans la poubelle. J'entends une chanson de Sia : *Breathe me*. Je me retourne. Je la vois qui se déshabille avant de se couler délicatement dans l'eau mousseuse comme une sylphide. Ebony la contemple.

Jaloux. Je suis jaloux car c'est moi qui dois partir bosser. Je saisis l'enveloppe sur la commode. Je n'arrive pas à ouvrir un dossier violent chez moi. C'est une façon de croire, ou de créer l'illusion, que je me protège. Je vais aller me balader dans le Pigalle de nuit.

Une fois dehors, je l'entends. Ma chatte est sur le rebord de la fenêtre. Du rez-de-chaussée, je vois sa frimousse palpiter sous ses miaulements démesurés. Emily l'a jetée hors de la salle de bain. Elle me fixe. On a encore oublié de fermer la fenêtre, à moins que ce soit fait exprès, je ne suis sûr de rien.

Je vois les gens qui filent dans la nuit. Certains hommes moulés dans du jean, la chair lardée d'anneaux, montrent au monde cette assurance que j'ai toujours prise pour de la peur. Il y a des femmes légères qui oscillent sur leurs talons comme si elles marchaient sur le ventre d'un homme… Ils ont tous l'air sûrs d'eux.

J'ai besoin d'un café, de temps, de réflexion, et je veux rentrer chez moi le plus tard possible. Pourquoi dormirais-je ? À bien y réfléchir, plus personne ne m'attend chez moi.

Je remonte la rue Pigalle, le dossier du légiste entre les mains, jusqu'à la place du même nom. Je m'assois en terrasse et passe aux choses sérieuses.

Je le reconnais tout de suite. Son visage est détendu. C'est un bel adolescent aux traits fins : des yeux de biche, des cils longs, bruns, roulés. Rien à voir avec le zombie que j'ai croisé, bouche béante, enveloppé dans une peau jaunie par la terreur. Rien à voir non plus avec la photo parue dans *Le Parisien*. Le journal du matin traîne sur la table de mon voisin. En gros titre : « Où est-il ? »

Il y a quelque chose, dans la photo, qui me dérange. Je pense à Serge Miller. Nous sommes lui et moi sous pression, et elle ne nous lâchera pas avant d'en avoir terminé. Je pense au préfet qui va nous déglinguer d'un coup de fil pour en rajouter encore… et encore. La période n'est pas bonne. Rien ne va.

Mon café arrive, à moitié renversé dans la sous-tasse, le carré de sucre est trempé. Je m'en accommode et regarde autour de moi. Je ne vais pas dormir… Je vais travailler. Je parcours le dossier. Je passe sur ce que je sais ou ce que j'ai déjà deviné.

Soudain, le monde s'arrête. Je l'ai. La réponse à la question que je me suis posée devant le corps de Lestier. Comment faire passer des hurlements inaperçus ?

J'ai la réponse devant les yeux, formulée avec une froide précision par le légiste. Les cordes vocales du gamin ont été réduites à néant, au silence. On a affaire à un tordu de première classe. Léonard Lestier aurait pu être torturé dans l'appartement le plus banal puisque personne ne pouvait l'entendre hurler. Ses yeux fous s'imposent à moi. Le cyclone qui tournait dans son regard enlisé dans la terreur. Des hurlements qui n'ont jamais pu se faire entendre. Des souffrances… un supplice… insoutenables. Des cris sont restés dans son esprit… Ils y tournent encore… À jamais.

Mon téléphone chante et vibre. Je me passe la main dans les cheveux.

— Oui ?

— C'est moi.

— Je sais.

— En fermant les fenêtres, je t'ai vu remonter la rue. Tu es au bar des Omnibus ?

— Oui, je suis en train de boire un café vraiment infect.

— J'arrive. À tout de suite.

Elle a raccroché. Je soupire.

La photo de Léonard Lestier est criante, sous tous les angles de vue. Je réalise ce qui me dérange : l'une de ses mains est posée sur son cou, une main avec des doigts fins.

Mais la vérité n'accepte pas les tentatives d'aveuglement. « Il *avait* des doigts fins… » J'ai envie de hurler.

Tout près de moi, un homme à la peau noire grêlée frappe une blonde à la peau jaune burinée. Elle reçoit deux gifles magistrales et courbe l'échine. Si leurs visages n'accusaient pas leur dépendance à l'héroïne, je crois bien que je me serais levé. Il est incapable de prononcer un mot et s'enfonce dans un bégaiement de gorge et de bave, alors qu'elle titube en touchant ses joues en feu.

En arrière-plan, je ne vois qu'elle. Emily arrive nonchalamment. Les mouvements de ses bras balancés s'ajustent au rythme de ses hanches. Sa tête est penchée sur ses chaussures. Ses cheveux acajou ondulés éclatent sur sa peau pâle. Son apparence m'a toujours intrigué par son ossature fragile, son visage mince, presque sans joues, là où elle semble ruminer un passé infernal... Rien n'a abîmé cette allure magnifique de la femme qui attire tous les regards.

Je ne sais comment le lui dire, mais dès que je pose les yeux sur elle, j'ai l'impression de la salir. C'est sûrement dû au fait qu'elle a amorcé une psychanalyse et que je crains de le freiner ou de compliquer les choses, la vie d'un flic comme moi n'étant pas vraiment propice à l'équilibre intérieur. Les gens qui font le pas d'entamer ce travail sur eux-mêmes m'étonnent, je les respecte plus que tout : se recentrer est un luxe que je n'ai pas pris le temps de m'offrir.

Je me concentre sur la photo du journal, puis je regarde Emily.

Il vaut mieux qu'elle ne voie pas ça maintenant...

Je planque donc le journal en le posant sur une chaise. Elle s'assied. Son parfum à la noisette et au musc, que lui fabrique sur mesure un créateur, m'envahit doucement.

— Passe-moi ce journal, Franck.

Il y a de la colère en elle, de la colère contenue. Elle a remarqué mon manège. Il n'est pas rare pour un homme de devenir aussi vulnérable qu'un enfant, surtout si, dans sa vie, cet homme est accompagné par une femme aussi belle qu'Emily.

Devant nous, le couple infernal s'embrasse. Pendant que la langue du grand gaillard noir roule dans la bouche sans lèvres de la blonde, ses yeux injectés de sang me fixent. Avec beaucoup d'intérêt.

Je suis stupide. À vouloir la protéger, je deviens complètement crétin. Je soupire et lui tends le journal. Elle ne me regarde même pas. Elle sent ma gêne. Son visage exprime une grande colère.

— C'est pour ça que tu cachais ce journal, lorsque je suis arrivée ?

Je ne sais pas quoi dire. J'ai toujours eu l'impression d'être pris en faute avec elle.

— Pourquoi ne me considères-tu pas comme une adulte ? Je ne suis plus cette gosse de quinze ans !

Elle est froide. Elle comprend que ça lui a échappé. Sa cure analytique fait remonter ses angoisses.

— Désolé. Je vais faire attention, je te le promets.

Elle se redresse. Je reconnais là le crotale, prêt à mordre.

— C'est pour lui qu'on t'a appelé ce matin, pas vrai ? Pour ce mec-là ?

— Oui.

Je n'aurais jamais dû répondre. Elle en profite pour ne pas avoir à revenir sur son lapsus et changer de sujet.

— Qu'est-ce qu'il se passe, Franck ?

Je ne sais pas pourquoi je lui raconte tout. Miller me tuerait, mais lui parler de Lestier est une façon de lui accorder ma confiance et c'est bien plus efficace que de simples excuses.

J'ai moi-même été aspiré par mon propre récit. Avoir retrouvé Léonard Lestier vivant est un grand miracle. Quelque part, que tout le monde ignore que nous savons où il est, se comprend aussi. Il y a un fou furieux dans les rues de Paris et les citadins, déjà pas mal sur les nerfs, n'ont pas besoin de le savoir et de tomber dans la psychose.

Emily pleure. Je sens son corps fragile, menu mais superbe, s'arc-bouter. Puis elle me regarde. Si Dieu il y a, il sait d'avance que je risque de m'effondrer, moi aussi.

— Il faut que je te parle, Franck. De nous deux, je veux dire. C'est pour ça que je suis là.

Silence.

Je ne m'attendais pas à cette réplique de sa part, surtout après la confidence professionnelle que je viens de lui faire.

— Je vais partir, Franck. Je n'en peux plus.

Silence.

Le visage froissé de Lestier me regarde, bien heureux sur cette photo, avec cette pose féminine, la main dans le cou. Malgré ce que je redoute dans mon cœur, mes tripes, elles, savent par où je dois commencer mon enquête. Elle rajoute :

— Je vais partir, Franck… Pour mon équilibre, je dois le faire…

Finalement, c'est rien de pleurer, ça part tout seul. Deux touristes allemandes s'offrent une bière. Il est une heure trente du matin. Le black et la blonde sont partis. Étaient-ils vraiment là ?

Nous ressemblons à deux pigeons humides et pouilleux.

Emily ne veut pas rentrer avec moi. Je ne lutte pas. Je la laisse sur la terrasse. Son cou gracile, sa beauté si spéciale. Ses veines apparentes bougent lorsque sa main tourne la cuillère dans sa tasse à café vide. *C'est terminé.*

Je rentre chez moi. Dégoûté.

Ebony me regarde comme si je n'existais pas. Mais elle sent bien que quelque chose ne va pas. Il flotte encore un parfum de savon dans les pièces. Notre relation n'aura duré que quatre mois, mais cette rupture m'affecte au plus profond de mes entrailles.

Je tombe sur le canapé. La chatte saute sur le dossier, à hauteur de ma tête. Elle me lèche les cheveux en ronronnant. Sa fourrure tigrée lui donne l'allure d'un monstre réduit. Elle a le regard jaune, presque ocre. Le vétérinaire dit qu'elle a de nombreuses origines. Contrairement aux trois quarts de cette bonne vieille humanité, j'ai toujours cru que, si les mélanges sanguins sont bons pour l'équilibre humain (il n'y a qu'à regarder la dégénérescence du sang bleu dans l'histoire pathétique de la bourgeoisie de France), il devrait certainement en être de même pour les chats.

L'appartement est en désordre. Trois grosses valises gonflées attendent. J'apprends à mieux connaître Emily : avant même de venir me parler, elle était déjà partie.

La rue fait vibrer les fenêtres, mes paupières papillotent. Tant pis pour la chatte, qui s'eloigne en grognant l'air déçu. Je me passe la main dans les cheveux.

Emily était déjà partie... avant de venir me parler.

Mes jambes tremblent. Il est un peu plus de deux heures du matin. Heureusement que j'ai dormi dans la journée. Mon téléphone vibre de nouveau. « Joli », dirait Miller.

C'est lui.

Je suis en pleine crise d'angoisse, la main dans les cheveux, comme pris sur le fait.

— Marshall ? Miller à l'appareil ! Levez-vous !... Y a de la caféine mélasse dans mon bureau qui vous attend, des biscuits pour chien et un jus d'orange aussi doux qu'un acide de batterie... Je suis comme vous, Marshall, j'attendrais bien le jour où les services publics seront sponsorisés par Danone, Kenzo et Nike... Mais en attendant, ramenez-moi votre cul osseux ici ! Et soyez gentil pour mes nerfs : faites vite !... Marshall... Allô ?

— Oui, je suis là. Je suis prête.

— Prête ?

Je suis complètement aspiré par les valises. Détruit. Il faut que je me ressaisisse.

— J'ai dit : « Prêt, Serge ! »

— Ça doit être ce café pourri que je bois depuis dix heures, il me crame le cerveau ! Et appelez-moi Miller, c'est un ordre ! Vous devriez déjà être dans un taxi, Marshall !

Il raccroche.

Trois valises bondées. Une chatte perdue. Je suis seul maintenant.

La Proie

Depuis ce jour, j'attends ma mort…

Toujours la nuit, pour certains d'entre nous.

J'ai autant de tristesse qu'un abîme peut avoir de pentes, autant d'angoisse qu'il paraît possible d'en supporter. Je suis seul dans cette rivière de Corse, dans ma mémoire, seul dans ce trou. Aujourd'hui, je suis seul, périssable.

Je sais que, dehors, le jour s'est levé. J'imagine le soleil lécher les flancs de l'immeuble, les murs striés, les pierres encastrées, abîmées par le lierre fou et sauvage. Est-ce que toutes les vies finissent dans une impasse ?

Je suis assis là, je pense à l'ultime tabou humain : la mort… La mienne. Ma capacité à m'adapter fait de moi une indigestion permanente. Mon corps est dans les ténèbres, il se rétracte à l'infini, il ne lutte plus. Mon esprit corrompu est gélifié. Il a faim de sexe. Un parfait et authentique délicieux poison.

Cette nuit, des hommes se sont vidés en moi, dans les pentes vertigineuses qui m'habitent. Il me semble en avoir tant besoin. Je ne comprends pas ce désir de sexe pour le sexe, cette compulsion.

Je suis un guerrier de la jouissance. La plupart du temps, jouir me permet de me sentir vivant tout autant qu'une créature insensée. Je ne suis pas plus autonome qu'une mouche engluée dans une toile.

Malgré mes tentatives de fuite vient le jour où la vie menace mes névroses endormies à coups de sermons et de peurs, au fond de moi. J'imagine que c'est pour cela que le monde rêve de liberté. Parce qu'elle n'existe pas. Ce n'est qu'un concept, une illusion.

Je me dois de me construire, de me prendre en charge, en tenant compte de mon identité sexuelle, tel un charpentier qui apprend et choisit les odeurs de chaque bois. C'est un combat permanent sur tous les pans de mon existence. Je patine sur moi-même.

Je sais pourtant que je n'ai pas le choix. J'aimerais me libérer de cette dette-là. Et à bien y réfléchir, je ne suis pas le seul ; le monde dégueule de gens comme moi… La nuit entière me l'a prouvé. Je délire… Je fuis ce qui m'arrive. Je comble un vide.

Je suis kidnappé.

Cette pensée me sidère et m'empêche de me plaindre. Cette mort que j'attends inconsciemment ; cet homme en noir qui participe à ce désir morbide… Tout arrive sur moi… Je le redoute jusque dans mes viscères.

Je ne suis plus que ce que je suis devenu. Le produit d'un traumatisme. La projection ratée d'un père lâche. Dans cette cave minable, tel un somnambule, j'attends le coup de grâce qui ne vient pas…

Une rage sourde, une énergie qui remonte du fond de mes entrailles. Un cri de guerre ancestral, monumental, se hisse et s'enroule le long de ma colonne vertébrale. Il remonte, menace de broyer ma triste vie de l'intérieur, de la recracher en amas de terre croupie. Le prédateur appuie sur mon cœur. Sa patte froide me fait ouvrir un œil unique, sous le front. Le prédateur hurle. C'est un cri que je connais plus que tout autre. Ma vie. Ma vie qui se bat.

Le trou dans lequel je me trouve ne dépasse pas les trois mètres carrés. Mais il me semble immense et vertigineux.

La chose escalade mes boyaux avec une précision qui me dépasse. Puis ça arrive.

Le prédateur relie ma psyché et mon orifice souillé, les soude en un authentique et même corps broyant, sous sa rage, ces vérités minables qui ont fait de moi une machine à s'autogaver. J'entends les gargouillis de mes boyaux soudés.

Entre mes jambes pend un cordon ombilical : jusqu'ici, il a fait office de sexe. Je suffoque dans le noir... Ma vie de funambule en apesanteur se disloque, s'émiette. Sous terre.

Je dois me calmer. Me concentrer sur moi, physiquement. Mes pieds me font mal, j'enlève mes chaussures. Je vide mes poches. Préservatifs, gel lubrifiant. Je constate avec effroi que les cinq préservatifs huilés sont intacts dans leur emballage, alors que mon entrejambe suinte du sperme d'inconnus. Il y a aussi mon porte-clefs. Je glisse mon annulaire droit dans la bague de métal, et je serre très fort. La douleur revient. Mon corps se réveille.

Mon œil est ouvert, celui de mon front. Je pense au monde. À mon monde. Il est sale. J'y suis collé, englué. Une mouche.

Le sacrifice d'une vie humaine passe par le sexe. Pour jouir, l'homme exploite les plus faibles qui trouvent là une raison d'exister. Les hommes formatent en permanence d'autres hommes. Ils dépensent des fortunes dans le seul et unique but d'asservir, de pomper des vies en libre-service.

Le monde. La mouche.

À l'idée que personne ne me regrettera, je me sens triste. Mais quelque chose en moi n'est pas d'accord avec cette idée. En captivité, mon cœur se serre. Je me sens oppressé.

« *Personne ne te regrettera ?* »

Le prédateur en moi me parle. J'ai encore plus peur... Pour la première fois depuis une éternité, sa voix se fait entendre par ma bouche.

« *Personne ne te regrettera ?* »

— Personne ne te regrettera, à part toi-même !

Je touche ma bouche. Je suis vivant. Je viens de parler. La moisissure tapisse ma gorge à chaque respiration. Elle me parfume de l'intérieur et me fait prendre conscience que tout change et s'organise malgré moi. Comme un enfant qui réalise qu'il a vingt ans. Nu, souillé, hurlant d'un amour muet et prématuré. Je pense à mon père qui nage dans ma mémoire, et à cette voix qui me souffle mes faiblesses sous un concept primitif : tuer ou se faire tuer.

La fatigue s'envole sous l'influence de cette idée. Elle laisse place à une énergie insoupçonnée… Je pense à la folie. Je pense aux ténèbres. Je suis pétrifié.

Faut que je sorte d'ici.

FRANCK MARSHALL

Je n'ai finalement pas eu plus droit au café qu'au jus d'orange... Miller me regarde comme si j'avais un sac de merde fumante sur les épaules.

— Vraiment, vous ressemblez à mon labrador mort !

J'hésite à me passer la main dans les cheveux. Je vois les yeux ronds de Miller se réduire à des fentes. Je me ravise. Je soupire : je peux, moi aussi, entrer en guerre.

— Où en sommes-nous ?

— La bonne blague que voici, Marshall ! Suivez-moi !

Après avoir traversé un dédale de couloirs et un bureau tout en style moderne avec canapé de cuir et tableau épuré sur mur blanc, Miller me regarde en souriant.

— Si vous vous demandez où passent vos subventions, regardez bien autour de vous.

Nous entrons dans ce qui ressemble à un coffre-fort pour humains. Il y a trois hommes. Le gars au centre me dit vaguement quelque chose. Ha oui c'est lui ! Le préfet de police s'avance vers moi. Je me passe une main dans les cheveux.

— Ah ! Franck Marshall ! Je suis heureux de vous rencontrer ! Ne dit-on pas que la nuit porte conseil ?

— Monsieur le préfet.

Je souris à l'idée que les hommes politiques sont des acteurs ratés. Le con. Il a une poignée de main ferme.

— Vous avez un sourire franc et une poigne de fer, Marshall !

C'est peu dire.

Le préfet est menu. Il a le visage d'un rongeur : deux yeux noirs, brillants, une peau lissée par de bons soins. Elle est néanmoins marquée par une absence de soleil que ses origines d'Afrique du Nord soulignent. Il a du charme et semble vif d'esprit.

Il me jauge lui aussi. Et constate certainement que j'ai besoin de vacances.

Sa présence ici, en pleine nuit, trahit son malaise.

— Voilà, monsieur Marshall. Je suis venu pour vous éclairer sur la conduite à tenir pendant cette enquête. Et quand bien même le travail de Miller a été, comme à son habitude, excellent, je dois le faire par moi-même, pour être bien sûr d'avoir été compris. Comme vous le savez, la disparition du jeune Léonard doit rester une disparition. Nous ne pouvons révéler la barbarie dont son corps a fait l'objet. Ça dépasse l'entendement.

Il me fixe pour vérifier si j'enregistre bien ce qu'il me dit. Je me demande s'il a vraiment vu le corps mutilé de Lestier, pour parler aussi calmement.

— J'ai bien l'intention d'assurer les parents de Lestier de tout mon soutien. Je vais leur dire en personne que nous ferons tout ce qui est en notre pouvoir pour retrouver leur fils. Comprenez que le père de la victime travaille pour moi depuis des années et que je ne peux pas me permettre une erreur qui ferait l'affaire de mes adversaires politiques. La pression est sur mes épaules.

Silence. Puis il reprend :

— Je vais sûrement faire une déclaration publique dans les prochains jours pour réitérer ma confiance et mes encouragements aux enquêteurs. J'en profiterai pour justifier la hausse des subventions de l'État comme un investissement indispensable à la sécurité nationale. Autant que vous soyez prévenu.

Silence.

Vu son verbe et son phrasé, il a gardé le meilleur pour la fin, précisément comme le ferait un acteur raté. Il me regarde, non, il me fixe, et croise les bras.

— Alors, monsieur Marshall, je leur dis quoi ? Que vous êtes sur l'affaire et que tout va se dérouler avec succès ?

— Dites simplement la vérité !

Miller regarde ses pieds. Je me passe une main dans les cheveux, puis une deuxième. Je me dis que j'ai une vie de merde, mais qu'au moins je ne fais pas de politique... Juste avant que j'ouvre la bouche, le préfet lève un doigt comme un élève qui voudrait parler au fond de la classe, un prédateur cependant.

— Marshall, je n'ai pas l'habitude de faire des déclarations pour rien. Dites-moi tout ce que vous sentez dans cette histoire !... J'ai un dossier sur vous, votre travail et vos compétences, grâce à Miller... Et je dois dire que je suis très surpris : vous avez dressé un portrait psychoaffectif du tueur en série Onyx avant sa capture plus exact que celui qu'ont brossé les psychologues qui ont étudié son cas. Votre analyse du ressenti est fascinante... Étonnez-moi, encore une fois, Marshall !

Je n'en reviens pas, il me prend pour un clown. Bon, faut calmer le préfet, je crois.

— Il est trop tôt pour faire une analyse digne de ce nom mais je pense que nous avons affaire à un débutant dans la torture. La façon dont ont été coupés les doigts de Léonard Lestier suggère à la fois de la rage et de la maladresse. La langue a été sectionnée à l'aide d'une tenaille chauffée. Le tortionnaire a utilisé une méthode classique pour cautériser les plaies : le feu ! Ce qui lui a permis en plus de ne pas tuer sa victime, suite à une hémorragie par exemple. Mais notre bourreau montre en même temps qu'il n'est pas si débutant que ça, il a un certain savoir. Il a fait un trou sous le cartilage thyroïdien, juste sous le larynx, ce qui court-circuite la circulation de l'air et réduit au silence les cordes vocales. Sa victime ne pouvait pas crier. Elle ne pourra plus jamais parler ni émettre le moindre son par la bouche.

Mes deux interlocuteurs restent médusés. Il n'y a plus un bruit dans la pièce. Mais je dois continuer.

— Son but n'est pas de donner la mort à ses victimes, mais de les changer en les initiant à la souffrance. Seuls leurs yeux ne sont pas touchés, comme si le tortionnaire les obligeait à être spectateurs. Je pense qu'il y a une grande part de fantasme dans ses actes, monsieur le préfet. C'est-à-dire qu'il invite ses victimes à prendre une position dans laquelle il se trouve, lui, depuis trop longtemps. Il veut qu'elles soient à sa place, qu'elles souffrent à sa place, qu'elles subissent ce qu'il endure, ou ce qu'il a enduré par le passé et qu'elles affrontent ce que cela a engendré en lui...

Le préfet lève de nouveau le doigt.

— Vous avez dit : « ses victimes » ? À ma connaissance, si tortionnaire il y a, je ne vois, jusqu'à preuve du contraire, qu'un seul gamin grièvement blessé !

Le déni. Nous y voici. Réflexe politique premier. Il parle comme si Lestier s'était infligé lui-même des sévices pareils ! Monsieur le préfet m'agace !

— Lestier est une victime. Il y en aura d'autres, soyez-en sûr !

C'est moi, finalement, qui lance l'enquête et qui, implicitement, me l'approprie. Le préfet semble accuser le coup. Il lui faut quelques instants pour digérer les informations que je lui ai livrées.

— Écoutez, je ne peux pas dire aux Parisiens qu'il y a un tordu en série qui se balade dans les rues ou dans le métro. Je ne peux pas non plus laisser les journalistes faire le scandale, sans réagir. Nous devons trouver une position claire et précise. Sommes-nous d'accord ?

— Ai-je le choix, monsieur le préfet ?

— Bien sûr que non !

— Alors laissez-moi finir ce que j'ai à vous dire.

Silence de mort.

— Le tueur s'en prendra uniquement aux jeunes garçons, d'aspect frêle et féminin.

— Où voulez-vous en venir ?

La colère du préfet est stupéfiante.

— Monsieur le préfet, je vous propose de passer les
prisons au crible et d'y chercher un suspect potentiel
récemment libéré. Vous serez ainsi plus objectif dans vos
décisions.

— Dépêchez-vous, Marshall, je n'ai pas de temps à
perdre.

Le préfet supporte mal qu'un autre que lui prenne les
choses en main et tienne le rôle principal.

— Il recommencera très rapidement. Ses actes de
torture sont bâclés, pour l'instant. Car ce qu'il veut, c'est
exceller. Il marque ses victimes en s'attaquant à leur corps,
ce qui est un bon indicateur de son niveau de perversité. Il
faudrait faire une recherche de tous les criminels qui ont déjà
commis des actes de torture à tendance sadique et qui ont
été remis en liberté récemment, disons ces cinq dernières
années. Si je vois juste, il est plus ou moins débutant dans
la torture, aussi enragé soit-il, mais nous ne devons rien
laisser au hasard. Je préconise donc d'analyser les dossiers
médicaux des récidivistes s'étant déjà illustrés par des actes
pervers évolutifs sur leurs victimes, des morsures ou des
brûlures par exemple. Je pense également que notre homme
est pédophile, ou qu'il a des tendances homosexuelles. Il
a peut-être été violé durant son enfance ou subi une très
grosse humiliation en prison. Pour le reste, vu la pression
exercée sur les doigts de la victime, nous avons plutôt
affaire à un homme jeune. Je parierais qu'il a entre vingt-
cinq et quarante ans, qu'il est de taille moyenne et qu'il est
plutôt fin et agile. Voilà mes hypothèses en l'état actuel des
choses.

Le préfet souffle de dépit en secouant la tête au ralenti. Miller se rapproche de lui.

— Vous pouvez aussi tenir cette enquête secrète. Éteindre la pression médiatique, en minimisant les faits.

Je réagis vivement.

— C'est une très mauvaise idée...

— Marshall ?! Laissez-le continuer.

Je suis vert de rage, mais je me contiens.

— Miller ?

Il porte un doigt à sa tempe droite.

— Vous pouvez faire cette conférence de presse. Mais pas pour les mêmes raisons.

— Que voulez-vous dire ?

Le préfet me regarde, puis ses yeux se fixent sur Serge Miller. Je ne suis plus dans ses petits papiers.

— Continuez, Miller !

— ... Donc vous faites cette conférence de presse, et vous précisez que vous n'avez toujours pas retrouvé le jeune homme en fugue. Que ce fait, apparaissant exceptionnel dans la presse, couvre en réalité d'autres aspects. Qu'il ne faut pas se laisser emporter par la disparition d'un seul homme. Il y a d'autres disparitions, plus anciennes... Vous refusez de donner plus d'importance à l'une ou à l'autre des affaires. Chaque disparition est une tragédie. Celle-ci ne doit pas faire oublier les autres... Et là, vous lancez des noms d'enfants et d'adolescents portés disparus ces cinq dernières années. Vous montrez que la situation vous touche. Vous en profitez pour annoncer que vous avez augmenté les subventions dans le but de retrouver au plus vite ces jeunes portés disparus. Enfin, vous dites que vous faites entièrement confiance aux policiers chargés de l'enquête.

Silence de plomb.

Autour du préfet, ses deux collaborateurs prennent des notes dans un carnet.

— Bravo, c'est parfait !

Le préfet claque dans ses mains, saisit sa veste et se tourne vers moi.

— Je compte personnellement sur votre talent du ressenti mais surtout sur votre discrétion. Je ne supporterai pas l'idée d'une fuite. Si le cas se présente, Marshall, je vous tiendrai personnellement responsable, parce qu'il faut toujours un coupable. Vous voyez où je veux en venir ?

Le préfet s'en va avec ses deux groupies. Miller est derrière moi, il évite mon regard.

— Bravo pour le *speech* ! Du grand art, Miller ! Mais vous avez oublié deux bricoles.

Il ne bouge pas d'un pouce, il utilise la technique du silence pour affronter ce qu'il redoute.

— Premièrement, notre bourreau sait que nous avons retrouvé Lestier puisqu'il nous l'a en quelque sorte livré ! Il sera enchanté de voir que le préfet est au courant de son travail et de ses actes, ce qui crée un lien intime entre ce qu'il fait et notre impuissance. Il va se sentir plus fort qu'il n'aurait osé l'espérer. Il risque de redoubler d'efforts la prochaine fois et peut-être s'amusera-t-il avec ce qu'il sait de la vérité. La terreur qui le ronge est, d'une certaine façon, enfin reconnue. Il salira le monde avec sa peur. Vous lui avez apporté l'opportunité de poursuivre son œuvre sur un plateau, Miller !

— Peut-être, Marshall, mais vous êtes le meilleur et vous allez le coincer, ce fils de pute !

Je crois qu'il commence à réaliser son erreur.

— Deuxièmement, je suis censé être le seul enquêteur sur l'affaire. En parlant ainsi au préfet, vous m'avez discrédité ; je n'avais pas besoin de cette position-là ! Ça m'isole encore plus. Je deviens celui qui doit sentir et pister un fou furieux avec une muselière ! Je suis devenu, grâce à votre éloquence, un chien de douane !

Je n'ai pas mesuré la rage dans ma voix.

— Vous êtes un bon inspecteur, mais un foutu sentimental, Marshall. Vous rencontrez une fille et vous ne vous sentez plus !

— L'un ne va pas sans l'autre. Si je n'avais ni sentiment ni affectivité, je serais à votre place et j'aurais du mal à le supporter ! J'espère simplement que vous n'avez pas agi de la sorte uniquement pour dorer votre blason ?

Il ne dit rien. J'ai donc raison. L'humain, bordel !

— Voyez le bon côté des choses, Miller ! D'un côté, un taré qui va charcuter des gosses ; de l'autre, des tarés politiquement corrects qui charcuteront les faits ! Les deux ont la même motivation : le pouvoir... Sacré indice ça, non ?

La tristesse de Miller se lit sur son visage.

— Mais vous avez raison, je ne suis pas là pour faire du sentimentalisme. Alors je vais me contenter de faire ce que je fais de mieux. À ce propos, donnez-moi l'enregistrement, Miller !

Il fait l'étonné :

— Quel enregistrement ?

Je me retourne et je baisse les épaules en levant la tête au ciel, accablé. Nous ne sommes décidément pas sur la même longueur d'onde.

— Celui de la voix enregistrée ce matin au téléphone par vos services. La voix de celui qui a découvert le corps du jeune Lestier ! Je vais voir si on peut en tirer quelque chose.

* *
*

On en voit de toutes les couleurs porte Dauphine. Les travailleurs de la nuit n'ont pas plus de vingt-cinq ans, bien que j'en soupçonne certains de faire du camouflage, mais c'est ce qu'il faut pour espérer continuer de travailler, la prostitution masculine supportant mal la vieillesse. Ce soir, le bus de soutien est ouvert.

Je freine… double file… clignotant. La pluie reprend de plus belle. Effluves de gris.

L'entrée du bus est tapissée de mises en garde contre le sida. Je ne saurais plus vraiment en parler moi-même tellement les limites de cette maladie ont été « modifiées » depuis le début de l'épidémie. Selon mon frère, gay et fier de l'être, les informations capitales sont dissimulées dans l'enceinte des labos qui sont les seuls à jouir réellement de l'image néfaste du sida et des peurs terroristes engendrées par la maladie. Vingt-cinq ans après sa découverte, on dit qu'on sait tout et, en fait, on ne sait rien ! On dit qu'il existe des thérapies, mais aucune ne guérit. Au bout de vingt-cinq ans, les responsables du sida sont, implicitement, les Noirs et les homosexuels. En fait, le sida rassure le monde hétérosexuel parce qu'il le place du « bon » côté de la vie. La propagation du sida a renforcé la xénophobie et attisé l'homophobie. Plus dangereux encore que le virus, l'interprétation implicite du sida qui sépare les gens en deux catégories : les responsables qu'il faut punir et les victimes qu'il faut défendre. Je n'ai jamais vu une arme aussi redoutable qu'un virus dans les discours politiques. En faisant croire au miracle de la science, on divise les gens afin d'accroître le pouvoir de la terreur…

Aux abords du bus, une odeur de café stimule mes narines. Il y a cinq garçons et deux femmes en blouse bleue, de la même couleur que le bus. La plus petite me lance un regard pas très aimable.

— Vous ne pouvez pas attendre qu'ils se reposent ?

— Je ne suis pas un client.

L'autre femme, rousse fluo, se fend d'un léger sourire.

— C'est le café qui vous attire ?

Pas le moindre signe d'humour n'est perceptible dans sa phrase. Je lui présente ma carte.

— Non, c'est votre amabilité, chère madame !

Je remarque, en arrière-plan, que les garçons échangent des coups d'œil inquiets. Je dois agir vite. Les liens irrévocables, solidaires, des prostitués s'organisent et risquent de compliquer mon enquête.

La plus petite, que j'avais prise à tort pour la plus faible, croise les bras.

— Bon, que voulez-vous, on n'a pas le temps de faire des pauses café avec... Vous avez bien un petit nom ?

— Marshall. Franck Marshall.

— C'est américain comme nom, ça ?! Je disais donc : on n'a pas le temps de faire des pauses café avec Franck Marshall... C'est si dur que ça à comprendre ?

— Et vous... Vous vous appelez ?

— Elizabeth, et je suis déjà prise ! Et ma collègue, c'est Annie... déjà prise aussi !

Elles semblent vouloir gagner du temps mais je n'ai pas le luxe de pouvoir jouer, ils en profiteraient pour s'inventer des histoires qui ne feraient que retarder mon enquête.

— Quelqu'un a passé un coup de fil à cinq heures du matin, hier, tout près d'ici.

Cette fois-ci, je m'adresse directement aux cinq garçons. Je prends mes aises. Blouse bleue Annie me dévisage quand je pose mon dictaphone sur la table en plastique du bus, au milieu d'auréoles de café et de soda.

— Cette voix que vous allez entendre est particulière.

Je presse le bouton « play ». Je sens une tension immédiate. Ils se concentrent sur les grésillements.

« Je... Je... crois... qu'enfin... Y a un macchabée, avenue Foch, sur un jardin à droite, en descendant, dessous... Enfin, sous un grand chêne... Je... C'est horrible ! »

En venant ici, j'ai eu le loisir d'écouter plusieurs fois la bande analysée par un laboratoire scientifique de Lyon. Je me concentre sur les cinq garçons. Ils se ressemblent comme s'ils avaient été coulés dans le même moule : leur plastique est impeccable, irréprochable. Il y a là un Asiatique, grand et carré. Sa peau semble polie à la cire. Son voisin est un Maghrébin sec, longiligne, aux épaules développées et aux jambes très maigres. Il y a aussi deux blonds. L'un est, malgré la température, entièrement habillé de latex ; son torse est à l'air libre ; sa peau est usée par les épilations successives. L'autre a des crevasses en guise de joues. Le cinquième gars est métis. Son allure Baggy met aux enchères son côté « racaille ». Si son entrejambe n'était pas mis en valeur par un slip trop petit, avec son outil de travail prêt à bondir, je l'aurais bien vu à la Star'Ac[2]. Je repasse le message une dernière fois dans l'attente des réactions.

— Connaissez-vous cette voix ?

— Vous n'êtes pas obligés de répondre, ne vous inquiétez pas !

Elizabeth cache des dons d'avocate.

Je me retourne. Je vais lui mettre la pression. Je n'ai pas de caféine dans le sang… La fatigue me nargue et plus personne ne m'attend chez moi.

— OK, on a retrouvé, hier matin, un mec très abîmé. (Je visualise le visage et le corps de Lestier pour donner de la consistance à mes paroles, tout en restant flou sur le « mec abîmé » en question, afin qu'ils se sentent directement concernés.) Alors je répète, connaissez-vous cette voix ? J'ai besoin d'informations… (Je les regarde comme s'ils pouvaient être potentiellement à la place de Lestier.) Je dois retrouver celui qui l'a mutilé avant qu'il ne recommence… Vous voyez un peu le topo ?

— C'est la voix d'Alex.

Alors, tout le monde se tourne vers le Métis, qui me fixe les yeux mouillés. Au moment même où j'ai envie de reprendre la parole, je sens une faiblesse dans les jambes. La fatigue. Mon corps vacille. Il lutte.

Annie m'apporte un gobelet en plastique fumant. Je la remercie du regard. Elle me répond « De rien ! » avec un sourire plus amical que tout à l'heure.

— Où est Alex ?

---

2. Star Académie.

Apparemment, je suis le seul à ne pas le connaître.

— Venez avec moi, dit-il en remontant son jean beaucoup trop large.

La fatigue aidant, je laisse ma voiture en double file avec les feux de détresse. Le Métis me regarde.

— Je m'appelle Charles.

— Franck Marshall.

Je marche un peu avec lui dans la nuit. La danse des voitures est presque frénétique : on dirait des aimants qui s'attirent et se rejettent le long des trottoirs.

— Tu travailles ici depuis longtemps ?

— Depuis un an.

— Qui est Alex ?

Une Renault Mégane noire ralentit. La vitre s'ouvre. Un homme d'une quarantaine d'années, d'allure musclée et sportive, sourit à Charles. Ses dents ressortent, blanches, immaculées, sous la lumière du plafonnier.

— Je reviens tout de suite !

Je ne sais pas quoi dire. Il profite de ma fatigue. Je réalise qu'il peut me filer entre les pattes. Il se penche dans l'auto, fait des gestes avec sa main et ressort avec le sourire. La Renault Mégane repart, glissante.

— Excusez-moi, c'est pour le travail. Et vu ce temps de merde ! (Il regarde la voiture s'en aller doucement.) Il revient quand sa femme et sa fille se seront endormies.

Je sens son envie de choquer et, en même temps, la tonalité de sa voix indique qu'il prend son métier à cœur.

— À mon avis, Charles, sa femme et sa fille ne se sont jamais vraiment réveillées !

— Possible !

— Certain !

Mon phrasé est plombé dans la certitude. Je tranche :

— Qui est Alex ?

— Il œuvre près du bois de Boulogne, c'est une taupe. Il travaille essentiellement de nuit, sur place ou dans les voitures des clients. La plupart d'entre nous vont chez le client, surtout s'il y a des partys, mais pas Alex.

Nous passons à côté du Pavillon Royal, puis nous longeons un tronçon de route, sur une allée d'arbres au bord du bois. Ici, pas de travestis, juste des hommes venus consommer d'autres hommes. Charles arrête subitement de marcher. À bonne distance pour ne pas se faire remarquer.

— Voilà, c'est lui. En pull noir et baskets blanches.

Je fais un signe de tête, en guise de remerciement. Charles fait demi-tour. Je vois la Mégane qui s'arrête au coin de la rue. Décidément, le sommeil d'une famille est bien léger au regard d'une pulsion sexuelle.

Nous sommes à dix minutes de marche de la cabine téléphonique. Plus vraiment à côté. Pour quelqu'un qui travaille sur place... Alex me scrute et paraît hésiter. Il soupire quand il comprend que je suis flic. Il jette un coup d'œil furtif en direction du bois. Je le dissuade de fuir, d'un simple hochement de tête. Il se raidit. Je sors ma carte.

— Franck Marshall ! Je suis là au sujet de votre découverte et de votre appel, la nuit dernière.

Je l'ai pris de court, il ne peut plus mentir.

— Voilà à quoi ça sert de prévenir les flics... Je suis trop con !

Je mets deux secondes à comprendre que c'est à lui-même qu'il s'adresse. Il est en colère. Il s'en veut.

SERGE MILLER

La merde. Le préfet est furieux. Je raccroche le téléphone.

J'allume la télé, sans mettre le son. J'ai suffisamment les nerfs en pelote pour être incapable de supporter les commentaires pathos sur cette mère de famille qui apparaît, bouleversée… Une photo de son fils en gros plan s'éternise à l'écran. Deuxième cas de disparition à Paris. J'éteins tout.

Officiellement, Léonard Lestier est toujours recherché par les services de Police. Mais, sur ordre de la Préfecture, ces mêmes services doivent garder le silence sur le fait que nous l'avons retrouvé… pas dans le même état cependant. N'empêche que les journalistes, eux, font le rapprochement : « Deux cas de disparition d'adolescent à Paris. »

Je rentre chez moi, sous la pluie et le froid. Sommes-nous vraiment en mai ? Je passe au McDo, ouvert 24 h/24. Il y a là des jeunes et des paumés qui s'empressent de mâcher autre chose que du vide. Le lieu est pris d'assaut : baskets, hamburgers, frites et soda. La musique est trop forte, ils aiment les décibels. Je me sens à jamais séparé de tout ça. Je me décourage et sors le ventre vide.

L'escalier de mon immeuble craque autant que mon estomac, lui qui a vu des sandwichs sans en avoir une miette. Je souffle comme un bœuf, j'ai pris beaucoup trop de poids. Mon chien ne me guette plus, mais je m'attends toujours à le voir quand je rentre.

Je pousse le courrier qui s'accumule avec mon pied ; il faudrait que je brûle tout ça. Je vais dans le salon, enlevant mes chaussures en chemin, et je m'assois face au mur, dans mon Chesterfield en cuir jaune moutarde. Sur le mur, ma femme et ma fille me regardent, sur une photo tout aussi jaune.

Je leur parle souvent. Au départ, l'angoisse de n'entendre que ma voix dans cette pièce me donnait la nausée. Maintenant c'est comme un tabou dépassé, teinté d'une grande culpabilité. Le monde a changé, je ne réponds plus à aucun critère esthétique, moral ou amical d'aujourd'hui... Alors je me complais dans cette interaction. Ça ne change rien, mais je me sens moins seul. Je pense à Franck Marshall. Je regarde le sourire de ma femme, son regard franc et sincère, je l'aime. Mon Dieu, que je t'aime, Élise !

— La plupart du temps, il rassemble autant de connerie que de génie, ce Marshall dont je t'ai déjà parlé. Il ne comprend pas qu'il est important que je me place entre le préfet et lui, pour lui donner plus de champ libre. Mais à quoi bon le lui dire ? Il n'en fait qu'à sa tête. Politiquement parlant, le maire est mal placé. Sa sexualité assumée va lui faire prendre cette affaire à cœur si les victimes sont la proie d'un gay détraqué, comme j'ai tendance à le penser. Tu sais, je me souviens qu'à l'époque, dans l'opinion publique, l'élection du maire de Paris avait fait la Une des tabloïds américains qui titraient : « Le maire de Paris est gay ! » Cette révélation montre bien que l'Amérique n'a aucune conception sociale de l'assimilation des sexualités. Vous êtes gay ou maire, mais vous ne pouvez pas être les deux, apparemment ! Je dois reconnaître qu'en la matière, la France n'est pas trop mal lotie. Et tu avais raison, Élise, de dire que l'Europe a au moins compris que la sexualité de chacun ne regarde personne. C'est une élection humaine intime que la sexualité, et non un engagement politique... Quoique...

— Rappelle-toi que le maire de Paris a été agressé par un psychotique, simplement parce qu'il était homosexuel.

Tu disais que c'était parfois le prix à payer, le prix pour être soi.

— Moi, je pense que la sexualité, c'est une lutte contre sa propre mortalité… La plupart des gens ne savent pas gérer leur frustration face à la mort. Alors les frustrations liées à la sexualité, tu penses !... On a tous cette petite voix qui nous susurre en vieillissant : « Tu fais quoi de ta vie avant de mourir ? » Mais peu d'entre nous savent quoi répondre. Il est plus facile de fuir sa vie en jouissant de tout et de rien, jusqu'à ce qu'elle devienne un tour de manège obligatoire. À force de soûleries, on n'entend plus la petite voix… et un jour, on le regrette. Car on se rend compte, trop tard, qu'elle était bienveillante.

Je regarde sa photo. Ma fille en arrière-plan sourit, elle aussi.

— La mort, on cherche à s'en débarrasser à tout prix. Et chez les âmes fragiles, elle se situe dans une pensée psychotique : « Si je donne ma mort, je suis immortel. » Tu vois un peu où je veux en venir, Élise ? Ce que je vois dans le cadre de mon travail me le confirme souvent : ce n'est pas en donnant la mort que l'on devient immortel ! Bien au contraire. Notre bourreau du moment en a parfaitement conscience, c'est la raison pour laquelle il ne tue pas ! Parce qu'il ne veut pas mourir.

Je regarde le visage heureux de ma femme ; derrière son sourire, ma fille fait la tête. J'aime cette photo. J'aime les autres aussi, mais celle-ci… Bon sang, j'ai donné ma vie à mon métier.

Mon regard se focalise sur un autre cliché. Punaisé un peu plus loin, à part. C'est la photo d'un gamin. Elle m'est aussi familière que celle de ma femme. L'enfant est assis dans l'herbe, il sourit à l'objectif. Il a cinq ans tout au plus. En arrière-plan, on devine une cage à oiseaux. L'ombre du photographe se déploie sur l'enfant et je devine qu'une manche, la droite, est retroussée. Cette image me hante.

Va bien falloir en parler un jour. Je me reconcentre sur ma femme et ma fille. Je me rassois.

Je suis incapable de me reprendre en main. C'est ma force de le reconnaître. Bien que je contemple aujourd'hui les lambeaux de mon abandon, punaisés dans mon salon, je dois bien admettre avec une infinie tristesse que ma femme et ma fille sont plus heureuses sans moi. Je n'ai vraiment pas le sens de la déco, leurs photos sont éparpillées grossièrement sur le mur. Lorsque je les regarde avec amour, que les images ne se brouillent pas devant mes yeux, je sais qu'elles ont été les trouées les plus joyeuses de mon existence.

Le propre d'un névrosé, c'est d'aimer ce qui lui fait du mal, de ne pas vouloir s'en séparer, de peur de perdre son identité, de perdre un bout de lui-même. Je suis un grand névrosé.

Marshall me ressemble beaucoup. Je vois la fougue de ses pensées et cette énergie qui font de lui un bon enquêteur. Mais j'y distingue aussi cette vie intime qui lui échappe et le perturbe. En parfait impuissant, on ne peut en gérer le gouffre, l'effritement intérieur. Ce n'est pas pour être puissant que l'homme doit se tenir prêt. Il doit se préparer psychiquement à devenir impuissant, à admettre qu'en fin de compte, un jour ou l'autre, il mourra. Bien des choses nous échappent et, simplement, le fait d'exister nous le prouve. Nous ne changeons pas les choses. Nous pouvons seulement changer, avec ou malgré elles.

Il est quatre heures du matin. La caféine fait effet six heures après son ingestion. Je me prépare un café frais, bien chaud. Une tasse fumante sur les genoux, des photos froides sur un mur. Insomnies chroniques. Mes nuits sont comme mes journées, rudes.

Souvent, je pense que l'horreur du monde adoucit l'échec de ma vie intime, au moins autant que ces photos qui me regardent et que ce silence épais qui m'absorbe comme une éponge démente. Dans quelques heures, la caféine me ranimera et ces photos jaunies continueront à me tenir éveillé pour la journée. On a tous besoin de penser à quelqu'un pour avoir le courage de rester debout.

Je m'assois plus profondément encore dans l'unique fauteuil du salon. J'y dors mieux que dans un lit. Ma femme et ma fille me contemplent. J'ai pris cette photo il y a dix ans. Celui qui prend la photo est toujours exclu. Si je veux changer de vie, il faudra que je brûle tout ça.

Je ferme les yeux, fébrile. Je suis un grand névrosé.

Marshall a raison sur une chose. Il y aura d'autres victimes.

Je dois gagner sa confiance pour obtenir le plus d'informations possible. J'ai une idée.

— On va boire un café ?

Le ton de ma voix est ferme. Alex soupire. Il se doute bien que je ne lui laisse pas vraiment le choix.

— Oui ! Finissons-en !

Nous prenons la direction du bus, le chant du gravier sous nos semelles humides rythme nos pas. Il y a beaucoup de culpabilité chez les prostitués masculins. Ici, ils viennent presque tous de la banlieue. Avec leur physique sculpté et leurs caractéristiques ethniques, ils devancent les demandes inconscientes de cette société froide, consommatrice de fruits du soleil, inspirée par les peaux hâlées. Désormais, le vrai pouvoir consiste à plaire à tout le monde : hommes, femmes et enfants. Il n'y a plus de limites à la conquête et, étrangement, le mot « expériences » devient faible et roublard, une litanie morose. Maintenant, il s'agit de posséder l'autre. Le sexe est l'outil idéal pour ça.

Les mecs, ici, pour la plupart, ne sont pas foncièrement homos. Les pédés, ce sont les autres, ceux qui reçoivent le sexe. Eux, ce qu'ils veulent c'est être plus riches, et vite, sans être obligés de se fondre dans les névroses de la société française et du monde du travail. Ces jeunes-là sont intolérants aux frustrations du monde professionnel et de l'intégration sociale. La jouissance sexuelle leur permet de se sentir moins « écrasés » par les pressions de la hiérarchie, et de vivre mieux qu'ils n'auraient osé espérer.

Ici, personne n'a besoin d'attendre deux années de dur labeur pour espérer une augmentation salariale. C'est la première raison de leur présence ici. La deuxième, c'est la tenue vestimentaire : le costume de travail. Ils ne sont pas contraints, ils ont le choix de leurs attributs, généralement plutôt branchés. Le sens du look en dit long sur l'objectif recherché. Ici, une place sur l'asphalte peut faire d'un homme, bon père de famille par ailleurs, un jouet dénué de toute humanité, mais un jouet qui s'enrichit, une fois à la disposition de cette foule frustrée, parasitée par les désirs et l'envie de puissance. Car aujourd'hui, un homme, rejeté par les femmes, s'offre une pipe faite par un mec pour conjurer le sort, comme un retour normal à la puissance perdue. Par dépit, certains s'achètent ou louent leur véritable désir. Ils se déculpabilisent de ne pas s'assumer, en utilisant l'objet de leur véritable jouissance, comme ils ont recours à la famille pour cacher leur véritable sexualité.

La puissance et l'argent parasitent le désir, l'identité sexuelle. C'est bon pour le commerce, mais tragique pour l'humain. Il y a une légitimité économique qui encourage cette tendance. C'est un peu comme apprendre à ne plus avoir d'émotions pour mieux gagner. Jusqu'à quand ?

Prendre l'habitude de s'adonner à une sexualité différente de la sienne, pour l'appât du gain, crée une dépendance qui rappelle, à bien des égards, l'ambiance banale de toute société de travail, l'avilissement que s'infligent certaines personnes dans des besognes qui ne les épanouiront jamais, juste pour avoir de l'argent. La prostitution a dépassé les trottoirs, depuis belle lurette. Elle existe dans presque tous les bureaux, dans les boutiques, les bars et les clubs, le but étant de se vendre au meilleur prix. Exactement comme une pub.

C'est terrible de voir combien la fatigue favorise la réflexion. C'est certainement pour ça que la fatigue est un tabou.

Alex me regarde curieusement. Je lui donne tout au plus vingt-trois ans. Au dernier moment, je l'invite à changer de direction. Le bus est devant nous ; il se dégage, de son ventre rond et bleu, une chaleur bienvenue.

Je l'invite à prendre l'avenue Hoche. Il est important que je ne lui parle pas, si je veux faire remonter ce qu'il a vu hier, avec le plus de détails possible. Il hésite. Je l'encourage d'un sourire.

Je lui tourne le dos. Je le sens qui se rapproche de moi. Je représente l'autorité, pas la menace. Il va donc se confier, sous une pluie fine.

— Je revenais de chez un client. Hier soir.

Je pense à ce que m'a dit Charles : qu'il n'allait jamais chez les gens. Mais je le laisse parler. Nous continuons de marcher. Au bout de cinq bonnes minutes, il s'arrête. J'enclenche la touche rouge du magnétophone, dans ma poche, à l'abri de son regard.

— Comme je ne voulais pas qu'on me voie – je n'aime pas m'exposer à la critique des autres mecs –, j'ai demandé qu'on me laisse un peu plus haut sur l'avenue Foch. Il était cinq heures moins le quart du matin.

Je m'immobilise. Je l'observe en souriant amicalement, sans jugement. Comme je ne parle pas, il se concentre sur ses pieds. La confidence arrive.

— Il y avait cette belle femme sur le trottoir. Elle ne regardait pas l'avenue. Mais la pelouse. Mon client m'a déposé plus bas, après l'avoir dépassée. Par ici. Lorsque je suis descendu de la voiture, elle avait déjà traversé le boulevard, d'un pas rapide. Je me suis dit que quelque chose n'allait pas. J'ai aussi regardé vers le jardin. C'est dans la lueur de ce réverbère que j'ai vu la forme d'un corps, assis le long de ce chêne.

Il revivait la scène. Je devais me faire discret, le plus neutre possible. Et en même temps, rester parfaitement concentré.

— J'ai avancé sur la pelouse et marché vers ce chêne. Puis j'ai compris pourquoi la belle femme courait, pourquoi elle prenait la fuite. C'était monstrueux !

Il suffoque tout en s'avançant rapidement vers l'arbre. Je me confonds en réplique exacte de ses gestes, me mets à sa place.

— J'ai cru que c'était un règlement de comptes. Alors j'ai couru pour lui porter secours. Entre prostitués, même si on ne s'aime pas, on se défend toujours.

Il respire fort.

— Et ce que j'ai vu, c'était… terrible.

Je l'aide un peu.

— Dis-moi.

Il sort de sa torpeur, me dévisage, puis fixe le tronc de l'arbre, vide. Sa respiration semble reprendre un rythme normal. Je crois qu'il se sent rassuré avec moi.

— Il me regardait, m'implorait. Ses yeux étaient d'une infinie tristesse. Ses sourcils me suppliaient de lui apporter de l'aide. Du moins, c'est ce que j'ai cru au départ.

Mon Dieu. Je revois le visage horrible de ce jeune garçon, Léonard Lestier.

— Lorsque j'ai vu qu'il n'avait plus de doigts, que de sa bouche ouverte sortaient d'insupportables gargouillis, j'ai décidé d'appeler la police. Je ne pouvais pas le laisser comme ça. Mais je ne voulais pas non plus qu'on me retrouve. Je ne voulais pas être le témoin de « ça » !

Silence.

— Je m'apprêtais à partir quand j'ai entendu siffler.

— Siffler ?

Alex me regarde et un flot insensé de larmes jaillit du centre de son visage.

— Je me suis retourné et je l'ai vu. Il hurlait comme il pouvait. Il ne voulait pas que je le laisse seul. Ses regards allaient de moi à l'avenue et j'ai pensé à cette belle femme qui l'avait sans doute fui. Ne plus être seul. J'ai senti qu'il ne pouvait pas parler. Il y avait des hurlements terrifiants comme des fuites, des crissements aigus qui sortaient de toute sa chair. Ses yeux fous, des sifflements qui sortaient de sa gorge, comme ceux d'une cocotte sous pression… J'ai… enfin… Je me suis… pissé dessus… sans m'en rendre compte. J'ai pris tout le courage que je pouvais et j'ai foncé à la cabine. (Il se retourne.) Là-bas…

Je m'approche de lui. Il suffoque mais tend son bras, me demandant de garder mes distances.

— Tu ne peux pas rester comme ça. Je peux t'emmener voir un professionnel… Maintenant, si tu veux. On n'en a pas pour longtemps, j'ai une voiture.

Il me regarde. La confiance qu'il me portait a complètement disparu.

— M'emmener où ?… Chez un psy ?

Je ne réponds pas, pour souligner l'évidence.

— Qu'ils aillent tous se faire foutre, ces connards !

Il crie fort. Je dois réagir vite, ne pas le laisser dans cette position traumatique. Je change de terrain de conversation.

— Pourquoi es-tu allé travailler chez un client, hier soir ?

Il est dérouté par la question. Il regarde d'abord le chêne, puis furtivement vers le bus.

— Ils vous ont dit que je bossais dans les bois, c'est ça ?

— Oui, ils me l'ont dit.

— Ah ! Les enfoirés ! Ils me surnomment la taupe… Je ne suis pas aveugle ; y a simplement des choses que je ne veux plus voir ! Ils ont la mémoire courte !

Sans prévenir, il ouvre une autre plaie de son existence en même temps que sa chemise. Son esprit fuit de toutes parts.

— Un jour, j'ai suivi un client chez lui. Dans le 16e arrondissement, un appartement somptueux. J'ai bu un verre de vin rouge en carafe, pour l'occasion. Puis je me suis senti faible, endolori.

Sa respiration est de nouveau normale, mais son angoisse est palpable. Il sourit, sans joie.

— J'ai fini nu, suspendu par la gorge avec, à la pointe des pieds, le dossier d'une chaise pour appui. Si, à l'aube, je tenais encore, il me relâcherait et me paierait ; sinon, il me découperait et ferait disparaître les restes. Il me l'a dit, en ces termes exacts.

Je ne sais pas quoi dire.

— J'ai tenu jusqu'à l'aube. Je n'ai jamais su s'il s'agissait d'un jeu ou si le mec était sérieux. Mais bien souvent, je pense à ce qu'il serait advenu de moi, si j'avais glissé ou si je m'étais endormi… Quoi qu'il en soit, il est resté assis en face de moi jusqu'à l'aube. Puis il m'a descendu juste après avoir enlevé la chaise. Mon cou a craqué sous le poids de mon corps qui a chuté. Ensuite, il a coupé la corde et, avant même que j'aie repris ma respiration, il m'a fourré une poignée de billets dans la bouche.

Il me montre, du bout de son doigt, une marque sur sa peau, indélébile.

— Depuis ce jour, je bosse dans les bois… Les enfoirés ! Ils perdent rien pour attendre !

Je regarde mes chaussures, imitant son comportement d'un quart d'heure plus tôt.

— Pourquoi alors es-tu allé travailler chez un client, la nuit dernière ?

Il soupire. Deuxième confession.

— Parce que c'était… une femme.

Je me redresse soudainement.

— Ça vous intéresse là, hein ?

Je suis gêné, je ne sais pas quoi répondre. Il secoue sa tête, comme après un long effort physique, les deux mains sur ses genoux.

— On va le boire, ce café ?

— Oui, ça marche !

Parfois, les solitudes se rencontrent comme deux amies ancestrales. Qu'importe les histoires et les dénouements, l'âge et les acidités de la vie. Deux âmes seules restent deux âmes seules. Elles se sourient, marchent l'une à côté de l'autre, l'écho des deux silences en unique compagnon.

Nous descendons l'avenue Hoche. Je suis relié au souvenir du traumatisme subi par Léonard Lestier. C'est alors que l'esprit morcelé d'Alex me livre une autre expérience.

— Elles sont six. Elles me paient mille euros. Une fois par mois. Je suis nu, à quatre pattes, sur un canapé en velours. Elles m'insultent et, pour chacune d'entre elles, je porte le prénom de son mari. Elles m'enfoncent des choses dans le corps, me crachent dessus. Et veulent à tout prix que je jouisse. Elles savent que je suis homo, c'est ce qui les excite parce que ça dure plus longtemps. Elles se vengent sur moi. Ensuite, elles me lavent. Elles me couvrent de parfum et d'argent. Puis elles me déposent ici.

Je déglutis intérieurement. J'ai donné ma vie à mon travail ; j'entends des confessions de toutes sortes, mais leurs limites se distendent. Si les femmes traitent les hommes en femmes, il est fort probable que nous n'y survivions pas. Le peu d'humanité qui s'échappe à chacune de nos paroles montre à quel point l'homme est faible. Je ne sais pas quoi ajouter. Je suis trop épuisé.

— Après le café, il faut que vous dormiez un peu, Marshall. J'ai l'impression que vous en avez besoin !

Qu'il utilise mon nom me détend devant le premier bon conseil que je reçois depuis deux jours. C'est aussi sa manière de me remercier de mon écoute et de se rendre utile à son tour. Sans le savoir, il est prêt à parler de sa vie. Je vais arrêter là mon écoute. La frustration de ne pas pouvoir tout dire le poussera peut-être vers un divan. Il y a de très saines frustrations.

Si je compte bien, la caféine me réveillera plus tard, dans cinq ou six heures.

— J'en prendrai un double serré, en fin de compte.

Nous sourions en silence. J'éteins le magnétophone, dans ma poche, d'un geste rapide.

*
* *

Ebony me regarde. Elle miaule au-dessus de ses croquettes : ce n'est pas la bonne marque. Les valises sont absentes. Le moment que je redoutais est là. Emily est partie.

Il est cinq heures trente du matin. Il y a vingt-quatre heures, Alex découvrait Léonard Lestier. Il y a vingt-quatre heures, Emily vivait encore chez moi.

Il n'y a même pas un mot. Je m'allonge tout habillé. La chatte ronronne dans mon coude et, avant de sombrer dans un état proche de celui du sommeil de plomb, je laisse remonter les images. Successivement.

Je vois le visage de Léonard Lestier, terrifié, épouvanté. Celui d'Alex, dépassé par son existence, un doigt dans son cou sur une peau atrophiée par une pendaison sexuelle. Puis enfin, plus près de moi, la vision d'Emily. Onirique, belle, gracieuse, élancée, qui tourne sa cuillère dans une tasse vide. Puis cette phrase d'Alex qui me nargue.

« Il y avait cette belle femme… » Un deuxième témoin.

Je n'ai plus de forces. Je m'écroule.

SERGE MILLER

Elle est sur moi. Ses jambes s'enroulent, son corps se plie : un sourire sur le mien étendu, alangui. Je la frappe et lui demande d'aimer ça. Puis des sirènes, par milliers, qui chantent dans les murs. Et le sang. Des traces épouvantables, suintantes. Je suis devant le mur. Je le touche de ma main poisseuse. Des sirènes…

J'ouvre les yeux. J'ai l'impression qu'elle est là, tout près de moi. Je regarde sa photo et son sourire. Le portable.

Je suis assis. Je réponds mais il me faut un certain temps avant de comprendre où je suis et de réaliser ce qu'on m'annonce. Il y a un décalage. Un corps a été découvert dans un square. Je me redresse violemment. Je me ressaisis. Je quitte mon rêve et oublie la photo sur le mur.

Pas le temps de prendre une douche. Je retourne dans mes chaussures. Je repousse le tas de lettres qui s'accumulent et que je n'ai toujours pas ouvertes. Je sors de chez moi, en songeant que je n'ai pas dit au revoir à Élise.

Je recouvre ma souplesse. Même si mon corps lourd risque de me laisser tomber, je compte davantage sur mon esprit fouetté. Il est sept heures vingt du matin. Il fait encore plus froid que la veille. L'odeur de la pluie. Il y a des nuées glacées qui menacent de percer le ciel tel le ventre d'un cadavre gonflé, vert, sombre, à bout.

J'appelle Marshall, tout en levant le doigt vers un taxi boueux.

— Square Saint-Georges, dans le 9e arrondissement, s'il vous plaît !

Je demande au chauffeur d'éteindre sa radio. Il s'exécute uniquement lorsque je lui présente ma carte. Il faut que je sois le moins parasité possible pour comprendre ce qui arrive. Le taxi démarre. Le ciel craque, il s'écrase sur nous : des billions de pointes d'eau glacée.

* * *

Il est sept heures trente à ma montre. Devant le square, il y a une rangée d'uniformes, du sang neuf de la police. Je montre patte blanche.

— Personne ne doit entrer ici, c'est bien compris ?

Je ne me retourne même pas. Je reviens en arrière et j'attrape le parapluie d'un bleu, un solide gaillard à la peau de lait. Il ne bronche pas. Le gardien du square est assis sur le premier banc. Il a l'air aussi dépité que le ciel. Deux psychologues se penchent sur lui. Il vient de vomir son petit-déjeuner. Moi, je n'ai rien d'autre que mes souvenirs à digérer.

Je vois les éclairs au fond du petit parc. J'avance. Le jardin est niché en angle droit, derrière quatre dos d'immeubles. Il donne sur une rue, avec un petit muret et des grilles. Il est facile de passer par-dessus, la nuit. Le cliquetis de la pluie sur la toile au-dessus de ma tête, les graviers mouillés sous mes pieds, j'avance.

La police scientifique est là. Je reconnais le légiste. Et cette femme qui prend des photos. Ils me regardent, me font un signe de tête. Ils ont l'air horrifié. La seconde d'après, je comprends pourquoi.

Le jeune homme est assis, adossé contre un arbre. Je note immédiatement qu'il a la même position que Léonard Lestier. Il a un appareil en métal grand ouvert dans sa bouche, qui la maintient aussi béante qu'un gouffre dément. Je mets dix secondes à identifier un écarteur chirurgical, un vieux modèle.

Il est vivant.

Il est recouvert de ses propres vêtements, qui lui ont été préalablement ôtés. Il est sous l'arbre, à l'abri de la pluie. Seule, sa tête est démesurément repoussante, comme une fusion de métal et de chairs rougies. Ses joues ont été lacérées de chaque côté, la partie inférieure aplatie le long du cou, laissant apparaître une rangée entière de dents.

Nous ne parlons pas. L'ambulance est arrivée. En revanche, pas de nouvelles de Marshall. Qu'est-ce qu'il peut bien foutre ?

La victime a les pieds intacts, mais nus. Ses chaussures sont alignées à côté du corps. C'est le même bourreau que pour Lestier, c'est certain. Je remarque que sa langue est toujours là, mais molle. Inerte.

Les yeux de l'adolescent nous regardent. Ils roulent de panique, de silences épouvantables, impuissants. Muet.

Deux hommes en combinaison arrivent avec un brancard. Lorsqu'ils s'approchent du jeune homme, j'entends un sifflement, puis plusieurs. Insupportables, déchirants. Nous nous dévisageons tous avant de nous tourner vers lui.

Ils sortent de sa gorge. Je revois tous ces jeunes gens dans le McDo, hier soir. Mon esprit est révolté, malade. Un homme en combinaison, ganté, s'approche de l'adolescent. Il lui saisit les épaules, l'autre s'occupe de ses deux pieds. Ils le soulèvent. Ses vêtements, minutieusement entassés sur lui, glissent.

Le parapluie me tombe des mains.

Ses deux bras sont cousus grossièrement avec ce qui semble être, à première vue, du fil de pêche. De maladroites sutures apparaissent le long des flancs, de la poitrine à la taille. Les bras sont confondus, mélangés, soudés avec la peau du buste. Ses mains n'ont plus de doigts.

Ses jambes ont été rapprochées l'une de l'autre et cousues ensemble, tout aussi grossièrement, et à vif. Son sexe est rentré, plié entre les cuisses et je devine qu'il a été, par endroits, pris dans les croisements des sutures. Jusqu'aux chevilles, son corps n'est qu'un immense point de suture, un corps immobilisé, cousu.

Les hommes posent l'adolescent sur le brancard, puis l'entourent d'une couverture de survie. Entièrement, comme un cadavre. Il ne faut pas qu'on le voie.

Les hurlements sifflent dans sa gorge, comme des fuites de gaz ; c'est inhumain.

Il ne faut pas qu'on le voie.

En cachant les victimes, on encourage la perversité et le mal que le bourreau produit, pour éviter de voir la souffrance qu'il nous fait subir. En niant la douleur d'une victime, on se réduit soi-même à être un bourreau. Comment comprendre l'abandon dans lequel le monde se jette, par simple refus de voir la violence qu'il engendre lui-même ? Une vie de flic ne suffit pas. Et encore moins la mienne.

Il ne faut pas qu'on le voie.

Je ne sais pas s'il s'agit de peur ou de soulagement, mais ce garçon n'est pas celui dont on a parlé aux infos. Ce n'est pas le dernier porté disparu en date, je le jurerais... En même temps, il est tellement défiguré.

Marshall daigne enfin se pointer. Il a vraiment une sale gueule.

Je revois l'image de ma femme, de ma fille.

Et de la pute.

La Proie

Il est revenu, l'homme en noir, je reconnais le son, le rythme de ses pas. Mais il n'est pas seul.

J'entends le glissement d'un sac que l'on tire, le clic d'une lampe, une porte qui s'ouvre sur le sol, elle résonne sur ma gauche, en écho. Je vois un carré de lumière se dessiner sur le mur, au niveau de mon front. Il y a un bruit près de moi, puis un deuxième, puis le feu d'une lampe halogène pénètre ma geôle. J'oublie un instant ma fatigue. Je crie, j'ai mal à la tête, tout est trop violent.

— Pourquoi as-tu enlevé tes chaussures ?

Mon Dieu, cette voix…

Inclassable, métallique. Une voix déformée. Je ne réponds pas. Je tiens les clefs dans ma main, je les serre fort, j'ai peur. Ce n'est pas la voix de l'homme qui m'a enlevé, à l'aube ce matin, ce n'est pas lui… Je donne un coup de pied dans la terre, elle gicle jusque sur l'homme. Il tousse, chasse les particules de sa capuche, rit et s'immobilise face à moi.

— Prends le temps de t'habituer à la lumière, petit, il faut que tu voies ça…

À cause du contre-jour, je n'identifie pas son visage. Il porte une sorte d'aube noire avec une capuche redressée sur la tête, exactement comme un moine. Je suis incapable de l'identifier. Il se dirige vers le flot lumineux, puis transfère la lumière dans le centre de la pièce, me renvoyant dans les ténèbres subitement, suspendu dans la hauteur d'un mur, d'une cavité.

Une table est au centre. D'un métal brillant – je ne l'avais pas remarquée au premier coup d'œil –, subissant les reflets de la lumière. Regarder, fixer, me coûte. J'ai un mal fou à me concentrer. Mais je discerne bien le sac de nylon, un sac noué qui se tord en tous sens. L'homme en noir saisit une lame tranchante sur ce qui doit être… (je dois bouger un peu pour mieux observer) sur ce qui est un fauteuil de dentiste. L'assise est en cuir blanc, une lampe est allumée juste au-dessus. La vue du fauteuil suffit à me remémorer l'odeur spécifique des salons dentaires, désagréable. J'entends un « ziiiip », puis un « riiiip » et je vois le sac s'ouvrir comme un œuf dans les films *Alien*.

J'aperçois un visage d'ange, poli comme le sont ceux des Métis. Son corps d'athlète musclé se débat. L'homme en noir le tient par les rastas, le tire, le fait glisser sur le sol carrelé qui me rappelle un peu celui du métro parisien. Du ruban adhésif lui colle la bouche et le nez. Il est nu. Ses mains sont attachées dans son dos, reliées par une corde à des nœuds improbables autour de ses pieds. J'entends les cris étouffés du garçon et, tapi dans les ténèbres, je distingue ses yeux sortis de leur orbite, scruter les alentours comme un chien fou, cherchant de l'aide. Instinctivement, je recule : je ne veux pas qu'il me repère.

Mon cœur s'emballe.

L'homme met deux de ses doigts dans le nez du métis, l'obligeant à se lever et à le suivre jusqu'à la table de métal froid. Il sort de sa poche carrée, immense, une seringue qu'il enfonce dans le cou de l'adolescent tenu par la gorge avec une main gantée. Le Métis tombe littéralement sur la table. Il rajuste le corps inerte, l'allonge sur le dos et coupe ses liens.

L'homme à la capuche noire s'en va, emportant avec lui les bouts de cordes. Le corps est là devant moi. Je sens l'odeur acide de la peur transpirer de la peau caramel ; je connais bien cette émanation, la même que j'ai respirée pendant toute ma nuit de débauche insensée. Je ne sais pas quoi penser. Est-ce que je dois rester là ? Est-ce que je dois regarder ?

Le prédateur en moi voudrait tout regarder pour apprendre. Si je veux m'en sortir, il faut que je comprenne comment l'homme en noir travaille. C'est aussi simple que ça ; pas d'autre solution.

— Il faut que tu regardes ça… Il faut que tu apprennes.

Je sursaute. L'homme en noir est devant moi, dans l'ombre ; sa capuche me fixe à travers les barreaux métalliques qui nous séparent. Je ne le vois pas, mais je sais qu'il me sourit. Je distingue un interrupteur lumineux près de sa gorge lorsqu'il se retourne vers la table au centre de la pièce ; il y a un bouton de volume sur une machine fixée autour de son cou. Je réalise qu'il porte un transformateur de voix, ce qui explique ce timbre infect, désincarné et changeant.

L'homme tourne autour de la table, regarde sa montre, il tourne encore et la consulte une nouvelle fois. Le silence est insupportable. Il lui administre des claques à chaque passage, mais l'adolescent ne semble pas réagir. Soudain, un pied bouge, puis le deuxième. L'homme habillé de noir continue de le gifler. Notre bourreau lui attache des sangles autour du corps, l'immobilisant ainsi. Puis, d'un seul mouvement, il arrache le ruban adhésif de sa bouche.

Shlaaash !

— Regarde-moi, négro…

L'odeur de la panique monte d'un cran. La voix suivante est presque humaine, c'est celle d'un gamin affolé.

— Putain, mec, t'es qui ? Détache-moi ou je te bute !

— Me buter ?

Il y a une succession de fous rires électroniques, de toux, comme des larsens dans une enceinte hi-fi. L'homme en noir se plie en deux. Le Métis se débat entre les sangles. Soudain, je remarque un tube transparent dans la main gantée de l'homme en noir. Dans son dos.

— J'ai dans l'idée que le mot « buter » va te paraître un délice à côté de ce qui t'attend.

— Quoi ? Qu'est-ce…

Il n'a pas le temps de finir sa phrase : à une vitesse sidérante, l'homme lui enfonce le tube dans sa gorge caramel. S'ensuit un immense gargouillis accompagné de sang et d'oxygène mêlés ; puis des sifflements terrifiants sortent du trou fraîchement fait.

L'adolescent n'a plus de voix. De ma cage murale, je vois ses yeux chercher une réponse. Je sais que c'est vain : sa bouche s'ouvre, mais pas un seul son n'en sort. Pourtant, il entend ces sifflements qui surgissent de sa gorge, il devine les mots qui se transforment en air rouge et qui coulent dans son cou ; non loin de ses oreilles, des sifflements comme ceux d'une cocotte-minute, à chaque poussée respiratoire.

— Maintenant, je vais pouvoir travailler en paix.

Il tire la table roulante vers le fauteuil de dentiste. C'est alors que je les remarque. Les tenailles et les scalpels. Mais je ne suis pas le seul à les avoir aperçus.

Un miroir immense est collé au plafond. Le Métis voit tout. Les gargouillis et les sifflements du garçon sont si aigus qu'ils me font penser à des ultrasons. Il appelle au secours en vain ; il y a des larmes aussi, beaucoup. Mon prédateur intime m'empêche de me laisser abattre. Il faut que je me concentre sur tout, si je veux m'en tirer...

Regarde-le travailler, apprends, si tu veux t'en sortir vivant !

Je me demande comment je peux survivre à ça... J'observe tout. Il y a un « clip », puis un deuxième, comme une forme d'acharnement, des sifflements de gorge terribles, puis un bruit dans un seau.

Un doigt.

Marc Dru

La plupart des enfants sont élevés dans l'idée que le monde est un immense parc d'attractions. Beaucoup d'entre eux manifestent une attention particulièrement accrue à l'amusement, d'autres développent la réserve, la sensibilité et l'observation. Certains sont dans le démonstratif et la violence, incapables de faire résonner à l'extérieur d'eux-mêmes ce qu'ils sont, et quelques-uns d'entre eux vivent dans la dépendance de l'autre, incapables de décider par eux-mêmes. Puis il y a ceux dont on ne parle pas, car il y a bien des enfants dont même les faits divers ne veulent pas.

Lamy fait partie de ces enfants-là. Je travaille en tant que psychanalyste lacanien depuis vingt ans. Je m'occupe de ces enfants de l'urgence, ces enfants que l'on découvre dans les placards, les fosses et les cabanes dans les bois... Pourquoi, me direz-vous ? Aurais-je été moi-même un enfant martyr ? Ce simplisme psychologique me répugne toujours lorsque je le vois briller et danser dans l'œil de mes collègues analystes, même freudiens, mes amis, mes voisins. Je n'ai rien contre Freud, bien au contraire, mais ses théories (inchangées) sont toujours confrontées aux maux d'aujourd'hui (qui ont considérablement muté). Alors que chez Lacan, chaque patient révolutionne la psychanalyse. Il y a des analystes qui écoutent encore les morts et d'autres qui préfèrent s'adapter aux névroses d'aujourd'hui, les isoler chez un patient et l'aider à cesser de les nourrir en toute lucidité. On ne guérit pas, pas plus que l'on n'est libre. On décide ou non de considérer son problème avec une attention légère, comme une information, ou bien de se fixer, se focaliser dessus jusqu'à ce qu'il devienne une obsession qui alourdit chaque pas. Parce qu'au final, la vie n'est rien d'autre qu'une simple évidence : on avance, un pas après l'autre.

Lamy Rhader a été retrouvé chez lui. Il était nu, les mains et les pieds ligotés, allongé sur le canapé du salon. Sur son dos était punaisé, à même la chair, cinq fois le même message : « PORC. »

Sur le sol, il y avait un bol en plastique rouge plein d'eau et, dans une assiette, des croquettes pour chien. Bien que prisonnières, ses mains attachées l'aidaient pour ramper tout en trouvant appui sur ses deux pieds liés. Il se déplaçait ainsi, dans le plus parfait silence. Ses parents étaient partis en vacances en Algérie, pour quinze jours.

Mustapha Rhader, son père biologique, et Malory Simmons, sa conquête du moment, l'avaient laissé ainsi, comme si de rien n'était. Ils n'eurent aucun remords à leur retour de vacances lorsqu'ils furent accueillis par un service de Police. Je me rappelle la question du père : « Qu'est-ce qu'il a encore fait comme dégâts, ce con ? » La femme a soupiré. Tout en elle disait : « Terminées, les vacances. »

Mustapha Rhader ne voulait pas que ses parents le sachent avec un enfant. Il n'était pas marié. Il devait donc montrer patte blanche devant toute sa famille. Il était venu avec une belle femme blonde, pour symboliser la réussite de sa vie. Ce qui avait marché. Malory Simmons, quant à elle, partait quinze jours au soleil, sans se poser plus de questions ; elle avait trouvé ça « drôle » de s'amuser avec le petit.

Derrière cette couche apparente et épaisse d'apathie se cache toujours un remords immense. En seulement deux entretiens, j'ai percé la couche d'indifférence qui les recouvrait, afin qu'ils réalisent à quel point le déni les avait broyés, tous les deux ; ils avaient ligoté un enfant pour partir en vacances. Pour ne pas voir que c'était un enfant, ils l'avaient transformé en chien, l'avaient enfermé dans l'appartement. Cette bride psychique, ce mensonge les aidait à vivre pendant quinze jours. Une fois de plus, je trouve sidérant de voir que deux personnes peuvent agir avec la même insensibilité, le plus naturellement du monde, sans se connaître. Finalement, quinze jours après, ils avaient fini par le croire, leur psyché avait assimilé l'information que c'était un chien dans un appartement et rien de plus. D'où le : « Qu'est-ce qu'il a encore fait comme dégâts, ce con ? »

Malory avait rencontré Mustapha dix jours avant leur départ, dans un bar à Pigalle. Elle y était hôtesse. Il nous a fallu peu de temps pour découvrir leur point commun : cette bonne vieille héroïne, devenue bien moins chère que la cocaïne et beaucoup plus virulente en émotions... Aujourd'hui, les drogues dures ont des cravates. On les rencontre aussi bien dans les finances que dans la rue. Certains cadres en consomment et on les retrouve jusque dans les cours d'école.

Lorsque j'ai étalé devant Mustapha les messages et les punaises pointues qu'il avait enfoncées dans le dos de son enfant (sans que Malory le sache), il a mis un temps fou à se rappeler ce qu'il avait fait. Jusqu'à ce que son ex-femme entre dans le bureau et qu'elle s'asseye en face de lui.

Olivia Merquelle est bretonne. Brune, un teint frais et franc, un regard solide et brillant qui ne supporte pas l'échec. Or, sa vie affective en était un. Elle avait un mal fou à trouver une position stable sur sa chaise. Un mal fou à expliquer sa présence ici même.

Elle avait confié son fils pour aller chez ses parents. Elle aussi montrait patte blanche à sa famille qui n'aurait pas supporté sa relation avec un Arabe. Elle avait maquillé sa grossesse, son congé maternité. (Une collègue de travail était allée jusqu'à poster, de sa part, une carte à sa famille de Bretagne pour des « vacances extra en Jamaïque », signée : « Olivia qui vous aime. »)

Mustapha s'était retrouvé objet de la honte dans la vie de son ex-femme. Mais il savait pertinemment qu'Olivia aurait droit au même traitement dans sa propre famille qui prônait les règles d'or de l'islam. Deux origines différentes, algérienne et bretonne, mais deux façons identiques de se comporter psychiquement. Finalement, le coupable, le responsable idéal était devenu le petit Lamy. Son père ne le supportait plus, sa mère cachait son existence. Il était devenu un obstacle à leur équilibre. Chacun se le refilait lorsqu'un ami ou de la famille venait. À trois ans, Lamy n'était inscrit dans aucune crèche, dans aucune école.

Comme la femme de Mustapha devait être vierge et surtout ne pas manger de porc, il nourrissait une haine croissante envers son fils. À cause de lui, tout était devenu impossible. Lamy était un « bâtard », un hybride arabe français... Mustapha ne voulait plus être son père. C'est pour cette raison qu'il a insisté à cinq reprises : porc, porc, porc, porc, porc. Pour rejeter l'enfant d'un seul côté, celui de la Bretagne. En agissant ainsi, Mustapha pensait retrouver sa virginité, son intégrité. En ramenant son fils au rang des porcs et des chiens, il commençait, en lui, à annuler psychiquement son existence en tant qu'être humain.

Psychiquement aussi, il savait que c'était impossible de l'oublier. Se persuader, la drogue aidant, que son fils est un animal ne suffit pas. La seule façon d'annuler quelqu'un, et c'est malheureusement toujours d'actualité, c'est de le supprimer, de le tuer. Mais c'est sans compter sur le souvenir de votre victime qui vous hante et vous vide plus encore qu'un millier de sangsues sur la peau.

Voilà ce qui a jeté les premiers grammes d'héroïne dans le sang de Mustapha. Le début de sa déchéance se résumait à un constat : il était impuissant face à ces fuites en avant. Il en fut de même pour Olivia, à ceci près qu'elle se droguait, se gavait d'antidépresseurs (trois doses de plus que nécessaire) et mangeait deux fois trop.

Tous les deux, ils s'autodétruisaient. Mais à force, ils s'étaient habitués à leur haine envers Lamy qui, lui, ne parlait pas, ne souriait pas. Jamais. Il n'avait aucun ami, aucun jouet. Ses parents s'arrangeaient toujours pour le laisser seul.

La Justice s'occupe des parents. Il n'est pas trop tard pour eux : ils peuvent encore décider de faire le ménage en eux, pour eux... Moi, je m'occupe des enfants, c'est mon domaine, ma spécialité. Lamy a besoin d'aide, j'ai besoin de savoir laquelle. Il est encore temps. Il n'est jamais trop tard pour faire « un pas après l'autre ».

Je le revois demain. Cela fait maintenant deux mois que je le suis. Deux mois de séances silencieuses. Il s'assoit, il regarde le vide ou me suit du regard, mais il ne me dit rien. Son éducatrice affirme qu'il s'exprime de temps en temps, que son élocution est parfaite, mais je ne l'ai encore jamais entendu moi-même. Je me demande qui lui a appris à parler. L'être humain est bourré de surprises. Et j'ai tout mon temps. Les secrets, j'en fais mon affaire. Et s'ils jalonnent notre quotidien, ce n'est rien comparé à ce que cache la psyché humaine.

J'ai décidé d'aller à Aubervilliers rendre visite à Mustapha, j'ai besoin d'en savoir plus. Je sais qu'en faisant cela, j'outrepasse largement mes prérogatives de simple psy mais je suis un homme de terrain. Et puis la fin justifie les moyens. Le confronter ailleurs que dans mon cabinet, par surprise, est la seule façon de le pousser dans ses retranchements. Je sens qu'il ne m'a pas dit toute la vérité, qu'il cache une information capitale. Aller jusqu'à transformer son propre enfant en chien en dit long. Je parierais sur un acte refoulé, un Œdipe avorté, morcelé, nourri par le rejet d'un enfant par son père. C'est aussi un acte alimenté par une pulsion qui n'appartient qu'à Mustapha Rhader et à lui seul : un substitut d'acte sexuel.

Un palliatif sexuel.

Franck Marshall

Habiter un pavillon de banlieue ne m'a jamais traversé l'esprit. Monsieur et madame Lestier, eux, logent vers le Pré Saint-Gervais. Ça a beau être à proximité de Paris, ça paraît loin. Le vent souffle tranquillement, entre deux averses. Les rues sont désertes. Tout semble être à l'arrêt ici, comme en décoration.

Le plus dur, pour moi, est de ne rien laisser transparaître. « Oui, madame Lestier, on recherche encore votre fils. Oui, monsieur Lestier, nous avons des pistes… » Dire la vérité reviendrait à dire : « Excusez-moi, madame Lestier, votre fils a été retrouvé torturé. Mais nous devons mentir à la presse pour ne pas affoler la population. Vous pouvez tenir votre langue ? Ne vous inquiétez pas, on a une nouvelle piste ! » Et quelle piste : un autre adolescent mutilé ! Et comme votre fils, il est vivant ! On l'a retrouvé assis à côté de ses chaussures, dans le jardin de la place Saint-Georges, dans le 9e.

Faut que je me calme.

Je pense à la deuxième victime, Jérémy Limier. Un agent de police avait tapé ses nom et prénom sur le PC portable branché dans la voiture sur les lieux où nous l'avons retrouvé. On ne sait rien de lui. Il a vingt ans. C'est tout. Ses parents ne nous intéressent pas davantage. Son père est d'origine antillaise, il n'a rien à se reprocher, à part peut-être quelques excès de vitesse. Madame Limier, quant à elle, en serait à sa deuxième cure de désintoxication. À soixante-cinq ans, elle se noie dans l'alcool et se bourre d'antidépresseurs. C'est tout pour le moment. J'irai leur rendre visite, à eux aussi.

On a tous une drogue ou un palliatif. Moi, je viens de le perdre. Je garde cette écharpe autour de mon cou, Emily me l'avait parfumée. Ebony assise, maussade, dans une de ses siestes crapuleuses de félidé, a protesté lorsque je l'ai prise ; un palliatif, même pour les animaux. On est en mai et pourtant il fait froid, il pleut. Je pense à ce que m'a dit le mec de la police scientifique : « Avec ce temps-là, c'est difficile de trouver des indices sur les lieux... » Les gars ont pourtant mis les bouchées doubles, Miller y a veillé. Je préférerais être en enfer sur un lit en flammes plutôt que sous l'œil impitoyable de Miller au travail. Il a vraiment une sale gueule. Après être passé chercher mon écharpe chez moi, je l'ai déposé chez lui. Nous n'avons pas échangé un seul mot. Pourtant, quand il est descendu de la voiture, il m'a balancé une de ces phrases dont il a le secret.

« Vous voulez finir comme moi, Marshall ? Bien sûr que non ! Alors bouclez cette enquête au plus vite. Rasez-vous la tête pour en finir avec cette manie stupide et profitez d'être seul chez vous pour travailler. Je vous fais envoyer les photos par coursier. L'enfoiré a sûrement merdé quelque part... Allez savoir, Marshall ! La culpabilité, des fois... »

Les sutures dans la peau de Jérémy Limier, l'écarteur chirurgical dans sa bouche, les lèvres ouvertes, agrandies à chaque extrémité, les dents...

Emily... Se taire. Ne rien dire aux parents... Emily me manque.

Je sonne. Madame Lestier est aussi ronde qu'une bouteille de Perrier. Un cou fin et le reste du corps en goutte d'huile. Deux pieds gonflés dans des chaussons épais. Les joues bouffies. Sur la peau fine apparaît toute une cartographie de veines rougeaudes. Le regard creux tombe sur la lèvre inférieure de sa bouche qui remonte, à cause de son menton prognathe. On dirait qu'elle cache des secrets honteux. Cette femme enterre un secret : elle-même. L'alcool est sa terre, l'antidépresseur, sa pelle... Elle est quelque part en dessous.

— Vous êtes qui ?

— Franck Marshall, je suis chargé d'enquêter sur votre fils. Puis-je entrer ?

— Vous avez un papier ?

Voilà, merci les séries américaines et leurs mandats ! En France, on est loin de ça… Chez nous, on cache certaines enquêtes.

— Non, madame, voici ma plaque de service. Je compte sur votre… (j'allais dire « coopération », mais choisis un mot plus proche de son quotidien) aide !

— Comment voulez-vous que je vous aide, ici, chez moi ? Expliquez-moi ça ?

— En me laissant voir la chambre de votre fils. Vous pourrez rester avec moi, si vous le désirez. Nous recherchons simplement des éléments susceptibles de nous aider dans nos démarches.

Elle ouvre grand la porte et s'enfonce dans le couloir d'entrée, vers ce qui semble être une cuisine. Je reste là. Sur ma droite, un escalier longe le mur.

— Vous attendez que je ferme derrière vous ? Ce n'est pas un hôtel, ici !

Sa voix est forte, presque vulgaire. Je pousse la porte.

— En haut de l'escalier, première à droite, c'est sa chambre. Je reste là, je ne veux pas y aller avec vous. Pour moi, il est mort. Faites ce que vous voulez là-dedans : au point où j'en suis, je m'en fous !

J'allais faire un pas, lorsque la voix se fait plus forte encore, plus familière aussi.

— Et essuie-toi les pieds avant de monter dans ta chambre !

Mon Dieu !…

Je grimpe l'escalier, le bois est bien ciré. J'ai du mal à croire que c'est la même femme perdue dans sa cuisine qui entretient tout ça. Il y a un panneau « sens interdit » affiché sur la porte. J'ouvre. Ce qui me frappe, ce sont les affiches de Mylène Farmer et Madonna. Pour moi, ce sont deux mystères en matière de féminité.

La photo de Lestier qui circule dans la presse est sur son bureau. Avec cette main fine, ces doigts... Lestier a la main posée sur son cou, exactement comme Mylène Farmer le fait sur l'un des posters.

Tout s'enchaîne dans ma tête. Une maman démissionnaire, un père absent qui se consacre à son travail. Léonard est un enfant largué comme tant d'autres, malheureusement. Son lit est défait. La couette est un défilé de notes de musique, des motifs qui aspirent à la créativité ou à la résonance des deux mémères accrochées aux murs. Je déteste les stars, elles ne sont que des illusions. Aucun être équilibré n'a besoin de ça. Sauf les gens comme Léonard Lestier, ces adolescents en quête de chimères, de fanatisme, pour remplacer le froid affectif par des sons et des images, pour se sentir moins seul. J'entends la pluie claquer sur les vitres. Je ferme la porte de la chambre. J'allume le PC et le modem. L'écran me demande un laissez-passer.

Je tape « Mylène. » Ça ne marche pas. « Madonna », non plus. J'essaie « les deux connes », ça ne va pas mieux. Je regarde autour de moi. Il y a des livres sur la dramaturgie, empruntés à la Bibliothèque François-Mitterrand, et un autre sur Baudelaire et Pablo Neruda, le poète.

Sous l'enceinte d'un système audio 5.1, je vois un billet de concert sur lequel, comme en relief, se trouvent les initiales MF. Je tape « MF », et j'entre dans la machine.

En fond d'écran, un extrait d'un clip dans lequel une chose molle et rousse se jette dans le vide et atterrit. Je reconnais le visage désincarné de Mylène Farmer, toute bien maquillée, rebondissant à coups de palette Photoshop et d'images au ralenti, feignant de souffrir de la vie. Je ne peux m'empêcher de sourire.

« Lestier, lui, il souffrait. »

Je clique rapidement sur l'Explorer et arrive sur la fenêtre Google. Sur l'historique, je vois défiler les dernières adresses Internet visitées. Ma suspicion se concrétise. Je remarque que l'adresse la plus prisée par Léonard Lestier est celle d'un site gay sur lequel il s'est rendu pendant plus de deux mois entiers. Le site est un amalgame d'infos de prévention et d'annonces de rencontres. Je prends mon portable.

« Marshall à l'appareil, envoyez-moi un agent pour scanner le disque dur de l'ordinateur de Léonard Lestier. Vous aurez ma localisation en GPS en bipant mon portable, série 68AB. Je le laisse allumé, pour vous guider. »

Le bleu de l'écran de Lestier me montre deux hommes épris dans un baiser fougueux. Je regarde la main fine de Léonard logée dans son cou. Je l'imagine faire des poses avant de trouver la bonne… pour ressembler à l'autre rousse.

— Qu'est-ce que vous voulez faire d'un fils pédé ? N'y a pas de solution ! C'est peut-être mieux pour lui qu'il ne revienne pas là ! Si ça se trouve, il est heureux là où il est… Je ne veux rien savoir si vous le retrouvez, d'accord ?

Madame Lestier est pieds nus. Elle regarde mes chaussures et louche sur mes éventuelles traces de pas. Je suis surpris de sa déclaration. Mais je préfère l'éviter, la laisser à ses questions. Elle a un verre de whisky à la main.

— Où est votre mari ?

— Devinez ! Où un homme peut-il bien être lorsque sa vie en est réduite à chialer ? Étonnez-moi un peu, le scientifique Marshall !

Je n'entre pas dans son jeu.

— Un agent de police va venir scanner le disque dur de votre fils. On va l'attendre en bas, si vous le voulez.

Elle me regarde froidement.

— Non ! Je vais l'attendre en bas toute seule. Vous, vous resterez dehors !

Elle a tendu un doigt gonflé. Menaçant. Son haleine est impossible, elle trahit le remords qui l'étouffe. Comment une mère peut-elle abandonner son enfant ? Elle semble se noyer elle-même au centre de cette question.

— C'est d'accord, il n'y a pas de problème, madame Lestier.

— Il n'y a pas de problème ?! Je vous défends de dire ça !!

L'hystérie s'exprime.

— Mon fils a disparu… Mon mari aussi ! Tout le monde me ment ! Et vous le premier, Marshall ! Alors cessez de me regarder comme une demeurée alcoolique… L'alcool est la seule chose qui me reste d'honnête dans cette baraque !

Je choisis la fermeté.

— Personne ne vous ment, madame.

— Personne ne reviendra plus jamais ici… Les mères sentent ces choses-là. Pas besoin de police scientifique ni de scanner. Plus de fils, plus de mari, c'est aussi simple que ça !

Je laisse volontairement le PC allumé pour mon collègue et je passe devant elle en jetant un coup d'œil au lit. Je sais pourquoi la literie est toujours défaite, pourquoi elle est pieds nus. Madame Lestier passe ses nuits dans le lit de son fils. L'escalier est le bienvenu, je descends. Elle me suit de près, comme un poids monstrueux de tristesse prêt à me broyer par désespoir.

Je suis à peine dehors que la porte claque dans mon dos. La pluie est fine mais elle tombe en flux tendu. Y en a pour un bout de temps quand c'est comme ça. Il fait froid. Je n'y crois pas : on est en mai, bordel !!

Ce soir, je dois me rendre à la cellule de crise pour en apprendre davantage sur ces deux adolescents. Je redoute de les revoir, mais il faut laisser les experts faire leur boulot. Monsieur Lestier a démissionné de ses rôles de père et mari. Peut-être par culpabilité, il utilise ses contacts politiques pour affirmer un nouveau rôle de protecteur, une forme de rédemption. Vu l'état de sa femme, j'ai du mal à le croire, mais son alcoolisme est si mûr que je comprends qu'il puisse avoir précipité son départ du domicile conjugal.

Sous la pluie, dans l'embrasure de la porte des Lestier, j'attends. Je plonge mon nez dans mon écharpe.

Palliatif.

Puis une idée me vient. Je reprends mon portable.

« Ici Marshall, envoyez également un agent chez les Limier pour faire une copie du disque dur de leur fils ! Vous avez leur adresse à Aubervilliers ? Faites analyser ses derniers échanges Internet. Je veux tout pour ce soir, envoyez-les-moi par mail… Merci. »

J'irai quand même vérifier, plus tard, dans la chambre de Limier. J'ai une bonne idée de ce que je vais trouver. Mais pour le moment, je vais aller dormir un peu.

SERGE MILLER

La pute.

La photo de ma femme est toujours sur le mur et son sourire commence sérieusement à refléter ma folie.

Léonard Lestier et le jeune Jérémy Limier ont été torturés par le même homme. C'est sûr et certain. Même mode opératoire pour les tortures, toujours les mêmes arbres : deux chênes. Et dans le dos des gosses, il y a des trous dans la peau. Pas seulement des trous, mais les mêmes trous, aux mêmes endroits.

Ma cuisine est jonchée de détritus. Je sens l'agonie refaire surface, celle de mon labrador. Il ne faut plus que je me fasse d'illusions, je ne vais pas tenir. Cette enquête va emporter le peu de raison qu'il me reste.

Mon chien est mort à mes pieds. Il se tordait de douleur et moi, assis, je le regardais, incapable de bouger : trop lourd, apathique dans mon fauteuil jaune. Il a eu des gestes saccadés, puis des cris gutturaux. Il s'est éteint en gémissant. Son corps s'est raidi, puis détendu. Ma femme me regardait sur le mur, avec toujours le même sourire.

Je n'ai pas envie de retourner dans la cuisine. J'ai trop peur de ce que je suis devenu.

Je laisse Marshall dormir un peu. Cette andouille va certainement très vite comprendre le sens des trous dans la peau du dos des adolescents. Il va me demander d'autres comptes et je vais certainement devoir fouiller là où je me sens trop faible ; il va me falloir ressortir cette merde, ce projet monstrueux... Je ne comprends pas pourquoi tout a été si loin… Le passé remonte toujours avec une putain de pression !

Je vois ma femme rentrer à la maison. Ce jour-là, le jour où je l'ai perdue. Ma fille est derrière elle. Elles sont rentrées plus tôt de leur week-end, pour me faire une surprise. Moi, je sors de la chambre avec une pute.

Elles nous regardent, totalement surprises, horrifiées. Ma femme s'effondre en pleurs. Je ne peux pas bouger. La pute rigole en me fixant : « Elles sont bien trop jolies, ces deux-là, pour un flic pourri comme toi ! » Elle a le dos ravagé de mes coups de griffes et les joues rougies par mes claques. Elle exhibe ses égratignures et son sexe d'homme. Ma fille recule et ferme les yeux.

Elle m'adresse ensuite un clin d'œil dégoulinant de sueur, en enlevant sa perruque, signant par là sa vengeance personnelle sur mon ascendant de flic qui abuse de son pouvoir pour tirer son coup, à volonté.

La pute. Le travelo… Mon péché.

Je vois ma folie d'homme se refléter sur les dents luisantes de ma femme et de ma fille, sur la photo. Il y a des bruits en moi, des reflets, un larsen. Je suis saturé. Comment vais-je bien pouvoir me tenir droit après tout ça ? Comment reprendre sa vie en main quand elle n'a été jusque-là que mensonges et trahisons ?

Et puis cette odeur commence à être trop forte. Faut que j'arrive à fermer la porte de la cuisine, définitivement. Le courrier est amassé dans l'entrée. J'ai juste à payer l'électricité.

Rouvrir le dossier de ce projet fou…

Non ! Je préfère enlever les photos du mur… Je préfère encore sentir l'odeur de mon chien qui pourrit dans la cuisine… Je préfère ne plus jamais sortir d'ici… plutôt que de rouvrir ce dossier !

On est tous baisés. On est tous foutus dans cette histoire. Personne n'est à la hauteur de ce qui va arriver. Je préfère ne pas vivre ça. Ô grands dieux non !

Plus jamais.

Mustapha me regarde comme si j'étais le mal incarné. Il supporte difficilement les premiers effets du manque d'héroïne : sa peau se fane et jaunit. Grâce à ce que je sais maintenant, je l'observe de plus près, différemment.

— Qu'est-ce que vous me voulez ?

Je ne réponds que pour qu'il se sente à l'aise.

— Rien. Je souhaite juste vous entendre parce que vous avez des choses à me dire.

— Quelles choses ? De quoi me parlez-vous ? Je vous ai déjà tout dit ! Je suis enfermé chez moi à cause de vous, dans l'attente de ma convocation. Mon immeuble est surveillé et si j'ai besoin de pain, faut que je le commande sur Internet, sinon on me lynche dehors ! Alors, que désirez-vous entendre de plus, hein ?

— Rien de plus. Je veux seulement la vérité.

Il regarde de tous les côtés.

— Vous êtes tarés, vous, les psys !

— Oui, sûrement. C'est aussi sûr et certain que le fait que vous taisez une information.

Il me regarde, mal à l'aise.

— Je ne vous ai rien caché !

— Et moi, je ne suis pas taré !

Silence.

Je change de sujet.

— Vous avez des nouvelles de Malory ?

Il me regarde froidement.

— Rien à foutre de cette pute ! Elle doit être à Pigalle !

— Votre famille non plus, apparemment.

— Je vous défends de parler de ma famille…

Je le coupe instantanément.

— Justement, Mustapha ! Si vous êtes capable d'aller voir vos parents en Algérie au bras d'une « pute de Pigalle », comme vous dites, c'est que ce n'est certainement pas pire que ce que vous pourriez y apporter. Que cachez-vous à votre famille de pire qu'un enfant de la honte dont vous avez punaisé le dos du mot « porc » à cinq reprises ? Qu'y a-t-il de plus grave que ça, hein ?

Il ne répond pas. Il baisse les yeux. Je continue ma tirade.

— Pourquoi votre femme vous a-t-elle laissé, tout en profitant de vous ? Pourquoi, Mustapha ?

— Je ne sais pas, c'est une Bretonne, elle est imprévisible.

— Non justement, elle avait tout prévu. Elle était enceinte et elle vous tenait par les couilles avec un secret, je me trompe ?

Il me dévisage et j'entrevois la violence qu'a pu endurer Lamy quotidiennement.

— Sortez de chez moi, vous n'avez pas à venir ici !

— Ce ne sera bientôt plus chez vous, Mustapha, et je ne partirai pas d'ici avant que vous me disiez ce que vous préférez taire !

— Qu'est-ce qu'elle vous a raconté, cette pute ?

— Rien ! Il ne s'agit pas de ce qu'elle m'a dit mais de ce que vous ne m'avez pas dit !

J'aurais juré qu'il a sursauté, comme traversé par une décharge électrique.

— Qui est-ce que… Qu'est-ce ?...

— Olivia vous tenait par les couilles avec un autre secret. Elle non plus ne voulait plus de votre fils… Alors, elle utilisait ce que vous cachez pour vous contrôler. Au final, c'est toujours le même qui trinque : Lamy ! Il ne parle plus car il vous protège, vous et votre secret, et ce, malgré les souffrances que vous lui faites endurer ! Vous savez pourquoi, Mustapha ! Alors, pourquoi ?

— Je n'ai rien fait !

— C'est à la police et à votre fils qu'il faudra expliquer ça ! Lamy ne parle à personne car vous le lui avez interdit. Il tient sa promesse parce qu'il vous aime. (Je baisse le ton.) En général, un enfant est animé d'un amour inconditionnel pour son père. Maintenant, je vais faire court : si vous ne me confiez pas tout de suite l'objet de ce chantage, je serai obligé de témoigner contre vous et je veillerai à ce que vous preniez perpète. Dites-moi la vérité, c'est mieux pour tout le monde !

« Silence de plomb » prend ici toute sa signification.

— Parce que ce n'est pas elle que j'aimais.

Je suis impatient de le savoir capable d'un tel acte d'humanité. En même temps, je le redoute.

— Qui aimiez-vous alors ?

Il se retourne et entre dans sa chambre. Je respire tranquillement. J'ai hâte de sortir, de me mettre au travail pour Lamy. Je dois faire avancer les choses, sinon il sera récupéré par les services d'aide à l'enfance et risquera de connaître l'enfer des familles d'accueil... Il est dix-huit heures trente.

Lorsqu'il revient, sa peau a retrouvé des couleurs. Il a une photo dans les mains. Il me la montre. Je n'en crois pas mes yeux ; même si j'avais déjà envisagé cette hypothèse.

— Au point où j'en suis, je ne vois pas ce que ça changerait que vous le sachiez, vous aussi... Voilà. (Il me donne la photo. Il y a un silence, puis il poursuit, plus calmement.) On est voisins, et je n'ai plus de nouvelles ; ça ne change rien, de toute façon, vu la merde dans laquelle je suis !

— Ça change tout, Mustapha, au contraire ! À commencer par comment vous allez diriger votre propre guérison sans vous mentir. Je garde cette photo.

Je le regarde se tasser sur lui-même. Il pleure. Toutes ses barrières, ses résistances et ses mensonges s'écroulent. Sa vérité, au-delà de son masque de bourreau apparent, reprend sa place. Il se laisse tomber sur le canapé. Je m'en vais sans rien ajouter.

Dans le couloir de l'immeuble, le gardien me fixe. Je sens tout de suite qu'il ne m'aime pas, à moins qu'il en ait après cet homme enfermé de l'autre côté de la porte, celui qui a torturé son enfant.

— Il ne vous a pas trop fait de misères, l'empaffé ?

Il a l'air sérieux et l'intonation du mot en fin de phrase indiquerait qu'il sait très bien de quoi il parle. Cette question ne m'est évidemment pas destinée. Elle est un rebond de ses souvenirs, de sa mémoire. À mon tour, je me demande furtivement quel empaffé lui aurait fait des misères à lui. Mais j'ai d'autres priorités. Je lui mets la photo sous le nez, avec l'impression grotesque de me prendre pour un inspecteur de police.

— Ça fait une semaine que vous êtes de garde ici, n'est-ce pas ? Avez-vous vu cette personne, dernièrement ?

Il me répond avec la même colère contenue, mais avec de la surprise en plus.

— Ben, ça alors !… C'est le mec avec des rastas ! Celui qui a disparu. Y a des affiches plein le quartier !

FRANCK MARSHALL

Je me suis réveillé à dix-sept heures trente. Je ne me rappelle plus mes rêves, mais dans ma conscience flotte encore l'image d'une grosse rose rouge sang, aux pétales qui reflètent une lumière mordorée. J'ai fait couler un café ; je donne des croquettes à Ebony (la marque improbable qu'elle finit par manger) et prends une longue douche. J'essaie de joindre Miller, mais sans succès pour le moment. J'ai laissé un message en montant dans ma voiture de fonction, tout en évitant de me faire faucher par un de ces cars de touristes qui rampent, pythons affamés de désirs, dans la rue Pigalle.

Emily me manque.

*
* *

Aubervilliers. Cité tentaculaire. Appartement. Sonnette.

C'est madame Limier qui m'ouvre, le regard plein de tristesse. Je me présente.

— Ne me tenez pas rigueur de l'accueil. C'est juste qu'à chaque fois, je m'attends à entendre une mauvaise nouvelle. Vous savez, notre fils, il n'est pas parfait, mais nous l'aimons. Notre cœur est vieux, nous avons besoin de savoir.

Monsieur Limier se tient dans l'angle d'un canapé beige. La voix de sa femme n'est pas celle d'une ancienne accro aux médicaments.

— Notre fils nous aurait prévenus s'il était parti avec un garçon…

La voix du père est fine. Pleine d'amour.

— Oui, mon garçon, ça va peut-être vous choquer, mais notre fils est homosexuel. Ce n'est pas grave. On l'aime, nous, et il l'a toujours su, même si notre vie n'a pas été aussi lisse qu'on l'aurait espéré.

J'avais envie de répondre qu'aucune vie n'est lisse mais madame Limier me devance.

— Si, c'est grave, parce que c'est dur de vivre comme ça, aujourd'hui !

— En fait, je suis venu ici dans l'espoir que vous me laisseriez regarder dans sa chambre.

Ils se regardent, médusés.

— Mais quelqu'un est déjà venu pour scalper l'ordinateur de Jérémy.

— Scanner, monsieur, on dit « scanner ». C'est une photographie du disque dur, pour recueillir toutes les informations qui se trouvent dedans.

Madame Limier me dévisage ; j'aurais pu parler en allemand qu'elle n'aurait pas mieux compris. Son gilet mauve va à ravir avec sa peau café au lait. Des cheveux gris en chignon, une odeur de rose (je pense instantanément à l'image de la fleur sanglante qui flottait dans mon inconscient après ma sieste). Elle me sourit.

— Allez-y, mon garçon, je vais vous accompagner. (Elle s'approche de moi et me touche les mains en me fixant.) Aidez-nous à retrouver notre fils, d'accord ?

Je suis tout à fait d'accord.

— Oui, je vous le promets.

— Suivez-moi…

Elle me laisse seul devant la porte de la chambre. J'ouvre.

Des photos de Jérémy Limier sont suspendues à un fil avec des épingles à linge, aux murs de sa chambre. Je trouve l'idée originale. Il y est avec des amis.

Deux posters. Madonna et 50 Cent. Le rappeur et son slip qui dépasse de son jean. Je suis content de ne pas voir la rousse.

Le PC est là. Des livres, épars sur le bureau. Il y a de tout : du roman de terreur emprunté à la bibliothèque municipale jusqu'aux livres sur l'art et l'architecture. Pas de billet de concert.

J'appelle les collègues de la police scientifique, identifie mon portable et j'obtiens le policier venu s'occuper du disque dur de Jérémy Limier.

— Donnez-moi le code d'accès au PC de Limier.

— Oui, vous devez taper le mot SEXE.

Je reste muet une seconde.

— Vous m'avez bien envoyé toutes les informations contenues dans les PC de Léonard Lestier et Jérémy Limier par mail, en regroupant tous les éléments similaires, susceptibles de faire progresser l'enquête ?

— Oui, monsieur. Il y a dix minutes de ça.

Je raccroche après les politesses d'usage.

Eh bien... Tapons : SEXE. L'écran apparaît, accompagné d'un son très pertinent : un homme qui s'essouffle dans l'effort.

Je remarque rapidement le fichier nommé « La lettre ». Je clique dessus. C'est un rendez-vous. J'imprime. La machine laser s'enclenche instantanément. Une feuille en sort. En guise de signature, il y a un dessin calligraphié. Une rose, rouge sang.

Emily me manque...

L'air me manque. Je soupire un grand coup, puis le rythme de mon cœur redevient régulier. J'essaie de joindre Miller, mais toujours pas de réponse. Il est sûrement à la cellule de crise. On n'y capte pas les portables. Tant pis, je le verrai là-bas.

Je dis au revoir aux parents Limier. En acceptant les sourires tourmentés de cette femme pleine d'amour pour son fils, je me dis que je ferai tout pour retrouver le ou les responsables.

Il est dix-huit heures quarante-cinq. En refermant la porte, je vois un homme qui vient vers moi. Il a un pull blanc, une épaisse tignasse brune, un visage assez carré et un regard perçant et sombre. En fait, il semble plutôt chercher quelque chose. Il a une photo dans la main. Je me méfie. Il me fixe. Je réagis directement.

— Franck Marshall, police, que faites-vous ici ?

Il me sourit. Un sourire à vingt mille euros montrant une très belle dentition.

— Marc Dru, je suis psychanalyste. Je n'ai pas de carte ou je ne sais quoi à vous montrer, simplement cette photo.

Il me la tend et attend que j'abaisse mon regard sur le visage d'un homme, de type africain, portant des rastas.

EMILY

Silence.

— Depuis que je suis partie de chez Franck, je me sens mal. J'ai l'impression qu'il ne me sera jamais plus possible de vivre seule. Quelque chose me dérange en moi, je ne peux pas vivre avec moi. J'ai même un mal fou à revenir sur ce divan…

— Quelles situations sommeillant en vous ne supportez-vous donc pas ? Pourquoi le fait de vous retrouver seule réactive-t-il un processus de peur ?

Silence.

— Comment ça ?

— Vous le dites vous-même : « Quelque chose me dérange en moi, je ne peux pas vivre avec moi. »

— Je ne sais pas.

— En êtes-vous certaine ?

Silence.

— Non… Bien sûr que non.

— Alors laissez le souvenir remonter. Laissez-le reprendre sa place. Ne luttez pas. Nous allons l'accueillir et l'examiner, ensemble.

— J'ai peur…

— Oui, c'est évident. Je vous propose justement d'en finir avec cette peur, ici même, en toute tranquillité, si vous le désirez bien.

— Oui, je le désire… mais je ne suis pas certaine d'en être capable ou de le vouloir vraiment !

— De vouloir quoi ?

Silence.

— De vouloir revivre cette tranche de mon passé, cet après-midi horrible. Je sens, aujourd'hui encore, l'odeur du béton fêlé et des herbes qui poussaient à travers. Elle me hante. Ce jour-là, j'étais au ras du sol. J'avais été attirée, isolée dans cet endroit. C'était un vrai piège. Mais eux, ils ne riaient pas. Eux, ils étaient cinq…

Silence et tristesse.

— Je vous écoute, Emily…

Le café est salé. C'est toujours ce qui se passe lorsque la machine n'est pas propre ou quand elle vient juste d'être nettoyée. Le bar est enfumé. Je viens de faire la connaissance un peu par inadvertance de Franck Marshall, un flic qui essaie de retrouver le jeune Olivier Zimbowe. Il est assis en face de moi mais je me demande s'il se rappelle que je suis là.

Au journal télé de dix-neuf heures trente, on nous montre la même photo que celle que j'ai dans la poche. Ce visage s'affiche sur les deux écrans mis à disposition des clients du café. Sans preuve, les journalistes mélangent tout : Lestier, Limier, et maintenant Zimbowe. Et ils y vont bon train.

Au fur et à mesure que le son bave, le visage de Marshall s'enfonce. Lorsque je l'ai rencontré tout à l'heure et que je lui ai montré la photo, j'ai bien vu sa réaction. Il est carrément sorti de son corps. Il voulait absolument savoir ce que je faisais dans le coin. Il était sur la défensive. Je lui ai expliqué que je voulais juste parler au garçon de la photo que je tenais entre les mains.

La porte, derrière lui, s'est rouverte et une femme à la peau caramel est apparue, toute menue, avec un regard franc et humide.

— Excusez-moi, monsieur Marshall, j'ai entendu parler dans le couloir… Tout va bien ?

J'en ai profité pour tendre la photo à cette dame.

— Excusez-moi, madame, j'ai besoin de rencontrer cette personne, la connaissez-vous ?

Ça la met dans tous ses états. Marshall reste derrière moi, inerte.

— Il s'appelle Olivier Zimbowe. Il est porté disparu depuis deux jours. Il a sûrement fugué : il le fait souvent ! On le connaît bien par ici. Ses parents habitent l'immeuble d'à côté. Vous êtes au bon étage, mais pas dans le bon immeuble ; ça arrive souvent depuis qu'un petit malin a retourné le chiffre 9 de l'immeuble voisin pour en faire un 6 et que personne, depuis, n'a pu le décoller ! On se retrouve avec deux immeubles pour un n° 6 !

— Merci, madame.

Je n'ai pas eu le temps de tourner le dos.

— Vous aussi, vous allez aider monsieur Marshall à retrouver mon fils ?

Je remarque le nom de famille sur la porte d'entrée, près de la sonnette. Monsieur et madame Limier. Je fais le rapprochement immédiatement. Les médias ne parlent plus que de ça : Léonard Lestier et Jérémy Limier ont disparu. Et je comprends du coup la présence d'un flic ici.

Je regarde Marshall, il est abattu dans ce hall d'immeuble. Une lueur nostalgique danse dans son regard : je la reconnaîtrais entre mille. Je l'identifie toujours sans avoir besoin de la confirmation de la parole : ce flic a une peine de cœur.

Je réalise, à l'inverse de ce que dit madame Limier, que je n'ai pas fait d'erreur, je suis au bon endroit pour un psychanalyste, si on en croit les lois de la gravité inconsciente : il n'y a pas de hasard. Je range ma photo.

Nous avons fait un peu connaissance. Marshall me semble plus coopératif après deux cafés.

— Pourquoi recherchez-vous Olivier Zimbowe ?

— J'ai une affaire en cours, mais certainement pas du même genre que la vôtre !

— Expliquez-moi ça, monsieur Dru…

— Marc ! Appelez-moi Marc !

— OK… Marc !

— Je m'occupe d'enfants en difficulté. L'un d'eux est devenu autiste. Son père cachait beaucoup de choses, en l'occurrence justement l'existence d'Olivier Zimbowe. Retrouver ce garçon peut m'aider à comprendre et à déloger le mal à la racine.

— Vous êtes un foutu idéaliste, vous, hein ? Vous croyez que comprendre peut guérir ?

— Peu importe. L'essentiel est de ne pas baisser les bras, n'est-ce pas, Marshall ?

Je le fixe. Il ne le supporte pas. Je sens une grande fatigue en lui.

— Et vous, Franck (je me risque), pourquoi tournez-vous le dos aux infos ?

— Parce que c'est la merde, la merde la plus totale !

— Ce qui pour moi, vous le comprenez, formulé de la sorte, ne veut absolument rien dire.

C'est toujours étonnant de voir un homme épuisé, assis en face d'un inconnu. Son inconscient est au bord de ses lèvres, prêt à livrer ses secrets les plus intimes. N'avez-vous pas remarqué comme on se confie plus facilement aux inconnus ?

— Ça vous dirait une petite histoire ?

Avant même que j'aie le temps de dire autre chose, Marshall se lève brusquement. À la télé devant nous, son visage apparaît en gros plan. Il n'en revient pas.

« *Le préfet de Paris vient de faire une déclaration solidaire selon laquelle le spécialiste, Franck Marshall, est sur l'affaire, et qu'il a la plus grande confiance en son travail. Franck Marshall a bâti sa réputation de pisteur dans l'ombre la plus totale…* »

Il me regarde, blasé.

— Sortons d'ici !

— Je ne crois pas au hasard. Nous avons des choses à nous dire qui pourraient nous aider dans nos recherches mutuelles.

Marshall me sourit. Il me montre ses clefs de voiture. Il me parle d'une « balade » en cellule de crise. Deux individus, accoudés au bar, le regardent comme un pestiféré. Normal. Si Marshall, le pisteur, est à la fois devant eux et sur les écrans, c'est qu'un mal qui nous dépasse rôde tout près.

PRÉDATEUR

J'observerai si longtemps les hommes que je n'aurai probablement pas assez de vies, de tripes ni de rage pour les expliquer et les laver tous, dans la fleur de leur âge.

L'amour n'existe pas.

Il me semblait être le seul frappé par ce fléau. Mais j'ai vite compris qu'il en allait ainsi pour beaucoup de mes congénères, à commencer par les moins exposés, les moins soupçonnables. Au fil des garçons que mon père et moi-même « purgions » dans les forêts, et jusqu'à ce que ce soit moi qui prenne le relais le plus naturellement du monde, mon angoisse d'amour s'est un jour dissipée.

De toutes les plaintes sorties de la bouche suppliante de ces garçons, une seule leur était commune et se répétait : « Oh ! Mon Dieu, pitié ! »

Dans mon jeune âge, j'avais pris pour de la monstruosité ce que m'obligeait à faire mon père (surtout dans le fait de me « changer » en Marco). Puis j'ai compris que si aucun Dieu n'intervenait pour sauver la vie d'un garçon dans les bois, il n'intercèderait pas plus en ma faveur ou en celle de mon père, et ce, où que nous soyons. Dieu ne prenait jamais position, encore moins au nom d'un amour unique supposé.

Les prêtres avaient beau chercher les formules magiques, en tournant encore et encore les pages cornées de ridicule de leur unique gros livre, eux non plus n'étaient pas mieux logés que nous.

Un jour, j'ai demandé à mon père de ne plus m'emmener à l'église. Il m'a souri. Un sourire de victoire. Dément. J'étais fier de moi. J'avais grandi.

Mon père m'aimait à sa façon. Il me le confirmait par ses silences éloquents, dans les bois et au milieu de nos actes sur les garçons.

À sa manière, mon père montrait à mon égard une attention particulière de chaque instant, dans chaque miette du quotidien, en ne me demandant que silence et concentration en échange. Pourquoi nommer un lien, le plus fort soit-il, entre deux êtres, alors qu'il est en pleine croissance ? Pourquoi, à part pour perdre du temps ?

Cet amour n'était rien d'autre que des attentions sélectionnées, dirigées consciemment sur moi. Un apprentissage de son savoir. La passation de ses convictions profondes qu'il transmettait pour l'avenir et qui perdureraient à travers la chair de sa chair, dans ce monde : moi. De même qu'un chaton comprend instinctivement le rôle de sa litière, j'intégrais, le plus facilement du monde, ce que mon père m'apprenait et je l'assimilais totalement, jusque dans la plus petite des cellules qui me composaient.

N'est-ce pas dans le même but que se crée un lien entre les institutions religieuses et le peuple ? Les liens qui unissent les deux membres d'un couple banal ? N'est-ce pas, dans ce cas, une obligation pour l'homme que d'instaurer un sentiment d'exclusivité avec un autre pour avoir une base d'échanges solides et durables ?

L'homme doit établir des relations en dehors de lui pour exister, pour vivre. Sans confiance et sans transgression, ce monde n'est qu'une carte postale sur laquelle tout glisse, jusqu'au ridicule le plus inavouable. Avoir la conviction d'exister et atteindre la confiance en soi exigent des efforts, et pas des moindres. Des efforts, en soi.

Apprendre l'essentiel de ce qui constitue sa propre nature humaine. Trouver son rôle à jouer dans le paysage. Le sien propre. Ce n'est qu'au prix de cette introspection et d'années de labeur que vous existerez ou non.

Mon père s'est éteint à la fin d'un été pluvieux. Ma mère terminait sa énième cure de désintoxication. Elle connaissait une dépression cyclique, depuis le jour où elle avait compris que la relation entre mon père et moi lui infligerait la pire des indifférences, que ça la pousserait là où seule la vue des blouses blanches l'apaiserait ainsi que la prise des substances qui rendent le repos possible. Elle ne supportait pas de revenir « chez nous ».

Pour ne pas éveiller les soupçons, mon père et moi allions la voir souvent. Nous discutions avec les médecins, rendant nos sourires larges et nos mains fermes, offrant çà et là des bouquets de fleurs, disant des mots doux et posant des questions chargées d'espoir.

Elle seule savait combien nous lui faisions mal. Elle était convaincue que nous la tuerions en nous servant de ce qu'elle croyait avoir de plus fort que nous. Son amour pour moi.

Mon père m'a appris à utiliser ce sentiment d'affection pour arriver à mes fins. Il est important de faire croire à l'amour, si vous voulez que les gens soient à votre disposition. Les religions mettent à profit cette théorie depuis que l'homme a voulu dominer un autre homme, à coups de superstitions et de sornettes.

Ce jour-là, ma mère revenait. Son visage avait perdu toute trace de graisse, sa peau noircie épousait les os de son crâne. Ses cavités étaient lisses : la mort incarnée. Mon père était très malade et j'avais pour ordre de n'appeler aucun médecin. Il m'avait demandé d'ouvrir la porte de l'armoire près du lit.

Elle s'approcha de mon père et je me rappellerai, toute mon existence, combien elle me surveillait sans cesse.

— Tu vas crever avant moi, comme tu le mérites, et je veux voir ça.

Mon père l'a fixée.

— Oui, je vais mourir, mais j'ai bien vécu.

— *Tu te rends compte de ce que tu as infligé à mon enfant et aux autres ?*

Elle me désigne du doigt.

— *Oui, j'ai fait des prodiges, Annie.*

Ils m'ont regardé, tous les deux. Puis mon père, rapidement, m'a fait « le » clin d'œil.

Je suis sorti de la chambre. Je me suis rendu dans la cuisine, conscient que tout ce qui se passait à cet instant changerait ma vie pour toujours. J'ai attrapé (en prenant soin d'enfouir ma main sous un torchon) un couteau de cuisine aiguisé, une pomme et un verre d'eau. Je me suis redressé, puis j'ai respiré à fond. Je suis retourné dans la chambre.

Ma mère était toujours assise. Elle tenait maladroitement, entre ses mains, un crucifix qu'elle avait sorti de sa poche. Mon père, un jour, m'avait dit : « Tu n'imagines pas à quel point l'homme désire toujours croire à la magie ! »

Je lus le soulagement immédiat dans ses yeux. Il pleurait de bonheur en me voyant. Car il savait que c'était la dernière fois. J'étais sa fierté et j'allais encore l'être, jusqu'au bout.

J'ai posé l'assiette et le verre d'eau sur le lit, puis je me suis effondré. Ma mère est venue vers moi. Alors, je lui ai dit : « Ne me touche pas, maman ! Tu m'as toujours laissé tomber ! Tu ne m'as jamais défendu contre ce monstre ! » (Je tendais un doigt vers mon père.)

Je pleurais. Je hurlais.

« Tu m'as toujours laissé tomber !! Pourquoi ? Pourquoi ne m'as-tu jamais aimé ? Tu n'as pas remarqué que c'est toujours moi qui ai empêché cet homme de te tuer ? Tu crois que j'ai toujours voulu rester avec lui ? Je t'en prie, maman, arrête de prier ! Fais quelque chose pour moi !! Fais quelque chose !! PITIÉ ! Ne laisse pas cet homme se mettre entre toi et moi encore une fois ! »

Je hurlais. Elle s'est retournée. Puis elle s'est aperçue dans le miroir de la porte de l'armoire. Un reflet amaigri, usé :

résultat sec de la vie d'une femme passive, l'image même de sa foi faible et de son impuissance.

Tout ce qu'elle avait toujours été rebondissait sur cette porte d'armoire et lui revenait, avec autant d'écho qu'un vol de mouches. J'ai vu son regard se poser sur moi. Et j'ai eu peur.

Elle a fixé le couteau, pas la pomme. Comme l'avait prédit mon père : « Prends un homme ayant une foi religieuse en rage et il ne regardera jamais la pomme, mais le couteau qui la coupe, juste à côté. »

Avec une fureur sidérante, elle enfonça la lame aiguisée dans la gorge de mon père. Sept fois de suite. Puis elle s'est écroulée sur lui.

Moi, je me suis assis, le temps de reprendre mes esprits. Car je naissais. Je m'ouvrais à une autre tranche de mon existence : me débarrasser de mes père et mère, avancer seul. Devenir maître de mon destin.

Je mis peu de temps à comprendre que ça allait commencer par un vide, en moi : le lien qui me reliait à lui a été rompu d'un coup. Je me suis levé.

— Maintenant, je suis libre.

Ma mère a ouvert ses yeux. Elle a vu que je souriais. Elle a compris que tout avait été prévu. Elle a hurlé ou prié, je ne saurais encore le dire. Après avoir retiré le couteau de la gorge de mon père et reçu le sang bouillonnant qui sortait du cou sur son visage, elle l'a jeté et il s'est écrasé sur la moquette mouchetée de sang frais.

Puis elle a hurlé. Un cri inouï, un rugissement de bête au milieu de la boue. Ensuite, elle a saisi le visage de mon père entre ses mains et l'a mordu, mordu, jusqu'à arracher un pan entier de sa joue. On a alors entendu un bruit incongru : la pomme était tombée et avait roulé près du couteau ensanglanté. Elle était lisse, ronde, verte, intacte. Comme l'innocence.

Tandis que je partais prévenir la gendarmerie, ma mère attaquait l'autre joue. Un de ses pouces était entré dans l'orbite d'un œil. De la porte de la chambre, j'ai lancé un dernier regard sur eux. Assise à califourchon sur mon père, elle gémissait dans le sang : on aurait dit une créature d'un autre monde. Ce qu'elle avait toujours été, au fond d'elle, avait pris le dessus. Car celui qui ne défend pas participe à la destruction.

J'ai quitté la maison de mon enfance avant que vienne l'automne. Une autre famille m'attendait. Un autre travail aussi.

La femme qui allait devenir ma nouvelle mère me regardait en faisant un grand sourire, comme devant un cadeau de Noël. Son mari me fixait. Derrière l'apparence du premier regard, la tristesse de ce qu'il savait : j'avais perdu mes parents. Une pensée pleine de chagrin devait flotter dans son esprit, quelque chose comme : « Pauvre enfant ! »

La grosse femme posa ses grosses mains adipeuses aux ongles rouge vif sur l'avant-bras de son mari, et elle lui dit : « Merci, mon chéri ! On a enfin un enfant, rien que pour nous ! Oh ! Je t'aime, tu sais ! »

J'ai alors compris la différence entre ceux qui parlent d'amour et ceux qui le vivent en silence. J'ai compris l'inévitable. Plus on parle d'amour, moins il est vrai. Plus on nomme les choses et moins elles existent... J'allais commencer avec cette information.

Il fallait que je trouve une personne avec qui je pourrais créer un lien. C'était une excitante perspective, un autre travail à faire. Toujours du travail nouveau... Avec des outils nouveaux... Et des milliers d'inconnus là, dehors... prêts à se confier. L'amour n'existant pas pour eux.

Non plus.

ce dénigre. Voilà le vrai sens de votre agressivité envers moi. Vous m'en voulez déjà et me tenez responsable mais c

FRANCK MARSHALL

Je n'aime pas les psys. Cette façon qu'ils ont de s'approprier l'espace, sans rien dire, me dérange. J'y vois comme un : « Entrez sans frapper. » Marc Dru s'installe dans ma voiture, sans un mot. Je répète mon appel pour essayer de joindre Miller, mais il n'est toujours pas disponible.

Le périphérique est fluide, mais je prends mon temps. Je ne suis pas pressé de revoir Jérémy Limier ou Léonard Lestier, ni d'apprendre ce que leurs cicatrices vont me révéler. J'ai une question pour Dru.

— Pourquoi me suivez-vous ?

— Je suis à la recherche d'indices sur Zimbowe.

— Je sais, pour aider Lamy, votre enfant autiste… Mais pourquoi ne pas attendre la fin de l'enquête chez vous ? Qu'on retrouve cet Olivier ?

— Je vois, Franck, c'est l'heure d'être franc.

— J'aimerais bien, oui.

— Comprenez bien que la franchise ne vous donne pas l'avantage dans le dialogue. Dans le bar, vous aviez peur de votre propre reflet à l'écran. Vous étiez terrorisé… tout simplement. Que fuyez-vous, Marshall, à part votre propre vérité ?

Je suis déconcerté, je ne vois pas ce que je pourrais fuir. Je ne réponds donc pas. Il est là, à côté. Il a l'air sûr de lui, mais il a la décence de regarder le gris de la route et les arbres presque verts. Pur altruisme de sa part ? Son calme me sidère. Je sais qu'il va parler. Je le redoute. Comment peut-on craindre la réaction d'un inconnu ?

— Est-ce que la franchise peut avoir la couleur d'une écharpe ?

Tout sur moi est terne, sauf l'écharpe d'Emily.

— Vous ne voyez même pas que vous êtes en train de sombrer à vue d'œil ? Je réalise que je suis là, devant le plus célèbre pisteur de France, et qu'au final, c'est lui qui a besoin de moi !

— Je vois, vous êtes attiré par la célébrité.

— De qui tenez-vous cette amertume et cet humour désincarné !?

— Je pense que Lamy a besoin de vous, pas moi…

— Dans ce cas, si vous pensez que c'est vrai, Marshall, arrêtez la voiture et laissez-moi ici même !

Il a haussé le ton et j'ai eu peur, subitement. Mais je suis incapable de freiner. Il parle. J'entends sa voix se radoucir.

— Mais… vous avez raison.

— Raison sur quoi ?

— La célébrité, celle qui m'attire chez vous : c'est la réputation de votre ressenti. Je suis analyste et le ressenti fait partie de mes recherches personnelles. J'y vois un potentiel inexploité. Mais je crains que nous n'ayons pas le temps de converser sur mes hobbies, non ?

— Non, on n'a foutrement pas le temps d'un congrès en complet gris sur la matière grise, docteur Dru !

— Foutrement ?

— Laissez Freud pourrir en paix ! Où nous allons, il ne nous est, une fois de plus, d'aucune utilité. J'ai besoin de vous, car je suis perdu avec mes émotions. Elles parasitent mon ressenti et faussent mes perceptions par rapport à mon enquête.

— J'ai compris le message… Et où allons-nous ?

— Chez Dante, Marc. Dans l'enfer des autres.

MARC DRU

Je m'accoude à la portière et, malgré le froid, je l'entrouvre. Je suis bien placé pour savoir qu'il n'y a pas toujours que de la logique dans les actes d'un homme. Mais plutôt une symbolique qui ne répond qu'à des systèmes intimes de logique : un enfant martyrisé engendrera le martyre, selon sa propre logique ; martyre qui sera ensuite dirigé contre lui ou contre son entourage... c'est à lui de décider. Mais on a vu aussi des enfants aimés ne pas engendrer d'amour.

... L'enfer des autres.

Matis avait huit ans lorsqu'on découvrit qu'il saignait. Après enquête et analyses, sans grande surprise, on comprit que son père l'agressait sexuellement depuis l'âge de cinq ans. Le mutisme de sa mère était une bombe à retardement. Après plusieurs séances, je réalisais qu'en fin de compte, la mère de famille, qui jouait la victime du prédateur, n'était en fait qu'un prédateur caché et, de loin, le pire de tous. Elle tenait Matis par les bras pendant que son mari se livrait à sa perversité. Pire encore, elle lui ramenait d'autres garçons et en définitive... c'est elle qui demandait à son mari de se comporter ainsi. Dix ans de mariage et un enfant. Il lui a fallu précisément ce temps pour séduire son « esclave » et le pervertir.

On se demande souvent quel visage peut avoir un monstre de cet acabit. Comment peut-on reconnaître un prédateur pareil ? Malheureusement, il n'y a que de malheureuses réponses à des actes malheureux. On ne comprend un prédateur qu'en comprenant sa victime. Quant à savoir à quoi ressemble le visage d'un prédateur...

Ce peut être l'apparence banale d'une mère de famille, au sourire large et confiant.

Depuis des lustres, on essaie de prévoir, mais il n'en reste pas moins vrai que ce fait terrible a sa propre logique. Un prédateur lutte contre lui-même, contre ses instincts, jusqu'à ce qu'il ne puisse plus le faire. Il s'attaque alors à son entourage, en choisissant ses actes afin de rester insoupçonnable.

Matis déconnectait pendant l'acte. Sa mère lui avait acheté des tourterelles. Elle les plaçait sur le bord du lit parental afin d'occuper le regard de son fils, ce qui facilitait la dissociation esprit et corps. Matis déconnectait. Sa mère lui avait appris à le faire.

Mais à ma question : « Que se passait-il lorsque tu ne pouvais plus lutter contre tes parents ? », il m'a regardé.

— Vous savez ce que font les oiseaux lorsqu'ils sont habitués à voir toujours les mêmes choses ?

— Je veux bien le savoir, Matis.

— Eh bien, les oiseaux se posent et regardent. Ils restent immobiles.

— Qu'est-ce que tu veux dire ?

Il a soupiré, puis il m'a regardé de nouveau.

— Lorsque les oiseaux encagés ont toujours le même spectacle sous les yeux, ils s'arrêtent de chanter et se posent sur le perchoir pour regretter le temps où ils étaient libres.

— Et toi ? Où étais-tu pendant que ces choses arrivaient ?

— J'étais avec les oiseaux et je me regardais *de* la cage. J'étais là où les oiseaux se posent pour regretter.

L'enfer des autres.

LA PROIE

Enfin dormir.

Le sommeil est venu comme une vague déferlante, un courant sous-marin, comme deux mains sur mes pieds, m'emportant. J'ai relâché l'emprise de mes doigts sur mes clefs et, avant de sombrer, j'ai senti le creux de ma paume me faire mal : j'avais saigné. Je les avais serrées tellement fort, je ne sentais plus rien. Devenons-nous, à force d'épreuves, insensibles à la douleur ?

Au fond de moi, un œil s'est ouvert. Un œil unique, rond, sans paupière. Un œil veineux. Une profonde fatigue m'empêche d'avoir peur ou d'être étonné par quoi que ce soit. Mon apathie est devenue aussi grande que mon corps. Et manifestement, les ombres de mon passé, de ma sexualité, ainsi que celles de la cavité du sous-sol où je me trouve, ces ombres m'avalent, lentement, sûrement.

Pour me déglutir un autre jour...

Mais... Je me rappelle ce qu'il lui a fait. Le tracé au crayon sur le dos et sur le ventre a la couleur du caramel chaud. L'huile sur le corps. Les hameçons. Les cordes. Le feu.

La perceuse.

FRANCK MARSHALL

À mon arrivée à la cellule de crise, le légiste me regarde, feignant l'effarement.

— Vous êtes Franck Marshall ?

— Lui-même !

— Ben, ça alors !... J'ai assisté au premier cycle de vos dix cours sur le pistage. Je suis honoré de vous rencontrer !

Si Marc Dru avait pu en placer une, je crois que le légiste aurait fini encadré dans un mur. Cela dit, il ne se gêne pas pour prendre la parole.

— Je suis Marc Dru.

— Euh... Pardon... Docteur Simon Alvarez... Vous êtes flic, vous aussi ?

— Il est avec moi, ça devra vous suffire comme réponse.

— Soit. J'ai eu votre supérieur, au téléphone... un certain Miller. Il est au courant des résultats de mes analyses. Il m'a néanmoins demandé de vous les expliquer le plus précisément possible. Je vais donc m'y employer du mieux que je le peux.

— Nous avons des impératifs. Il serait bon que nous passions aux choses sérieuses, sans plus tarder, monsieur... Alvarez.

Un clin d'œil vers le psy suffit à empêcher un emplâtrage en bonne et due forme. C'est une violence que je n'aurais pu imaginer chez Marc, il y a deux heures. Je lui en parlerai plus tard.

Le légiste se force à sourire. Sa gêne, soudain, me froisse, ce qui me donne envie de me passer la main dans les cheveux... Ça me fait penser à Serge Miller... dont je n'ai pas de nouvelles. Je pense qu'il voulait que j'apprenne par moi-même le résultat des analyses d'Alvarez, pour ne pas me parasiter. Ça peut expliquer, en partie, le fait qu'il ne réponde pas au téléphone. Les choses se relient entre elles sans plus de bruit qu'une pensée.

Je suis obligé de constater que la présence de Dru m'apaise et que je me sens plus vigoureux, parce que simplement aidé. Sa présence, pénible au départ, me rassure désormais.

Nous nous installons à une table en formica jauni par les enfilades de tasses de café et les sandwichs improvisés, au fur et à mesure des enquêtes : des miettes y sont éparses. Je regarde la blouse d'Alvarez et je remarque aussi des miettes. À ce moment s'ajoute une pensée : même à proximité de la mort, l'homme doit manger... ce que j'ai omis de faire depuis des lustres. Marc Dru est concentré. Je me demande pour quelles raisons un homme est poussé à fréquenter la lie des perversions humaines subies par des enfants. Quelle âme est assez forte pour évoluer au milieu de cette violence-là ? Mes violences de terrain, je peux les évacuer, le plus souvent, de mon appartement, le temps d'un repas ou d'un match de foot ; mais celles que Marc Dru côtoie sont indélébiles puisqu'elles touchent à l'enfance, à la genèse de notre avenir... à ce qui fait qu'on se survit. Je me demande quelle est la vie personnelle de Marc Dru.

Alvarez s'assied en face de nous. Il dépose deux enveloppes dont les coins sont abîmés ; pas de doute, les casiers sont toujours aussi étroits et les dossiers de plus en plus larges et épais. Ça en dit long sur les estimations des bureaucrates et la grandissante violence qui leur échappe.

Alvarez ménage ses effets. Je sens désormais une électricité croissante entre les deux hommes. Marc l'observe avec attention. Alvarez est un homme jeune, bien bâti, aux épaules larges. Il a un regard sombre, noir, de larges cernes sous les yeux. Je lui donne entre trente-cinq et quarante ans. Un torse athlétique qui ne remplit aucun pli de sa blouse bleue, des mains larges aux doigts courts et fins. Sur son bras gauche, il a un pansement au creux de l'articulation. Des trous de boucles d'oreilles dans le lobe droit. Je me déconnecte. Je pense que porter un anneau à l'oreille droite était un signe de reconnaissance entre homosexuels, dans les années 1970. C'était ensuite s'affirmer que de porter des mèches blondes, des bandanas dans les poches des jeans, des houppettes, des bombeurs... Chaque époque a ses propres points de repère par rapport à une culture ou à une ethnie. Mais au départ, pour l'esthétique des hommes, c'est toujours dans un mouvement gay que naissent les tendances. Aujourd'hui, le tatouage a retrouvé sa noblesse érotique chez l'homme, de même que le piercing, par exemple. J'y vois un lien avec l'enquête. Apparemment, Lestier et Limier sont gays et il faut que je trouve leurs pôles d'attractivité, de ressemblance. Les tortures, à première vue, sont l'œuvre d'un débutant. Mais dans ce cas, je ne comprends pas pourquoi les deux adolescents sont toujours en vie. La plupart des serials killers fuient leurs premiers crimes. Or là, tout est souligné avec une rage hallucinante. Je me rappelle le corps cousu.

Marc s'empare des deux enveloppes et s'apprête à les ouvrir. Ce geste énerve immédiatement Alvarez qui, jusque-là, se montrait coopératif. Il pose une main épaisse sur les enveloppes, en fixant Marc.

— Je suis désolé, je ne sais pas si vous êtes accrédité. Je laisserai donc le soin à monsieur Marshall de vous les donner. Avant de faire votre travail, laissez-moi faire le mien !

Sans attendre de réponse, Alvarez reprend ses deux enveloppes. Marc Dru ne se formalise pas et lui offre même, en prime, un grand sourire.

— Nous attendons depuis cinq minutes que vous le fassiez, votre travail. Ne vous gênez surtout pas.

Après un moment d'hésitation, Alvarez sourit, lui aussi, à Marc Dru. Ensuite, il ne s'adresse plus qu'à moi.

— Il faut que je vous dise quelque chose, monsieur Marshall. (Puis il se concentre sur ses enveloppes.) C'est la première fois que je procède à une « autopsie » sur des corps vivants. (Il sort une première photo.) Le lieu du crime *est* le corps. Nous avons été obligés d'endormir ces adolescents et de les maintenir debout pour ne pas souiller les « lieux du crime ». En agissant ainsi, nous avons réactivé un produit déjà présent dans leurs veines : le GHB. Comme vous le savez, cette drogue inodore, incolore, indétectable, est la drogue préférée, et de loin, des violeurs puisqu'elle provoque une amnésie totale et parfois définitive, chez un sujet. Lestier et Limier ont, tous les deux, été en contact avec cette drogue. Pour Jérémy Limier, les sutures ont été réalisées, au hasard de la rage du tortionnaire, avec des fils grossièrement entrés dans la peau. C'est du fil de pêche de calibre supérieur, très solide, capable de soulever un dauphin en pleine acrobatie. Vous trouverez ce fil dans la deuxième enveloppe. Ce qui est terrible… c'est que… pour… enfin, « coudre »…, pour faire les trous dans la peau, le tortionnaire a utilisé une perceuse chirurgicale. C'est un peu comme une perceuse murale, sauf que le foret est beaucoup plus fin. Mais le travail est le même : on enfonce une mèche circulaire dans la peau, on fait tourner, on retire et on passe le fil… En tout, vingt-cinq trous : sur les bras, les flancs, les cuisses, un sous la peau des testicules, ce qui l'a obligé à utiliser une planche en bois comme table de travail. En retirant la mèche, des stries de bois ont été laissées sur la peau du testicule… Il a pratiqué des trous jusqu'en dessous des deux genoux. Ensuite, de chaque extrémité aux épaules, les fils ont été raccordés par un nœud aussi simple que celui qu'on exécute avec un lacet. Toutefois, un jet de chaleur a été nécessaire pour faire rétrécir le nœud et le solidifier. La même chose a été effectuée entre les deux mollets. Sous les pieds de Limier, on a retrouvé un acide antibactérien de ceux qui entrent dans la composition des détachants ménagers à légère odeur de pin. Ses plantes de pieds sont lisses ; donc on suppose qu'il a marché pieds nus sur une surface plate, genre carrelage entretenu. Pour le visage de Limier, l'écarteur chirurgical utilisé est un vieux modèle. Un modèle trafiqué.

Sa voix plonge et j'ai l'impression qu'Alvarez revit une seconde fois sa découverte avec une certaine horreur. Marc me lance un coup d'œil, aux aguets, froid. Il vient de comprendre qu'il s'est retrouvé au cœur d'une affaire criminelle sans avoir rien demandé, bien loin de son cabinet et de son divan. Je ne sais pas pourquoi je l'ai embarqué là-dedans aussi facilement. C'est clairement une faute professionnelle que je risque de payer au prix fort. Mais il est trop tard et après tout, tant pis. Je sens qu'il peut m'être d'une grande aide. Mais je ne sais pas comment je vais expliquer ça à Miller. « Mon » psychanalyste est atterré par les images devant lui et son dos droit s'est affaissé, sans qu'il s'en rende compte.

Les choses se compliquent pour moi. Deux adolescents, deux tortures similaires, mais le bourreau est passé à la vitesse supérieure bien plus vite que prévu. Entre ces deux victimes, il est passé d'un travail de novice à quelque chose de plus élaboré. Les journalistes cherchent à me joindre, les parents des victimes sont anéantis… Tout va aller très vite maintenant. Et Miller ne répond toujours pas, pas plus qu'il ne laisse de messages. Je suis interrompu dans mes réflexions par la reprise du discours d'Alvarez.

— Fixé dans le fond de la mâchoire, l'écarteur a été trafiqué : il contient une fusion de deux arcs en demi-cercle de métal râpeux soudés. Ces deux arcs de cercle, qui étaient à l'intérieur de la bouche, tendaient les joues à l'extrême. C'est en se débattant que la victime a scié ses joues. Et c'est la raison pour laquelle elles pendaient ensuite le long de son cou. Actuellement, nos médecins font un travail de chirurgie réparatrice sur le visage de Limier, digne de celui réalisé par les meilleurs praticiens. Évidemment, aucun d'eux n'est dans le privé. Tout ce petit monde appartient à l'armée française.

Il étale les autres photos. Marc a un mouvement de recul. Alvarez sourit, ce qui irrite visiblement le psy. Savoir n'est pas voir. Il connaît les méandres de l'âme humaine. Moi, j'en devine leurs traces dans le résultat, même monstrueux. Nos deux métiers sont différents, mais complémentaires dans ce qu'ils ont de plus profond. Nos positions s'éclairent en un instant. Je sais que sur cette affaire, nous avons besoin l'un de l'autre.

Je reconnais Jérémy Limier et Léonard Lestier. Alvarez profite de son quart d'heure de célébrité pour reprendre la parole.

— Léonard Lestier est le premier cas. Retrouvé adossé à un chêne, avenue Foch. Ses mains ont été attachées par des sangles. Vous voyez, là et là, les marques des liens en forme de rectangles rougis. Les hématomes sous-cutanés, dus à la pression des liens, nous montrent qu'il se trouvait en position couchée pendant l'opération. Pareil pour Jérémy Limier. Ce qui, par contre, ne se voit pas à l'œil nu, c'est le dos des deux adolescents. La peau en est distendue, du cou aux épaules, le long de la colonne vertébrale et sur l'arrière des cuisses et des mollets, parce qu'il fait plus chaud ici que dehors, voire dans l'endroit où ils ont été torturés.

Marc et moi, nous nous regardons. Je remarque chez lui un intérêt accru lorsque le légiste parle de trous dans le dos. Alvarez continue, imperturbable.

— Sur le dos de chacun d'eux, aux mêmes endroits, il y a des trous dans la peau. En passant la lumière noire, j'ai aperçu, presque à chaque trou, une ombre sur la peau, comme un reflet, invisible à l'œil nu ; ce reflet, cette ombre est en fait un éclat de vernis en très fine couche que je n'ai pas pu relever puisqu'il a pénétré dans la chair. Entre les trous et cette substance, j'ai rapidement compris qu'il s'agissait d'hameçons de pêche, neufs.

— Des hameçons de pêche ? Mais pour quoi faire ?

Marc Dru sait poser une question pertinente. Alvarez se gratte le cou et fait une grimace. Il tremble un peu. Je pose mes mains sur la table et, immédiatement, je sens les miettes de pain crisser sous mes doigts.

— À cause de l'oxydation des pores de la peau, je peux affirmer que ces deux gosses ont été suspendus par la peau, horizontalement, dans un endroit froid et sec, pendant plus de deux heures au moins, après qu'ils ont été torturés.

Après son exposé, Alvarez a remis les deux enveloppes à Marshall. Il s'est redressé en soupirant : un soupir, rien que pour moi.

— Quelque chose ne va pas, docteur Alvarez ?

— Non, je n'ai aucun problème qui puisse vous concerner.

— Je ne suis pas stupide, ma présence ici vous rend nerveux.

Alvarez sourit.

— Comprenez bien qu'entre mon travail et vous, il n'y a pas photo, docteur. J'en ai vu des psys défiler ici. J'en ai fait des contre-expertises, des enquêtes et parfois même des analyses privées, à la demande des familles. J'en sais assez pour vous dire ceci : vous ne tiendrez pas devant la violence exercée sur ces deux gamins. Vous savez les choses, mais vous n'êtes pas prêt à les voir, à leur donner un visage. Vous êtes entouré de concepts et de théories, mais la violence physique est différente. Elle est comme le libre arbitre : elle n'a jamais le même visage.

Je me tais, puis je réponds.

— Merci pour le cours, docteur Alvarez. Mais dans ma profession, on comprend les choses dans leur globalité. Par exemple, vous soupirez en me voyant : vous n'aimez pas ce qui ressemble, de près ou de loin, à la réflexion intime. C'est ce que je représente pour vous, au même titre qu'un professeur représente l'autorité pour un élève. Cette violence, comme vous dites, est en train de vous brûler, vous ! C'est vous qui ne tiendrez pas si nous n'arrêtons pas ce dingue. Voilà le vrai sens de votre agressivité envers moi. Vous m'en voulez déjà et me tenez responsable pour ces deux adolescents torturés.

Il y a un silence. Marshall reste stupéfait de la rapidité avec laquelle j'enchaîne les sujets.

— Dites-moi, docteur Alvarez, Lestier et Limier ont-ils été violés ?

— Non.

Je m'adresse à Franck.

— Ils sont gays, c'est ça ?

Alvarez me répond.

— Oui, nos analyses ont montré des traces de lubrifiant et de nitrites sous leur nez, ce qui correspond au produit type Poopers, une drogue très répandue dans ce milieu… Mais nous avons aussi trouvé des spermes différents dans le conduit anal des deux adolescents.

— Je vous demande pardon ?

Marshall se retourne. Le silence est éloquent. À l'ère du sida, aujourd'hui encore, des jeunes ne se protègent pas… Tout chavire. Alvarez continue.

— Des tests de sérologie approfondis sont en cours, hépatiques et MST, Western Blot et ELISA.

Alvarez prend une mine de circonstance. Plus que tout, je déteste la pitié.

— Avez-vous fait un test de dépistage HIV pour vous également ?

Ma question scie l'espace et le coupe en deux. Je suis définitivement tout seul. Je fixe le bras gauche d'Alvarez. Son pansement.

— Euh… Pourquoi ?

— Parce qu'il s'agissait d'adolescents, vous ne vous êtes pas méfié. Au fur et à mesure de vos recherches sur les corps, vous avez découvert les traces de spermes et, d'un coup, en plein affolement, vous avez décidé de vous protéger… contre quelque chose…

Pas besoin d'être savant pour comprendre que le « quelque chose » est chargé de sous-entendus... Alvarez bombe le torse. Mais je ne lui donnerai pas la chance de s'exprimer.

— C'est un exemple de « vision globale », docteur Alvarez. Ce qui ne veut pas dire que c'est la vérité, mais c'est une interprétation possible. C'est mon métier. Je vous ai laissé faire le vôtre, maintenant laissez-moi faire le mien : je veux rencontrer ces deux « gosses », comme vous dites.

Marshall est définitivement éteint, mais il se passe une main dans les cheveux. Un tic, on dirait. Je ne l'avais pas remarqué.

— Suivez-moi.

La voix du docteur Alvarez a repris un ton professionnel. Nous sommes enfin libérés de son narcissisme alimenté par le spectacle de la mort. Son travail difficile lui donne un air supérieur au genre humain. Un mépris total en ressort. Au moins, maintenant, on en est débarrassés. Cette haine a fini dans le creux de ses poings, fermés dans les poches de sa blouse.

Marshall me met la main sur l'épaule et me tire en arrière doucement.

— Je tiens, Marc, à ce que vous soyez sur l'enquête. Vous serez payé, vos tarifs seront les nôtres. Comprenez bien que ce n'est pas une affaire comme les autres et que jusque-là, je naviguais seul et à vue. Je fais confiance à ce que je ressens, j'espère ne pas me tromper sur votre compte. Vous devez me jurer de garder tous les éléments de l'enquête pour vous. Pas de vague, pas de fuite, sinon je suis mort.

Je souris.

— Inutile de formaliser ce que nous savons tous les deux, Franck. En restant à vos côtés officiellement, j'assiste une personne en danger. (Je regarde son écharpe.) Et il va falloir me parler de cette fille... On a décidément bien besoin de moi ici, non ?

Contre toute attente, Franck Marshall me sourit.

— Je veux rencontrer ces deux adolescents. Ensuite, je retournerai voir Lamy. Il a besoin de moi, lui aussi. Une fois certain que l'enfant ne risque plus rien avec son père, je serai à vous pour cette enquête.

Il me regarde, passe une main dans ses cheveux, puis il dit :

— Merci.

Derrière moi, le docteur Alvarez maintient la porte. Il se tient droit, le visage lisse, sans aucune connotation agressive dans l'œil : un parfait médecin interne.

EMILY

J'ai peur du souvenir.

C'est quelque chose que l'on pense dominer, le souvenir. Mais il suffit de voir comment certains actes du quotidien viennent à le déloger en nous, à le provoquer jusqu'à ce qu'il nous assiège, nous fasse sourire ou nous hante jusqu'à la mélopée, pour se rendre compte qu'il n'en est rien. Mon grand-père, mon ombre, le soleil... et Franck.

J'entre dans la librairie. Ces derniers temps, je suis discrète au travail. Amélie me regarde avec beaucoup d'inquiétude. Elle pense que je suis malheureuse, elle a raison. Je souffre, mais de cette souffrance que mon entourage ne semble pas comprendre. J'ai souvent envie de crier, de hurler, peut-être pour sentir que je suis en vie, me convaincre que je suis bien là. Les vraies camisoles sont des souvenirs qui vous obsèdent. Les véritables fous sont des gens à la banalité affligeante dont le maître mot semble aussi redondant que « j'ai passé une super soirée ». À croire que la vie est parfois traversée d'un bonheur aussi irrésistible et impressionnant qu'une « super » soirée ! Le monde entier rêve de passer une « super » soirée ! C'est vous dire combien il rame en général, ce monde !

Amélie fait partie de ces gens dont le sourire étincelle, monopolise toujours l'entourage, de ces pôles d'attraction du quotidien qui vous prennent en otage et vous empêchent de voir vos pieds. Parfois c'est nécessaire, d'autres fois c'est énervant. Aujourd'hui, c'est carrément à vomir. Elle a raccourci sa jupe d'une taille et ajusté ses collants avec autant de fierté qu'il en faut à une blonde, dans un spot publicitaire, pour ajouter du poivre à une sauce. Comme sa voix nasillarde aime à le dire : « Qu'est-ce qu'il fait froid en ce moment ! Pour la saison ! » Clic. Sourire. Clic. On a envie de lui répondre : « Qu'est-ce que j'aimerais te gifler, te livrer toute nue à une bande de violeurs en furie ! »

J'ai quitté Franck. Mes valises sont retournées chez moi, dans mon appartement, à Saint-Germain. Mais mes souvenirs sont toujours chez lui, rue Pigalle. Et mon quotidien est aussi aguichant qu'une Amélie javellisée, le genre de fille heureuse de penser que la vie est un microbe à combattre. Le microbe, c'est elle.

— Oui, tu as raison, et il fait un vent terrible, en plus ! Quand on pense qu'on pouvait mettre des sandales, la semaine dernière…

Je ne la regarde pas. Comme elle, j'ai huilé mes pensées. Je fais en sorte qu'elle reçoive ce qu'elle attend : un reflet de sa propre terreur. J'accorde de l'importance là où son discours plane. J'enrichis d'images ses réflexions pour qu'elle se sente moins seule dans sa recette de vie.

Je range les livres, les nouveautés de la semaine. Parfois il m'arrive de l'envier, Amélie. Mais c'est rare.

Son anesthésie volontaire lui donne un dos droit, des hanches larges et accueillantes, des cheveux asphyxiés par des brushings compulsifs et la mémoire aussi sélective et approfondie qu'une épitaphe de manchot. Elle sourit toute la journée, histoire de rentabiliser les dépenses effectuées chez son dentiste new-yorkais, venu à Paris pour exercer sa magnifique profession, apporter son immense savoir. Si Amélie connaissait Internet, elle saurait que le dentiste, John Stamford, originaire de l'Illinois, a été compromis dans un scandale d'abus sexuel sur jeune mineure, dans son propre cabinet. Mais « John Stamford, mon dentiste », ça paraît bien dans son discours et sur ses gencives. Ça lui suffit. Elle le considère comme la Providence, et lui, comme une belle publicité sur jambes. J'imagine que ses airs de petite fille sont pour quelque chose dans l'attention particulière et les soins de « John Stamford, mon dentiste » : un blanchiment des dents et un blanchiment de réputation.

La vie est injuste. J'ai peur du souvenir. Je ne me souviens de rien, avant ce traumatisme singulier dans mon enfance, et elle, Amélie, elle passe son temps à avoir peur de son avenir. J'essaie comme je peux de m'ancrer en chaque jour et elle, elle profite de l'immense privilège de savoir d'où elle vient. Elle le gaspille, le dilapide à force d'ennui et d'angoisse. C'est affligeant. C'est humain.

Hier, sur le divan, j'ai fait une tentative. Mais rien ne va, rien ne semble remonter le courant. Je me souviens des cinq gamins. Comme je ne me rappelle plus très bien mon passé, mon enfance, bien que la psychanalyse lacanienne m'aide tel un compas à me redéfinir en une géométrie sensée, mes souvenirs s'accrochent, s'enroulent et se fixent dans la mémoire immédiate comme dans un repaire. Re-père, un deuxième père. Je suis fracturée.

Cinq enfants. Avec moi, nous étions six… Ils m'attendaient, ils voulaient me voir nue, ils voulaient me faire du mal. Puis c'est le néant.

Je me rappelle cette odeur de béton, cette odeur d'herbe. Quand je suis tombée… ils se sont rapprochés de moi. Puis, plus rien. Le vide. Le néant. Le coma.

Et Amélie qui me regarde.

— Je t'observe depuis dix minutes et il est évident qu'il te manque quelque chose !

Je fais semblant d'être étonnée. Mais je prends garde à ne pas casser son délire, car il promet d'être intéressant. Elle me montre du doigt, très sérieuse.

— Tu devrais mettre un rouge à lèvres rose framboise. Ça t'irait hyper bien !

Je déteste cette couleur. Elle est irrécupérable.

SERGE MILLER

Je prends le dictaphone. Je mets une minicassette de quatre-vingt-dix minutes. Je vois large… Clic !

« Marshall ! Je ne suis pas très doué pour les causeries, surtout sur cassette, mais bon, je vais essayer d'être clair. L'homme que l'on cherche aujourd'hui est comme ça.

"Comme ça…" Je veux dire par là que les prédateurs humains sont comme les chats sauvages. Savez-vous ce dont est capable un chat sauvage ?

Lorsque le chat sauvage a faim, il se trouve un bord de route dégagé non loin d'un bois… Je sais que vous êtes en train de soupirer ou de vous passer la main sur le crâne, Marshall, mais écoutez ce que j'ai à vous dire, bordel ! Bon ! Le chat s'allonge sur le dos, détend ses muscles et baisse sa température corporelle jusqu'à être comme mort, le plus naturellement du monde. Au début, les corbeaux tournent au-dessus de lui ; puis ils finissent par se poser et s'approchent en curieux. Le chat choisit l'oiseau le plus gros, en l'évaluant, d'après les premiers coups de bec qu'il enfonce dans sa chair élastique qui ne fend pas. Il laisse même l'oiseau lui monter sur le corps, cherchant une plaie, pour commencer son travail de charognard. Puis soudain, le félin bande son corps et il paralyse sa proie en crachant. En lui crevant les yeux de deux coups de griffes de ses pattes avant, il dirige celles de ses pattes arrière dans les flancs de l'oiseau. Le corbeau devient alors sa récompense et il joue avec lui, sans le moindre répit. À la fin, abaissant ses ailes, le corbeau renonce.

L'homme que nous cherchons est ainsi. Il fonctionne exactement de cette manière…

J'ai pris la pile de courrier devant la porte d'entrée et me suis dirigé vers la cuisine. C'est étrange comme le corps change. Je ne vois plus mes pieds, juste mon ventre comme une colline. Je suis tel un somnambule : je fais des gestes que je ne comprends pas ou que je veux considérer comme tels. J'ai arraché les photos du mur. Je me prépare, je le sais. Instinctivement, je regarde ce mur, il a servi d'écran aux meilleurs moments de ma vie. Tout tient sur une seule photographie. Le temps a dessiné leur emplacement avec une certaine ironie, des carrés noirâtres comme des cadres de poussière fictive.

… J'ai laissé le téléphone sonner. Je sais que vous, Marshall, avez besoin de m'appeler ; mais je préfère vous laisser découvrir tout seul les informations. Le préfet a fait sa stupide déclaration dont je porte l'entière responsabilité. Contrairement à moi, il peut se détendre maintenant, son travail est terminé… Vous aviez raison, Marshall, je recherchais les galons. Pas pour la réussite sociale, mais pour avoir le pouvoir de dénicher ce foutu dossier !

Je pense à ce projet monstrueux. Il n'a certainement rien à voir avec cette histoire d'adolescents disparus, torturés et relâchés dans des parcs. Mais j'y vois comme un lien direct, ténu mais franc. Parce que moi aussi, Marshall, j'ai une quête. J'ai beau avoir soixante-dix ans et vivre à Paris, mon esprit est toujours dans ce désert-là.

Je m'explique : Le 6 août 1990, l'ONU décrète, avec la résolution 661, un boycott commercial, financier et militaire à l'encontre de l'Irak. Dix-neuf jours plus tard, le 25 août, la résolution 665 autorise l'emploi de la force et la visite des bâtiments qui sont soumis à l'embargo. La crainte principale des états-majors est que des bateaux civils puissent être transformés en poseurs de mines anonymes, menaçant les voies maritimes ; cette crainte implique une fouille très approfondie des bâtiments douteux... ainsi qu'un déplacement de troupes militaires.

Les forces françaises, employées dans le cadre du contrôle de l'embargo, sont intégrées dans celles de l'UEO, l'Union de l'Europe Occidentale, et réparties dans les trois missions, devenues célèbres, Artimon.

Artimon Est, pour la surveillance du détroit d'Ormuz entre le golfe Persique et le golfe d'Oman, reprend l'ancienne mission Ariane, en cours au moment de la guerre Iran/Irak. Artimon Ouest contrôle le détroit de Tiran à la sortie du golfe d'Aqaba. Artimon Sud contrôle le détroit de Bab-El-Mandeb, au débouché de la mer Rouge.

Pendant cette crise stratégique de la guerre du Golfe, profitant de la présence de la marine nationale sur les lieux, l'État français avait prévu une tout autre expérience, en parallèle de l'opération Artimon. Une expérience sur ses propres soldats.

Le projet était baptisé : "Le long sommeil." J'en étais le responsable, surveillant de l'opération. La plupart des appelés à la guerre venaient des casernes de toute la France, de l'armée de Terre et de l'Air. Mais pour l'expérience, nous avons introduit, parmi eux, une équipe de sept soldats, sans famille, que nous avons isolés dans le désert.

Pour éviter tout scandale, nous avons pris soin de ne pas mettre des appelés dans ce groupe. Nous avons utilisé de la chair fraîchement sortie de prison, des cas irrécupérables. Des cas sociaux qui n'appartenaient plus qu'à l'État français et dont le passé monstrueux avait été effacé par le temps. Des hommes dont l'avenir se résumait à tousser et à chier, dans cinq mètres carrés de cellule, pour l'éternité..., la peine de mort étant abolie en France. La plupart d'entre eux auraient mangé leurs barreaux en fonte pour pouvoir voir un bout de ciel bleu et respirer un peu d'air frais. Ils ont tous signé sans broncher. Vous voyez ce que je veux dire, Marshall ?

Tous ces soldats avaient la même particularité. Ils étaient tous fous dangereux. Il ne fallait donc pas les mélanger à la population d'appelés. C'est pourquoi nous avons détaché ce groupe dans la région de Djibouti, à une centaine de kilomètres de la zone Artimon Sud de Bab-El-Mandeb. Dans le désert. Puis nous avons commencé notre expérience.

Sous prétexte de précaution virale, en raison du climat dans le Golfe, en Irak, l'équipe des "soldats" français devait prendre, comme une aspirine, une pilule totalement banalisée, blanche. Cette pilule, dite "du long sommeil", avait la particularité d'empêcher le sujet de dormir, tout en conservant intactes ses fonctions corporelles, cérébrales et psychologiques. Nous avions, en accord avec le laboratoire de recherche, sélectionné un groupe de soldats ayant des antécédents différents…

Les vents du désert sont si changeants que vous avez l'impression de tourner sur vous-même, alors on se remplaçait. Les supérieurs et les gradés, qui avaient conservé un rythme biologique normal, avaient besoin de sommeil et de récupération (les nuits étant plus courtes aussi). Alors que les soldats, eux, ne fléchissaient pas ; ils étaient parfaitement opérationnels, à chaque instant… En une semaine, aucun d'eux n'avait fermé l'œil ; aucun ne s'était endormi ni n'avait rêvé. Mieux encore, ils ne s'apercevaient pas de ce qui leur arrivait : ils n'avaient plus la notion du temps… de nuit comme de jour. Lorsqu'on leur donnait un "déjeuner", en pleine nuit, à trois heures du matin, heure locale, l'ironie de la situation ne leur apparaissait pas. Et pourtant, Dieu sait combien un psychopathe a le sens de l'ironie. Ils étaient sept, mais aucun d'entre eux n'a émis de commentaires, en deux semaines. Parce que… oui… Ça a duré deux semaines.

Ensuite, il s'est passé quelque chose. Nos soldats se sont mis à "chercher". Certains ont commencé à gratter le sable ; d'autres, à soulever des pierres, espérant y trouver ce qui semblait subitement leur manquer. Ils continuaient cependant à discuter entre eux, à rire, malgré les menottes et les chaînes à leurs pieds... Cependant, ils ne parlaient pas de ce qu'ils cherchaient.

Au bout de deux jours, il y eut beaucoup de sable entassé un peu partout... des pyramides de pierres du désert, empilées par un soldat... qu'un autre défaisait, cherchant encore quelque chose au-dessous. Tout se faisait en silence. La recherche était devenue si sérieuse, si intime, qu'on a décidé de parler de "quête". Le troisième jour, un autre événement intensifia l'expérience.

Les soldats avaient retourné les poches de leurs pantalons et vestes de treillis. Elles se dégageaient toutes, comme des langues pendantes, de leur uniforme. Après avoir cherché autour d'eux, ils cherchaient sur eux.

Au début de la troisième semaine, alors que je dormais et rêvais d'aller passer du bon temps avec un travesti, sans que ma femme et ma fille le sachent, le médecin me réveilla. Brutalement.

Lorsque j'arrivai, je restai bouche bée de surprise. Ils s'étaient mordus à la main. Bien qu'ils n'aient toujours pas fermé l'œil depuis trois semaines, ils étaient désormais assis dans leur coin, tout à fait sereins. Ils affichaient un calme d'enfant et une concentration d'architecte. En faisant mon tour d'inspection, j'ai remarqué que tous, sans exception, avaient cette même blessure à la main. En m'approchant du numéro 4, j'ai compris qu'il s'était lui-même mordu. Sans rien échanger les uns avec les autres, ils répétaient tous les mêmes gestes, complètement inconscients de leurs actes.

Pour la première fois, j'ai parlé d'arrêter l'expérience. Mais quand j'ai croisé le regard des chercheurs et des gradés, j'ai compris combien il peut être stupide de vouloir être prudent dans l'armée. J'ai donc laissé faire. Mon instinct de prudence ne me trompait pas cependant...

Le lendemain, les soldats du long sommeil mangeaient leur peau. Leurs mains étaient à vif, leur sang ruisselait sur le sable. Avec leurs dents, ils arrachaient des pans entiers de peau, sans crier une seule fois. Puis ils les mâchaient, les avalaient… Plus tard encore, ils se mirent à chercher sous leur peau… *en* eux. Tous… sauf un. Le numéro 6.

Lui, il avait du sang sur la bouche et sur la main. Mais il s'était arrêté au stade de la morsure. Il fixait le néant. Assis, il ne bougeait plus. On laissa faire.

Les soldats avaient dévoré la peau de leurs bras quand on décida d'arrêter l'expérience. Les chercheurs et les gradés sont partis, apparemment heureux des résultats. Je suis donc resté seul avec eux et un bleu, le soldat "Bryan". Le gars avait clairement une case en moins, et il fallait au moins ça pour supporter cette expérience. Quelqu'un qui ne serait pas capable de se rappeler ce qu'il pourrait voir. Il était d'une incommensurable bêtise ! Un soir, on lui avait fait sa couche en portefeuille ; le lendemain, on lui a demandé s'il avait bien dormi. Il a répondu en souriant : "Super, mais j'avais mal fait mon lit !"

J'ai chargé mon arme de service. Je me suis approché du soldat 1 et j'ai tiré. La balle lui a traversé le cou. Je l'ai vu tomber. La déflagration n'a pas dérangé les autres. Tous, ils continuaient à arracher la peau de leur bras, à la soulever et à la manger. Sauf le numéro 6, qui était toujours dans un état de cataplexie étonnant, presque hypnotique. J'ai approché le canon de la tempe transpirante du soldat 2. Il a fermé les yeux et, grands dieux, je ne l'oublierai jamais : il a souri ! J'ai tiré.

Le soldat Bryan me regardait exécuter le soldat 3, avec l'expression qu'on a lorsqu'on voit un oiseau tomber du ciel et qu'il n'y a aucun chien pour aller le ramasser. Le soldat 4 cria en me voyant approcher, mais il était si paralysé par la folie, qui le maintenait debout depuis trop longtemps, que je compris qu'il hurlait pour que je fasse vite. Le soldat 5 est tombé en silence, à peine un froissement de tissu sur le sable, et ses mains se joignirent avant de se raidir.

Le soldat 7 pleurait. Il était redevenu un enfant qui comprenait ce qui allait lui arriver. Il me regardait, un bout de la peau de son bras coincé entre les dents. Il essayait de me parler. J'ai bloqué le canon sur sa tempe et j'ai tiré. La sueur m'a fait glisser et j'ai vu sa joue exploser, un jet de dents en bouillie a troué mon treillis. Je voulais tirer de nouveau, mais je n'avais qu'une balle par prisonnier et il m'en restait deux : une pour le soldat 6 et une pour le soldat Bryan. Aucun risque ne devait être pris. J'ai laissé le soldat 7 agoniser. Il tremblait. Le soleil ferait le reste.

Arrivé devant le soldat 6, j'ai constaté qu'il fixait le vide. J'ai remarqué alors que la poche de sa veste de treillis n'était pas retournée comme celle des autres. Sur son bras droit, il y avait un tatouage : une rose, rouge sang.

Je me suis approché de lui ; tout en regardant cette rose tatouée, j'ai retourné la poche de poitrine de sa vareuse, en y enfonçant mes doigts. C'est alors que je les ai senties. Toutes.

Les pilules. Il ne les avait pas avalées.

Souvenez-vous, Franck, le chat sauvage…

J'ai reçu un coup dans le genou droit. Je me suis étalé. Il a saisi mon arme. J'ai entendu deux coups de feu. J'ai touché mon corps et j'ai cherché la blessure : il n'y en avait pas. Je me suis redressé. Avec l'une des deux balles restantes, il avait tiré dans ses chaînes.

Le soldat Bryan gisait inerte, mon arme était sur le sable, à côté de lui. Il semblait avoir reçu un coup de crosse sur la tempe. Sa vareuse lui avait été retirée. La Jeep, qui devait me permettre de rentrer au campement, avait disparu. Au milieu des cadavres, j'ai compris que j'allais mourir si je ne me bougeais pas.

Je me suis levé. Et j'ai commencé à marcher. En voiture, il fallait compter une journée pour rejoindre le campement. Donc à pied, j'en avais à coup sûr pour plus de vingt-quatre heures. L'idée m'est venue naturellement. Je suis revenu sur mes pas. J'ai pris le reste d'une bouteille d'eau. Et je suis allé les récupérer sur le sable.

Ensuite... J'ai avalé six pilules du sommeil. *Et j'ai marché...*

Aujourd'hui, Marshall, je regarde la photographie de ma femme. Je la trouve toujours souriante avec le visage de ma fille en arrière-plan. Je la prends, je crois que je n'arriverai pas à la jeter. Je laisse tomber le paquet d'enveloppes et de lettres devant la porte de la cuisine. L'odeur du chien passe par-dessous. Insensible à ma réalité, je me dirige vers le fauteuil jauni. Je m'y laisse tomber. Je tends les bras. Je remarque combien mes muscles s'amassent en boules disgracieuses. L'essentiel de ma vie tient dans une photo... Je ne compte plus pour moi-même ni pour personne. Je suis foutu... Mais pas vous, Franck ! Oh non, pas vous !

Je n'ai jamais pu parler de tout ça. Le dossier du Golfe, intitulé "Le long sommeil", ne peut pas être rouvert. Je ne sais même pas où il est passé. Depuis mon affectation à la Police criminelle, je vois cette promotion soudaine comme un œil à deux facettes. La première est l'officiel remerciement de l'État pour ma loyauté. La seconde est, en fait, plus réaliste et plus mesquine : une fois affecté au sein de la Police judiciaire, je suis surveillé, je suis sous contrôle. Je vous protège, Marshall ! Ha ! Ha ! Sacrilège !! Je sais que vous n'êtes pas d'accord avec moi et je souris à cette idée !!

M'autoriserais-je une autre réflexion ? Oui ! Et après, j'irai me reposer. Enfin !

Depuis ce jour, je suis comme ces soldats. Je ne dors presque plus. Ma vie m'échappe, par lambeaux. Depuis la prise de ces pilules, j'ai, moi aussi, cherché "quelque chose" en utilisant tous les moyens possibles : sexe, addictions diverses comme le tabac en excès, le sport, l'alcool... J'étais plongé dans une quête qui, je le sais aujourd'hui, n'avait qu'un seul but... Chercher ! Encore et encore...

Vous savez, Franck, je suis retourné au campement et j'ai signalé la disparition du soldat "Bryan". Bien évidemment, on a retrouvé son nom sur la liste des soldats rapatriés en France, alors que son corps était violet sur le sable. Mais depuis, nous avons perdu sa trace, la trace d'un homme particulièrement dément, avec un tatouage de rose rouge sur le bras.

C'est le tabou le plus invivable de toute ma carrière. Je pense souvent au soldat numéro 6. À la rose rouge sang, tatouée sur son avant-bras droit. Je n'ai jamais su qui il était réellement. Pour garder secrète cette expérience, l'État a nié l'existence du soldat numéro 6. On a refusé de me communiquer son dossier. Deux semaines après ma demande de recherches sur lui, j'ai reçu ma mutation au 36, quai des Orfèvres.

Mon affectation dans la Police criminelle n'est, bien sûr, pas le fruit du hasard. Un psychopathe qui a passé dix ans sous terre peut rester trois semaines à tricher sous un soleil de plomb. En prenant deux fois moins de pilules que les autres, il s'est joué de nous tous. Il a imité son entourage, mimé ses gestes, pour se rendre silencieux, indétectable. Aujourd'hui, il est revenu à la vie sociale et il s'est parfaitement adapté. Un chat sauvage, avec un scratch en velcro de vareuse portant le nom : "Soldat Bryan." Ça me fait penser à ce film de Spielberg, sauf que ça n'a absolument rien à voir ! Là, il ne s'agit pas de sauver ce soldat, mais bien de le retrouver, et de l'éliminer ! Oui, vous avez bien entendu, Marshall ! Il faut le tuer. Et si vous ne le faites pas, c'est lui qui tuera… Je vous en prie, Franck : trouvez-le et éliminez-le ! Faites ça pour moi ! Parce que je me demande, depuis bien trop longtemps, sur combien de bords de route il s'est allongé et combien de proies il a griffées… Le fait-il encore ?

La réponse est : oui ! Et vous le savez aussi bien que moi. Bien sûr qu'il continue ! Et il continuera encore et encore…

Vous savez, Franck, je pense souvent à ce qu'a été ma vie depuis ce mois passé dans le désert. Et… comment dire ?…

Chaque fois que je me réveillais, en pleine nuit, à côté de ma femme, je pensais à un travesti. N'y a-t-il pas, dans l'image du travesti, l'idée de combiner tous les plaisirs, sans en nommer aucun ? La possibilité de faire toutes les expériences ? Il fallait que je "cherche". Par tous les moyens… Dès que je fermais les yeux… une envie s'imposait à moi, me prenait en otage dans la nuit. J'ai résisté, tout le temps que j'ai pu. Puis j'ai sombré, trompant ma femme… et j'ai été englouti par une avalanche de désirs… Mais une chose n'a cependant jamais changé : une image.

À chaque fois, je me réveillais dans l'urgence. Et je me trouvais toujours dans ce foutu désert… ces foutues pilules.

Mais aujourd'hui est un grand jour, Franck. Aujourd'hui, j'ai enfin compris ce que cherchaient les soldats, le jour où ils ont commencé à ne plus dormir. J'ai compris parce que, moi aussi, j'ai pris des pilules pour ne pas sombrer. Pas suffisamment, certes, pour me dévorer moi-même. Mais bien assez pour que mon corps prenne quarante kilos en dix ans d'effets secondaires, de quêtes et d'éveils dans la jouissance… C'est bien assez pour me rendre compte que je cherchais à ma manière ce qu'eux n'avaient pas trouvé en soulevant des pierres, en se dévorant ou en se faisant éliminer. La mort le leur a apporté.

Moi aussi, à ma manière. Et ça arrive à grands pas. Franck, vous devrez continuer sans moi. Je suis si… fatigué ! Dans le désert, les soldats cherchaient sous les pierres, dans leurs vêtements… puis sous leur peau… en eux…

Et j'ai marché pour le comprendre. Oh ! J'ai beaucoup trop marché, vous savez, Franck !

Les soldats cherchaient ce qu'on leur avait ôté : leur sommeil, Franck… Ils cherchaient leur sommeil ! »

Silence.

Clic.

La Proie

Il y a un relent de vieux citron, puis un remugle de terre.

Je me réveille. C'est l'odeur de la solitude. Du trou.

Le mur en face de moi est refermé. Mon corps est lourd et ma tête me pèse. J'ai faim. Étrange sensation. Étrange sentiment que de savoir que mon esprit cherche la nourriture dans mon souvenir, très conscient qu'il n'y en a pas ici.

Je ressens comme un incroyable coup de poing à me revoir jeter du pain parce que la mie ne me plaisait pas. Bien souvent aussi, après avoir éprouvé une colique passagère, j'ai vidé mon frigidaire de peur qu'un microbe ne se soit introduit dans les aliments... Et combien de plats commencés ont fini sur le bord de mon assiette, en attendant la poubelle ? Combien de tranches de viande ? Combien de fruits ? J'ai passé mon temps à mépriser chaque quignon, chaque verre de vin dans les restaurants... Et maintenant, je me sens capable de manger toutes les pâtisseries d'un présentoir entier... Et même tout bout de gras qui dépasserait d'un couvercle de poubelle. Je me redresse.

Quel jour sommes-nous ? Quelle date ? Soif. J'ai soif...

Te rappelles-tu l'eau que tu laissais toujours couler dans la cuisine, pendant que tu répondais au téléphone ?

Oui... Oh oui... J'en voudrais juste une goutte... Une seule.

Mes mains deviennent mes yeux et je cherche mes clefs, à tâtons. Dans mon sommeil, je les ai égarées. Bien que mince, l'espoir qu'elles représentent me rassure. M'échapper.

Une goutte... Juste une.

Elles sont là, près d'une de mes chaussures. Instinctivement, je les serre dans la paume de ma main. Je les serre fort. La sensation est fulgurante.

M'échapper.

Elle domine la torture de la faim et de la soif. Derrière ces parois, au-dessus de moi, vit une rage que je n'ai pas assez d'âge pour estimer. Mais j'ai bien assez de peur pour la comprendre et la ressentir. J'ai des yeux ! Je sais ce qu'il a fait. Je l'ai vu.

Je ne suis peut-être pas assez fort pour l'affronter, lui. Cependant, je ne suis pas assez faible pour succomber.

Pas encore assez faible.

Je déteste l'imagination qui prend toujours le pas sur la réalité… en nous obligeant à prévoir le pire, en permanence.

Ma gorge est aussi sèche que la terre et, à chaque respiration, j'ai l'impression que l'intérieur se colmate et se fendille comme une terre d'été corse… Une vieille terre assoiffée.

J'entends du bruit. Mon corps se redresse. D'un coup. J'entends la porte, au-dessus de moi, qui se ferme violemment. Il y a une voix masculine et une voix féminine.

Ils sont deux.

J'éprouve comme un coup de pied dans le bas-ventre. C'est comme un crochet à l'estomac.

Je me sens très mal. J'ai envie de vomir. Une crampe.

J'ai soif.

Mon esprit se déconnecte légèrement. En imagination, je pense à m'échapper. Je cherche où je me trouve. C'est au fond d'une impasse. Les immeubles. Encore dans la ville. Je suis toujours à Paris. Deux millions d'habitants. Et moi.

Une goutte… Seulement une.

MARC DRU

J'ai l'habitude des cellules de crise pour enfants. Elles sont toujours tapissées de dessins et emplies de jeux. Là, ce n'est que gris et désolation. Des néons violents rappellent que la nuit tombe ici plus souvent que le jour.

Derrière la vitre fumée, j'observe les similitudes. Les deux corps sont approximativement identiques. Léonard Lestier et Jérémy Limier sont, tous deux, grands et minces. Cette morphologie particulière « parle » au tortionnaire. Il doit y avoir une logique dans cette apparence qui l'interpelle. Je sors mon calepin et je note : apparence des adolescents, similitudes morphologiques… L'infirmière de garde, une femme rousse dont la peau peut supporter la violence des néons, me toise.

— Que faites-vous là ?

Elle fait allusion à mon calepin, à mes notes.

— Bonjour, madame.

— Mademoiselle !

Elle sourit en mettant une main sur sa hanche, exagérant la pose. Ici, on est habitué à voir, huit heures par jour, des violences que même les lecteurs de Stephen King n'imagineraient pas. Ici, l'humour est un bouclier à lustrer, à chérir… Parce que, de l'autre côté, la mort est là, prête à vous sauter dessus et à résonner en vous comme un appel. Puisque nous le savons tous : nous mourrons un jour. Nous sommes programmés pour ça. C'est la seule certitude de notre existence… Le reste, notre vie, est à réinventer chaque jour… ce qui relève du combat permanent.

— J'espère, au moins, que vous êtes un architecte ! Y a tout à refaire ici, à commencer par la canalisation ! Je vous offre un verre d'eau javellisée ? Je m'appelle Karine Vallon. Je suis chef du service Victimes.

Elle me tend sa main pâle.

— Marc Dru. Je suis psychanalyste…

— Je sais qui vous êtes.

Elle me sourit et cette fois-ci, plus de doute, c'est du respect que je vois dans son regard.

— Je suis étonné. La plupart des gens ne connaissent pas… mon travail d'architecte !

Là encore, elle m'interrompt.

— Vous oubliez où vous vous trouvez. Vos deux livres me sont d'une très grande utilité. Chaque jour.

Le « chaque jour » est prononcé avec tant de douceur et de fermeté que je ne peux que recevoir ce compliment avec grâce.

— Merci.

Mon « Merci » est pensé, pesé. Il est le reflet direct de toutes ces nuits de travail acharné que j'ai passées à répertorier les traumatismes et à les organiser, selon la schématique de Jacques Lacan, afin d'aider les victimes, en l'occurrence les enfants, à se restructurer, puis à s'en sortir. Karine me regarde et sourit avec, dans ses yeux, une lueur coquine, espiègle.

— J'apprécie particulièrement votre théorie sur le traumatisme subi par l'adulte. Vous pensez qu'un adulte à qui on inflige un traumatisme redevient l'enfant qu'il a été en une seconde ; qu'il revit, sans cesse, une situation traumatique vécue dans son enfance qu'il n'a, jusqu'à présent encore, ni isolée ni dépassée. Pensez-vous que la fêlure narcissique de l'enfant oblige l'adulte à devenir une victime ?

Je suis stupéfait par son langage, sa structure de pensée. Cette femme réfléchit sur elle-même, en dehors de son temps de travail avec ses collègues. Cette dynamique est devenue très rare et répond à ma propre structure professionnelle et intime. Avec ce genre de femme, vous pouvez parler de traumatismes, sans passer par la case : « Je suis la plus belle », et celle, pire encore : « Mes amies ont des névroses uniques ! » Un vrai bonheur !

— Je pense qu'un enfant traumatisé devient juste un adulte en apparence, mais qu'il reste un enfant traumatisé. Je pense alors qu'un travail analytique est nécessaire. Mais comme toujours, la demande doit venir du patient lui-même. C'est lui qui doit le vouloir en premier. Sinon ça ne sert à rien.

— Mais une victime ne pense pas au travail à faire. Elle ne voit que ce qu'on lui a infligé.

— C'est précisément ça, être une victime. C'est ne pas voir la possibilité de s'en sortir. C'est mon travail d'éveiller cette opportunité.

Je me tourne vers les deux lits blancs. Elle parle dans mon dos.

— C'est moche ce qu'il leur a fait.

Vu son langage et sa perspicacité, je sais que je peux me fier à son jugement.

— Karine, que pouvez-vous me dire sur ces deux garçons ?

Elle croise ses bras, c'est toujours un signe de protection. Je le devine, ça ne va pas être agréable à entendre.

— J'imagine que c'est vous qui avez fermé son clapet à Alvarez, non ? Il était furax dans la salle de repos tout à l'heure. Il n'arrêtait pas de regarder son bras.

— Je suis désolé de vous l'apprendre, Karine, mais ce garçon éprouve une homosexualité latente. Et, comme tout ce qui est latent, ça prend une dimension très perverse quand on s'y attend le moins. Il a examiné ces adolescents, y prenant un grand plaisir tactile, un plaisir qu'il ne comprend pas lui-même. Jusqu'au moment où il a découvert que ces deux « gosses », comme il dit, étaient gays. Alors seulement il a fait, pour lui-même, un test de dépistage HIV. Cette réaction n'a rien à voir avec les deux victimes ni avec le HIV, mais bien avec cette latence soudainement réveillée en lui, cette chose à identifier au plus vite.

— Autrement dit…

— Autrement dit, Karine, son homosexualité lui a sauté à la gueule. Car, pour lui, elle est synonyme de maladie, de sida. D'où son test HIV.

— Comment savoir si ce que vous dites est vrai ?

— Regardez comment il justifie son test personnel, s'il le note en tant que « risque de contamination » ou comme « test de routine ». Sa démarche et son choix vous éclaireront bien mieux que mes théories. Alvarez a peur d'être contaminé par son homosexualité… Ce ne sera donc pas un test de routine, mais bien en tant que « risque de contamination » qu'il justifiera son test.

Dans le reflet de la vitre, Karine me regarde et je la vois sourire.

— Vous saviez.

Son sourire disparaît immédiatement. Je renchéris.

— Vous saviez ce que je viens de vous dire. Vous aviez juste envie de l'entendre de ma bouche.

Elle décroise ses bras.

— Oui, c'est vrai… Il a justifié son test en tant que « risque de contamination ».

Nous sourions. Je suis bien. Je me sens fouetté, vivifié par mon interaction avec Karine.

La psychanalyse a un visage maudit. On l'accuse bien souvent, à juste titre, de trahir les faux bonheurs dont on se contente parfois pour survivre. Justement, la psychanalyse nous apprend à nous débarrasser de la survie, à décevoir les autres et à nous battre pour ce qui en vaut la peine à nos yeux. À quoi nous est utile notre vie si elle ne nous sert même pas à nous-mêmes ? L'outil psychanalytique sert à ne plus rien attendre de l'autre et à tester l'entourage, la foi, en permanence ; il ne se suffit jamais d'un fait établi. Si quelqu'un est capable de le supporter, alors vous savez que vous pouvez faire un bout de chemin avec lui, un chemin sans illusions, un chemin plein de respect et d'interactions toniques, même dans les pires moments.

L'inconscient a un son, un parfum et un prix. L'inconscient est comme le moteur d'une voiture. Parfois il est « garé », calme, somnolent. Parfois il est ronronnant, ainsi qu'un moteur jamais éteint. D'après mon expérience sur le sujet, je sais que l'inconscient de Karine Vallon ronronne pour qui saura l'entendre. Ce son, proche du ronronnement d'un chat, est doux. Et cette douceur a une odeur : une de celles qui vous happent l'âme, comme le parfum d'un chèvrefeuille dans un chemin de campagne.

Mais cela a un prix : des centaines et des centaines d'heures de séances parfois éprouvantes, heureuses, sombres, légères, sur un divan. Des heures à retourner sa vie en tous sens, à explorer son désir sexuel, son envie de vivre ou sa soif de mourir, le déni, les pulsions de mort, de vie, d'abandon, de solitude, d'anéantissement, de constructions... L'investissement de soi est « non remboursable ». Vous investissez selon ce que vous vous estimez capable d'engager de vous-même. Un prix, décidé par l'analyste travailleur et le travailleur analysant, inclut l'apprentissage à dénuder sa vie devant un inconnu, vous-même, qui accueille la confession de soi et vous laisse grandir, dans un silence qui se muscle jusqu'à se bander. Le travail est au début fatigant, mais il apprend la notion de l'effort. Et quand on a la notion de l'effort, on repère ceux qui la possèdent aussi ; on ne veut plus perdre de temps avec ceux qui ne veulent pas payer de leur personne dans les relations. Les gens désirent des amis, mais comprennent-ils ce que ce mot veut dire ? Savent-ils tous les efforts nécessaires pour que ça arrive vraiment ?

Contrairement à l'adage, personnellement, je pense que vouloir n'est pas du tout pouvoir, ni avoir. Vouloir, c'est un rêve. Avoir, c'est le fruit d'un travail. Quant à pouvoir, c'est la capacité à fournir les efforts nécessaires pour qu'il n'y ait pas trop de différence entre les choses « voulues » et les choses « eues ». Dans un monde où l'on pense que tout est dû, ça ne peut faire que du bien ! Karine a travaillé : elle « ronronne », il est bon d'être à côté d'elle et son œil n'attend rien de vous. Elle a payé pour comprendre sa place, le sens de sa vie, de son désir et ce dont elle ne veut plus. Qu'elle soit accompagnée ou pas ne lui pose plus de problème apparent.

Karine Vallon a sacrément bossé sur elle-même. Inévitablement. Elle s'approche de moi. Nos deux reflets semblent plaqués, comme dans la résine.

— Je commence par quoi ?

— Par m'apporter ce verre d'eau javellisée que vous m'avez proposé tout à l'heure. J'ai une soif de pendu.

— Quelle image !

Je ne souris pas. Nos deux reflets sur les vitres teintées semblent voler au-dessus des deux lits. Nos savoirs restent muets devant ces deux jeunes victimes. Nous sommes comme flottants, perdus. Karine met ses mains dans les poches de sa blouse et s'en va silencieusement.

Je réalise que j'ai toujours mon calepin à la main. Je regarde ma montre ; Lamy Rhader va avoir besoin de moi. J'éprouve une envie si pressante de boire que je finis par comprendre qu'elle est fictive. Ce n'est pas de l'eau que j'attends, mais du calme. Quelque chose remonte en moi, lentement : exactement comme on tire un poisson hors de l'eau. La soif de la pêche au savoir. Puis soudain, une évidence : un lien entre toutes ces histoires m'apparaît clairement.

L'homosexualité du père de Lamy, qu'il projette sur le dos de son fils en le punaisant du mot « porc ». L'homo-sexualité latente d'Alvarez, en proie à ses terreurs intimes.

L'homosexualité ambivalente de Zimbowe… avec qui le père de Lamy a entretenu des rapports. L'homosexualité de ces deux adolescents, Lestier et Limier, qui a fait d'eux les victimes d'un tortionnaire.

L'homosexualité. Un sujet qui fâche toujours. C'est pourtant à partir de là que l'on doit commencer notre enquête. Et vite.

J'entends des pas. Karine revient et se tient naturellement près de moi, à côté de mon reflet sur la vitre.

Franck Marshall

Dehors, dans le froid, je constate que Miller ne me téléphone pas plus qu'il ne répond à mes appels. Quelque chose n'est pas normal.

Je passerai chez lui après avoir déposé Marc à son cabinet. Même si Miller déteste recevoir des visites chez lui, je crois maintenant qu'il ne me laisse plus le choix. Ce type a vraiment une tête de bourrique insensée !

Je suis content de prendre l'air, même s'il est toujours trop frais pour la saison. Je respire, à pleins poumons, l'odeur des conifères et des sapins géants, plantés dans un jardin adjacent. À cause du froid, mes joues s'empourprent et mon sang fouette mes veines. Je me réveille. Je suis content de le savoir là, Marc. Il a l'énergie qui me fait défaut depuis qu'Emily est partie. Je me demande si elle va bien. Son écharpe vole dans le vent. Des poils d'Ebony collés dessus s'en échappent.

Je prends mon portable et fais glisser le curseur jusqu'à son prénom, dans la lumière bleue de l'appareil. Ce n'est pas raisonnable. Je ne dois pas faire passer mes sentiments personnels avant cette enquête. Marc a raison, je ne vais pas bien. Je me mets en danger en agissant ainsi. Je ne peux pas me le permettre. Je ne le peux *plus*.

Je n'ai pas envie de retourner dans la cellule de crise. Chaque fois que j'y viens, il me semble qu'une nouvelle victime apparaît.

Marc doit toujours être devant la chambre des adolescents. C'est du moins là que je l'ai laissé. Sa vitesse d'analyse est fulgurante, comme peut l'être son ressenti.

Apparemment, j'ai un talent. Un talent certain. Je me souviens pour Onyx.

Le gars était itinérant et il utilisait toujours le même mode opératoire. Il ligotait ses victimes – toutes blanches, blondes et jolies –, il les violait et les torturait, faisant un garrot avec leur petite culotte. Un médaillon en argent vieilli avec l'inscription « Onyx » avait été retrouvé sur un parking, tout près des lieux du second crime. Les enquêteurs ont rapidement abandonné cette pseudo pièce à conviction. Mais l'info était déjà arrivée aux oreilles des journalistes et le surnom est resté.

Après avoir recueilli toutes les informations apportées par l'enquête et grâce à mon expérience des tueurs en série, j'ai tout de suite eu l'image d'un sex-shop dans la tête. Puis j'ai pensé aux lumières rouges d'un moulin. La psychoaffectivité de Onyx se résumait à se nourrir de fantasmes jusqu'à l'ivresse pour récupérer, fictivement, l'attention d'une femme blanche, image de ses mères adoptives qui n'ont jamais réellement pris en compte cet enfant métissé. L'enfance d'Onyx ? Dès sa conception et tout au long de sa grossesse, sa mère, Jocelyne Wirtz, ne pense qu'à avorter. Son père est un OVNI de l'armée américaine, un homme robuste de peau noire, juste de passage. Madame Wirtz était considérée comme une femme aux mœurs légères. Mais pourquoi ne pas dire dans ce cas que son père avait, lui aussi, des mœurs légères ?

Sa mère abandonnera à la naissance cet enfant qu'elle n'a jamais désiré. L'abandon, vécu comme une « mort psychique », constitue la plus profonde des violences. L'enfant n'est même pas né qu'il est déjà rejeté psychiquement. Ballotté de nourrice en nourrice, Oscar Wirtz séjournera plusieurs mois à la DDASS avant d'intégrer, vers sept mois et demi, la famille d'accueil Martin, qui comptera jusqu'à dix-neuf enfants de l'assistance publique. Évidemment, cette famille ne répond pas aux besoins spécifiques de l'enfant, qui en plus d'être rejeté depuis le ventre de sa mère, n'a pas la même couleur de peau que les autres : l'enfant métis devra la jouer solo toute son enfance. Mais la famille n'est pas à elle seule responsable du carnage psychique. À l'âge de sept ans, Oscar Wirtz est débaptisé par la DDASS. Il devient Oscar Martin. Cette mesure n'a d'autre but que d'effacer tout lien (l'abandon et le rejet étant ses liens les plus visibles et palpables ! Jusque-là, il n'a pas reçu une seule preuve d'amour) avec sa famille biologique. C'est en effet à cette période que madame Wirtz, sa vraie mère, daigne venir attester et confirmer l'abandon de son fils. Sa mère et la société lui demandent d'oublier sept années de vie, sept années d'une vie d'enfant, de tout recommencer à zéro, et surtout de gérer cela tout seul, parce que tout le monde démissionne.

C'est bien plus tard que la bombe à retardement entre en éruption. Par le biais de ses fantasmes d'adolescent et du temps passé à chasser des animaux dans la nature (son passe-temps favori), il valide et organise cette mise à mort maternelle et sociale pour éviter de la subir et de sombrer dans la psychose. Pour ne pas devenir fou, Oscar Martin doit réorganiser ce qu'il a subi et le diriger ailleurs que sur lui-même.

C'est alors qu'il quitte la chasse des animaux et agresse deux jeunes filles. La première étant une handicapée, elle marque néanmoins, à mon avis, le début de sa terrible prise de conscience. Lui aussi est handicapé, mais psychiquement (projection de son handicap affectif primaire). Tuer cette jeune fille constitue sa première « envie » psychotique d'annuler son propre handicap. La deuxième fille n'est pas handicapée, ce qui veut dire qu'il s'est réorganisé, changeant ainsi de mode opératoire. Onyx allait tuer de jolies jeunes filles...

Très conscient de sa problématique, il va en plus essayer d'en jouir en s'appropriant ce qu'on lui a ôté, en le « chassant ». Onyx mêlerait perversion narcissique et chasse : son désir de proies récurrent et ses premiers traits psychopathologiques sont responsables de sa pulsion de mort, irrépressible. Comme on ne récupère *jamais* ce qu'on vous a enlevé, il le reprenait. Il masturbait l'image de ses actes qu'il savait monstrueux. Il embellissait ses mères blanches symboliques en amalgamant fantasme violent de sa mère qui le dédaignait (un enfant rejeté se sent toujours rejeté, d'où une colère terrible et permanente) et fantasme sexuel de l'homme qu'il était devenu.

Ainsi, mère, violence meurtrière, fantasmes et sexe se mélangeaient dans sa tête jusqu'à la jouissance fantasmatique d'annuler le tout (de tuer) et de recommencer à zéro, un R.A.S. pulsionnel. Il s'organisait ainsi : fantasmer (et nourrir le fantasme), chasser, repérer, attaquer, sévir, violer et tuer. Ensuite, effacement conscient (cacher et effacer toutes traces de ses meurtres) : il est très organisé.

Mais pour un adulte qui ne sévissait qu'à l'est de Paris, il devait « se nourrir » dans un endroit, se gaver d'images pornographiques, dans le plus grand anonymat et ailleurs que sur son terrain de chasse. Répéter ses crimes demandait à « se repaître de nouvelles images » pour jouir encore et encore. En attachant ses victimes, il maîtrisait ainsi sa mère symbolique. En les violant, il leur enlevait ce qu'on lui avait pris : son identité intime, la première moitié de lui-même. Et il confirmait la dépersonnalisation en tuant ses victimes, en leur enlevant l'autre moitié de ce qui leur restait : la vie sociale (physique). Ainsi, il rétablissait son équilibre. Mais il en éprouvait du plaisir, alors il ne s'arrêtait pas ; on ne peut pas demander à un homme de ne plus jouir.

Aucune guérison n'était possible pour lui, parce que renoncer à son organisation pulsionnelle, c'était comme se suicider. Tuer lui permettait de rester en vie. Il n'avait absolument aucun remords pour ses victimes parce que, côté souffrance, il avait été servi et que personne n'en avait eu à son égard. Il lui était impossible de « penser » à s'excuser. Lors de son procès, il a juste posé une question lancinante : « Pourquoi m'avoir enlevé la moitié d'identité que j'avais ? » Alors que l'autre moitié se retrouvait déjà seule.

Il sait que la société a une dette envers lui. C'est une réalité que la société va devoir comprendre. C'est à la fois ce qui le motive, à juste titre, et à la fois ce qui lui rend impossible toute guérison, car il utilise ce fait pour justifier sa jouissance et sa soif de pouvoir tuer. « À cause de ce que vous m'avez fait, je tue » : légitimer sa pulsion morbide pour en jouir au maximum. Sa perversité consiste à la fois à faire comprendre un fait réel et à la fois à l'utiliser (ne surtout pas guérir) pour chasser, capturer, violer, tuer. Onyx ne veut pas guérir. Cette volonté n'est pas « inscrite » car il n'est pas malade. Il est juste la conséquence d'additions foireuses depuis sa conception jusqu'à son arrestation.

Il est le premier à se savoir inguérissable ; alors il va continuer et jouir de sa liberté au maximum. Il sait qu'il tue, il sait que ce qu'il fait n'est pas « bien », mais il s'en fout ; sa jouissance est inouïe et il fait très attention à effacer les traces de ses agressions pour prouver qu'il est « aux petits soins » avec sa perversité…

Son fantasme primaire lui apportant des images érotiques violentes, il les nourrit avec les yeux, le plus souvent possible. Pour se motiver, se mettre à chasser. L'homme vivait à Paris. Il allait certainement se nourrir dans un quartier qui l'attirait, un quartier où il se sentait roi, où il était invisible, ouvert la nuit, un quartier illuminé la nuit. Le Moulin Rouge. Pigalle. Métro Blanche. Métro « blanche ». Comme ses femmes. Blanches…

Alors, j'ai su. C'est là qu'on le trouverait. En pleine promenade, en pleine chasse… J'ai demandé à faire tourner des patrouilles banalisées dans le quartier. C'est là qu'on l'a trouvé. Précisément au métro Blanche. Le succès de mon analyse a été fulgurant.

— Allô ?

J'entends sa voix dans l'appareil. Sans faire exprès, j'ai appuyé sur la touche appel : j'ai composé le numéro d'Emily. Je me rattrape comme je le peux.

— Bonjour, Emily. Euh... Je t'appelle pour prendre de tes nouvelles.

— Je suis partie hier, Franck ! Je ne vois pas ce que je peux te raconter de nouveau !

Je ne me supporte pas, des fois. Je suis si stupide ! Elle est en colère, une rage que je lui connais bien. Je raccroche. L'odeur de son écharpe me court dans le cou. J'ai des frissons jusque dans le bas des reins.

Une dernière bouffée d'air, et je me retrouve dans le dédale de couloirs en béton. Je pense à Emily, à l'amour obsessionnel que je lui voue. J'en parlerai peut-être à Marc. Je l'aperçois face à la vitre, toujours cette vitre fumée, avec l'infirmière-chef Vallon. Ils ont l'air statiques, flottants, silencieux. On dirait un couple. Karine Vallon lui tend une petite bouteille d'eau minérale.

On dirait un couple.

C'est de la projection, mon propre malaise mis sur le dos des autres. C'est bien connu. Mais bon, laissons ça de côté... Je frappe dans mes mains.

— Désolé, j'ai été un peu long !

Tout le monde s'en moque. Je range mon portable dans la poche de ma veste en cuir et c'est alors que mes doigts rencontrent ce que j'y ai glissé, que j'ai pris dans l'imprimante de Limier. Cette fois-ci, je m'immobilise. Dépliant la lettre.

Marc et Karine Vallon m'observent.

— Je veux pouvoir rencontrer les deux adolescents, il le faut.

Karine me dévisage.

— Ils sont stabilisés. On leur a donné des anti-inflammatoires, des antalgiques et des anticoagulants et ils sont sous perfusion vitaminée... Tous les signes vitaux sont stables, le rythme cardiaque est continu... On pourrait croire à un coma, mais il n'en est rien : ils sont en état de choc, prolongé, intense. Chez ces deux gars-là, le choc est quelque chose qui n'est pas physique : ce sont des images terribles qui hantent leur mémoire et ravivent leurs souffrances... qui ne cessent de les obséder. Pour ce qui est de la parole, j'ai fait appel à un spécialiste de la trachéotomie. Certains appareils existent, des progrès considérables en la matière ont été faits ces dernières années. J'ai veillé à ce que les soignants laissent intacts les trous faits dans leur larynx. Nous pourrions ainsi utiliser l'air qui ne passe plus par les cordes vocales en le filtrant au travers de machines qui traduiraient les vibrations du souffle en mots... ce qui permettrait de faire avancer l'enquête au maximum.

Elle me regarde et je vois qu'elle est absorbée par sa réflexion professionnelle. Elle fait partie de ces personnes qui vous poussent à réfléchir, bien après les heures de travail. Nous échangeons des regards furtifs, chargés de pensées, dans le reflet de la vitre. Je note mon numéro de portable sur une feuille de mon calepin. Puis je l'arrache et la lui tends.

— Appelez-moi dès que vous jugerez que ce sera faisable, d'accord ?

Elle sourit, prend le papier et le glisse, sans le consulter, au fond de sa poche. Elle m'offre une petite bouteille d'eau minérale.

— Vous me draguez ? Cette eau n'est pas javellisée, mais elle fera l'affaire. Je vous appelle dès que c'est possible.

Nous gardons le silence, regardant les deux lits clignoter.

— Merci, Karine. Merci pour tout ce que vous faites et pour vos réflexions professionnelles. Ce sont les premières que je rencontre, ici !

— De rien. Merci pour le compliment... Mais être plus professionnel qu'Alvarez, c'est à la portée de tous !

Derrière nous, deux claquements de mains. Marshall parle fort.

— Désolé, j'ai été un peu long !

Dans le reflet de la vitre, je le vois nerveux, amaigri, les yeux cernés. Il s'arrête, sort de sa poche une lettre qu'il déplie. Nous nous retournons, juste après avoir échangé un rapide coup d'œil. J'aime la pâleur de la peau de Karine. Marshall tient une feuille devant lui.

— Franck ? Que tenez-vous là ?

— Je l'avais prise chez Limier. C'est une lettre qui convie à un rendez-vous, datée de la veille du jour de sa disparition.

Karine est toujours plongée dans ses pensées. Elle contemple les deux lits par-delà la vitre. Je la laisse ainsi, elle ne semble pas remarquer que je m'en vais. Je bois une gorgée d'eau.

— Est-ce que vos agents scientifiques ont isolé l'adresse mail de l'envoyeur ?

Il s'avance vers moi.

— Disons que nous avons surtout l'adresse IP du moniteur sur lequel ce message a été tapé.

— Pardon ?

— Oui… Donnez-moi deux minutes, Marc.

Franck prend son portable et, avec un regard désolé, sort de la pièce. Un reptile, il me fait penser à un reptile.

— Ça ne marche pas, les téléphones portables, ici ?

Karine se retourne, avec un sourire en coin.

— Si, mais la cellule est équipée de plombeurs. Les ondes des portables pourraient couper les machines et empêcher leur bon fonctionnement. C'est pour cette raison que les téléphones portables ont été interdits dans les hôpitaux. Mais pour la petite histoire, sachez que les premiers utilisateurs des portables n'étaient pas les visiteurs… Il s'agissait des membres du personnel soignant !

Nous sourions. Je pense à Lamy. Dans deux heures, je vais le voir, je dois le faire parler. Si l'enfant n'amorce pas le discours, il ne pourra entamer le processus de guérison en quittant sa position d'enfant martyr, et ce, quels que soient les médicaments qu'on lui administrera ou l'endroit où il sera placé.

— Vous semblez soucieux, Marc !

Je sursaute. J'ai cette capacité de réfléchir très vite qui, parfois, m'isole de mon entourage.

— Pardon… Mon travail… Je réfléchissais.

— Si je peux vous aider…

La proposition est faite naturellement. J'y réponds. Mon inconscient « sait » que Karine peut m'aider et, à vrai dire, il le savait bien avant moi. Je lui explique le cas de Lamy Rhader, le plus simplement possible. Karine me sourit.

— Vous n'avez pas d'enfant, n'est-ce pas ?

— Non, effectivement.

Est-ce que ça veut dire qu'elle en a, elle ? Elle se tourne vers la vitre.

— Les enfants ont toujours envie de sucreries. C'est aussi vital qu'un verre de lait. Les parents le savent, les prédateurs sexuels aussi et chacun utilise ces besoins-là pour aboutir à ses fins.

— Je ne vois pas le rapport avec l'histoire que je viens de vous raconter.

— Certains enfants n'ont pas la parole. Lamy, lui, a la parole, mais il ne l'utilise pas. Il garde un secret. Comme beaucoup d'enfants martyrisés, il possède son propre langage qui ne passe pas par les mots. Certains enfants se contentent de rougir ou de pleurer, en fixant un paquet de bonbons... Ce que je veux dire, Marc, c'est que parfois, certains enfants ne savent pas demander. Comme Lamy. Parfois, ils n'ont aucun mot pour leurs désirs véritables. Ils ressemblent beaucoup à leurs parents…

Je pense immédiatement à l'homosexualité de son père. Et je prends la parole.

— Autrement dit, vous pensez que si les parents s'autorisent à vivre leurs désirs, les enfants accèdent aux leurs… naturellement ?

— Oui, parce que les enfants protègent toujours leurs parents dans le vrai sens du terme, même si ce sont des enfants martyrs. Les enfants sont bien plus protecteurs que la plupart des adultes. Si leurs parents se mentent, alors les enfants vont croire que c'est pour leur bien. Autrement dit, les enfants valident les mensonges de leurs parents et les appliquent à leur propre vie.

Je sais comment aider Lamy Rhader. Je me détends immédiatement.

— Merci, Karine.

— Je ne fais que citer vos livres ! Il serait bon que vous les relisiez de temps en temps. Mais surtout, Marc : il va falloir arrêter de me remercier ! Je vais finir par croire que vous êtes bien seul dans la vie… ce que j'ai du mal à imaginer, vu que vous êtes très sexy !

Elle sourit et tourne les talons, insouciante. Je me raidis instantanément. Je suis devant la chute la plus abrupte de mon existence. Le vide sentimental. De ma vie.

LA PROIE

L'air se fixe dans ma gorge, j'ai l'impression que c'est de l'argile. À chaque respiration, mon corps s'alourdit. Je meurs à petit feu. J'ai soif. J'ai faim.

J'entends alors un bruit que je connais bien, un bruit de bois et de fer, un bruit qui prend tout un côté du mur, dans le trou duquel il semble désormais que je doive vivre pour l'éternité.

Pour la première fois de mon existence, je pense à l'éventualité de ma propre mort. À la possibilité que tout se termine au plus vite, sans sommation. À cette pensée, je sens mon cœur se serrer. Quelque chose en moi n'est pas d'accord. Quelque chose en moi lutte pour ma survie, malgré moi. Quelque chose sait que de l'autre côté du mur, il y a une furie, une violence, inouïes.

Ce que j'endure me revient à la figure avec autant de rapidité que d'ironie. Je me sens si seul. Mais maintenant, je sais que cette solitude a toujours été là, en moi : je suis face à elle, avec elle, en elle. Que reste-t-il de mon ancienne vie ?

J'ai soif. J'ai faim. Je donnerais n'importe quoi pour lécher un détritus alimentaire collé sous une semelle de chaussure, un de ces bouts de sandwichs que mon esprit ramène de ma mémoire, un de ces déchets qui traînent sous les aisselles des trottoirs : la merde de la vie quotidienne que ma raison ne voulait pas voir parce que je ne manquais de rien. Là, dans ce trou, je réalise combien ma vie fut celle d'un somnambule qui triait sans cesse pour se sentir du bon côté de la vie, du côté des gagnants, de ceux qui ont tout.

Je m'aperçois que seul l'homme est capable de sélectionner, de couper, d'ignorer les choses qui le dérangent. Ça s'appelle le déni. La vie dans le déni est comme un escalier plat : il n'a pas de sens et ne mène nulle part. Il ne me reste que les mots et mon esprit pour exister.

J'entends l'homme en noir. Je perçois son souffle électronique comme un serpent lové dans un nid de pierres chaudes. Menaçant.

Mon esprit se bande, se rétracte, se délie. J'ai envie de crier, mais ma gorge desséchée menace de se craqueler, de s'émietter ainsi que le sable d'un minuteur dément. La lumière violente que le miroir, collé au plafond, me renvoie amplifiée rétrécit ma pupille comme celle d'un chat sauvage.

— Alors, tu as bien dormi ?

Cette voix métallique, artificielle, horrible ! Je ne réponds pas. Un souvenir me revient… En CM2, mon professeur aimait à passer ses ongles sur le tableau pour faire régner son autorité. Ici, il suffit de sa voix pour que je me soumette, avec autant de répugnance.

Je me redresse. Et c'est alors que je le remarque, au milieu de la pièce. En toile de nylon, un sac de linge industriel.

Non, pas ça ! Pas encore ça !!

Le sac bouge. Je sais ce qu'il y a dedans.

— Regarde bien, petit, regarde bien…

Il l'ouvre. Un jeune homme fin, les traits tirés, nu. Un Asiatique. Je distingue un bruit de chaudière qui se met en route, tout au fond de la pièce, de l'autre côté, loin, très loin… Le jeune homme entend, lui aussi. Il regarde derrière lui, puis il constate qu'il est nu. Il fixe le plafond, remarque l'immense miroir suspendu et voit la salle, les outils et son corps. Puis, par un rapide coup d'œil, il m'aperçoit, me regarde et comprend. D'un coup.

Non, pas ça ! Pas encore ça !!

Alors, il crie.

FRANCK MARSHALL

— Ressortez-moi tous les sites visités sur Internet qui comportent la même adresse IP. Prévenez-moi dès que vous êtes en mesure de le faire... Non, ne repassez pas l'affaire à votre successeur ! Je veux que vous fassiez ce que je vous dis. Vous n'avez qu'à noter vos heures sup !! Il est hors de question, pour moi, de changer de collaborateur sur cette enquête. Je ne prends pas le risque de nous ralentir. Autrement dit, je ne travaille qu'avec vous et vos cernes... Vous me devrez vos nuits blanches à venir et même une crise cardiaque, s'il le faut ! Sinon, c'est à la RATP[3] que je vous envoie bosser, grossir et faire des mesquineries dans le dos de vos collègues, jusqu'à devenir un abruti intégral de lèche-cul !

Je raccroche. Marc Dru me regarde. La pluie tombe gentiment derrière lui.

— « Jusqu'à devenir un abruti intégral de lèche-cul » ? Rien que ça ?

Je sors mes clefs de voiture et appuie sur le bouton d'ouverture automatique des portes sur le dessus du petit boîtier. Le véhicule clignote.

— Il n'y a pas pire au monde que de travailler à la RATP !

— Qu'en savez-vous ?

— Marc, s'il vous plaît, débranchez !!

Il me sourit. Je ne comprends plus l'humour. Je ne peux tout simplement plus m'offrir le luxe d'en avoir et pour cause :

---

3. Société de transports publics à Paris.

Miller semble avoir été enlevé par des extraterrestres. Je ne pourrai pas dormir cette nuit, car je sais qu'il recommencera à torturer... La femme que j'aime est partie... Merde ! Il ne me reste qu'une foutue écharpe, une chatte hargneuse et un psy fouine ! Et mon sale caractère.

— C'est quoi, cette histoire d'IP ?

Je lui fais signe d'entrer dans la voiture. Je vais le ramener chez lui. À peine suis-je assis au volant que je remarque cette façon qu'il a de « meubler » l'espace. Cette façon d'être « là ». Je sors la lettre de ma poche et la lui tends.

— Je l'ai trouvée sur le PC de Limier. C'est son dernier courrier, reçu le soir de sa disparition. C'est la confirmation d'un rendez-vous. À partir de ce rendez-vous, Limier a disparu.

— Y a-t-il eu le même genre de lettre sur l'ordinateur de Lestier ? Et pourquoi signer la lettre d'une rose rouge calligraphiée ?

— Non, justement. Lestier est le premier cas sans trace. Le deuxième cas de disparition c'est Limier et là... on s'aperçoit que le tortionnaire...

— Peaufine, c'est ça ?

— Ou pire : il s'amuse avec une forme de romantisme... Si, bien sûr, le motif de la rose lui appartient.

Il y a un silence. Je remarque que nos efforts conjugués nous font bouillir. Ensemble et chacun de notre côté, avec nos savoirs différents.

— Je crois qu'il est temps pour nous de faire le point.

— Le point sur quoi ?

— Arrêtez, inspecteur psychique Marc Dru ! Laissez-moi finir.

— Je vais surtout vous laisser commencer !

— Vous savez que potentiellement, vous êtes capable de me foutre en rogne pour l'éternité ?

— C'est l'histoire de toute ma vie, ça ! Mon problème, aussi !

— Je veux bien vous croire…

— Revenons à nos moutons.

J'entre sur le périph intérieur. Il est saturé. Je m'apprête à sortir le néon bleu mais Marc m'en empêche.

— Restons discrets et utilisons le temps du parcours pour nous recentrer sur les informations que nous avons.

— D'accord, mais sachez que si vous m'énervez encore une fois, c'est grand bleu et ligne droite !

Il rit.

— OK, marché conclu ! Mais sachez que faire du stop sur le périph ne me découragerait pas, même sous la pluie.

Je respire, me détends. Il sait y faire. Il reprend la parole.

— Alors, que savez-vous sur le tortionnaire ?

Sa question me frappe. Je suis si habitué à me la poser seul que l'interactivité avec Marc me perturbe autant qu'elle m'excite, me stimule l'esprit, accélère ma réflexion. Le fait que la question vienne d'un autre m'oblige à réagir rapidement. On n'est rien sans les autres.

— Ce n'est pas un tueur, mais un tortionnaire. Son but n'est pas de tuer, mais de réduire l'autre à néant.

— Qu'est-ce qui vous fait dire ça ?

— Il supprime tout ce qui représente l'identité physique d'un individu : ses doigts, sa voix. Il laisse juste le regard et encore, ce dernier semble se repasser le dernier film vu : ses propres terreurs. Dans le cas de Limier, il y a eu les sutures. Il coud les bras grossièrement, son habileté est approximative. Il n'appartient donc pas à la profession médicale, mais il a le sens de la souffrance inculqué. Je pense que le fait de suspendre ses victimes lui donne un droit : il les soustrait à la pesanteur. Puis il les repose sur le sol et les ramène à la vie. Les deux victimes ont été assises contre un chêne. Cet arbre est récurrent dans sa scène finale : l'exposition de ses victimes. Par ailleurs, il ne s'attaque qu'à de jeunes homosexuels. Mais ils ne sont pas violés.

— Au sens où vous l'entendez…

— Qu'est-ce que ça veut dire ça encore, Marc ?

— Le fait qu'il les change, comme vous dites, est un viol et c'est le pire de tous. Ne croyez pas qu'un viol, ce soit uniquement un acte sexuel. Dans les cas de Lestier et de Limier, il les a violés par le biais de la dépersonnalisation. Je ne serais pas surpris que, même avec les machines à leur cou, ils ne veuillent pas nous parler. Ils ne le pourront plus.

— Les machines ?

— Oui. La chef du service, Karine Vallon, va faire venir un spécialiste de la voix, avec des modèles d'appareils que l'on place sur la gorge. Quand vous parlez, si vous y prêtez attention, vous canalisez votre souffle. Ensuite seulement, les cordes vocales le traduisent en mots. Il y a même un régulateur de son. Les machines ont pour but de remplacer les cordes vocales. Reste que, s'ils ne veulent pas parler, ces outils ne nous serviront à rien. Mais je veux pouvoir dire qu'on aura tout essayé.

— D'accord. Joli petit lot, cette Karine, non ?

Ma question déroute Marc Dru et c'est peut-être la première qui ne semble pas le traverser. Cependant, il l'ignore complètement.

— Mais je ne suis pas d'accord avec vous.

— Euh… Sur quoi ?

— C'est un tueur.

— Pardon ?

— Il tue.

— Comment ça ? Il n'y a pas de cadavres, à ce que je sache ?

— Il y en a deux.

— Lesquels ?

Il y a un silence terrible. Une voiture nous dépasse. À l'arrière, des enfants rient, à l'avant, un couple chante. Ça sent le bonheur… Nous nous regardons, sans nous voir. Marc reprend la parole doucement.

— Et pour ce qui est du viol sexuel, Franck, les blessures infligées sont toujours le signe et le prolongement d'une impuissance sexuelle, d'une sexualité hétérosexuelle ou homosexuelle refoulée ou d'un traumatisme violent. Les actes de tortures sont des viols sexuels exprimés autrement que par le sexe.

— Pourquoi dire qu'il tue ? Ils ne sont pas morts, ces deux gamins !

Cette fois-ci, son regard est fixe, sans ambiguïté possible.

— Le tortionnaire dépersonnalise et renvoie ses victimes en suspension. Vous rappelez-vous, Franck, la dernière fois que vous avez été suspendu ?

— Vous n'êtes pas bien là, Marc.

— Dans le ventre de votre mère, vous étiez en apesanteur. Il y a différentes façons de retrouver cet état. Il y a l'eau et c'est pour cette raison que les suicides se font souvent dans les baignoires. Il y a les matelas et il y a la suspension. La pendaison est une suspension et la corde, un cordon ombilical de substitution. Le saut dans le vide offre un état d'apesanteur dû à la vitesse.

— Que voulez-vous me dire ?

— Je crois que le tueur est animé d'une toute-puissance de vie et de mort sur autrui. Je pense que le tueur se croit investi d'une mission, celle de changer les choses... de « laver » ses victimes d'une part d'eux-mêmes, une part qui l'agresse, lui. En l'occurrence, l'homosexualité.

— Je suis d'accord, mais il ne tue pas !

— Si !

Je m'énerve.

— Pas de cadavres, pas de tueur, c'est pas plus difficile que ça !

— Il tue de la façon la plus terrible et la plus simple qui soit. Il assassine comme un bon millier de gens dans le monde du travail s'y emploient chaque jour : avec le mépris, par l'avidité ou par l'envie, parfois même pour la jouissance, le plaisir de casser un collègue. Notre tortionnaire est un tueur, il fait la même chose à la puissance mille. Mais il se garde de tuer, car il relâche ses victimes vivantes. Pourtant, notre homme tue psychiquement. Et il sait que la mort dans notre société est uniquement reconnue quand il y a un cadavre. Il joue de ça : il nous renvoie des morts vivants pour preuve de son génie, de sa supériorité.

— Mon Dieu…

Marc se raidit. Il me regarde.

— Malheureusement, là où on va, Franck, il n'y a pas de Dieu. Il n'y a que perversions et traumatismes, il n'y a qu'humanité en souffrance : c'est le lot des hommes, pas des dieux.

Je m'immobilise sur mon siège. Je vois le visage des enfants qui dansent gaiement à l'arrière du véhicule familial, devant nous. La pluie se remet à tomber. La fillette a un pull rouge à col roulé. Je pense à la rose rouge de mon rêve. À celle qui est utilisée comme signature au bas de la lettre de rendez-vous. Je ne sais pas pourquoi. Marc, lui, finit sa tirade en se répétant et en soupirant.

— Là où l'on va, Franck, il n'y a pas de Dieu, juste des perversions et des traumatismes… en série.

La pluie.

On arrive près du canal Saint-Martin. La nuit tombe plus vite à cause des nuages épais et sombres. Je dépose Marc près de son cabinet. Une femme attend sous le porche, j'aperçois un enfant à côté d'elle. Il a les yeux cernés et semble flotter dans son anorak bleu ; le bout de ses doigts se balance mollement. Marc me fait un signe de la main. Je vois la femme qui regarde sa montre et le fixe avec indignation.

Je suis de nouveau seul. Me revient alors une phrase.

Traumatismes… en série.

Quelqu'un klaxonne derrière moi. Non ! C'est sur moi et c'est bleu. Mon portable. Miller. Je décroche.

Concentré.

SERGE MILLER

La femme est allongée sur le dos, à même le sol. On lui a retiré ses baskets. On la gifle de temps en temps pour qu'elle reprenne conscience. Elle est en état de choc. En début de soirée, elle a fait son jogging quotidien. Contrairement à son habitude, elle a décidé de changer de parcours. Elle a pris le chemin qui mène au passage souterrain pour aller au centre du parc. C'est dans ce tunnel sombre qu'elle s'est cognée à lui.

Tout est calme et paisible, l'air est frais. Les mouettes et les canards plongent leur bec dans l'eau sale du petit lac. Tous les promeneurs ont été priés de rentrer chez eux. La police a bouclé le secteur. Il pleut toujours et les nuages sont si gris qu'on croirait presque que la nuit s'installe, comme en hiver.

La mort se moque du calme.

Je descends l'allée. Sur ma droite, je vois l'entrée dans la roche qui mène de l'autre côté du parc. Je sors ma lampe de poche. J'allume. Je respire profondément.

J'entre.

La peau de son dos est distendue, formant des pointes de chair, en apesanteur. Au-dessous, son corps s'étire en silence, tournant lentement sur lui-même. Mon estomac se retourne.

Le tunnel fait quatre mètres de haut. Lui, il est suspendu à hauteur d'homme, dans un passage du parc. Ce passage relie le lac des Oiseaux, avec sa montagne de roches artificielles de plus de cinquante mètres de hauteur au milieu, à un parc végétal, mais aussi aux poubelles et aux locaux des employés municipaux du parc des Buttes Chaumont. Il fait une dizaine de mètres de longueur. L'odeur d'urine vieillie s'y mélange avec celle de la terre humide et de la pierre froide.

Zimbowe, suspendu par sa propre peau, respire comme on crève un pneu. Toute la peau de son dos est rattachée à des hameçons rougis de sang croûté. Il se trouve suspendu à plat ventre, les bras en croix, le visage tourné vers la terre. Sa chair se distend comme des pics d'épiderme, surréalistes. Au premier coup d'œil, je compte une quinzaine de montagnes de chair torturée, d'au moins vingt centimètres chacune. Les hameçons sont reliés à des fils de pêche. Ils passent par un anneau vissé au plafond. Puis ils retombent tous dans un deuxième anneau fixé juste au-dessus du sol, dans une cavité, utilisée pour l'occasion.

Zimbowe est nu. En me penchant, je remarque que son sexe semble avoir été cousu, avec fureur, le long de son aine, avec le même fil de pêche que celui utilisé pour le suspendre. La peau de son torse est tirée vers son dos, à cause de la traction de l'épiderme et sous l'effet de son propre poids. Je constate aussi le changement de place de sa poitrine : ses tétons, durcis par le froid anormal de la saison, remontent, tirés par la pression de l'épiderme vers ses aisselles. Le devant de son corps semble avoir subi un remodelage géant, incroyable.

Ses rastas ont disparu et vu l'odeur, je peux affirmer que ses cheveux ont été brûlés par un jet de flammes. Son cuir chevelu n'est plus que croûtes et cratères, désormais. Ses joues ont été lacérées, elles pendent dans le vide, comme deux poches crevées. C'est là que j'aperçois la plaque de fer. Je me baisse.

Je vois les yeux de Zimbowe qui roulent dans ses orbites. Ils suivent, sans relâche, tous mes mouvements…

Mon Dieu…

Olivier Zimbowe n'a plus de paupières, elles lui ont été retirées. Je sens la panique s'emparer de moi.

Derrière moi, des panneaux sont posés. Un policier me confirme la fermeture définitive du parc. Je respire profondément et dirige à nouveau le faisceau de ma lampe de poche sur Zimbowe. Son corps tourne comme un épouvantail de chair humaine, suspendu par sa peau qui se distend. Je ne sens plus mon corps. De ma vie, je n'ai vu pareille atrocité ! Pas même dans le désert. Je m'accroupis.

Deux plaques de fer ont remplacé ses joues. Elles sont reliées par une vis énorme. Un écarteur chirurgical fixé à son palais, comme un cric de voiture sous un pneu, lui tient la bouche ouverte. Et en l'éclairant, je réalise que la langue est perforée à vif par la vis transversale. Un écrou a été placé sur la plaque fixée sur l'autre joue, pour solidifier la prise.

Je fais glisser le faisceau lumineux sur le ventre et les flancs de Zimbowe et c'est alors que je le vois pour la première fois. Écrit, lacéré : un message sur le ventre et le torse.

Je m'allonge sur le dos et j'éclaire le corps au-dessus de moi. J'entends des sifflements horribles. Olivier Zimbowe ne me voit plus. Il a peur, il est terrifié.

— Je suis là.

Les sifflements.

… Respire comme on crève un pneu.

Il ne faut pas que je parle. Ça ne ferait qu'augmenter sa panique. Je balaie la lumière sur son torse et je lis. Sur son ventre, de bas en haut, dans les stries de la peau qui ondule au rythme d'un cœur affolé, est grossièrement tracé, tailladé et surligné avec une rage évidente : O C R A M.

Le corps tourne silencieusement au-dessus de moi, comme l'unique pale d'une hélice. Et c'est alors que, sous un angle différent de lecture, de haut en bas, je comprends le véritable sens du message. M A R C O.

Il est temps d'appeler Marshall.

MARC DRU

Lamy me regarde et, pour une fois, il semble intéressé par ce que je tiens dans ma main. La photo de Zimbowe.

Je la pose sur la table basse, devant lui. Je me retire en parlant, tout en prenant soin de ne pas le regarder.

— Lamy, ton père est homosexuel. Il est amoureux de ce garçon. Il me l'a dit tout à l'heure.

Comme prévu, il ne répond pas. Je lui tourne le dos.

La pluie s'abat sur le canal Saint-Martin. De ma fenêtre, j'aperçois une vedette de touristes frileux qui s'engage dans l'écluse. Une voie à sens unique qui les mènera en souterrain jusqu'après la place de la Bastille. Puis, ils remonteront la Seine en photographiant la cathédrale Notre-Dame, le pont des Arts, le Louvre et tout ce qui brillera sur leur passage jusqu'à la tour Eiffel, déguisée en scintillant géant depuis que l'humanité, toute relative, est entrée dans l'année 2000, un portable collé à l'oreille et les antidépresseurs en poche.

— Ton père a été violent avec toi parce qu'il ne pouvait assumer l'amour qu'il ressentait pour un autre homme, et il s'en voulait de ne pouvoir le faire... Il ne pouvait pas aimer ce garçon, pas plus qu'il ne pouvait t'aimer, toi. Ta mère profitait de la situation. Ils t'utilisaient tous les deux pour effacer leurs propres erreurs... Mais, en même temps, ils t'aiment à leur manière. Ils ne comprennent pas ce qui leur arrive ni pourquoi ils agissent ainsi, ce qui les met dans un état de rage permanent.

J'entends son jean frotter le cuir du canapé. Je ne me retourne pas, je dois laisser la vérité agir seule, dans son inconscient.

— Ce qu'a fait ton père est impardonnable, tu ne pourras jamais l'oublier. Mais il est important que tu comprennes que tu peux tout à fait vivre « avec » cette information. Il faudra juste que tu le désires.

La péniche descend dans l'écluse, comme si l'on avait vidé une baignoire sous la coque.

— Tu peux te comporter comme ton père : c'est-à-dire continuer à te taire. Grandir, avoir une femme, des enfants, et les frapper ou les ignorer à ton tour, parce que tu n'auras pas su comprendre et dépasser aujourd'hui ce qu'on t'a fait ni pourquoi on te l'a fait, à toi. Tu pourras ainsi rendre le mal que tu as subi, le plus naturellement du monde, et tu auras tes raisons de te conduire de cette manière. Comme ton père et ta mère, aujourd'hui. Mais sache que, quoi que tu décides, tu as des responsabilités.

Autre frottement du pantalon.

— Quoi qu'il en soit, Lamy, tu rencontreras toujours des gens comme toi, des gens silencieux qui ont des blessures dans leur esprit et qui, parce qu'ils ne veulent pas les comprendre, s'infligent un mal fou, se détruisent jusqu'au bout, sans jamais profiter de la vie… Et cela, tout en détruisant leur entourage… Parce que détruire est la seule façon, pour eux, d'aimer.

— Je ne comprends pas ce que vous dites.

La vedette a disparu. Je soupire. Je respire. Lamy parle.

Je me retourne. Lamy a l'air en colère. Il regarde la photo, il essaie de comprendre. Il est comme tous les enfants : parce que je ne le regardais pas, il s'est concentré sur mes paroles et son inconscient les a gravées mot à mot. Si, aujourd'hui, il ne peut pas les comprendre, il les déchiffrera, il les assimilera plus tard. C'est le pouvoir de la vérité : elle délie l'esprit torturé et, même si ça coûte, elle permet de se rasseoir comme il le faut. Lamy ne saisit peut-être pas ce que j'ai dit, mais il l'a entendu. Exactement comme on entend des gémissements derrière une porte sans les comprendre, cependant que l'inconscient « électrocute », réveille et augmente la concentration qui lui permet d'interpréter ce qu'il entend.

Lamy a réajusté sa position dans le fauteuil. Il a soif de vérité, c'est maintenant à lui de trouver ses propres réponses... de parler.

— Pourquoi vous faites ça ?

Je suis déconcerté par la question. Mais je suis ravi. L'idée que l'enfant pense déjà à autre chose qu'à sa douleur personnelle – comment devenir grand en sachant identifier les souffrances, sans passer par la case : maltraiter les autres – met en lumière ses possibilités de construction. Lamy, ou plutôt son inconscient, sait que je suis un compagnon de route ; bien plus âgé que lui, mais un compagnon de route. Je choisis de lui répondre tout en veillant à ne pas prendre la place de son père.

— Je fais ce travail, Lamy, car un jour, on l'a fait avec moi. Un jour, on ne m'a pas menti. Et tu sais quoi ? Ce n'est pas tous les jours qu'on rencontre des gens qui ne nous mentent pas ! Ça a été une expérience superbe, même si c'est très difficile, des fois.

— Je voudrais être comme vous !

Il ne s'agit pas de mon métier. Il sent qu'un jour, j'ai été comme lui, à sa place. Il sait que j'en suis sorti guéri. C'est ce qu'il veut dire.

— Et tu as sacrément bien commencé le boulot !

— J'ai fait quoi ?

— Tu as fait un pas dans l'inconnu, vers moi en l'occurrence, en me parlant !

— Parler, c'est comme faire un pas ?

— Oui, exactement !

— Et si je ne veux plus rien dire ?

— Tu peux faire des dessins et me les montrer... Tu peux aussi désigner du doigt les choses... Tu t'exprimeras à ton rythme, avec les outils que tu veux. Parfois, on a envie de

parler et d'autres fois, on est dans l'incapacité de le faire...
Mais ça, tu le sais déjà, non ?

— Oui.

— Alors, prends ton temps, car on avance toujours de la même manière !

— Comment ?

— Le plus simplement du monde, Lamy : un pas après l'autre !

Là, sans rien dire, sans un mot, juste après une grimace de gêne, un éclair de culpabilité, je reçois toutes les récompenses qu'un analyste peut espérer : le sourire franc et décidé de Lamy Rhader. En première phase de guérison.

FRANCK MARSHALL

Il n'est pas difficile à reconnaître. Malgré la couleur de sa peau.

Les fils de pêche ont été coupés. Le corps descendu. Le visage livide des deux officiers, chargés du sale boulot, ressemble à une méduse échouée, mourante.

Il y a des images qui vous hanteront toute votre existence. Celle d'Olivier Zimbowe, je le sais, en fait déjà partie : allongé, sa peau aplatie comme une immonde verrue ramollie lui donne l'air d'avoir été écrasé par une rage sans fond. Ses yeux n'ont plus de paupières. Le sortir de la nuit approximative du tunnel l'a fait crier davantage : des hurlements restés dans sa gorge, évacués par le larynx, en une clameur stridente et rauque à la fois. L'horreur est là, incarnée.

Tandis qu'un médecin lui humidifiait les yeux, un autre lui couvrait le visage. Plus que jamais, j'ai la rage, moi aussi. Il est passé à la vitesse supérieure. Les tortures deviennent de plus en plus abominables et semblent avoir été effectuées sous l'emprise d'une haine inouïe.

Miller est là, impassible, il me regarde de biais. Je suis en colère. Il reste à distance, il a intérêt. Je m'avance vers lui. Après tout, on progresse toujours mieux quand les choses sont claires. Avant que j'ouvre la bouche, Miller lève une main protestataire.

— Non, Marshall, pas maintenant !

— Si ! Il va pourtant falloir entendre ce que j'ai à vous dire !

Il s'approche de moi, furieux.

— Il n'y a pas de justice, Marshall. Faites comme si je n'étais plus sur l'enquête !

— On est bien d'accord… que vous vous foutez de ma gueule, là ?

Miller me regarde et ce que je ressens, en l'observant, n'a rien à voir avec Zimbowe. Ce que je vois chez Miller, c'est une tristesse décalée, une tristesse qui n'a aucun lien avec cette affaire. Ma colère s'éteint, d'un coup, parce que je viens de comprendre qu'elle ne sera pas justifiée, professionnellement. Miller est en proie à ses propres fantômes. Quelque chose d'intime, de profond.

Mon téléphone sonne. Je reconnais le numéro.

— Franck ?

— Oui, Emily, tu tombes mal, là…

— Il faut qu'on se voie, je ne vais pas très bien.

Elle m'agace.

— Heureusement que je ne t'appelle pas quand je ne vais pas bien, Emily. Je suis épuisé et notre séparation n'arrange rien. J'arrive à vivre avec. Pourquoi pas toi ? Après tout, c'est toi qui as voulu t'en aller, non ?

— Je t'interdis…

— Ah non, tu n'as rien à m'interdire ! Ni rien à décider non plus, d'ailleurs. Tu es comme moi maintenant : seule. Va falloir faire avec cette situation parce que, moi, je renonce à notre relation. J'ai besoin d'être heureux et, avec toi, ce n'est pas possible.

Comme prévu, elle a raccroché. Je regarde le combiné et je m'aperçois que j'ai parlé avant même d'avoir réfléchi. Mon désir de couper le fil de cette relation a été le plus fort. Je me sens léger, mais définitivement seul. J'enlève l'écharpe et je pense que ma chatte va être contente de la retrouver, mais je n'arrive pas encore à en sourire.

Tu te rends compte que tu as définitivement mis un terme à ta relation ? Que c'est fini ?

Oui.

Miller me regarde et sourit, un sourire aussi frais qu'un verre d'acide sulfurique.

— Ça y est, Marshall, prêt à faire cavalier seul ?

Je vais en profiter pour lui régler son compte, à lui aussi.

— Je ne suis pas exactement seul, Miller. J'ai l'aide de…

— Marc Dru ?

Je reste sans voix. Le visage du légiste Alvarez m'apparaît, souriant, pédant, vengeur. Miller se rapproche de moi. Je constate ses poches gonflées, sa chemise salie par des traces de café et sa peau rougie, enflée. Il semble en proie à des angoisses terribles.

— Marshall, laissez-moi vous dire une chose.

Il met la main dans une des poches de sa veste. Il vérifie, aux alentours, que personne ne nous regarde. Il sort une enveloppe en papier kraft. Je devine des formes minuscules, carrées. De ces minicassettes audio, de type microphone, qu'utilisent les journalistes et certains gradés, comme Miller.

— Écoutez ça, chez vous.

— Je ne comprends pas.

— Vous n'avez pas besoin de comprendre, il suffit simplement d'écouter.

Miller me met l'enveloppe dans les mains et la pression est si forte que je la retiens machinalement.

— Vous connaissez la surveillante, Karine Vallon ?

Je redoute ce que je vais apprendre. Miller ne me voit pas, son regard est loin en lui, fixé sur quelque chose que lui seul connaît.

— Oui, et quel rapport avec ça ?

Je montre l'enveloppe.

— Peu importe. Tout à l'heure, les néons de la salle de surveillance, celle où se trouvent Lestier et Limier, ont grillé. Vu le nombre d'ampoules que nous avons en réserve, le nouveau technicien s'est trompé. Il a mis un tube luminescent, autrement dit un néon de lumière noire. Et alors là, Vallon a remarqué une chose plus qu'intéressante.

Je me tais.

— Sur le bras des adolescents apparaît un tatouage, invisible à l'œil nu.

— Comment ça ?

Miller me dévisage. Son œil vif est de retour. Il ignore complètement l'explication du processus du tatouage invisible que réclamait ma question.

— Une rose.

Je reste surpris.

— Une quoi ?

— Une rose, Marshall ! Vous voulez un joli dessin ? Écoutez bien ces cassettes. Moi, j'ai du pain sur la planche et pas de temps à perdre.

La pluie. Miller s'en va sous le déluge. Je décide de le rattraper. Il me regarde et ses yeux cillent sous les gouttes de pluie.

— Vous m'aviez promis, Miller, de me donner la totalité des informations. Or, vous ne me dites pas tout, est-ce que je me trompe ? Vous me cachez des informations ou vous me les donnez au compte-gouttes et en retard ! (Énervé, je secoue l'enveloppe.) Alors répondez-moi, nom de Dieu ! Que dois-je savoir, Miller ? Qu'est-ce que vous me cachez ? Répondez-moi, nom d'un chien (au mot « chien », son regard s'électrise), ou je jure que je fais un tel foin dans la presse que n'importe quel Parisien viendra vous botter le cul, dès l'aube prochaine, et vous demander des comptes sur votre apathie !

Il me considère et, contre toute attente, il me sourit.

— Je sais ce que je fais, Marshall ! Occupez-vous donc des rescapés, c'est pour ça que je vous ai choisi (il hausse soudainement le ton) personnellement ! (Il me montre du doigt et, en même temps, il désigne l'enveloppe dans mes mains. Je sens un regain de vitalité soudain en lui.) Je n'ai rien à vous devoir ni à vous expliquer, même si ce que vous vivez aujourd'hui est si horrible qu'une deuxième vie ne vous suffirait pas pour l'assumer. Vous êtes dans le bateau, Marshall. Alors, la véritable question est de savoir si vous allez ramer ou sauter par-dessus bord en route, vous saisissez ?

Il se retourne. Je reste sous la pluie, ahuri. Mais je parle si fort que je le vois s'arrêter net, dans mon champ de vision latéral.

— Miller ? Pourquoi m'avoir choisi, moi justement, pour cette enquête ?

Pas de réponse. Mais sa silhouette s'est remise à bouger, lentement, jusqu'à devenir parfaitement invisible.

La pluie. Réagir. Vite.

Mouillé, je prends mon téléphone.

— Karine Vallon, je vous prie, de la part de Franck Marshall.

— Ne quittez pas.

Pas de bruit ni de musique, juste un clic à peine audible.

— Oui, Marshall, je vous écoute.

— J'imagine que vous savez déjà qu'on vous apporte un autre corps, n'est-ce pas ? (Elle ne répond pas, ce qui confirme qu'elle sait.) Je n'appelle pas pour ça, de toute façon… Dites-moi, c'est quoi, cette histoire de néon ?

— Ah, je vois…

— Non, vous ne voyez pas ! C'est mon enquête et c'est moi, seul, qui suis sur le terrain. J'ai besoin de franchise.

— Voyez donc avec Miller, parce que c'est lui qui n'a pas voulu que je vous en parle. Apparemment, il vient de le faire. Il y a déjà une semaine que je suis au courant, mais je suis soumise aux lois militaires. Et un ordre, c'est un ordre.

— Alors je vais vous donner un ordre, moi aussi !

— Je vous écoute.

— Je veux tout savoir et dans l'ordre, jusqu'à la plus farfelue des explications !

La voix de Karine Vallon devient immédiatement autoritaire, ferme et sans ambiguïté. Il semble qu'elle n'attendait que ça.

— C'est quand vous voulez. Venez avec Marc Dru, j'ai dans l'idée qu'il pourrait nous être utile. Prévoyez deux bonnes heures de votre temps.

— Nous ?

— Oui, l'union fait la force.

Elle confirme qu'elle a basculé de mon côté. Je suis ravi, mais pas d'humeur à la remercier. Si elle sait des choses, elle a retardé mon enquête et le temps est précieux.

— D'accord. Alors je vous préviens : l'homme qui arrive est dans un sale état. Prévoyez de la morphine… Je vais vous laisser intact le plaisir d'appeler Dru. Après tout, vous avez son numéro personnel, pas vrai ?

Pas de réponse, elle ne s'y attendait pas. Je raccroche et souris furtivement. L'enveloppe dans les mains, je quitte le dessous de l'arbre. C'est alors que je reçois l'image, en pleine figure. Cette rose rouge qui flottait dans mon inconscient, juste après ma sieste. J'éprouve un sentiment de confusion immense et, malgré cette tendance à me croire un peu barge, l'image, elle, persiste et signe. Pire : elle surgit dans mon esprit et s'impose. Elle est là. Une rose rouge sang.

J'allais appeler Marc Dru, lorsque je vois l'un des deux officiers se pencher, devant l'ouverture du passage souterrain, et vomir en se tenant le ventre, comme quelqu'un qui se retient de se vider entièrement de dégoût. Je fais mine de ne pas l'avoir remarqué, pour l'aider à se soulager tranquillement.

MARC DRU

Ma mère habite le long du canal Saint-Martin, à une dizaine de minutes de chez moi. Elle vit de sa retraite et occupe son temps à se promener à pied, ainsi qu'à soigner les fleurs et les arbres de son balcon.

Je marche d'un pas léger sous la pluie. Je réfléchis aux progrès de Lamy, en me disant que parfois, ça vaut le coup. Ça ne fonctionne pas toujours, mais ça vaut la peine d'essayer. Je songe aussi à ces deux adolescents écrasés par une haine extérieure, proches de la mort. Puis ma réflexion bascule, me renvoyant l'image de Karine Vallon, forte de caractère et, je l'avoue, plus que séduisante, tenter de conjurer la mort.

Presque morts. Ces adolescents torturés, ces victimes... Je pense souvent à eux. Lorsqu'ils vont se réveiller, ils voudront mourir. Il y a plusieurs formes de suicide.

Il va falloir que je prévienne Karine Vallon. Dès que ces adolescents vont reprendre conscience d'eux-mêmes, ils ne vont avoir qu'une seule idée en tête : se supprimer.

Il est parfois plus facile de mourir que de vivre. Le suicide est toujours une tentative de vie et non de mort. Se tuer, c'est se libérer de ce qui empêche l'individu de vivre « normalement ». Ce qui échappe toujours à l'entendement général, on dirait ! On croit que le suicidaire veut mourir et blesser son entourage implicitement, en libérant la place que lui-même n'a pas eue : une place neutre. Aujourd'hui, on camisole un suicidaire chimiquement, mais pas pour son bien. Pour sa famille et pour que le corps médical ne se retrouve pas avec un cadavre sur les bras. On en revient toujours à la même question. Et le patient ?

Ce que l'on ne peut pas reprocher à l'homme, c'est d'être lucide. Pour lui, il est devenu évident qu'il est plus facile d'abandonner un enfant que de l'aimer. De croire en un Dieu libérateur que de faire le travail soi-même. D'assumer une sexualité plus conforme à celle qui est considérée comme la norme plutôt que celle que l'on a vraiment au fond de soi. Il est toujours plus facile de voler ce que l'on ne peut s'acheter et de tuer celui ou celle qui n'est pas d'accord avec vous, pour alimenter son ego. L'homme fuit ses responsabilités et la génération à venir en rajoute une couche : elle jouit du fait qu'elle ne se sent plus responsable de rien.

L'homme redevient un mammifère, volontairement. Exister lui coûte et c'est peu dire ; car exister n'a qu'un prix, en fin de compte : mourir un jour. La roulette russe. Le courage n'est pas un travers humain.

L'enfant naît dans la terreur et dans le sang. Parfois, il y reste jusqu'à la fin de sa vie : il lui est alors difficile de croire au bonheur. Il est donc plus facile d'imaginer ces jeunes gens torturés devenir fous, psychopathes ou mourir, plutôt que de se demander : Comment vont-ils récupérer ? Quelle nouvelle place allons-nous leur faire ? Comment vont-ils s'en sortir, panser leurs plaies, assumer leurs dégradations physiques ? Affronter de nouveau le regard de leur famille, de leurs proches, d'un monde intolérant ? Un monde de plus en plus enclin à ne tolérer que les prototypes « mannequins ». Un monde qui hésite entre manger trop salé ou trop sucré. Un monde qui rejette toute véritable originalité dans le chaos, le sang, la haine de l'autre, la peur du sexe et l'angoisse de la mort, le rejet de la vieillesse, le jugement d'un individu, d'après sa religion, son alimentation ou ses médailles, et les tueries qui en découlent, parfois au nom des dieux.

Non, l'homme ne veut pas guérir. L'homme veut jouir.

Mais pour une partie infime d'entre nous, toujours trop peu, il existe une quête de « devenir » autre chose. Car il est toujours possible de quitter l'état d'animal qui sommeille en nous. Il faut juste le désirer, l'entendre, le comprendre… et faire avec.

Un pas après l'autre.

Je pense à Alvarez et je me demande dans quelle haine de lui-même il vit. Je déplore mon comportement à son égard, tout à l'heure, à la cellule de crise. Mais parfois, on peut être « professionnellement » fatigué de devoir régir sans cesse les incapacités d'autrui. Lamy m'est plus important qu'Alvarez, pour la simple raison que Lamy est un enfant dont je me sens responsable et qu'il a besoin de moi. Alors que je n'ai aucun lien avec Alvarez, qui est un adulte névrosé banal, de ceux qui se croient libres parce qu'ils gèrent et supportent ce qu'ils sont, sans se poser plus de questions. Du moins pour le moment.

Il y a toujours des priorités. Mais je pense quand même à Alvarez. L'enfant qui réalise son homosexualité la rejette tout d'abord. Un rejet qui se confirmera très vite à l'extérieur, car il se trouvera confronté au rejet des autres, de ceux qui se croient normaux. Le rejet est une réaction primaire, intérieure à son propre constat d'homosexualité. Si l'enfant dépasse ce rejet, alors il s'accepte tel qu'il est et il lui est plus facile de vivre. Mais s'il le refuse, il en souffrira intérieurement, d'autant plus que son entourage le lui fera sentir. Car les réactions extérieures qui vous marquent soulignent toujours des états intérieurs branlants.

L'homophobie commence toujours dans le psychisme de l'homosexuel lui-même. Et c'est normal, vu la terrible place que lui offrent la société et la famille ; il ne peut en être autrement. Sauf bien sûr pour quelques cas isolés. Tout est question d'acceptation.

La théorie du chaos est psychique. Les non-dits comme les vérités, chez l'individu, bousculent toujours les autres.

Si vous connaissez l'identité de celui de vos amis qui a volé votre stylo Montblanc, votre présence parmi eux suffira à éveiller de l'intérêt parce que vous savez. Pareillement, si vous mentez à votre conjoint au sujet de vos escapades sexuelles, il vous croira, mais il sentira que tout n'est pas vrai. Les non-dits sont toujours violents.

La pluie.

La marche est très importante pour l'esprit. Elle répond à un équilibre psychique, c'est un réflexe. Quand vous pensez beaucoup, vous éprouvez le besoin de marcher. La marche sépare les vivants des morts, elle est indispensable.

Ma mère vit près de ses fleurs et de ses arbres, sur son balcon.

Depuis que mon père nous a quittés, jamais plus ma mère n'a souhaité refaire sa vie avec un homme autre que celui qu'elle a aimé. Elle vit dans une sorte de deuil romantique, fleuri, loin du voile noir et « des pleureuses alambiquées du Midi », comme elle les nomme. Ses racines italiennes transparaissent sur son visage : sur son front, des rides striées, rêches et froides, une peau laiteuse et, au milieu de sa chevelure brun foncé, une infime colonie de cheveux blancs qu'elle accepte avec le sourire.

Je passe la voir deux fois par semaine. Je suis toujours accueilli par un sourire enjoué qui, je le soupçonne, dissimule la douleur de l'abandon. La seule façon de garder un certain équilibre est parfois de faire semblant d'être heureux. Mon père est parti, un soir de mai. La veille de son départ, il est venu dans ma chambre. J'avais douze ans.

Il me souhaita bonne nuit et il me regarda comme si j'allais disparaître une minute après son départ.

— Ça va, papa ?

Il a sursauté.

— Oui, je vais bien, très bien même. Mais je me sentirais mieux si tu pouvais me promettre une chose…

— Bien sûr.

Quelque chose a brillé dans ses yeux.

— Promets-moi d'être un garçon utile dans ta vie. Promets-moi d'apprendre le courage et la force de s'accrocher.

Je ne saisissais rien à ce qu'il me disait, mais j'enregistrais cette phrase qui devra m'accompagner jusqu'à mon dernier soupir. Et, sans comprendre, j'ai répondu :

— Oui, papa, je te le promets.

Puis j'ai ajouté :

— Pourquoi tu me demandes ça ?

Il a regardé le plafond, a soupiré en fronçant les sourcils. Puis il a souri.

— C'est une dette que tu as maintenant et pour toujours ! (Il me tapota la poitrine, par deux fois.) Parfois, il y a de très bonnes dettes et celle-ci en fait partie. Tu verras plus tard ! Mais pour le moment, c'est surtout pour m'aider à passer une bonne nuit ! (Il me tapota une dernière fois.) Tu deviens grand et, à mon tour, j'ai besoin d'être rassuré, de me dire que tu vas tout faire pour que je sois fier de toi.

À ce moment-là, j'ai su que mon père m'aimait. Il m'a embrassé et s'en est allé dans le couloir. À ce moment-là, j'ai su, sans comprendre comment j'en étais arrivé à cette conclusion, que je ne le reverrais plus jamais.

Ma mère me sourit.

— Entre donc, Marc ! Quel bon vent t'amène ?

Elle garde toujours la tête haute. Elle porte toujours une robe soignée. Malgré les années qui lui ont courbé la nuque, ses épaules frêles et ses poumons fatigués, ma mère sourit. Ma mère est en deuil. Ma mère a un secret.

— C'est plutôt la pluie, tu sais, qui m'amène.

— Alors elle est, elle aussi, la bienvenue ! Je vais nous faire un café frais. Je peux te demander un service, pendant que tu es là ?

Ma mère boit du café à n'importe quelle heure. Elle refuse qu'on l'aide pour quoi que ce soit ; elle veut faire, au maximum, les choses toute seule. Mais elle connaît ses limites et moi, je la connais, elle ! Je retrousse donc mes manches et je lui dis :

— Bon, c'est d'accord. Quel pot as-tu peur que la pluie t'abîme ?

Elle sourit.

— Tu parles comme si…

— Allez, arrête de dire des bêtises, maman. Il pleut à torrents et tu savais que j'allais venir. Alors dis-moi, quel pot veux-tu que je rentre à l'intérieur ?

— Tu devrais rire plus souvent, mon gamin. Ta vie est trop triste, à fréquenter tous ces tordants et ces tordus !

Sa façon à elle de dire les « tarés » et les victimes.

Elle me montre un pot en grès. C'est un nouveau pot, assez haut et large ; au centre, une structure en bois soutient de grandes feuilles et des tiges fines.

— C'est un bougainvillier ! C'est très beau quand il fleurit ! Mais avec cette pluie, il risque de se casser. Pose-le vite sur ce carton : je l'ai mis là exprès.

Je le saisis, le soulève et le rentre, le visage ruisselant. Je regarde ma mère. Elle a, dans les mains, une serviette-éponge.

— Tu l'as fait livrer, j'espère, ce bougainvillier !?

— Idiot, va ! (Elle me lance la serviette.) Bien évidemment ! Il a été très sympathique, le livreur. Il avait l'air un peu bêta et il nageait dans son pantalon, mais comme il travaille, il est excusé ! Je lui ai donné la pièce !

— Il ne t'a rien volé, tu es sûre ?

Elle me fixe.

— Tu vois le mal partout, Marc. Quand est-ce que tu te maries ? Tu as besoin de quelqu'un avec toi ! Et moi, je ne serai pas toujours là ! Il faudra bien qu'un jour, tu « marches » sur un autre chemin que celui pour venir chez moi !

Elle oublie les fois où je n'ai pas pu aller à l'école, car elle s'enfonçait des fourchettes dans la paume des mains, sans s'en rendre compte. Elle oublie qu'après la disparition de papa, elle se lançait de l'eau bouillante sur le visage, qu'elle criait et qu'on a dû la droguer, lors de ses crises les plus fortes. Je n'ai jamais pu la laisser seule, ni pour elle, ni pour moi, en raison de la promesse que j'avais faite à mon père, même si j'en avais été le seul témoin.

— Allô, tu es là ? Des fois, on dirait que tu ne te rends même plus compte de ce qui se passe autour de toi !

— C'est vrai, maman, et j'ai de qui tenir pour ça.

Elle ne relève pas et s'en va chercher le café. La pluie cogne à la fenêtre du balcon. Je pense à mon père. Il n'est jamais revenu. Puis je pense à Marshall. À sa fatigue.

Ma mère entre dans le salon. C'est à ce moment-là que mon téléphone portable sonne.

— Bonsoir, Marc, c'est Karine Vallon.

— Bonsoir, Karine.

Le café coule doucement dans ma tasse. Le bougainvillier s'égoutte bruyamment sur le carton. Et, tandis que je semble me détendre au son de la voix de Karine Vallon, ma mère sourit.

EMILY

— Il est grand et beau. Il a le goût et le toucher du tabou, je le trouve magnifique. Il me regarde en sortant sa langue. S'en rend-il compte lui-même ? Je sais que je lui plais. Il s'appelle Iba. Il travaille sur les salons événementiels, en tant qu'organisateur. « Une première pour un Africain en France », se plaît-il à dire avec, à la fois, de l'humour et une rage sourde. Il insiste pour payer mon café. Il s'est assis près de moi alors que la terrasse était libre. Il réveille en moi ce qui gît au fond de chaque fille et qui définit ou non une relation pour elle et le garçon : une question. « Vais-je accepter qu'il jouisse en moi ? » Je croise mes jambes et je laisse tomber nonchalamment mon bras le long de mon corps, soulignant ma poitrine, simplement.

« Oui, j'accepte. »

« Pourquoi dis-tu ça ? »

Merde ! Parfois, je pense à voix haute. Je le regarde droit dans les yeux.

« On va chez moi. »

Ce n'est pas une question. Je me lève. Je pose un billet de cinq euros sur la table pour les deux cafés. Je mets mes lunettes de soleil, malgré le gris de la ville, et je m'éloigne. Il me suivra. Juste au moment où je ferme la porte de mon appartement, il pose sa main dessus. Son sexe est sorti de son pantalon, en érection. Je m'agenouille et je le prends dans ma bouche avec douceur. Il respire bruyamment : j'ai l'impression que, pour lui, c'est un peu Noël.

« Tu es trop belle ! »

Je ne réponds pas, je referme la porte. Il se déshabille, puis il baisse ma jupe. Il joue avec son sexe entre mes jambes. Il me pénètre par à-coups successifs, après avoir tiré sur ma culotte avec un doigt, puis ressort : ce qui m'électrise. Puis brusquement, il se retire et change d'orifice. Je me retourne. Le gifle. Il pose sa main sur sa joue. Malgré le noir de sa peau, je vois la marque de mes doigts se dessiner sur sa joue gauche. Il ne me reconnaît plus.

« Sors d'ici, pédé ! »

Il ne me regarde plus de la même manière. Je viens de l'insulter. Mais il sait que j'ai plus de force que lui, à un autre niveau. Il se rhabille et sans rien dire, rongé par une forme de honte, il s'en va. Je referme la porte. Je suis folle de rage. Je me réveille. Transpirante. Rouge.

— Continuez, Emily.

Je suis allongée sur le divan, je pensais avoir oublié mon rêve lorsque, tout à coup, il a ressurgi. Je souffle et je regarde mes pieds croisés. Au bout du divan, sur le mur, il y a cette peinture qui représente deux oiseaux en cage. L'un est coloré, l'autre est tout noir.

— Je n'ai jamais couché avec un homme à la peau noire. Et je n'ai jamais pratiqué la sodomie. De plus, les étrangers ne m'attirent pas du tout…

— Que cherchez-vous en justifiant votre rêve ?

— Comment ça ?

Silence d'analyste.

Je retiens mon souffle. Je ne dirai plus rien jusqu'à la fin de la séance. Et je contiendrai ma rage car je ne sais comment l'exprimer. Au bout de ce qui m'a paru une éternité…

— Bien. Arrêtons là-dessus, pour aujourd'hui.

À mon tour de faire silence.

Dehors, le gris est lourd. Paris est une ville pesante, pleine de grisaille et, aujourd'hui, elle s'en donne à cœur joie.

Je rentre chez moi à pied ; j'ai besoin de marcher, de faire le vide. La pluie commence à tomber et les pigeons gonflent leur dos en roucoulant sur leur femelle. Je croise des ombres pressées. Une femme regarde le ciel et le déteste de tout son visage.

Je pense à Franck. Il me manque. J'ai essayé de l'appeler, j'ai besoin de lui parler. Il faut que je lui parle. Je vais essayer de le voir, sans le prévenir. Je ne peux plus faire autrement puisqu'il m'a demandé de le laisser tranquille. Mais il ne sait pas pourquoi je suis partie. Et il faudra bien que je le lui dise, un jour ou l'autre. Car je veux guérir.

Là, sous la pluie, seule, désemparée, je fonds.

LA PROIE

Les cris, les hurlements. Les cris, les hurlements. Les cris, les hurlements.

Il n'y a que ça autour de moi. Et en moi. Je n'en peux plus.

L'homme en noir est au-dessus. Il marche, il parle, il rit. J'ai faim. J'ai soif. Je suis dans les ténèbres. Parfois, je vois des mains et des doigts qui surgissent du sol. Puis, après un clignement de paupières, ils disparaissent.

Mes ongles ont poussé, je sens la terre qui roule dessous... Ce sera bientôt mon heure. Les cris s'arrêtent.

Mon Dieu ! Ce qu'il a fait au jeune Asiatique... Putain, je sais même plus comment je m'appelle.

J'enlève les mains de mes oreilles.

Comment je m'appelle ?

Mes intestins fondent : une pâte noire coule entre mes jambes. Normalement, il y a une odeur... Mais là, je ne sens rien, absolument rien.

Comment je m'appelle ?

Mon sexe a un soubresaut. Je me déshydrate en urinant sur le côté d'une cuisse. Instinctivement, je passe ma main dessus, attrape un maximum de liquide sur mes doigts... et je les porte à mes lèvres.

Comme le doigt dans une crème glacée... macadamia et caramel... Ma préférée.

Vivre.

Oui, je veux vivre. Mais bon sang, comment je m'appelle ?

J'entends un bruit électronique, sec. Un larsen. Puis les cris reviennent. Je les connais par cœur.

Les cris, les hurlements…

Il a enregistré les cris et il les repasse sans arrêt. Dans ma cage. Le son poussé à fond.

Il a mis des enceintes dans les murs.

Les images ressortent en moi et rejoignent les cris enregistrés. La scène revient : des cris, la perceuse, la peau… J'ai la tête qui tourne : quand tout cela va-t-il s'arrêter ? Je vais finir par disparaître en lambeaux. De l'intérieur.

Comment tu t'appelles, au fait ? Tu te rappelles ton prénom ?

L'image de mon père qui nage et qui arrive vers moi…

Ses yeux fendus…

Sa rage.

L'eau. Toute cette eau… Et pas une goutte pour moi. Mais mon père va venir, je le sais. Mon père viendra me chercher…

Je l'attends. Sans respirer. Je lèche mes doigts, une seconde fois.

Vivre.

FRANCK MARSHALL

Je ne l'avais pas reconnue. Pas tout de suite. Elle se tient devant la porte de mon bureau. Le regard vide et désespéré. Son visage gonflé a l'aspect de ceux qui restent trop longtemps dans l'eau. Mais là, c'est plutôt à cause du whisky.

J'étais revenu avec l'idée de m'attabler une bonne heure et de faire le point sur les victimes, leurs liens éventuels dans l'espoir de trouver une piste cohérente que je pourrais suivre. J'espère d'ailleurs avoir tous les dossiers sur mon bureau, comme je l'avais demandé. Après avoir offert un paquet de mouchoirs à l'officier malade et lui avoir donné congé exceptionnellement, j'en avais appelé un autre sur mon portable et lui avait ordonné de se dépêcher. Mais en France, les services judiciaires reflètent le comportement des Français : un tiède mélange de fermeté et d'instabilité ironique.

On ne sait jamais sur qui on va tomber. Et c'est le cas, encore une fois, devant ma porte. Debout. Les mains dans les poches d'un gilet marron, si vieux qu'il ressemble à un macramé géant, elle m'attendait.

J'ai encore repoussé mon coucher de trois bonnes heures, car j'ai le sentiment qu'elle n'est pas prête de me lâcher. Comment a-t-elle eu mon adresse professionnelle ?

— Vous en mettez du temps pour venir travailler, le scientifique Marshall ! On voit bien que vous n'avez pas d'enfant et que vous avez la tête dans le cul !

— Bonjour, madame Lestier.

— Vous êtes sacrément bon matheux, vous, pour dire « bonjour » à vingt heures trente ! Heureusement que vous n'avez pas fait archi !

Je revois la chambre de son fils, le lit défait, l'ordinateur et les livres sur le bureau. Elle parle encore de lui… son fils… Lui qui peut-être voulait faire architecture…

— Oui, bonsoir, veuillez m'excuser, madame Lestier, je suis fatigué.

Cette fois-ci, pas de doute, elle sent le poids de ma journée. Elle réalise, en l'espace d'un instant, que je m'écroule de l'intérieur. Une seconde de compassion est passée, mais les suivantes sont emplies de colère et de mépris. Madame Lestier, entièrement noyée, n'a plus rien à perdre.

— Je veux voir mon fils.

Je suis surpris par l'injonction. Je dois encore lui mentir.

— Vous savez bien que je ne…

— Taisez-vous !

Miller aurait pu parler comme ça. À cause du ton, j'ai gardé le silence, lui laissant ainsi le champ libre. Grave erreur !

— Mon mari, Marshall ! Mon mari ! Je suis allée lui tanner les couilles sur son lieu de travail ! Croyez-le si vous voulez, il a dit à sa secrétaire, une grande connasse, que j'étais sa mère ! Putain, sa mère !! Vous vous rendez compte ?! Quel morveux de fuyard ! Et vous savez quoi ? J'ai balancé une photo de notre couple sur son bureau. Croyez-moi qu'il l'a bougé, son gros cul ! Et voyez-vous ça ? Ce que j'apprends dans le bureau de ce crétin, après cinq coups de téléphone ? Le scientifique de mes deux, Marshall, m'a toujours menti ! Je sais que vous avez retrouvé mon fils ! Alors… (Ses yeux la piquent : elle pleure. De colère, madame Lestier redevient une petite fille qui se rend compte qu'elle est prisonnière d'une vie et d'un corps dont elle n'a jamais voulu.) Laissez-moi le voir ! Juste un instant !

Elle pleure, en s'appuyant sur la porte d'entrée de tout son poids.

Je me souviens que son mari est en étroite liaison avec le préfet. Mais c'est aussi un père et un mari « écrasé » ; il a très bien pu obtenir des renseignements, notamment l'adresse de mon bureau, pour lui-même autant que pour sa femme. Comment résister à la fureur d'une mère qui a perdu son enfant ? Eh bien, son mari avait la réponse : il avait soutiré des informations à son copain le préfet, et lui avait tout répété, pour avoir la paix… On sous-estime toujours le désespoir et la fatigue. Mais peut-être qu'elle fabule. Je dois être prudent.

C'est à ce moment-là qu'elle se redresse. Avec une aisance d'une tout autre nature. De sa poche, elle sort un cutter. Ses yeux se posent sur moi, mais elle aurait tout aussi bien pu regarder le mur derrière. Madame Lestier me fait face et, plus rapide qu'une mouche, elle fait deux choses en même temps.

— Puisque vous ne voulez pas me montrer mon fils, alors vous allez être obligé de m'emmener près de lui, sale con !

Elle passe la lame sur son cou, sans paraître souffrir, et remet le cutter dans sa poche, comme si elle avait répété ce geste des milliers de fois. Puis, elle fait une chose insensée :

Elle me sourit.

Éruption de sang. Il gicle sur mon blouson, mes chaussures.

— Putain ! Non !

Elle s'écroule et j'entends un bruit sourd provenant de l'autre poche de son gilet.

Je saisis mon portable. Tout en composant le numéro des urgences, je relève son corps et l'adosse contre la porte de mon bureau. J'enlève mon blouson, retire mon sweat et mon t-shirt, avec l'aide duquel j'éponge le sang au maximum, me servant de l'autre pour faire un garrot. Je reste ainsi quinze minutes, avant d'entendre la sirène de l'ambulance, derrière les murs de l'immeuble. Deux jeunes brancardiers jaugent la situation. Je m'adresse au plus costaud des deux.

— Enlevez-lui son gilet. Elle a un cutter et Dieu sait quoi encore dedans !

C'est l'autre brancardier qui me répond.

— Regardez s'il n'y a pas aussi des médicaments ou d'autres substances, ça peut nous aider.

Il la maintient pendant que je lui enlève son gilet et que je fouille ses poches. Dans l'une se trouvent le cutter, un bout de papier avec mon adresse et les clefs de sa maison. Dans l'autre poche : un ticket de métro, un cadre fêlé (le bruit pendant sa chute) et une plaquette de Xanax.

— Elle a bu et, à mon avis, vu la fluidité du sang, je ne serais pas étonné qu'elle ait pris de l'aspirine.

— Vous la connaissez ? Vous êtes un proche ?

— Non, je suis inspecteur (je tends ma carte). Elle a reçu un choc émotionnel intense. Surtout prévenez-moi de l'évolution de son état et de son lieu d'internement.

Le plus costaud me regarde furtivement.

— Il faut manger, inspecteur…

Il fait allusion à ma maigreur. Je ne réponds rien. Je fais juste signe que ça va aller. Je me saisis du gilet.

— On ne doit pas traîner plus longtemps.

Sans autre explication, ils s'en vont, après l'avoir allongée sur un brancard et perfusée d'un coagulant rapide. Mon sweat est plein de sang. Je le pose sur le t-shirt. Dans mes mains, il y a une photo qui a appartenu à une autre vie.

Une jeune femme magnifique, blonde, fine et souriante, en robe d'été, pose aux côtés d'un homme aux cheveux gominés, le visage bronzé, beau. Il lui prend la taille et pose le haut de sa tête dans le cou de sa femme. Un enfant se tient entre eux. Il a ses deux mains posées sur son cou. Un geste comme une signature. Léonard Lestier et ses parents ont jadis formé une parfaite petite famille.

Elle me sourit.

* *
*

Sur le seuil de mon bureau, je m'aperçois que j'ai oublié dans ma voiture l'enveloppe que m'a confiée Miller. Je remets mon blouson parce que la soirée est fraîche. Plus que d'habitude. La fatigue doit certainement jouer dans cette impression, ainsi que le choc de voir cette femme s'écrouler sur le pas de la porte.

Ma porte. Le mensonge. Miller. Le préfet. Je ne regrette pas d'avoir demandé à Dru de m'aider.

Je ferme la portière, après avoir saisi l'enveloppe en kraft. Soudain, je sens une main sur mon épaule. Je me retourne violemment. Lâchant l'enveloppe, je porte instinctivement la main à mon arme sous mon blouson et me retrouve face à lui.

— Il faut que je vous parle.

Je suis encore sous le coup de la panique.

— Comment as-tu trouvé mon adresse ?

Il me montre ma carte de visite.

— Vous me l'avez donnée, la dernière fois que nous nous sommes vus, à la porte Dauphine, vous vous rappelez ? Vous allez bien ? Vous êtes sûr ?

Non, je ne vais pas bien et je ne suis pas prêt à jouer le psy à cette heure de la journée. Alex me dévisage. Un silence s'installe.

— Qu'est-ce que tu me veux ?

Il semble perdu. Il me montre une photo qu'il sort de la poche de son blouson.

— Un ami à moi a disparu, le lendemain de votre visite. Je ne l'ai plus revu depuis. Je m'inquiète, car ce n'est pas son genre de disparaître du jour au lendemain. Je suis allé chez lui. La porte n'était pas fermée à clé. Je suis entré et je n'ai jamais vu autant de pagaille. Il est parti en urgence. Ça ne lui ressemble pas vraiment. En général, il me prévient lorsqu'il va chez un client, par sécurité. Là, je n'ai rien et je m'inquiète… Et… je suis désolé de vous déranger… mais je ne vois que vous pour m'aider.

La photo est entre nous. Je ne l'écoute déjà plus. C'est le visage de l'Asiatique, celui qui buvait un café dans le bus l'autre soir avec les autres, au lendemain de la découverte de Lestier. Ma tête explose. Je ramasse l'enveloppe de Miller et je m'adresse à Alex.

— Suis-moi !

Nous montons les escaliers quatre à quatre et j'ouvre la porte avec frénésie. Tout s'enchaîne douloureusement dans ma tête. Le coup de fil d'Alex, porte Dauphine. L'appel pour découvrir le corps de Limier dans le 9e arrondissement... Zimbowe dans le parc des Buttes Chaumont... Le corps en vie de ses victimes doit être retrouvé... Le tortionnaire le veut... Mais j'ai une hantise depuis que l'Asiatique a disparu. S'il apparaît sur la liste avec Limier, Lestier et Zimbowe, je crains fort qu'il nous observe. L'assassin est proche. Tout proche. Et je n'ai rien senti. Et il pourrait nous observer depuis bien avant que l'enquête n'ait démarré.

Je me retourne. Alex se tient sur le pas de la porte.

— C'est quoi ce sang, là ?

Je retire ma veste et me retrouve torse nu. Il me regarde et n'ose pas entrer. Je lui parle froidement :

— Si tu veux qu'on fasse quelque chose pour ton ami, approche !

Sur la table, il y a un colis. Je regrette d'avoir été mauvaise langue. Pour une fois, le travail demandé a été fait. L'agent m'a apporté le dossier complet avec les photos. J'invite Alex à s'asseoir en face de moi. Une idée germe ; j'ai presque l'intuition que je connais déjà la réponse.

Je fouille dans le paquet et je sors la photo de Zimbowe. Alex s'avance prudemment. Puis il s'installe, intimidé par mon allure. Mais je suis si épuisé et si en colère que ce qu'Alex peut en penser m'indiffère. Je pose la photo de Zimbowe, celles de Jérémy Limier et de Léonard Lestier sur la table. Alex observe avec attention le visage de Lestier.

— Pourquoi avez-vous la photo de Léonard ?

Mon sang remplit mon cœur en une seule pulsion. Mon corps se tend. Vais-je lui dire que le jeune homme qu'il a découvert est une de ses connaissances ? Vais-je lui dire que si lui, Alex, ne l'a pas reconnu, Léonard, de son côté, essayait de l'avertir de quelque chose en faisant tout ce qu'il pouvait, malgré sa souffrance et sa terreur, pour le mettre en garde ?

Puis une autre idée, beaucoup plus sombre, se fait jour en moi. Et si le tortionnaire jouait ?

Et s'il était en face de moi ?

EMILY

Encore une séance perdue. Je n'arrive plus à parler. J'approche du noyau, de la pire partie de mon existence et souvent, je me dis que tout ça ne sert à rien. On peut dire ce que l'on veut de la psychanalyse, mais il faut surtout la pratiquer pour comprendre. Beaucoup de gens parlent sans rien savoir. Un travers humain. Un autre.

Le courage d'être soi n'est pas donné à tout le monde. Je le vois, parfois, danser dans le regard des clients qui se suivent et se bousculent devant la caisse de la librairie. Je croise aussi les autres, ceux qui aimeraient partir sans payer. Il y a ceux qui rêvent d'avoir un jour la possibilité d'accéder au luxe de s'acheter un livre et ceux, plus nombreux encore, qui souhaiteraient arriver à lire, tout simplement.

Il y a aussi ceux qui manifestent une haine évidente à l'égard des livres ; c'est rare. La plupart d'entre eux sont des adolescents qui ne comprennent pas le rôle du livre. Ils ont vu des gens lire, dans les transports en commun, et ils cherchent à en comprendre l'importance, en jaugeant les livres sur les rayons.

Je vois ce monde, mais je n'en fais pas partie. J'évolue dans ce monde, j'y rencontre des gens et, en même temps, je n'y ai pas accès. Étrange comme je me sens à la fois absente et présente. J'imagine que je ne comprendrai rien tant que je n'aurai pas fait le ménage en moi.

— Bonjour, mademoiselle. Puis-je vous demander un renseignement ?

Il m'interrompt dans mes réflexions et je sens son regard inquisiteur se poser sur moi. Les hommes déshabillent avec les yeux. Tout le temps. C'est dans leur nature.

Je ne le regarde pas, il ne m'intéresse pas.

— Voilà, j'aimerais me procurer deux romans de Dan Simmons.

— Dans quelle catégorie : fiction, thriller, roman ?

— Comment ça ?

— Monsieur Simmons est un écrivain qui touche à tous les genres de littérature et il y excelle... Donnez-moi plutôt les titres des livres que vous cherchez.

J'entends le bruit d'un papier que l'on déplie. Je ne le regarde toujours pas.

— Voilà, le premier titre c'est : *Les fils des ténèbres*. Le second (il se racle la gorge) : *L'homme nu*.

Sa voix a changé sur la fin de sa phrase. Je glisse un coup d'œil vers lui : je remarque qu'il est gêné. Grand, brun, mal rasé, le corps cambré et poilu. Il a un petit quelque chose de méditerranéen et une étoile de David au cou. Je lui souris. J'aime les Juifs. Leur peuple est un hommage à la racine humaine, à l'errance et à la liberté du savoir.

— Ces livres sont pour vous ?

— Oui. En fait, une amie m'en a parlé. Moi, j'avoue que je ne suis pas très contemporain... Si vous voulez bien m'aider.

Je lui fais signe de me suivre et je crois qu'il ne demandait que ça. Je ne l'avais pas remarquée, mais sa kippa en dit plus long sur lui que n'importe quel discours. Je me dirige vers le rayon des policiers, tout en lui présentant l'auteur et ses livres. Je lui montre les couvertures typiquement européennes, peu engageantes, des livres de poche, les grands formats n'étant plus disponibles.

Une des couvertures attire l'homme et, en la regardant, il sourit. On y voit un petit homme vert qui mange des éclairs et l'on devine une maison en arrière-plan : la plus grotesque des couvertures. Forcément, ça ne donne pas envie.

— Qui est cet auteur ?

— C'est l'un des plus brillants de notre époque. Et si vous me permettez, je vous conseille *L'échiquier du mal*, qui est d'une écriture révisionniste et parfaitement humaine. Un bond dans la terreur de la dernière guerre et des pulsions humaines qui s'organisent malgré le chaos. C'est un livre exceptionnel.

— Je ne suis pas très science-fiction.

— Il ne s'agit pas de science-fiction, mais d'un vrai travail de littérature. Et il a fait là un boulot gigantesque.

— Vous me le conseillez ?

— Oui, les deux tomes, et *L'homme nu*, qui est un livre bouleversant d'humanité.

— Bouleversant ?

— Oui, ni plus ni moins.

— Rien que ça !

Je lui souris.

— Et pour *Les fils des ténèbres* ?

Je lui dois la vérité.

— En fait, je n'ai pas pu terminer ce livre.

— Pourquoi ? Vous m'intriguez !

— Eh bien, je crois qu'il m'a fait trop peur. Je me suis arrêtée à la page 98 !

Il me regarde et il se saisit du livre de poche.

— Je vais tous les prendre. Jamais encore on ne m'a parlé avec autant de simplicité d'un auteur. Merci.

— De rien. Vous verrez, vous ne le regretterez pas.

— Je pourrais vous offrir un verre ?

Voilà ce qui tombe en plein milieu de ces couvertures horribles. Le petit homme vert mange des éclairs. Il me voit fixer la couverture.

— Et celui-ci ?

— *Nuit d'été* est un roman sidérant, un peu comme le Ça de Stephen King.

— Oui, je vois… Je vais le prendre aussi. Je suis curieux maintenant.

— Il faudra remercier votre amie de ses bons conseils, après les avoir tous lus. Elle l'aura bien mérité. Et vous avez de la chance d'avoir une amie qui lit. C'est si rare, de nos jours…

Comprenez par là : « Tu as une copine ou pas ? Si oui, ne m'invite pas ! »

— Et pour le verre ?

— J'accepte ! Je finis dans trois heures. On ira au MK2, y a un petit café sympa.

— Oui, ça marche, avec plaisir. (Il me montre les livres.) En attendant, j'ai de quoi lire !

— Oui, en effet.

— Au fait, je m'appelle Yann.

Je lui souris sans répondre. Nous passons à la caisse. Il me suit et je remarque qu'il reste discret, car du comptoir, son reflet apparaît nettement dans la glace de surveillance. Je le vois évoluer à distance respectable en évitant de poser les yeux sur le bas de mon dos, comme un demeuré.

Ça se réveille en moi. Je le redoutais. J'ai terriblement faim. Entre mes jambes.

SERGE MILLER

Soldat 6, Patient 6. Tout part de là. Pourquoi ai-je l'impression de l'avoir toujours connu ?

Le désert est l'une des plus dures expériences de mon existence. Le vent y est terrible. Il est chargé de grains de sable minuscules qui vous déchirent le visage et, dans mes souvenirs, le déchirent encore et encore... et le déchireront jusqu'à la fin même de ma vie.

Je ne crois pas que l'homme est capable de se sortir de ses problèmes en ne pensant qu'à eux. Mais je crois qu'il lui faut chercher un remède s'il veut les apaiser ou, du moins, les rendre moins actifs. Trouver le patient 6 est devenu mon remède.

Je n'ai pas dormi pendant six jours entiers, sans éprouver la moindre fatigue. Je ne me suis pas déshydraté. Je n'ai pas pissé une seule fois. Je sentais en moi une chaleur constante, mes muscles étaient bandés au maximum et mon sens de l'orientation, absolument infaillible. Seul constat palpable de changement : j'avais au moins perdu dix kilos, sans m'en rendre compte. Le jeune soldat Bryan avait été tué, mais il lui avait dérobé sa vareuse. Mon but était d'arriver avant que le patient 6 ne revienne sur le territoire français, muni d'une identité qu'il saurait utiliser jusqu'à son dernier jour. La perspective de ne pas retourner dans un sous-sol pour attendre la mort est son remède à lui. Pour le restant de ses jours, il pourra donner libre cours à ses terribles pulsions.

Je suis arrivé trop tard.

Celui qui se faisait passer pour le soldat Bryan avait bien trouvé le chemin du retour. Je voulais donner l'alerte, mais l'armée française m'en a empêché. La mort du soldat Bryan ne concernait que sa famille. En aucun cas on ne devait révéler qu'un autre avait pris sa place et qu'il était libre, dans la nature.

Inutile de dire que les fichiers de tous ces tarés sont inaccessibles. La prison a été fermée et les autres prisonniers, éliminés. Deux semaines après mon retour, j'ai reçu ma promotion au 36, quai des Orfèvres.

J'ai vite compris que l'État avait agi ainsi pour mieux me contrôler. Je n'avais aucun moyen de fuir et si j'avais voulu démissionner, je crois bien que ma vie se serait terminée dans un fossé, au rang des faits divers.

Au bout d'un an de pur somnambulisme, j'ai appris à vivre avec plus de suppositions et de paranoïa : avais-je vraiment vécu tous ces événements dans le désert ? N'y avait-il pas une trace, un dossier, quelque part ? Aucun fait administratif ne me permettait de relier ces questions à une quelconque réalité. Jusqu'à la fin de l'été 1992, où je reçus une lettre manuscrite oblitérée du nord de la France.

« Il n'est pas bien difficile de vous retrouver. Votre promotion de carrière est telle qu'elle vous balise le cul comme un satellite dans l'espace. Votre femme a l'air sympa et votre fille aussi. Dommage que vous n'ayez pas eu de jeune garçon. Je me serais fait un plaisir de réduire à néant tous ses projets d'avenir, rien que pour vous remercier d'être ce que vous êtes. Car vous le savez, personne ne peut imaginer à quel point l'homme que vous êtes aime tuer. Je bénis le jour où, dans le désert, j'ai pu vous berner et ainsi rendre justice... Mais je suppose que, comme vous, ayant goûté à l'interdiction du sommeil, je peux me rendre compte que mes jours sont désormais comptés. J'ai bien profité de ma liberté. Beaucoup d'adolescents, bien plus que prévu à vrai dire, ont écarté les jambes jusqu'au dernier souffle de leur vie. On dit qu'un arbre survit toujours à un homme. C'est

vrai, Miller ! Sous terre, les corps disparaîtront sans laisser de trace et l'on oubliera vite qu'ils ont pris du plaisir avant de mourir.

Mais l'objet de cette lettre n'est ni de montrer ni de souligner l'incompétence de la police ou de la gendarmerie. Non, Miller, cette lettre a une autre mission que de vous faire sentir inférieur à moi. Je n'oublierai jamais votre visage lorsque vous vous êtes approché de moi, dans le désert. Car vous aussi, vous étiez largement souriant. L'État vous autorisait à tuer sept hommes cobayes. Et alors que mon tour approchait, j'ai compris que la liberté n'existait pas. N'est-ce pas, Miller ? N'êtes-vous pas là où vous auriez toujours dû être ? Non loin des tueurs ?

Alors, je vais vous révéler votre vraie nature. Je ne vous laisse pas le choix, Miller !

J'ai eu beau chercher, je n'ai retrouvé aucune trace de la prison dans laquelle des agents de l'État, des agents censés apporter la justice, m'ont torturé jusqu'à ce que j'y prenne goût. Je ne vois pas non plus, dans les articles parus sur la guerre du Golfe, une quelconque trace de votre expérience dans le désert, ce qui me rend parfaitement invisible et bien supérieur à vous.

C'est à mon tour maintenant, Miller, de m'approcher de vous en souriant. Car, quelque part et alors que nos places viennent de s'inverser, nous sommes liés et resterons ensemble pour toujours.

Dans le désert.

Votre ami d'âme.

PS : Je sais que vous avez un vice, Miller. Tous les tueurs en ont un. Rassurez-vous, un ami viendra vous rendre service. Vous verrez... Il vous faut alléger votre vie pour pouvoir vous regarder en face, intérieurement. »

Les travelos. Mon vice.

Il est venu me draguer. Une beauté, un canon. Ma femme est entrée et j'ai alors compris que tout ça faisait partie de son plan, le plan du patient 6. La destruction de ma vie.

Après la terrible expérience de la perte de ma famille, le début de mon alcoolisme et la mort de mon labrador, j'ai senti combien le sommeil me manquait et combien l'ombre de la mort s'approchait de moi. Et alors que j'attendais le coup de grâce, treize ans plus tard, j'ai reçu une autre lettre timbrée, postée à Avignon.

« *Mon ami d'âme,*

Je regrette que la perte de votre famille mette votre virilité en péril. Malheureusement, ce fait n'est pas inscrit sur papier journal. J'aurais aimé encadrer le début de votre renoncement à la justice. Mais j'imagine que la perte de ce que j'appelle un solide couple se répercute sur la confiance de votre chien. Car je sais que vous en aviez un. Voyez-vous, pendant votre douche, il a eu le temps de prendre des photos : un travelo, c'est imprévisible en tout. Je sais comment vous vivez et ça m'aide à supporter la maladie qui me mange les entrailles. Je vais mourir avant de pouvoir vous tuer. Mais rassurez-vous, j'ai rassemblé suffisamment de courage pour former un disciple et, croyez-moi, Miller, la haine que je vous porte sera égale à celle que vous avez ressentie lorsque vous avez compris que c'est à moi que vous devez imputer la perte de votre famille et de vos repères...
Je ne m'arrêterai pas en si bon chemin. Dans le désert, vous avez vu à quel point je ne sais pas m'arrêter. Mon élève est pire que moi. J'y ai parfaitement veillé. Et lui-même forme un autre élève.

Une nouvelle race de tueurs va naître, Miller. J'en ai semé les germes et, dans l'ombre, ils vont tacher ce monde qui persiste à croire que le mal se trouve toujours chez les autres... Exactement comme vous, Miller.

Vous, vous serez bien vivant pour le comprendre, en tant que témoin et du haut de votre fonction, en parfaite victime... Et, croyez-moi, Miller, vous serez encore une fois impuissant face à cette situation.

Je vous conseille de chercher le meilleur des enquêteurs de terrain et de le choyer, dès maintenant. Car, voyez-vous, je vais ravager votre vie. Jusqu'à ce que seule la mort, la vôtre, vous paraisse un délice.

Comprenez bien que, si vous mourez, mes élèves n'auront plus de raison de se battre. Ils ne tueront donc plus. Tandis que si vous restez en vie, ils iront jusqu'au bout.

Voici le maître de mes futurs élèves. Celui qui me remplacera. Éliminez-le et vous déferez la pyramide meurtrière. Voici son visage. Une photo.

Miller, maintenant que vous venez de le voir, votre envie de vous supprimer vient de disparaître, n'est-ce pas ? Je sais que vous allez vous battre et que mes élèves vont pouvoir se mettre au travail. Car, Miller, comme moi, vous avez traversé le désert. Ce n'est pas pour vous interrompre en cours de route, non ?

Je vous tiens. Dans ce monde et dans l'autre.

Votre ami d'âme. »

La photo est sur mes genoux. Elle représente un gamin qui doit avoir dans les cinq ans. La photo, elle, semble antérieure aux années 80, vu le grain du papier et la luminosité.

Il est assis sur l'herbe. Il a un visage aux traits fins – on pourrait le confondre avec une fille –, des yeux sombres, des cheveux châtain foncé, peut-être plus clairs en plein soleil. Au-dessus de l'enfant, avec une ironie qui n'échappe pas à qui imaginera le destin de ce gosse, s'étale l'ombre de l'homme qui prend la photo. Je vois que l'une des manches de ce qui doit être une chemise est retroussée. Une cage à oiseaux est posée là, derrière l'enfant.

Sur son pull-over, il y a un velcro vert sur lequel je peux lire le plus facilement du monde : Bryan. Un enfant. Innocent. Et pourtant. Un futur monstre.

Le monstre.

KARINE VALLON

Alvarez me regarde comme s'il pensait que j'allais prendre sa place. Il se méfie de moi. J'en déduis rapidement et avec beaucoup d'indifférence qu'il m'a sans doute remarquée avec Marc Dru. Une forme de lien ténu était évidente entre lui et moi. Peut-être qu'un jour, nous pourrons en parler ensemble.

— Votre rendez-vous est là, madame Vallon. Un certain monsieur Pérez.

Il prononce la terminaison « ez » du nom avec une certaine fierté, un peu comme s'il s'agissait d'un membre précieux de sa famille. Je remarque qu'Alvarez a remis ses bijoux.

— Faites-le entrer, je vous prie. Et retirez les anneaux de vos oreilles et sourcils. Ce n'est pas conforme aux règles d'hygiène et vous le savez.

— Très bien.

La porte battante se referme et je reste seule devant cette vitre teintée. Limier et Lestier sont toujours immobiles.

Zimbowe est arrivé tout à l'heure et, compte tenu de son état, il a été mis dans la chambre adjacente. Isolé. À première vue, il me semble qu'il s'agit du même mode opératoire que pour les deux autres et je crois que le « Marco » écrit sur son ventre ne fait qu'empirer les choses : le tortionnaire affine son message, il le signe ouvertement. Bien évidemment, la rose dessinée sur son bras droit a été faite avec la même encre que pour les deux autres. De mon propre chef, j'ai fait installer deux autres lits. Je suppose que je suis pessimiste. Mais je préfère faire face à ce qui me paraît malheureusement évident, plutôt que de m'abreuver de bondieuseries et refuser de voir combien la furie déployée sur ces corps de jeunes hommes ne fait que croître. Le corps de Zimbowe a été suspendu plus longtemps que les autres et cette fois-ci, il a été exhibé en suspension. Il en viendra d'autres. C'est d'une logique monstrueuse.

D'autres corps.

En attendant Marshall et Marc Dru, je me suis renseignée sur Internet. J'y ai trouvé un site terrible et effrayant. Je crois qu'il pourrait être important de le leur montrer. Il faut aussi que je leur parle de la rose dessinée à l'encre sympathique.

Dans mes mains, je tiens les radios de la gorge des deux voisins de lit, afin de nous permettre de trouver l'appareil le plus adapté que l'on pourrait utiliser pour eux. Sur Zimbowe, comme il est trop abîmé, je crains fort qu'il soit impossible de fixer le moindre appareil.

J'entends la porte s'ouvrir. L'homme arrive avec deux valises. Il a été mandaté par l'État et il est venu le plus vite possible.

— Karine Vallon ?

— Oui, enchantée, monsieur Pérez. Merci d'être venu si tôt.

— Si j'avais su que vous étiez si belle, j'aurais fait encore plus d'efforts !

— Ne me draguez pas. On n'est pas là pour ça. Merci d'avance. Suivez-moi !

Je longe le couloir. Il me suit et j'entends un faible sifflement. Il a l'air déçu de la douche froide. Je me tourne vers lui.

— Alors, montrez-moi ce que l'on peut utiliser pour des traumatismes tels que ceux-ci.

Je lui présente les radios des deux adolescents. Il se racle la gorge.

— Des accidents de la route ou domestiques ?

— Ce n'est pas important que vous le sachiez...

— Oui, je vois, des tortures.

Il ouvre une valise. Dedans, il y a une panoplie de colliers en acier avec des boutons dessus, un micro et un casque. Il en sort un. Et il me regarde comme si j'étais une femme tout à fait banale. Ce qui, au final, me déplaît fortement.

— On y va ?

Il a l'air impatient. Il pose les radios sur le sol et se redresse en prenant une forte inspiration.

J'observe la radio. Et je vois nettement la vis et la plaque de métal. Il est évident qu'il ne s'agit pas là d'un accident domestique. Pérez a un visage squelettique, pas de joues, juste l'arrondi des os en guise de courbes. Il n'a plus de cheveux, des lunettes grossissantes et un physique d'asperge : blanc aux pieds, vert à la tête. Dois-je parler des dents ?

J'entre dans la chambre et me dirige vers Lestier, le premier et aussi le seul à n'avoir pas subi trop de rage. Il ouvre les yeux.

— Bonjour, Léonard. Je me présente, Karine Vallon. Je suis la surveillante principale, ici. Voici monsieur Pérez.

Il me fixe et je vois ses pupilles se rétracter et se dilater par deux fois, comme un cœur battant. Je continue.

— Monsieur Pérez va vous brancher un appareil autour de la gorge. Ainsi, en soufflant, vous pourrez formuler des mots et des phrases dans le siphon électronique.

Avec ses paupières, il me fait signe qu'il est d'accord. Sans plus attendre, Pérez appuie sur le collier ; ce dernier s'ouvre. Il le fixe autour du cou de l'adolescent. Il ajuste la réception dans le casque. Et soudain, la respiration de Lestier s'emballe.

Le casque sur les oreilles, Pérez devient encore plus vert. Il le retire soudainement et me le tend. La respiration de Lestier se fait plus forte et le rythme de mon cœur s'accélère.

J'entends des sifflements électroniques dans le casque. Je le pose sur mes oreilles. Puis, je porte la main à ma bouche. Léonard Lestier ne demande qu'une chose.

— FUEZ... OI... FUEZ... MOI...

Tuez-moi.

LA PROIE

Lorsque j'ai pris la bouteille d'eau à travers la grille, j'ai senti une faible piqûre sur mon bras. Puis un épais sommeil m'a plaqué au sol. En tombant, j'ai senti mes os et réalisé que j'ai beaucoup maigri. Mort ou sommeil, je ne saurais dire...

C'est l'odeur. Une sensation solaire. Mon corps ferait n'importe quoi pour s'en approcher. Je lève la tête et il me semble que je suis au paradis. Tout est blanc. Au-dessus, au-dessous, sur les côtés. Tout est blanc. À moins que ce ne soit la mort.

J'ai un lit. Avec des couvertures. Puis je vois l'assiette.

Je ne sais pas quoi penser. Mais mon ventre me fait comprendre que j'ai autre chose à faire, pour le moment. Je prends le poulet dans l'assiette. Et l'avale.

Quelque chose bouge sous mon lit.

J'engloutis le poulet, croque les os et déglutit. Ma vision est plus claire et je sens une chaleur nouvelle dans mon ventre. Il est gonflé et il gargouille. De vide, il est passé rapidement à « ras bord ».

Quelque chose bouge sous mon lit.

Je m'approche et je découvre l'animal. C'est un petit labrador qui cherche déjà à jouer. C'est alors que je prends conscience de mon odeur et de mes habits. Je suis propre et tout vêtu de blanc. Ma cellule est spacieuse, au moins dix mètres carrés. Il y a une porte et, à sa base, une trappe. Elle s'ouvre et je vois une bouteille d'eau rouler vers moi. Sa couleur est trouble.

Par la grille, en haut de la porte, entre l'homme en noir. Je reconnais sa capuche et sa voix métallique.

— Ce sont des vitamines. Bois et mange, mais prends ton temps. Occupe-toi bien du chien. Ce soir, c'est le grand soir pour toi. Prépare-toi.

J'ouvre la bouteille et je bois l'eau. Un goût sucré qui me rappelle celui du citrate de bétaïne : ces comprimés jaunes fluo pour la digestion.

Le chien vient vers moi et je l'entends couiner. J'ai mal aux joues et aux mâchoires, c'est terrifiant. Je panique : je ne sais pas ce qui m'arrive.

Le chien vient vers moi et me lèche les doigts. Deuxième douleur fulgurante. Mes mâchoires se contractent et s'électrifient.

Pour la première fois depuis trop longtemps, je souris, et ce geste si simple me fait un mal terrible. Je m'allonge.

Juste au-dessus de la tête du lit, il y a un espace en béton qui n'est pas recouvert de carrelage. Le chien a sauté sur la couverture et il se blottit dans mes bras. Mon corps se décontracte et sa chaleur est plus que bienvenue. J'ai des renvois de poulet et des renvois de sucres…

Je remarque que le lit est très près du mur et que juste au-dessus se dessinent des courbes. Un message écrit. Je descends du lit et le pousse légèrement.

ZIMBOWE.

Je ne comprends pas ce que ça signifie. Alors je replace le lit et m'allonge doucement. La fatigue revient… avec ses renvois de sucre. L'eau. Il y a quelque chose dans l'eau.

Le sommeil ou la mort me frappe une deuxième fois.

Alex les connaît tous.

— Ne me dites pas qu'ils sont morts, hein, ne me dites pas ça ?

— Non, ils ne sont pas morts. Mais ils sont en danger.

Je ne laisse pas plus de temps à Alex pour réfléchir. Je ne peux m'offrir ce luxe.

— Emmenez-moi chez votre ami asiatique. Quel est son prénom, d'ailleurs ?

— Antoine Kin. Il a été adopté.

— Allons chez Antoine, alors. J'imagine qu'il possède un ordinateur ?

— Oui ! Vu notre métier, nous en avons tous un ! Vous y allez comme ça ?

Il me montre du doigt. Je réalise que je suis torse nu !

— Mettez votre blouson. J'ai des t-shirts à moi chez Antoine, je vous en prêterai un, si vous voulez.

Je ne dis rien. Ça sent le mauvais remake des *Feux de l'amour*, version gay. Je remarque l'enveloppe et les cassettes. Au diable, le mystère Miller ! Je n'ai plus le temps de m'amuser.

Je me lève et me dirige vers la porte, lorsque je m'aperçois que j'ai oublié mon portable sur la table de mon bureau. Je revois les visages des adolescents torturés.

— Comme elle sent bon, votre écharpe, dites-moi !

— Ce n'est pas la mienne. Elle appartenait à mon ex.

— Au moins, il vous reste une bonne odeur. Je ne peux pas en dire autant du mien !

Je ne réponds pas. Il me fait un clin d'œil malicieux que je trouve déplacé dans ce contexte. Je me concentre et je remets rapidement les détails en place dans ma tête. Zimbowe, Lestier, Limier et Kin ont forcément un point commun. La prostitution.

Je regarde Alex et lui demande :

— Est-ce que Zimbowe était là lorsque je vous ai rencontré, la première fois ?

Il me regarde.

— Vous êtes bien sûr d'être inspecteur ?

— Répondez-moi, bordel !

— Bien évidemment ! C'est lui qui vous a amené à moi, l'autre soir ! Il avait juste mis des rastas. Sur cette photo, il a la barbe. Sans compter que vous l'avez vu la nuit… C'est fou comme ça le change. Et puis, comme il habitait pas loin de chez Jérémy, ils en profitaient pour se partager les trajets.

Je suis stupéfait de ma lenteur. Mon portable sonne. Alex paraît sincèrement désolé et s'impatiente : il tape violemment sur le dossier de la chaise.

C'est Dru : « Allô, oui… parlez doucement. »

Je ne veux pas prendre le risque qu'Alex entende. C'est pourquoi, une main collée sur l'appareil, je lui demande d'aller dans le couloir. Il me regarde comme un demeuré.

— Vous allez me faire attendre au milieu d'une mare de sang ?

Sans l'ombre d'une hésitation, je réponds : « Oui ! »

— Franck ? Tu es là ?

— Non ! Il y a bien longtemps qu'il n'y a plus personne ! J'ai du nouveau.

— Moi aussi, et je suis également d'accord avec toi ! Tu progresses, Franck !

Je ne sais pas si je suis d'humeur à supporter une psychanalyse, bien que je sache qu'elle est souvent pertinente. Je zappe.

— Bon, je t'écoute, fais vite s'il te plaît.

— Je viens d'avoir Karine Vallon au téléphone.

— Je suis ravi de voir que vous avez conclu !

— Lestier veut mourir.

La froideur et le ton de Marc exigent que je me taise. Mais sa voix se radoucit.

— À l'aide d'un appareil, on a pu le faire parler, apparemment. Mais le fait qu'il veuille mourir n'est pas un scoop, vu les traumatismes subis. Il préfère, et de loin, mourir plutôt que de vivre un nouveau quotidien nourri par les horreurs de la mémoire.

— Les horreurs de la mémoire ?

— Connais-tu Primo Levi ? C'était un écrivain et un poète humaniste hors pair. Un être lucide comme on en a eu rarement dans notre civilisation. Il a survécu aux camps de concentration. Il a fait un travail monumental après le traumatisme subi. Puis il s'est donné la mort car il ne supportait plus l'être humain. Mais, vois-tu, il possédait un corps intact : tous ses doigts, ses jambes et sa voix. On ne peut pas en dire autant de ces victimes-là.

— Que veux-tu dire ?

— Ce que j'ai toujours dit !

— Oui, je vois : ils sont encore « dans les camps », nos adolescents.

— Oui, c'est à peu près ça. Ils y sont encore, et pour l'éternité, Franck ! Et toi, qu'as-tu de neuf ?

Je lui parle d'Alex. Je lui explique la situation et celle de Zimbowe avant de faire le lien avec le père de Lamy. Marc s'étonne.

— Zimbowe se prostituait ?

— Oui.

— Alors…

— Alors un autre garçon manque à l'appel depuis le début de la semaine dernière et Alex m'emmène chez lui, dans son appartement.

— C'est où, chez lui ? J'en ai pour une minute.

— Non, tu restes où tu es. Je te rappelle que tu es psy, pas flic. Ce que tu peux faire en revanche pour te rendre utile, c'est de venir à mon bureau et d'étudier minutieusement le dossier. Il est possible que certaines choses m'aient échappé.

— D'accord, et on se retrouvera là-bas après, alors ?

— Voilà, faisons comme ça ! Au fait, essaie de faire venir Karine Vallon. On ne sera pas trop de trois, à mon avis, et la nuit risque d'être longue.

— OK, je passe chez un pizzaïolo et je nous prends aussi des sodas. On va avoir besoin de sucres et de graisses pour rester éveillés.

— Apparemment, Antoine Kin habite dans le 17e. J'en ai pour une heure, maximum.

— Très bien. À tout à l'heure, Franck.

— La clé est dans la plante vert pastel !

— Vert pastel ?

Je raccroche et souris. Je ferme la porte et Alex descend les escaliers, visiblement très énervé. J'enfonce la clé dans le pot de la plante en plastique et je cours, sentant la fermeture éclair refroidir ma peau à chaque frottement.

Dehors, la pluie. Encore. Toujours.

MARC DRU

La pizzeria Dolce est unique en son genre. Au premier abord, elle ressemble à un grenier empli de chaises et de tables vides empilées. Mais en réalité, elle cache les meilleures pizzas de Paris que l'on apprécie encore plus « à emporter ». Pendant que j'attends ma commande, un homme très imposant trifouille dans le four. Il me fait penser au père de Lamy. Était-il amoureux d'un gigolo ?

Quelque chose ne va pas dans ce contexte. Je le sens. Mais j'ai le temps d'y réfléchir.

Karine Vallon. Je compose son numéro de téléphone. Je tombe sur la messagerie et je me dis que, vu l'endroit où elle travaille, son portable doit se trouver au vestiaire. Je laisse un message, ainsi que l'adresse du bureau de Marshall. Au passage, je glisse que j'apporte des pizzas et des sodas. En raccrochant, je me dis que je me comporte comme un parfait crétin adolescent devant une splendide nana.

J'ai envie de l'appeler une seconde fois. Mais pour des raisons personnelles. J'aimerais, pour une fois, laisser les névroses sur le bord de la route et me délasser le temps d'un dîner et d'un câlin sur un canapé… Merde, il faudrait aussi que je pense à autre chose qu'aux divans ! Je me prends, moi-même, en flagrant délit de rêve romantique et sucré. Je dois revenir sur terre !

Zimbowe se prostituait. Voilà. C'est fait !

Ma commande est sur un muret de briques rouges. Je paie. L'odeur de la mozzarella et des herbes de Provence me fait penser à un dîner entre amis et cette perspective serait plus que bienvenue dans ma vie. J'éprouve le besoin de me frotter aux autres, ce qui me confronte toujours à la promesse que j'ai faite à mon père, dans laquelle il se situait au centre de toutes mes attentions. J'ai beau être adulte, je resterai toujours l'enfant qui veut tenir sa promesse, alors qu'il sait très bien qu'elle est vaine dans un monde d'adultes. Mais ce n'est pas pour rien que j'ai choisi de ne travailler qu'avec des enfants sans père, du moins la plupart du temps. Ce n'est pas pour rien non plus que « mes amis » se limitent à ma mère et à deux ou trois collègues… On ne change pas ce qui est validé par notre inconscient. On ne peut qu'organiser sa vie avec ce que nous sommes devenus, la conséquence de cette information. Libre de construire est celui qui « sait ».

Marshall n'est pas dans son bureau. Comme il me l'a dit, la clé attend dans la plante… comment déjà ?

Je ne suis pas un enthousiaste envahisseur et je n'aime pas évoluer sur les terrains qui ne sont pas les miens. C'est pourquoi je prends le temps de faire un tour vers… Aubervilliers.

Je pose les trois cartons chauds et odorants et les boissons fraîches sur le siège avant de la voiture. Aubervilliers.

Il y a toujours un agent devant la porte. Il me dévisage et porte ses mains à ses hanches lorsqu'il me voit.

— Marc Dru, psychanalyste, je dois lui parler.

Il ne me répond pas, mais il jette un œil sur sa montre, pour me faire comprendre qu'il est un peu tard, même pour un psy. Je le fixe.

— Écoutez, malgré votre uniforme et votre fusil (le mot énerve toujours), c'est moi qui vais mener la danse ici. Alors, soit vous me laissez passer, soit je reviens dans deux heures avec Franck Marshall, à moins que vous ne lui préfériez Serge Miller que j'aurai levé de son lit !

Au nom de Miller, l'agent me tend un cahier. Après avoir signé et laissé ma carte d'identité, je frappe trois fois à la porte. Je le regarde et dis :

— Merci, jeune homme.

Il ne répond pas. J'entre dans l'appartement. Mustapha Rhader est debout. Il s'est levé du canapé.

— Qui est là ?

Je l'aperçois, tout tremblant, cherchant un appui à tâtons dans le noir. Il est perdu et, l'espace d'un instant, j'ai l'impression qu'il l'a toujours été. Bien que j'aie un adulte devant moi, je vois le petit garçon qui se débat dans les désirs ténébreux de sa chair.

— Je suis Marc Dru. Je vais allumer la lumière.

— Marc qui ?

J'allume.

— Ah non ! Pas encore vous ! Foutez-moi la paix… C'est la nuit, je dors, là !

— Oui, c'est ce que je vais faire. Mais avant, j'aimerais que vous me parliez d'Olivier Zimbowe, et ce, pendant que vous n'êtes pas encore trop endormi.

— Vous voulez savoir comment on s'y prenait au lit ? C'est ça, votre curiosité de la nuit ? Ça vous travaille ?

Il se défend contre sa sexualité. Parce qu'il ne la comprend pas. Alors, il projette sur moi sa problématique ; car pour lui, c'est moi qui ai un problème sexuel. Cela lui permet de se sentir plus fort.

Je m'assois. Mustapha revient, une couverture autour de la taille. Il se laisse tomber sur le canapé et replie ses pieds sous ses fesses. Il bâille. À la lumière et sous cet angle, ses traits semblent encore plus creusés. Le blanc de ses yeux est jauni, une forme hépatique de rémission. Il me regarde.

— Vous voulez savoir quoi ?

— Comment l'avez-vous rencontré ?

— Comment va Lamy ?

Sa question scie l'espace en deux. La mienne reste en suspens, mais je réponds à la sienne, qui le hante.

— Il va bien. C'est un bon petit garçon que vous avez là, un enfant très intelligent et très gentil.

Je fais exprès de lui reconnaître un enfant plein de qualités. Car s'il a besoin de se raccrocher à quelque chose pour se sortir de ses problèmes, autant que ce soit grâce à son enfant plutôt qu'à la méthadone.

— Il va aller dans une autre famille ?

Sans conteste, je reconnais là sa plus grande angoisse.

— Ça ne dépendra pas que de nous. Si les services sociaux estiment que c'est nécessaire, ils feront en sorte que vous ne le voyiez plus.

Le « nous » est une façon de lui faire comprendre que je suis aussi de son côté, s'il le souhaite.

— Peut-être que, pour vous, ça ne vaut rien, mais sachez que j'aime mon enfant !

— Oui, je l'entends.

— Que voulez-vous dire ?

— Que vous réalisez vous-même, Mustapha, que vous l'aimez et que c'est ça qui s'entend.

— Oui... Vous avez raison.

S'ensuit une minute de silence, puis il respire profondément. Je pense aux pizzas sur le siège avant de ma voiture. Mustapha fait sa cuisine : il se plonge dans son passé. Parler peut le sauver.

— J'ai rencontré Olivier Zimbowe lors d'une soirée chez un ami. Kader aime faire des fêtes. Ce soir-là, il y avait beaucoup de monde et, en début de soirée, les pétards tournaient...

Mustapha est assis. Parfois la vie n'est pas reluisante, mais un homme peut toujours se redresser, même au milieu des ruines. Le seul rayon de soleil de Mustapha, au milieu de la débâcle de sa vie, c'est son fils Lamy. Avec un peu de courage, il sera capable de se relever. On ne reconstruit jamais que pour soi.

— Oh ! Il y avait beaucoup de pétards. Certains étaient même faits avec de l'huile et d'autres avec des cigarettes mentholées. Car vous savez, la menthe fait toujours plus d'effet qu'un pétard banal. Et comme le boulot était dur, je n'avais pas envie de me priver.

— Que faisiez-vous comme métier ?

— Je travaillais dans le bâtiment. C'est d'ailleurs comme ça que j'ai rencontré Olivia Merquelle. Cette année-là, je bossais pour la reconstruction totale de bâtiments dans le 12ᵉ arrondissement de Paris. J'étais sur la plate-forme sud et je travaillais à la rénovation de bureaux… ceux d'Olivia. Elle m'a tout de suite regardé et j'ai vu qu'elle insistait, souvent. À cette époque, docteur (sa façon à lui de me considérer), j'allais sur les quais, en fin de journée pour… enfin pour… vous savez quoi…

— Non, je ne sais pas pourquoi, Mustapha.

— Pour rencontrer des garçons.

— Continuez.

— Je n'y attachais aucune importance et pourtant, je n'aimais pas n'avoir des rapports qu'avec eux. Et puis, un jour, j'ai compris que ma vie ne pouvait pas reposer uniquement sur le sexe. Comme je n'ai jamais eu envie de vivre avec un garçon, je me suis concentré sur Olivia. Sexuellement, puisque ça a commencé comme ça, ça se passait très bien pour elle. Mais pour moi, c'était loin d'être suffisant. Je savais, après avoir couché avec elle, que je n'aimerais jamais que des garçons. Ça a été douloureux pour moi de le « comprendre », mais en même temps, je ne me suis pas pris la tête plus que ça. Trois mois plus tard, elle est revenue enceinte. Elle ne voulait pas se débarrasser du bébé car apparemment, ça lui aurait causé des problèmes de santé. Son entreprise était florissante. Il fallait qu'on trouve un compromis. À cette époque, le fait d'avoir un enfant prouvait que je n'étais pas un homo. Alors ça m'allait. Mes parents m'appelaient toutes les semaines : « Trouve-toi une femme ! » Je n'ai pas besoin de vous expliquer comment l'homosexualité est perçue dans le monde arabe et quelles en sont les conséquences ?

— Ni en France d'ailleurs, Mustapha…

Il sourit.

— Elle a gardé l'enfant et elle devait me le donner. Elle n'était pas mariée. Ensuite, elle a pris une année sabbatique. Elle est venue ici et on a élevé Lamy, comme ça. Puis elle a recommencé à travailler. Je me souviens qu'elle effectuait des séances de bronzage car, à cette époque, elle avait fait croire qu'elle était partie en voyage. Sa meilleure amie, hôtesse de l'air, avait envoyé des cartes postales de Jamaïque à ses parents et à ses amis de sa part.

— Et elle vous a laissé l'enfant ?

— Oui. Au début.

— Au début ?

— J'étais heureux. J'avais un enfant et le moins qu'on puisse dire, c'est qu'il me ressemble beaucoup. Pendant trois ans, ça s'est bien passé. Olivia venait, juste de temps en temps, voir si je n'avais besoin de rien.

Je ne réponds pas, malgré la colère que j'éprouve au fond de moi. Tout allait bien pendant trois ans ? Un enfant qui ne sortait pas de chez lui ? Qui n'allait pas à la crèche et qu'on faisait passer pour un « ami » de la famille ? Soudain me vient un horrible pressentiment.

— Mustapha, Olivia a mis Lamy au monde dans quel hôpital ?

— Là où vous êtes assis, docteur Dru. Des amis à elle.

— Il n'est même pas déclaré ? Lui a-t-on fait ses vaccins ?

— Non.

Silence. L'enfant n'est même pas reconnu ! Officiellement, il n'existe pas. Humainement non plus. J'ai du boulot. Mais je ne dois pas interrompre le débit de Mustapha. Il me faut comprendre son histoire pour mieux trouver comment sortir Lamy de cet enfer.

— Et puis, un jour, je suis allé à une des soirées de Kader. Ça a été la première fois que j'ai laissé Lamy seul. Ce soir-là, j'ai fumé et bu et j'ai rencontré Olivier Zimbowe.

— Qui est Kader, exactement ?

— C'est l'ami d'un collègue de travail. En fait, il organise fréquemment des soirées spéciales…

— Spéciales ?

— Oui. Dans ses soirées, il y a toujours une pièce pour fumer et boire, et dans les autres, on a la possibilité de coucher avec qui on veut.

— Hommes ? Femmes ?

— Non, hommes uniquement.

Je ne dis rien.

— Parfois ça finissait en partouze, ce qui, je crois, a toujours été le but. Depuis que j'avais Lamy chez moi, je n'avais jamais été voir un garçon ni coucher avec. La plupart du temps, je baisais Olivia. On faisait ça rapidement. Mais jamais elle ne restait dormir et jamais on ne passait ensemble plus de cinq heures d'affilée.

Je ne montre ni ma stupéfaction ni ma colère grandissante devant tous ces parents adolescents qui font de pire en pire pour sauver les apparences.

— La première fois que j'ai vu Olivier, j'ai su que ma vie changerait. C'est un sentiment que je n'ai éprouvé avec aucun autre.

— Je vous écoute.

Mon encouragement le force à en dire bien plus qu'il ne le voudrait. D'Olivia, il est passé à Olivier… ce qui, inconsciemment, explique un changement d'amour et de sexe : un retour à la normale, pour Mustapha…

— Je l'ai aimé tout de suite. Nous avons fumé ensemble et nous nous sommes isolés dans une pièce, fermée à clé. Nous avons fait l'amour toute la nuit. Nous avons échangé nos numéros de téléphone, très facilement. Sans la moindre gêne. Je suis rentré chez moi et je me rappelle avoir trouvé Lamy sur le sol du salon, en train de pleurer. Je me suis senti en colère. Il y avait un message sur le répondeur, un message de ma famille, de mon père qui voulait me présenter une femme. Car il avait peur que la honte s'abatte sur lui, dans son village, si je n'envoyais pas une photo de ma famille. Tout était là devant moi : la pression de ma famille, un enfant dont je ne voulais pas plus que ça et un mec que j'aimais plus que tout.

Je ne dis rien. Mustapha me regarde comme s'il savait que je ne croyais pas aux contes de fées.

— J'ai revu Olivier, plusieurs fois. Il venait à la maison. J'ai aussi décidé de cacher l'enfant, car je ne voulais pas qu'il compromette ma nouvelle relation. La première fois, je m'en souviens, comme il hurlait, je lui ai mis du scotch sur les lèvres pour ne pas qu'on l'entende. Je voulais être seul avec Olivier.

— Cet appartement n'a que deux pièces.

— L'armoire, en face de vous.

Je la fixe. Une armoire à glace, aux portes coulissantes. Je ressens une secousse électrique d'horreur.

— Un jour, Olivier est venu me voir par surprise. Je l'ai laissé entrer et il a été surpris. Lamy était dans le salon. Mais j'étais sûr de notre amour et je me suis dit que je ne pouvais pas cacher Lamy éternellement. Olivier lui-même cachait son homosexualité à sa famille, alors il s'est senti menacé. En fait c'est simple, ce jour-là, on n'a pas fait l'amour du tout. Pour la première fois, il a bu un café et il est reparti. Deux semaines plus tard, Olivier m'a dit qu'il ne pouvait plus me voir car il était tombé amoureux d'un autre garçon, rencontré chez Kader.

Je pense à mes pizzas, dans leurs cartons, maintenant tièdes, et aux sodas, presque plus frais. Mustapha s'est tu mais il reprend, après avoir croisé ses mains et retenu ses larmes.

— Je suis retourné chez Kader, un samedi soir. Je suis arrivé très tôt et j'ai beaucoup fumé et beaucoup bu. Olivier est arrivé, accompagné de son nouveau mec. Et ensemble, ils sont allés dans la pièce d'à côté. Ce soir-là, il ne m'a pas adressé la parole ni même regardé, avec une facilité déconcertante.

— Qu'avez-vous fait ?

— Il y avait un mec dans la même pièce que moi. Il n'était pas très beau, mais assez sympa. Alors que tout le monde baisait, dans les chambres voisines, il a sorti de sa poche un sachet en aluminium.

— De l'héroïne ?

— Oui. Je l'ai sniffée et j'ai senti alors une légèreté qu'on ne trouve nulle part ailleurs sur cette terre.

Mustapha avait remplacé l'amour par la jouissance d'une drogue. Ça aurait pu être un dieu, une religion… Mais, pour lui, c'était la seule façon de gérer le problème.

— Puis, avec ce mec, on a baisé, repris de l'héroïne, baisé et repris de l'héroïne. C'est à ce moment que j'ai vu Olivier passer tout nu, en érection, dans la pièce. Il m'a regardé et il a souri. Il m'a embrassé sur la bouche, en léchant mes dents et, prenant des restes de poudre, il m'a dit : « Je viens te voir chez toi, demain. »

— Pourquoi voulait-il venir vous revoir alors qu'il vous ignorait ?

— Je n'en avais pas la moindre idée.

Je ne dis rien.

— Le lendemain, il est venu. J'avais un mal de crâne terrible. Il avait mis des rastas, de celles que l'on peut se faire rajouter à Strasbourg-Saint-Denis. Ça lui changeait complètement le visage. Malgré l'héroïne et sa puissance, je ne pouvais ignorer l'effet qu'il me faisait. Il m'a regardé et il a ri : « Si tu voyais ta tête ! » Il a bu un café, puis il a lancé un sachet de poudre sur la table du salon. Lamy était là, il voyait tout. Olivier s'est relevé, puis il est parti en disant : « Désolé, mec… » Je n'entends que cette phrase : « Désolé, mec… »

— Comment l'interprétez-vous ?

— Comme une impuissance : « Désolé, mec, je suis incapable de t'aimer. » Comme : « Je ne suis pas capable de prendre ma vie en main. » C'est à ce moment-là que tout s'est écroulé en moi. Une fois la porte refermée, j'ai pris le sachet et j'ai sniffé la poudre.

— C'est là que vous situeriez le début de votre dépendance ?

— Oui, c'est là que tout a commencé pour moi. Jusqu'à en arriver à faire du mal à mon enfant. J'achetais de la drogue et devinez qui venait me la livrer ?

— Olivier Zimbowe.

— Bingo !

— Saviez-vous ce que faisait Olivier comme métier ?

— Non, au départ, je ne l'ai pas vraiment su. Il disait travailler dans une société Internet ou je ne sais quoi de ce genre. Pour moi, c'était un dealer. Il a profité de ma faiblesse pour m'enfoncer encore plus profond. J'étais devenu accro à l'héroïne. Ça avait remplacé mon attachement à Olivier. Mais justement ça, il le savait. « Désolé, mec ! » Puis un jour, il n'est plus venu… J'ai alors pété un plomb et j'ai découvert la crise de manque. La suite, vous la connaissez… Une semaine après, je suis retourné chez Kader mais il était absent. Alors, le mec qui était là m'a fait comprendre que les livraisons gratuites étaient terminées. Si je voulais de l'héroïne, c'était cinquante euros la dose. La moitié du sachet auquel on m'avait habitué. Pute ou dealer ? J'hésite…

— Et vous n'avez pas cherché à essayer de le revoir ? De le contacter ? Même et surtout quand vous étiez en manque ?

— Non, ensuite, j'avais décidé de partir chez mes parents, car je sentais l'emprise de la drogue sur moi. Olivia voyait que l'enfant et moi n'allions pas bien. Mais elle non plus, elle ne venait presque plus. Et puis, je me suis mis à errer de quartier en quartier, à Pigalle surtout. C'est là, dans un bar, que j'ai rencontré la pute. On s'est plu tout de suite… Elle aussi était accro à l'héroïne… J'ai fait tout ça, mais jamais plus je n'ai essayé de retrouver Olivier Zimbowe.

Car, voyez-vous, après la Une du *Parisien*, j'ai eu très peur et je ne voulais pas être mêlé à toute cette histoire, surtout depuis qu'Olivier avait, lui aussi, disparu.

— Je ne vois pas le rapport.

— Le garçon… un certain Léonard Lestier, celui qui a fait la Une des journaux…

— Oui, mais je ne comprends toujours pas !

— Eh bien, c'est avec lui qu'Olivier est revenu chez Kader, ce soir-là : c'était lui, son nouveau mec.

LA PROIE

Maintenant, dans ma nouvelle chambre blanche, lorsque je dors, j'entends des voix. J'ouvre les yeux, mais il n'y a jamais personne. Ici, je mange à ma faim, suffisamment pour m'ôter toute envie de me rebeller. Et je bois toujours cette eau trouble. Je vais beaucoup mieux, car il est plus facile de supporter ce qui m'arrive maintenant. Je suis tout propre. Je n'ai plus mes clés et, quelque part, je suis content de ne plus les avoir. Je me sens comme en apesanteur.

J'ai envie d'aller aux toilettes... Je redécouvre une sensation bizarre, comme si j'étais un nouveau-né. Neuf.

Parfois, le souvenir de mon père me revient. Il nage dans ma mémoire et fend les vagues. Mais, à présent, je n'ai plus peur de lui. Je sais que c'est lui qui lutte contre ce qu'il n'accepte pas d'être. C'est lui, le faible. Alors, je réécris mon histoire.

Je le laisse venir et lorsqu'il est près de moi, c'est moi qui lui serre le cou et c'est moi qui le jette au fond de l'eau. « Minable ! » C'est moi aussi qui bande.

La porte s'entrebâille et je vois rouler, vers moi, une autre bouteille d'eau trouble. La trappe du haut s'ouvre et je remarque un sac qui tombe sur le sol. Je m'approche ; le chien me suit, en jouant dans mes jambes.

Je reconnais mes affaires. Mes vêtements et mes chaussures sont sales ; il y a aussi mes clefs, mes préservatifs et le gel. L'odeur est infecte. L'homme en noir m'observe derrière la porte grillagée.

— Regarde bien ces affaires, c'étaient les tiennes.

Cette voix métallique, je m'aperçois que je m'y habitue. J'ouvre la bouteille d'eau et je bois.

— Soit tu les remets et tu reviens là où tu étais, et tu sais ce qui t'attend. Soit tu les refuses, et tu acceptes ta nouvelle vie et ton nouveau compagnon.

Accepte, putain !

Mais je ne réponds rien. La porte se referme. Puis il y a un clic.

Et alors, de partout dans les murs surgissent les hurlements des gars que j'ai vus se faire charcuter... Le chien a peur lui aussi, il vient se blottir dans mes bras. La lumière s'éteint et tout redevient noir.

Une chose se passe alors, un phénomène nouveau, que j'avais oublié depuis longtemps. Je pleure.

Franck Marshall

Alex me regarde de biais parce que je ne prends pas la direction qu'il m'indique. Je n'ai pas l'intention d'emprunter un de ses t-shirts. Je fais donc un détour par chez moi. J'en ai pour trois minutes maximum. De plus, je dois donner ses croquettes à Ebony, changer son eau et sa litière. Je remonte la rue Pigalle en courant. Tape mon code. Passe devant le concierge et grimpe au troisième étage. J'ouvre la porte.

La fenêtre sur la rue est entrouverte. Le chat ne vient pas me voir, mais c'est normal : depuis le départ d'Emily, il ne le fait plus. Je me précipite vers l'armoire. Je me déshabille entièrement. Une fois nu, sans plus de questions, je me jette sous la douche. Une douche éclair. Je m'habille en allant dans la cuisine. Je saisis le sac de croquettes pour chats, je me penche et...

Merde ! La gamelle du chat est déjà pleine de croquettes. L'écuelle d'eau est remplie aussi. Qui est venu chez moi ?

Tu connais la réponse !

Mon portable sonne. C'est Miller. Dans la glace, je vois ma pomme d'Adam, ainsi qu'une vieille boule, monter et descendre dans ma gorge. C'est vraiment laid. Je décroche.

« Marshall, venez sous le pont des Arts, c'est urgent ! »

Je lance un rapide coup d'œil. Je l'appelle, mais Ebony n'apparaît pas. Je ferme la porte à clé. En descendant, deux choses m'interpellent vivement. Ma chatte n'est plus chez moi. Et « sous » le pont des Arts...

Emily a encore le double de mes clés. Que vais-je faire d'Alex ?

SERGE MILLER

La circulation des bateaux-mouches a été interdite. L'architecte du pont des Arts a bien fait son travail, mais aucune lumière n'éclaire le dessous ténébreux de la passerelle. Ce qui veut dire que pendant que les gens allaient et venaient au-dessus, quelqu'un œuvrait en silence, sous leurs pieds.

Les pompiers ont installé, sur un bateau pneumatique, un éclairage assez violent mais nécessaire. La police a bouclé le quartier. Et un policier en civil photographie la foule amassée sous la pluie, essayant de reproduire, autant que possible, la maladresse des touristes. Si tant est qu'un flic puisse imiter quoi que ce soit.

J'ai la rage, je me sens inutile, impuissant. Il pleut légèrement et le froid ne veut pas céder.

J'arrive sous le pont, via le quai du Louvre. Quelques péniches privées y sont amarrées. La police fouille chacune d'entre elles, pour l'enquête. Cette fois-ci, je n'ai pas envie de me faire voir… Mais je tiens à faire savoir que, comme le froid, je ne céderai pas.

Sous la courbure du pont, il y a un angle mort. C'est un peu comme une aisselle : voyez le bras et les épaules, c'est le pont ; et à l'angle du boulevard du Louvre, c'est le creux de l'aisselle, le point mort. Une zone d'ombre. D'ici, je devine le reflet de fils en nylon que je ne connais que trop bien. Seulement là où devrait se trouver un corps, il n'y a qu'une poulie et une poignée en fer. C'est un système classique, tous les fils se rejoignent sur elle. En tournant la poignée, normalement, quelque chose au-dessus de nous, dans le noir, devrait venir au jour.

J'entends les sifflements. Les cris de gorge. Je lève le visage et je le vois.

Il a le ventre à même le béton. Suspendu en hauteur, le dos vers le bas, vers le vide. Nu. Les fesses ressortent, rétractées au maximum. Il est vivant. Je devine d'ici les hameçons sur son dos, ses cuisses et ses bras. Et les fils qui le relient se rejoignent en bas, sur la poulie.

Il est à plat ventre, comme aimanté, les bras en croix. Une échelle de pompiers a été placée près de lui. Je l'escalade. Un pompier est à côté de moi, agenouillé sur une soudure du pont. Il semble bouleversé. Comme il est impossible d'enfoncer des clous dans le béton, je me demande comment il est fixé.

D'ici, avec l'écho, les sifflements de gorge sont les plus terrifiants que j'aie jamais entendus. Je sors ma lampe de poche et je m'approche. Comme tout le reste du corps, son visage est collé sur une moitié. L'autre moitié est témoin de tout ce qui se passe. Lorsqu'il croise mon regard, il me parle, je le jurerais. Son unique œil, dément, rouge, exorbité, veineux, roule vers mon visage, puis vers ma hanche, et les sifflements de sa gorge me prient, me supplient de m'exécuter, de mettre fin à ses souffrances.

Je promène le faisceau lumineux sur la jonction de peau qui est collée à l'asphalte et… je glisse de l'échelle. Je serais tombé dans le vide si le pompier ne m'avait pas retenu.

Je reprends ma respiration. Une fois calmé, je redescends. En bas, un officier de la police scientifique me demande l'autorisation de faire son boulot.

— Oui, allez-y et passez le scanner mobile sur tout le corps. Avec un peu de chance, on pourrait localiser les points de colle sur lui et ceux qui sont sur le goudron…

C'est alors que le pompier, celui qui m'avait aidé sur l'échelle, pose sa main sur mon bras.

— Ça va ?

Il me le demande autant pour lui que pour moi, car il a besoin de parler de ce qu'il vient de voir. Je ne sais quoi lui répondre.

Le jeune homme a été littéralement collé à plat ventre, le dos face au vide, comme sur un plafond. Du ventre aux cuisses, pour le plus gros de la prise sur le viaduc. Tout du long, le corps entier est en prise de colle et je suis terrifié par la simplicité de l'idée. Il suffit d'un pistolet à colle, une surface lisse et un corps nu... La colle sur le ventre... Les hameçons dans le dos, les fils qui descendent huit mètres plus bas, reliés à la poulie vissée pour l'occasion : un travail élémentaire. J'essaie d'évaluer la rapidité de l'acte. Dix minutes maximum, peut-être moins s'ils sont plusieurs.

Mais cette fois-ci, il change la donne. À part les hameçons, il n'y a pas de torture supplémentaire apparente sur le corps. Je repense à son œil et à ce regard explicite. Il voulait que je le tue.

Tu es... pourtant... Miller, tu es un tueur, non ?

Le pompier me regarde, ahuri. Il me faut du calme.

— Je ne sais pas. Laissez-moi, je dois réfléchir.

Il me dévisage comme si je venais de voir la Vierge. Puis il comprend que ce n'est pas moi qui pourrais le réconforter.

Le gamin, d'origine asiatique, a été maintenu. Il a fallu obligatoirement plusieurs mains pour le soutenir sans qu'il tombe, au moins le temps que la colle prenne. Une colle industrielle, extrêmement puissante, étalée sur toute la moitié de son corps, de haut en bas : visage, bras, ventre, sexe, cuisses, tibias et sur les pieds. Ensuite, les hameçons, les fils... reliés en dessous, en bas. La poulie est une invitation. Elle donne envie de tourner au plus vite pour le faire descendre parmi nous.

Je vois le gars de la police scientifique redescendre de l'échelle, à toute allure, et venir vers moi. Le scanner mobile à la main.

— Il ne faut surtout pas faire tourner la poulie !

— Oui, je sais, les hameçons ! Une équipe de pompiers s'apprête à tendre une bâche de secours pour le recueillir, au cas où nous arriverions à faire « sauter » les points et les prises de colle entre le corps et l'asphalte.

— J'ai bien peur qu'il n'y ait d'autres problèmes.

— Je vous demande pardon ? D'autres problèmes ?

L'officier transpire, malgré la pluie. Il prend à deux mains le scanner mobile et me montre l'écran. Cet appareil s'apparente à une ardoise magique pour enfant, mais, en fait, il est comme les appareils photo numériques pour adultes. Il prend des photos de l'intérieur du corps.

— Regardez... là et là.

L'appareil clignote et je vois une image à l'écran. Je devine la colonne vertébrale et même le cœur gonflé de sang, de vie. L'agent place un doigt sur les contours de ce qui devrait être le ventre.

— De là... à là.

Son doigt glisse verticalement et brièvement sur l'écran. Mon Dieu !

— Qu'est-ce que ça veut dire ?

Silence.

C'est l'agent qui reprend le dialogue.

— Attendez, je vais vous expliquer.

Je le fixe. Il ignore mon regard. Il clique sur deux boutons. S'alignent, les unes à côté des autres, toutes les photos qu'il a prises du corps.

— Si vous regardez de plus près, vous pouvez voir ici, ici et là les contours de la colle. Cette teinte très pâle indiquerait que la colle est transparente et qu'elle fait quasiment le tour du corps. Au niveau du ventre, vous pouvez observer sur cette longueur, du bas des côtes jusqu'au nombril, cette zone d'ombre plus foncée, en ligne droite. Les points épais qui contournent cette ligne droite sont de la même couleur que ceux de la colle, ce qui voudrait dire qu'autour de cette ligne sombre et droite, il y a des points de colle plus importants. Des doses plus épaisses.

— Et alors ?

Il respire profondément, puis me considère d'un air atterré.

— Ce qui veut dire que notre homme, collé face contre le viaduc, a le ventre prédécoupé.

— Je vous demande pardon ?

— Ce n'est pas tout. Regardez là et là.

Il me montre au niveau des épaules, du bas-ventre, du dos et des fesses ainsi que sur les flancs des triangles transparents, mais plus épais que ceux de la colle.

— Qu'est-ce que c'est que ça ?

— Monsieur, il s'agit de la peau.

— De la peau supplémentaire ?

— Non, il s'agirait d'un décollement de sa peau. Je ne l'avais pas remarqué, mais c'est visible à l'œil nu sur le dos de la victime. La peau a été décollée. À des endroits bien précis.

— Mais alors…

Sous la pluie, l'agent lève ses yeux au ciel. Puis il plonge son regard désespéré sous l'angle du pont.

— Alors si vous tirez sur cette poulie, la seule chose qui va venir sera la peau de cet adolescent…

Silence, la pluie, respiration.

— … Il n'y a rien à faire. Si vous tentez de décoller le corps, alors le ventre cédera et les viscères se répandront sur les quais et dans la Seine. Quoi que vous fassiez. En modifiant quoi que ce soit sur ce corps tel qu'il est ou en le laissant collé ainsi, de toute façon, vous le tuerez !

Je me mets en colère.

— Jamais je ne ferai un truc pareil ! Vous m'entendez ? Ce n'est pas mon rôle de tuer !

Tu mens ! Tu l'as déjà fait dans le désert et c'était justement ton rôle…

— J'ai vérifié le viaduc. Il est impossible de « découper » une tranche d'asphalte autour du corps. Et même si vous arrivez à le faire, ce sera sur une épaisseur bien trop lourde à retirer. Le corps risque de se faire aplatir par le poids du viaduc en tombant.

— Et en chauffant la colle ? En l'humectant avec un détergent ?

— La prise du corps a été faite sur une surface sèche. Ce qui a augmenté la qualité de la prise. Alors les tripes se videront, comme lorsqu'on enlève un bouchon d'évier. Je n'ai jamais vu ça. Je vais avoir un mal fou à oublier pareille atrocité !

Je me retourne. Je pense aux lettres qui jonchent l'entrée de mon appartement. Plus je les ouvre et plus j'apprends à redouter le patient 6, plus que mon propre destin. S'il est encore en vie, alors il me surveille ; il est près de moi et il me veut en tueur. S'il est mort, alors il a assuré la relève.

Les sifflements de sa gorge me prient, me supplient de m'exécuter, de mettre fin à ses souffrances.

La pluie. Toujours la pluie. Ça sonne.

« Marshall, venez sous le pont des Arts, c'est urgent ! »

EMILY

Il pleut. La nuit naissante caresse les flancs de la vitre qui luisent sous l'effet de l'eau, alors que je jouis une deuxième fois. Yann se retourne sous les couvertures et s'appuie sur son coude, la main sur l'oreille. Je caresse son sexe épuisé qui se rétracte, le préservatif toujours posé sur sa verge, le sperme libéré emprisonné dans le latex.

— Tu es très belle, Emily.

— Pourquoi tu m'as draguée, Yann ?

Je retire ma main, mais laisse le préservatif envelopper son sexe pour faire barrage au-dessus des draps.

— C'est venu comme ça ! (Il parle en souriant, sûr de lui ; à l'aide de sa main libre, il souligne ses propos.) Et puis, tu as un parfum très spécial, en plus de ton sourire. J'aime aussi ta silhouette : tu es si mince, si fragile, que ça m'a donné envie de te prendre dans mes bras. Je suis étonné que tu sois célibataire et, en même temps, j'en suis ravi.

— Noisette et musc, c'est un ami qui me le fabrique. J'adore ce parfum.

— Et moi ? Pourquoi m'as-tu invité chez toi ?

— Dents parfaites, corps musclé discret, élégantes chaussures, belle gueule et pas gay ! J'allais me gêner !

Il sourit et paraît déçu.

— Tu es très... comment dire ?... directe, pour une belle femme ! Tu t'exprimes comme un homme lorsqu'il veut quelque chose... Tu manques cruellement de sensualité, c'est étrange...

Je lui rends son sourire.

— Très étrange pour toi seulement ! Moi, je trouve que tu es très perspicace pour un mec qui couche avec une *goy* comme moi, deux heures après un premier échange dans une librairie ! Et ce, alors même que ta femme et ta fille t'attendent calmement à la maison !

— Qui t'a dit ça ? (Sa voix monte d'un ton.) Tu ne sais même pas ce que veut dire le mot « *goy* » !

Il se redresse d'un coup, piqué au vif. Je lui réponds :

— Le mot « *goy* » signifie « peuple, nation ». Il a fini par être attribué aux non-juifs, aux étrangers. Aujourd'hui, il est vulgarisé et signifie l'impitoyable : « ceux qui ne comprennent pas les Juifs » ! Pour beaucoup d'entre eux, les non-instruits à l'hébreu sont des *goy* !

— Tu cherches quoi, là ?

— Calme-toi, Yann. C'est juste que je n'aime pas quand un homme me traite de « belle femme » ! J'ai, dans ce cas, tendance à remettre les pendules à l'heure, vois-tu. Quand je suis allée aux toilettes, je t'ai entendu appeler ta femme. Et je sais que tu es juif.

— Bon !

Il se lève, retire le préservatif, le jette dans la poubelle, rince son organe et se rhabille. C'est toujours pareil avec les hommes lorsqu'ils sont vexés, surtout les plus attachés à leurs principes machos qu'aucune « belle femme » n'a le droit de contester ou de piétiner… La projection qu'ils se font de la femme parfaite est si développée que le narcissisme masculin s'émiette toujours quand ils se trouvent confrontés, par elle, à leur propre hypocrisie… Dans ce cas, la « belle femme » n'est plus gérable dans le fantasme. Alors, l'homme se met en colère et… fuit.

— N'oublie pas tes livres…

Il me regarde. Assise, les bras croisés, je l'observe. Il redresse son torse, le bombe, soulignant les muscles sous sa peau poilue. Sa colère est devenue physique.

— Tu as de la chance d'être une femme…

— J'ai surtout de la chance d'avoir affaire à un gros froussard.

Ma parole le frappe de plein fouet. Je vois sa bouche se tordre en un rictus. Puis j'aperçois une pustule sur son front. Elle n'était pas là, il y a une heure. Je souris. Il se passe la main sur le crâne et, inévitablement, heurte le petit bouton. Il se regarde furtivement dans le miroir incrusté dans mon armoire.

— Dis-moi, tu as un chat ici ?

— Non.

— J'y suis allergique ! Et vu ce que j'ai sur le front, je peux te dire que tu as un chat chez toi !

— Non, j'ai aimé un homme qui en avait un et, crois-moi, je déteste ces sales bêtes. Va-t'en maintenant !

Il se tourne vers moi et semble dépité.

— Je regrette d'être venu chez toi et d'avoir couché avec toi.

— Moi pas. Et, à mon avis, tu ne devrais pas rester sur un mauvais souvenir.

Je le fixe, en me levant. Je m'approche de lui. Et lui caresse l'entrejambe. Aussitôt, son sexe se met à durcir.

— Tu mens très mal, Yann…

— Arrête, bon sang ! À quoi tu joues ?

— Il faut que tu comprennes une chose : contrairement à toi, je ne joue pas. En rentrant chez toi, tu vas vouloir te déculpabiliser d'avoir trompé ta femme. Tu vas donc lui faire l'amour. Je voulais juste t'empêcher de fuir le plus important : en la baisant, tu penseras à moi, la *goy*.

J'appuie un peu plus sur son entrejambe.

— Tu es folle.

Je le laisse partir avec son érection. Il claque la porte. Je reviens près de l'armoire et je saisis le préservatif usagé dans la poubelle. Je le regarde. L'odeur du plastique se mélange à celle du soufre sous mon nez.

Je sais que Yann reviendra vers moi. C'est inévitable, désormais. Je souris.

Dehors, la pluie est toujours aussi fine, le ciel est triste et lourd. Je prends mon téléphone et compose le numéro.

— Il m'en faut d'autres et beaucoup plus, cette fois-ci !

Je raccroche. Je suis fatiguée. Énervée.

Je pense à la mort de mon père, à ma mère qui s'effondre et à ces cinq enfants qui m'attendent, menaçants. Il faudrait que j'en parle sur le divan, la prochaine fois.

Dans le silence, je pense à Franck. Il me manque terriblement. Je l'aime tant. Tout se mélange…

Boire un bon verre de vin ? Un verre de whisky ? Oublier ?

Je suis perdue.

Prédateur

Ma nouvelle famille est attentionnée.

À cette époque de ma vie, la fécondation in vitro n'était que de la science-fiction. J'étais là par hasard. Mais, par chance, je n'avais ni frère ni sœur.

La grosse, ce jour-là, me demande si les petits pois ne sont pas trop cuits, si j'aime la peau craquante des poulets rôtis et la vraie purée de pommes de terre. Ce substitut de mère, version bouffie, me promet même qu'elle va changer mon couvre-lit car je déteste cette couleur rose ; c'est, il me semble, une couleur de fille et ça m'agresse au plus haut point.

Moi, je n'avais qu'une question qui pouvait se résumer à : « Vous n'avez pas une cave où je pourrais bricoler tranquillement ? » Mon père m'a toujours appris la discrétion. Elle est plus importante que tout.

Lorsque mon père s'est rendu compte qu'il était tombé malade, qu'il faiblissait, qu'il avait des vertiges et des boutons étranges sur la peau, il a redoublé d'attention envers moi. Ma mère venait juste de repartir vers la clinique. Sa dépression ne supportait plus que mon père et moi vivions comme si elle n'avait jamais été là. Sur la table où nous prenions nos repas, il n'y avait que deux assiettes, deux verres et deux jeux de couverts. Elle ne bronchait pas, préparait elle-même ses plats, mangeait à part et pleurait en silence, jusqu'à son prochain départ en compagnie des blouses blanches. Mon père me disait toujours : « Elle me sera utile, le moment venu. »

Un jour, il est venu me voir et m'a demandé de le suivre à la cave. Ce qui était étrange, puisqu'il n'y avait personne à « purger ».

Je me le rappelle, il faisait frais. Mon père me fit asseoir. Il alla chercher une boîte à chaussures Nike qu'il ouvrit devant moi. Des photos, de nombreux clichés. Puis, il a refermé la boîte d'un coup.

— Il faut que je te parle de quelque chose.

Il avait toute mon attention.

— Tu te souviens sans doute que ton vrai père, ce n'est pas moi, mais que lorsque je t'ai vu et que j'ai rencontré ta mère, j'ai décidé de prendre le relais.

Je hochai la tête. Mais je me gardai de lui dire que, pour moi, il n'y avait jamais eu qu'un seul et unique père dans ma vie : lui.

— Ta mère aurait voulu qu'on se marie. J'ai refusé, car je ne devais pas « exister ». Il fallait que je passe inaperçu. Car tu le sais, on voulait ma peau.

— Pourquoi on voulait ta peau, papa ?

Il a soupiré. Il a retroussé ses manches et caressé la rose rouge tatouée sur son bras. Il m'a fait le clin d'œil dont il a le secret. Puis il a décidé de parler de lui.

— Écoute-moi, Marco. Il va falloir que tu sois très attentif.

— Oui, papa.

Il me prit la main et la serra très fort.

— Quand j'avais ton âge, j'essayais d'aider mon père quand il avait trop bu, mais il refusait mon aide, me frappait et me punissait en me faisant avaler de l'alcool, du whisky Four Roses, avec un entonnoir. J'ai connu mes premières cuites à l'âge de dix ans et le seul dessin que je connaissais se trouvait sur le ventre de cette bouteille de whisky que mon père et moi vidions par litres. Sur l'étiquette, des roses… Mais une nuit, il est venu dormir près de moi. Il m'a d'abord caressé. Dans mon innocence, j'ai pensé que mon

père s'excusait. Alors je n'ai pas bronché, car j'avais trop bu.
J'ai compris, trop tard, qu'il allait me faire des choses avec
son sexe. J'aimais mon père. Je savais qu'il souffrait : je me
suis abandonné à lui... Et j'ai aimé ce qu'il m'a fait.

— Pourquoi tu dis que tu as aimé ?

— Parce que j'ai toujours « aimé » les garçons. Et que
ça se confirmait. Et même si des choses me gênaient dans
cette relation avec mon père, je savais qu'il avait tellement
souffert de la mort de ma mère qu'il avait besoin d'aide... et
qu'il n'avait plus que moi.

Mon père souffle. Il continue.

— Mais il s'est passé quelque chose.

— Quoi ?

— Mon corps a changé, des années plus tard. Lorsque
je suis devenu adolescent, mon corps a acquis plus de force
que celui de mon père. Je sortais beaucoup et j'avais des
aventures avec des garçons de mon quartier. C'était le bon
vieux temps. Un jour, je me suis approché de mon père nu
et il n'a pas voulu de moi. Je suis allé dans ma chambre et je
me suis dit que mon père ne supportait pas mes infidélités.
Je m'en voulais.

— Tu as fait quoi ?

— J'ai attendu qu'il vienne me voir. Mais il ne l'a plus
jamais fait. Un jour, j'ai remarqué qu'il avait arrêté de boire.
Moi, je n'en avais pas envie. Alors mon père m'a demandé
de ne plus acheter d'alcool, m'a dit qu'il fallait qu'on réagisse
ensemble. Une nuit, je me suis réveillé. J'ai entendu du
bruit... Je me suis levé, j'ai descendu l'escalier qui menait
à sa chambre... Il était allongé sur le dos. Sur son sexe était
assis un gars avec qui j'avais l'habitude de m'amuser, un gars
de mon âge, mais qui en paraissait moins. J'ai vu rouge. Je
suis allé dans le frigo, j'ai pris une bouteille de limonade.
Je l'ai cassée sur la porte de la chambre. Ça a fait un bruit
d'explosion incroyable et des gouttes ont jailli. J'ai enfoncé
le tesson dans le cou de cette salope. Il m'a reconnu avant

de mourir et j'ai senti, à ce moment-là, quelque chose se passer en moi. C'était plus fort que la jouissance, plus fort que le sexe. Je l'ai saigné comme un porc. Son sang a giclé. J'ai ensuite retiré le morceau de verre du corps mort pour crever d'un seul geste les deux yeux de mon père. Il ne méritait plus de me regarder en face.

Je le vois caresser sa rose, et il souffle une seconde fois.

— Mon père a hurlé. Je suis descendu du lit. Je me suis assis par terre, dans la flaque de limonade répandue. Il s'est levé, repoussant le cadavre, un bout de verre encore dans l'œil. Il hurlait à la mort. Je l'observais, marchant à tâtons dans les ténèbres, réalisant qu'il ne verrait plus jamais qui que ce soit.

Mon père me fixe. Je l'écoute. Le sang ne m'effraie pas ; pas après la trentaine de garçons que nous avons « purgés ». Lors des grandes transformations, le sang est toujours présent.

— Ensuite, j'ai ressenti une soif étrange. J'ai pris le tesson de bouteille. Je suis sorti et me suis dirigé vers les bois de la ville. La nuit, des hommes s'y rendaient pour chercher du sexe. Cette nuit-là, j'ai tué six hommes et je les ai entassés dans un fossé, entre deux arbres. Tous les six, je les ai tués à coups de tesson, tandis qu'ils me faisaient une fellation. J'ai été arrêté à l'aube, au moment où je suivais un homme et que ce dernier, me voyant avec du sang sur le visage, a sorti sa carte de police... Et, d'après toi, Marco, que faisait un flic, la nuit, en plein bois, tout seul ?

— Il cherchait du sexe.

— Oui, mais ce jeune flic, lorsqu'il a prévenu la police, a menti en disant qu'il m'avait suivi car il me trouvait suspect. La police s'est rendue au domicile de mon père. On m'a enfermé dans un sous-sol pendant douze années, sans m'avoir jamais interrogé sur mes actes.

Mon père se lève, va boire un peu d'eau au robinet et revient s'asseoir.

— On m'a laissé sortir au bout de douze ans. Durant toute cette période, j'ai subi des sévices de toutes sortes : nous restions dans la nuit la plus totale, des jours entiers ; puis on nous laissait sous la lumière de néons violents, les jours suivants ; ou bien ces mêmes néons s'allumaient et s'éteignaient sans cesse de trois heures du matin jusqu'à minuit. On trouvait du sperme dans nos repas et de l'urine dans nos verres ; aucune information du monde extérieur ne nous parvenait : pas un journal, pas une télé, et les douches étaient des lieux de paris entre matons pour savoir qui allait enculer qui.

Il y a de la tristesse dans ses paroles, de la pesanteur. Il caresse son tatouage. Je ressens toute la souffrance qu'a endurée cet homme avant de devenir mon père. Il soupire une troisième fois.

— Je me suis tatoué cette rose sur le bras. Un détenu avait pu m'obtenir de l'encre et un briquet, pour l'incruster à jamais. Un homme ne peut pas oublier ce qui lui a fait le plus de mal dans sa vie. Oh ! Combien l'amour que je portais à mon père a été, et de loin, ce qui m'a le plus lourdement perverti... Cette rose est mon histoire : des épines, de l'amour, de la mort. Le tout mêlé.

Nouveau long soupir.

— On m'a sorti de ma cellule en me disant que j'allais œuvrer pour la France. On m'a fait signer une feuille en me disant que c'était mon unique chance de revoir le jour. Nous étions sept. Sept prisonniers, considérés comme ultra dangereux. Et on nous a balancés tous les sept dans un désert, à l'autre bout du monde, habillés en soldats, à l'écart de la guerre du Golfe. On a voulu m'obliger à avaler des pilules, mais je n'ai pas voulu. Car j'avais devant moi bien plus à faire.

— Comment ça ?

— La dernière personne que j'ai vue, Marco, avant d'aller en prison, a été ce flic et son regard de biaiseuse dans

277

les bois. Là, après douze ans passés dans les ténèbres, j'ai cherché, par tous les moyens, à survivre dans le désert. Je ne voulais pas que ma vie s'arrête là. Car je n'étais pas dupe : là, on allait nous tuer.

Cinquième souffle.

— J'ai vu mes compagnons de cellule devenir fous dans le désert. Ils commençaient à s'arracher la peau, par lambeaux, et à la manger. J'allais en faire autant lorsque j'ai vu la rose sur mon bras. Je ne pouvais pas oublier. C'est alors qu'il est passé devant moi. Il m'a regardé. Et je l'ai reconnu. Il avait pris dix kilos, mais c'était bien lui. Ce flic qui traînait dans les bois... le soir où j'ai tué mon père. L'histoire se répétait. Car elle n'était pas terminée.

Mon père se lève, boit à l'évier et revient. Il saisit l'enveloppe.

— Je me suis échappé. J'ai tué un jeune bleu. Je l'ai déshabillé et j'ai mis ses vêtements. J'aurais aimé lui faire des choses, à celui-là... mais mon but essentiel étant de survivre, j'ai survécu. Depuis, je n'ai qu'une pensée : tuer ce flic. Il est comme mon père. Il éprouve du mépris pour tout ce qui l'entoure et surtout pour lui-même. À cause de ses pulsions. Personne ne se penche sur la complexité de la vie. Le monde juge, élimine, mais ne veut pas « comprendre ». La preuve : ce flic ne m'a même pas reconnu, alors que mon arrestation a été décisive pour sa carrière. Il a expliqué que, m'ayant aperçu, couvert de sang, un tesson à la main, il avait tout de suite compris que j'étais un meurtrier et qu'il m'avait suivi dans ce bois pour m'empêcher de m'enfuir. J'ai donc été arrêté. Si lui ne s'en souvient pas, les faits restent inscrits dans les archives des journaux de l'époque.

Sixième soupir.

— Je ne vais pas pouvoir arriver au bout de ma quête, car le temps m'est compté. Je crois qu'on m'a particulièrement bien soigné en prison : il semblerait que j'ai attrapé une sorte de virus mutant. De toute façon, je n'aurais pas dû survivre

à l'expérience du désert. Mais le corps est plus solide qu'on ne le croit. Car j'ai eu le temps de te rencontrer, toi, mon Marco, le seul garçon à qui je ne ferai jamais de mal.

Je me lève et l'embrasse. Il sourit. Je lui sèche une larme au coin de l'œil. Il ouvre complètement la boîte Nike. Il sort les photos sans me perdre du regard.

— Marco, il va falloir que tu aies beaucoup de courage pour finir ce que j'ai commencé. Mais je ne t'obligerai à rien. Si tu ne veux pas, ne le fais pas. Quoi que tu décides et quoi que tu accomplisses, tu dois rester libre : te débrouiller pour ne jamais être vu, ne jamais être pris ! Ce doit être ton unique obsession. Promets-le-moi.

— Je te le promets, papa.

Il étale alors les photos. On y voit un homme qui ne ressemble en rien aux garçons que nous purgeons. Il est beaucoup plus âgé, il semble marié, vu la femme qu'il tient par le cou. Près d'eux, un labrador et une jeune fille. Il y a aussi les photos d'une rue parisienne, d'une plaque, avec un nom et un numéro. Puis un escalier en bois... des étages en contre-plongée, des marches en bois, une porte d'entrée. Et, en gros plan, une étiquette plastifiée, juste au-dessous de la sonnette. « Famille MILLER. »

Mon père fouille dans la boîte et en sort un rectangle vert. Froissé et chiffonné. Au premier coup d'œil, il me semble qu'il s'agit d'un velcro. Il me le tend. Il porte le nom du jeune bleu du désert. Bryan.

**
*

« Oui, je veux bien encore un peu de purée, maman. »

Elle racle la casserole, plus heureuse que jamais, ses grands ongles rouge sang posés sur la cuillère en inox. « Non, je n'aime pas la peau du poulet » et « Par pitié, je déteste le rose ! »

Il me faut trouver un endroit calme et frais et quelqu'un pour m'aider. Marco doit se mettre au travail, au plus vite. Je suis près de la ville. Il y a des bois.

On n'y attend plus que moi.

MARC DRU

C'est un pot de fleurs vert pâle. En plastique. Je trouve la clé dans le fond du vrai cache-pot. J'ouvre la porte du bureau de Marshall, en prenant soin de ne pas faire chavirer les pizzas et les boissons. Je remarque des traces de sang au bas de la porte. Je reste immobile pendant ce qui me paraît être une éternité. J'entre dans le bureau.

Pendant mon trajet, j'ai pensé que le remords de Mustapha était assez éloquent. Pour le bien-être de Lamy, il serait peut-être bon que son père lui soit accessible. Un vrai père est toujours préférable, surtout un père qui accepte de n'être pas parfait.

Mon portable sonne.

— C'est Karine. J'arriverai dans cinq minutes. J'ai peut-être quelque chose d'intéressant.

— Très bien, je me trouve dans le bureau de Marshall. Je suis le premier arrivé. Les pizzas sont presque froides et les sodas presque chauds. Allez comprendre !

Je raccroche sur son rire soudain.

Karine Vallon.

Il y a une enveloppe en papier kraft, cachetée, sur le bureau, et une pile de dossiers, puis un post-it sur l'écran du PC sur lequel il est écrit : « N'oublie pas les dossiers PC Lestier et Limier sur ton mail. »

Il y a cette goutte de sang sur le bureau. Je panique en repensant à celui de la porte d'entrée. J'appelle Marshall. Il me répond à la deuxième sonnerie.

— Oui, Marc.

— Je suis dans ton bureau. Il y a du sang partout... Je m'inquiète... Franck ? C'est quoi ce bruit ?

— Je suis à côté d'un ventilateur de supermarché, dans la rue. Ça souffle du tonnerre, ces trucs-là... Attends... Je m'éloigne un peu... Voilà, tu m'entends mieux ?

— Oui, merci. Karine sera là dans une minute. Tu arrives quand ?

— Marc, tu es devant le poste de travail de mon bureau, là ?

— Oui.

— Assieds-toi ! Tu es capable de rester debout devant un fauteuil qui n'est pas le tien !

Je m'exécute. Il me sidère.

— Allume mon PC. Mot de passe E-M-I-L-Y.

— C'est le prénom de...

— Pas le temps pour ces conneries ! Laisse la boîte du Messenger s'ouvrir toute seule. Accepte le pseudo IPOD qui va s'afficher en haut de l'écran. Branche la webcam. Je te retrouve dans deux secondes. Je vais me brancher sur le PC de l'ami d'Alex. (J'entends des bruits de porte et de pas dans un escalier.) Il s'appelle Antoine, c'est l'Asiatique qui était présent le premier soir lorsque je suis allé à la porte Dauphine... Ouvre les dossiers sur la table devant toi. Oublie l'enveloppe kraft et les cassettes de Miller, on s'en tape pour le moment ! Juste les photos et les dossiers. Tu as ta photo de Zimbowe, sur toi ?

— Oui, je l'ai.

— Alors aligne-les toutes, les unes à côté des autres, en ligne droite sur le bureau. Essaie de noter toutes les similitudes que tu relèves quelles qu'elles soient, en relation directe ou indirecte, toutes les hypothèses qui te viennent à l'esprit, même les plus farfelues... Rassemble un max d'infos : points communs, grain de beauté... Ne te fie pas aux origines ethniques. Notre bourreau recherche toujours le même genre de fantasme. Il faut agir au plus vite... Marc ?

— Oui ?

— Je profite de ne pas avoir Alex près de moi pour t'informer que notre tortionnaire a encore frappé sous le pont des Arts ! Miller vient de m'appeler. Je vais essayer de trouver un portrait d'Antoine sur son PC et te l'envoyer. Ensuite, je devrai me rendre là-bas... Imprime-le et ajoute-le à la série sur le bureau. Si Antoine est la victime, alors on est malheureusement...

— Sur la bonne piste ?

— Oui, exactement... Bon, je te retrouve tout de suite sur Messenger. Je préfère écrire que parler, c'est plus discret.

— OK, à tout de suite.

Le silence me paraît surréaliste, tout à coup. Marshall n'a pas raccroché. J'ai toujours besoin de ma réponse.

— Juste un mot avant. Franck ?

— Quoi ?

— Le sang devant ton bureau, c'est quoi ?

— Madame Lestier. Une tentative de suicide devant ma porte pour me montrer combien son fils lui manque, sans jamais oser se l'avouer.

Le remords, le remords, le remords...

— Tiens-moi informé dès que tu as des n...

Il a raccroché.

« *Oublie l'enveloppe kraft et les cassettes de Miller, on s'en tape pour le moment !* »

Je me méfie comme de la peste de ce genre de phrase qui subsiste dans l'inconscient.

J'ai envie de me lever, d'aller m'aérer. Après tout, comme il le dit si bien, je ne suis pas « flic ». Il y a des bruits dans le couloir. Des pas hésitants. Je me lève et traverse le bureau plus vite que je ne l'aurais cru. J'ouvre la porte sans crier gare.

Karine Vallon se tient là, le poing en l'air, prête à frapper. Elle sourit doucement, sans pour autant abaisser son bras.

Malgré sa joie, son visage reste sérieux mais magnifique, mutin, noyé dans des gerbes de feu roussies, bouclées jusqu'aux épaules. Je suis plus impressionné que je ne l'aurais souhaité.

— Refermez cette porte ou poussez-vous ! Sinon je vous cogne ! (Elle montre son poing levé.) Vous ne voyez pas que je suis décidée à le faire ?

Cela fait bien longtemps que je n'avais pas ri aussi naturellement. Normalement, j'aurais claqué la porte pour faire le rigolo, mais je ne peux pas fermer la porte à Karine Vallon. Mon inconscient refuse cette symbolique. Même pour rire.

— Vous avez de sacrées belles dents ! dit-elle, le bras toujours en l'air et un sourcil redressé d'impatience pour que je lui vienne en aide.

Je me tais. Une timidité pleine d'acné et un manque d'assurance d'écolier remontent ensemble, main dans la main, pour me narguer et me paralyser.

— Je vous en prie, Karine, entrez !

Silence.

— On voit que vous n'êtes pas chez vous : une de vos joues est un peu rouge et vous vous tenez dans l'embrasure de la porte ! Mais je veux bien entrer ! C'est si gentiment proposé…

Il y a tant d'humour ravageur dans ce petit bout de femme terriblement sexy. Il y a cette énergie solaire incroyable et cette peau si pâle : le feu et la glace, en parfaite cohabitation. Elle baisse son bras. Lentement. Rompt le charme. Comme après une décharge électrique (350 watts bien tassés, les deux pieds dans l'eau), je réalise que je suis tout penaud, désorienté et maladroit. En plus, en restant planté là bêtement, je l'empêche d'entrer chez Marshall.

Je me tourne vers le bureau, réalisant le ridicule de ma position. Elle me suit de très près et se risque à soulever le carton de la première pizza.

— Ah, mais je suis sûre qu'il y a moins de risque à manger l'emballage, non ? (Elle ferme la boîte rapidement, tâte la fraîcheur des canettes de soda, en souriant particulièrement devant le coca light.) Voici enfin dévoilé le secret de vos dents blanches : pas de sucre !

Elle regarde son sac et se dirige vers moi. Intimidé, je fixe le bois du bureau, y décelant des nervures incongrues...

— Ne croyez pas que j'ai apporté cette bouteille pour faire la fête !

J'entends un bruit sourd. Elle vient de poser son sachet plastique sur le bureau. Tout près de moi. Un bruit mat que je connais plus que tout autre ; un bruit qui résonne en moi. Des images rapides et violentes remontent de mon enfance et de mon adolescence... Je revois le ventre des bouteilles vides, roulant sur le sol du salon... Ma mère ivre morte sur le canapé vert vif, se vomissant dessus en riant... Je me souviens des cris et des râles sortant de sa gorge désespérée... Des dimanches entiers à la soutenir dans mes bras, alors qu'elle restait debout devant la porte d'entrée, persuadée que mon père allait revenir... Des heures où elle buvait un flacon entier de parfum, dès que je baissais ma garde, épuisé par mes journées de travail pour payer nos deux loyers... Et puis un jour, elle a décidé de s'acheter des fleurs chaque fois qu'elle avait envie de boire...

— Vous pensez à quoi, là ? On a du travail ! Il est où, Marshall ?

Je quitte les lézardes en bois du bureau qui m'avaient englouti et je pose mon regard doucement sur l'écran plat du PC de Marshall et la webcam. Deuxième électrochoc. Karine Vallon est déjà devant l'écran.

— Tiens, Marshall a une demande de prise de contact avec le pseudo : IPOD, ce n'est pas très original. Pourquoi pas tripode ? Bibop ?

— Acceptez-le, Marshall se connecte via un autre PC. Il est chez un supposé disparu, accompagné par un ami qui s'inquiétait. Marshall préfère nous parler via un PC, par discrétion.

— Je vois... Voilà, c'est fait.

Je me place debout derrière elle. Elle est parfaitement à l'aise, assise dans le fauteuil de Marshall.

— Allumez la lampe de bureau, Marc, s'il vous plaît. Parce que les webcams, ça ne marche pas terrible : on ne voit jamais rien, sauf en surexposition !

— Je vois que vous avez l'habitude...

— Avec mon travail, la plupart de mes amis sont bien plus contents depuis que j'ai Internet chez moi. Je me suis abonnée pour garder contact, mais parfois je le regrette : mes amis sont devenus plus drôles sur Internet que dans la réalité !

L'écran clignote. Une zone de dialogue s'ouvre. Karine accepte la conversation vidéo. La zone s'agrandit, un rectangle lumineux s'élargit. Marshall est assis à ce qui semble être un bureau d'appoint. Derrière lui, on voit un homme qui passe très lentement.

Marshall est dans une pièce assez sombre ; on devine juste des livres sur une étagère sur sa droite et la porte d'entrée de la pièce sur sa gauche. Au milieu, un angle mort, entre la porte et le mur de la bibliothèque. Marshall se tient juste devant. L'homme s'est placé doucement dans l'ombre et semble participer à la conversation. C'est sûrement Alex.

Marshall nous voit. Il sourit. Il écrit.

« On dirait un couple. »

Karine répond.

« C'est marrant ça, vous aussi ! Le vôtre a juste l'air mal barré. »

Il y a une réaction juste derrière Marshall. Soit l'homme est vexé, soit il est plié en deux. Je ris. Cette fille ne recule devant rien.

Marshall, comme moi, n'a pas trempé dans l'humour depuis longtemps ; il se renfrogne.

« Content de vous avoir parlé, Karine. Laissez la place à Marc, voulez-vous ? »

Elle parle entre ses dents pour que Marshall ne puisse comprendre sa réflexion.

— Je déteste cette façon qu'ont les mecs de se débarrasser de ce qui ne leur convient pas. Mais là, Marshall, tu vas goûter aux os.

Elle tape.

« Désolée, mais Marc n'a pas l'habitude du clavier. Donc, sauf si c'est pour des mots doux, je reste où je suis. »

Marshall soupire.

« C'est ce que je disais : un couple. Et non, Karine, je ne vais pas "goûter aux os". PS : Vos lèvres bougent. »

Karine n'a pas le temps de répondre.

« Voici une photo d'Antoine Kin. Prenez-la, imprimez-la et ajoutez-la aux autres. Marc vous expliquera… »

Karine accepte la photo. Le téléchargement est rapide. L'imprimante se lance. Un visage apparaît. Des traits asiatiques. Marshall écrit rapidement.

« Enfant adopté, parents divorcés, largués, prostitué depuis trois ans. Il a commencé à l'âge de treize ans. Porte Dauphine. »

Karine tape.

« C'est Alex, le mec qui est derrière vous ? »

Marshall se retourne rapidement. Il souffle, en colère. Il tape.

« Il n'y a personne, je suis seul. Mon portable ne passe pas ici, je suis en sous-sol. Kin vit dans une cave aménagée. Son ami Alex est retourné chez lui après m'avoir présenté au concierge. Je suis seul ici, alors gardez votre humour pour plus tard, Karine ! On n'a pas le temps ! »

Je panique. Marshall le voit. Tout va très vite.

Karine met les mains devant sa bouche. Marshall reçoit la tranche d'un livre sur la tempe et il s'écroule comme un mannequin de sauvetage, jeté au sol. L'ombre bouge. S'approche de Marshall et le frappe une seconde fois.

On ne distingue qu'une ombre et une capuche. L'éclairage en biais caresse le cou de l'homme. Il porte un collier. Métallique. Un bouton. L'image tremble. Le noir le plus total, puis le message suivant :

« IPOD a mis fin à la conversation vidéo. »

SERGE MILLER

La pluie.

Putain, j'en réserve une bonne à Marshall ! Qu'est-ce qu'il fout ? Je lui ai laissé onze messages !

Je vois un homme courir vers moi. Sa silhouette glisse sous la pluie. Ce n'est pas celle que j'attends. Mais celle que je redoute. Un nouveau policier scientifique me regarde en faisant des signes de la tête en direction du pont. Le même scanner à la main.

— Il... comment dire ?... Il vient de tomber dans le coma... Faut trouver une solution, là !

Je le dévisage. Comme si tout le monde pouvait TOUJOURS trouver des solutions !

— On ne touche à rien ! Je ne veux prendre aucun risque. Quoi qu'il se passe, ce gosse est déjà mort.

L'homme est en colère. Une colère jeune, pleine de fougue et d'ambition.

— Sauf votre respect, je ferai un rapport sur votre manque de décision. Je ne veux pas passer ma vie à me dire qu'on a juste attendu en bas qu'il meure.

Je comprends que le premier officier, à qui j'ai eu affaire tout à l'heure, n'ait pas osé me faire cette requête. Son collègue a l'air beaucoup plus sûr de lui.

— Dites-moi, bleu de mes fesses, vous avez quoi à proposer d'intelligent, vous ? J'ai hâte, moi aussi, d'écrire mon rapport !

Il est plein de rage.

— Nous devons prendre le risque de... tirer sur les fils... de créer une légère pression qui nous permettrait...

de… passer une lame pour décoller les emprises de colle sous le corps…

Il me met hors de moi, ce bleu-bite et son cerveau cramé à coups de séries TV.

— Mais voyez-vous ça !… J'ai un vrai cordon bleu devant moi ! Vous suggérez une nouvelle recette de raclette ? De quel genre de lame parlez-vous ? Vous vous trompez de métier ! Dégagez de ma vue, pauvre nase !

Il me défie du regard.

— Je ne passerai pas le reste de ma vie à penser qu'on n'aura rien essayé…

— Identifiez-vous !

Devant son silence, je hurle.

— Votre nom, putain ! Je veux votre putain de merde de nom de matricule !

L'homme me regarde. J'ai froid dans le dos. Son œil ne bouge pas. Quelque chose m'alerte. Il me fixe, me scrute. Il me rappelle le regard de ces hommes dans le désert. Une détermination peu commune. C'est alors que je le remarque.

Le grain de beauté au-dessus de sa lèvre. Il a dû être un sacré beau mec dans sa jeunesse… Putain ! Je perds les pédales… Il se retourne et s'enfonce dans la foule, entre pompiers, légistes, policiers et gendarmes.

Marshall n'arrive toujours pas… Je suis dépassé. Putain, la merde ! La merde ! La merde ! Et avec cette pluie, pas d'empreintes…

Le chef des pompiers vient vers moi. Ils se sont passé le mot ou quoi ? Au moment précis où j'allais l'envoyer paître, des mains se lèvent. Et des cris retentissent.

« Non ! Ne tournez pas la poignée !! »

Je cours, il faut que je reprenne la situation en main. Au moment d'arriver sous le pont, je remarque l'officier qui tourne doucement la manivelle. Les fils se tendent au-dessus de nous, la peau fait instantanément des cônes translucides d'épiderme. Monstrueux.

On dirait des ailes de chauves-souris.
Je hurle.

— Officier ! Vous êtes démis de vos fonctions sur-le-champ ! Tout ce que vous faites est désormais passible de poursuites pénales.

L'homme s'immobilise. Il bloque la poignée avec le cran de sûreté, puis se retire doucement. Je m'approche de lui.

— Qui vous a demandé de…

L'officier a passé un contre-ordre, en le faisant croire validé par moi. En face de moi, j'ai le pompier, celui qui m'a retenu sur l'échelle. Je lève la tête et je devine l'ombre de l'officier, perché près du corps. Le chef des pompiers s'approche, dresse son doigt au-dessus de moi.

— Vous devriez…

— Vos gueules ! Fermez tous vos putains de gueules !! Ne touchez plus à quoi que ce soit ! Vous, là-haut, descendez, et plus vite que ça ! Vous, là-bas ! Arrêtez-moi ce tocard, là-haut, putain !!

Tout le monde se dévisage. *SLASHHHHH…*

Le chef des pompiers a toujours son doigt dressé, mais son visage est devenu livide. Des cris de surprise, un bruit compact, et puis le silence le plus complet.

Après une chute de cinq mètres, la peau reliée à des fils et des hameçons s'écrase sur les pavés.

« Tu es un tueur, Miller. »
Mon téléphone vibre. Karine Vallon.
La pluie.

LA PROIE

— Tu dois choisir !

Je suis assis. La lumière dans mes yeux m'aveugle. La pièce est large et ne semble pas avoir de plafond. Mais ce que je vois en face de moi me suffit. Le trou dans le mur. Ma première cage.

Je suis assis sur le siège du fauteuil de dentiste. Je suis *groggy*. La voix métallique insiste. Pas loin de moi, je sais qu'il y a les outils.

— Tu dois choisir !

Comment le pourrais-je ? Je suis mou, j'ai des choses enfoncées dans la peau de mon dos, de mes cuisses, de mes mollets, et du chatterton sur les lèvres. L'homme en noir me regarde. Où est mon chien ?

— Tu vas choisir, crois-moi !

Je ne peux pas répondre.

— Rappelle-toi ce que tu faisais, dans ta dernière nuit de débauche…

Il place son visage devant moi. Il pose les deux mains sur sa capuche et, d'un coup, la retire. Je vois son visage.

Ce n'est pas possible ! Pas possible !!

— Tu vas choisir et je vais t'aider, car j'ai une solution pour les gens comme toi.

Tout est confus, mes jambes se dérobent. Je m'écroule.

— Je vais te purger maintenant.

— Marc ? Miller n'a pas décroché ! Je laisse un message ?

Marc a l'air de paniquer. Il regarde toutes les photos, une par une... Il ne m'entend même pas.

— Miller ? Ici Karine Vallon, rappelez-moi d'urgence, c'est au sujet de Marshall : il a été kidnappé. Nous sommes dans son bureau, Marc Dru et moi.

Je raccroche. J'espère que mon message est assez explicite, mais je ne savais pas quoi dire d'autre. Marc me fixe. Je ne semble plus lui faire le même effet.

Il hausse un sourcil. Il pose toutes les photos à plat sur la table et y ajoute celle d'Antoine Kin, au bout. Son regard s'arrête sur la bouteille que j'ai posée, en arrivant.

— C'est quoi ces choses intéressantes dont vous vouliez nous parler, Karine ?

Je comprends que nous n'avons pas d'autres choix que de bosser au plus vite. Je n'ai même pas le temps de répondre que déjà il me donne un ordre.

— Cherchez sur les deux dossiers inscrits sur le post-it collé sur l'écran. Vous les trouverez dans la boîte mail de Marshall. Ouvrez-les et imprimez-les.

— Très bien.

— Je vous écoute, Karine.

Vais-je réussir à tout faire en même temps ? Je revois cet homme s'immiscer derrière Marshall... Ouvrir les mails, le choc du livre sur la tempe, le deuxième coup violent, lancer l'impression... Parler de la bouteille...

— C'est quoi, cette enveloppe en kraft ?

Marc me fait face.

— Oublions-la pour le moment, d'accord ? Nous devons nous concentrer : un pas après l'autre !

— Oui… pardon.

Je pose mes deux mains à plat, pour montrer que je prends de la distance. « Un pas après l'autre » semble être une bonne chose.

— Alors cette bouteille, Karine ?

— En fait, il ne s'agit pas de la bouteille à proprement parler.

J'emprunte un crayon de papier à Marshall. J'enroule mes cheveux nerveusement, d'un geste trop rapide pour que ma coiffure soit esthétique, et transperce la touffe éparse avec le crayon. Je me sens mieux. « Concentrée. »

— Mais de son étiquette.

— Je vous demande pardon ?

— Oui, regardez.

Je retire la bouteille du sachet et je la pose sur la table. J'aurais pu sortir un sécateur pour lui couper les parties que ça n'aurait pas été pire.

— Ne vous inquiétez pas, Marc. Cette bouteille ne va pas vous mordre !

Ça promet au niveau : « j'ai du cran », pour la suite des événements.

— C'est la rose. Sur l'étiquette de ce whisky.

— Quoi, la rose ?

— Observez plutôt ça.

Je vais sur Google et je tape l'adresse sécurisée sur laquelle j'ai affiché les clichés pris sur les corps de Lestier, Limier et Zimbowe, sous le néon noir en cellule de crise. Si quatrième victime il y a, il faudra l'examiner au plus vite. Faudrait que je rappelle Miller, rapidement. Mes photos apparaissent.

— Regardez, Marc, à deux ou trois courbures près, elles sont toutes identiques. Il faut ajouter que l'encre utilisée ne nécessite pas d'attention particulière, elle disparaît sous plusieurs douches bien mousseuses. Mais notre « messager » voulait signer ses victimes et son modèle est, sans nul doute, l'une des roses de cette bouteille de whisky.

Marc me sourit.

— C'est très pertinent. Et effectivement c'est, je le pense aussi, le modèle de base.

— Pourquoi ai-je l'impression qu'il y a un fait qui vous agace ?

— Regardez bien le plus évident, Karine.

— Je ne vois pas.

— C'est de l'encre invisible, le message premier, on est d'accord ?

— Oui.

— Alors, notre homme ne signe pas les victimes pour nous le montrer. Il dessine des roses sur ses victimes pour répondre à tout autre chose, quelque chose de très intime.

— Comme adressé à lui-même ?

— Non, je ne le crois pas. Il a sectionné les doigts. Des souvenirs réels, il en a.

— Que voulez-vous dire ?

— Je crois que cette rose rattache notre homme à une nostalgie intime, un lien direct, c'est une dédicace à un cher disparu. Le souvenir, dans ce cas précis, exige des sacrifices, exactement comme fonctionne le remords. Notre homme « offre » ces mutilés pour participer à un équilibre.

— Comme le remords ?

— Vous connaissez la particularité du remords ?

— Je vais avoir besoin d'un cours de rappel.

— Le remords. Le re-mord ou le re-mort. Ce sont des situations traumatiques qui mordent en permanence le sujet psychiquement, l'obligeant à rejouer sans cesse des situations mortifères. Quoi qu'il fasse ou qu'il change, ça le re-mord encore et encore. Il y a une culpabilité énorme... Prenons l'exemple d'un père qui a perdu son enfant. Il ne peut pas échapper au remords permanent : « Est-ce ma faute ? » Ce qui inclut des actes du genre : « Je vais faire ceci ou cela, en souvenir, en mémoire de lui. » Certains parents vont même jusqu'à réaliser eux-mêmes le voyage dont leurs enfants rêvaient de leur vivant. Parfois aussi, le remords peut manger, broyer littéralement. Par exemple : « Si j'avais été là à l'heure, mis ma ceinture de sécurité... il ne serait pas mort. » Cette culpabilité-là ronge toujours car elle est focalisée contre soi-même. L'absence de responsabilité, parfois, dans la mort d'un proche, peut aussi, curieusement, occasionner un remords qui organise des actes particuliers au quotidien... Ça peut aller de manger la glace préférée de son enfant mort, cinq fois par semaine, sans s'en rendre compte, jusqu'à l'obligation de dormir dans son lit... Parce que le remords nourrit le refus d'oublier son enfant et donc l'incapacité d'en faire le deuil. Dans le cas du père esseulé, oublier son enfant reviendrait exactement à la même chose que de s'accuser d'assassinat. Je veux dire que dans le remords, quoi qu'il arrive, tout se joue dans l'invisible... à l'intérieur. Dans l'esprit. Le remords est un *deal* entre la culpabilité, le deuil ou une situation mortifère. Le remords crée une compulsion qui, à la fois, empêche de faire une forme de deuil précis et pousse le sujet à répéter des actions pour ne pas se sentir en deuil, en mort. Alors, il se rejoue la scène archaïque, l'époque où son fils était vivant, pour l'aider à faire ce qui lui fait défaut à la base : faire le deuil. Quelque part, le sujet ne « veut » pas se débarrasser de sa problématique, puisque précisément elle répond à un fonctionnement précis, une forme d'identité à laquelle le patient se raccroche pour « survivre et exister quand même ». Il y a là un *deal* psychique. Il est réel, très actif et parfaitement invisible.

Dans le cas qui nous préoccupe, je me demande si, en inversant les rôles, on pourrait s'éclairer mutuellement. Je me risque.

— Mais... si l'enfant avait perdu son père, par exemple... ça s'organiserait pareillement ?

— Exactement, sauf qu'il faut veiller à ce que l'enfant n'érotise pas la mort d'un proche. Un adulte, normalement constitué, ne le fait pas. Un enfant peut rejouer des scènes exagérées d'amour entre un défunt et lui et le remords fait partie de la composante humaine. Il est primaire, inévitable, et l'on ne peut amorcer ni un deuil ni un détachement sans son aide. C'est quand le deuil ne se fait pas que le remords se complique... et pervertit toute la personnalité.

— Mais pourquoi l'encre invisible ?

— Parce que le message des roses est le *deal* « très actif ». C'est un message adressé à une personne en particulier qui relie à la fois le souvenir et les actes précisément commis aujourd'hui. Un souvenir mortifère en pleine activité.

— Des tortures, dédiées à une personne qui n'est plus présente dans la vie de notre tortionnaire ?

— Oui, c'est probable, d'où le choix de la signature invisible « pour toujours garder le contact ». Mais attention, cette personne morte a joué un rôle extrémiste et particulier sur notre agresseur, un rapport direct, presque fusionnel. Notre tortionnaire est en crise de nostalgie aiguë. Il « dédicace » son travail à un être particulier qui a joué un rôle précis dans son éducation tordue. Ce qui veut dire que la violence déversée sur nos adolescents a un rapport direct, un lien mortifère en pleine activité, qui pousse notre homme à rejouer des scènes morbides et indélébiles. Autrement dit : il ne s'arrêtera pas, car ce lien, c'est la personnalité à laquelle il s'accroche pour ne pas sombrer. Enlevez le lien psychique, coupez le courant, éliminez la scène archaïque et notre tortionnaire s'écroule de l'intérieur.

— Mais pourquoi... pourquoi continuer à rejouer des scènes violentes ? Pourquoi s'imposer des souffrances qui font mal rien qu'en y pensant ?

— Mais parce que notre tortionnaire a « élu » depuis si longtemps son comportement psychique qu'il ne peut même pas s'imaginer le remettre en question. Dans ce lien-là, il y a comme de l'électricité, des fils dénudés et de l'eau… Le sentiment de danger et d'excitation le stimule, car il s'enflamme là où vous et moi flipperions. Il a le sentiment de jouer un rôle très important, un rôle qu'il dédie. Il n'agit pas et il ne torture pas ces adolescents pour lui-même. C'est ça qui le motive, qui le contamine et le déculpabilise puisqu'il ne transgresse pas ce qu'il a validé. Il se sent important dans ce qu'il fait. Croyez-moi, il va y être parfait ! Il veut que quelqu'un soit fier de lui, mais ce quelqu'un n'est plus de ce monde. Cependant, ça a un vrai sens pour lui… un sens dont le visage est esquissé à l'encre invisible.

— Donc, il faudrait isoler la scène archaïque… pour le « déminer » ?

— Oui. Pour comprendre la base psychique de son fonctionnement. Mais, en général, il faut que le patient soit d'accord ! Là, on a justement affaire à quelqu'un qui ne veut pas sortir de l'emprise de son lien virulent. Et en plus, je crois que notre tortionnaire évolue.

— Évolue ?

— Oui. Chaque fois qu'une violence est commise, elle contamine l'agresseur. Un voleur de pommes peut facilement braquer une banque s'il choisit de « nourrir » sa violence, de lui donner un rôle de plus en plus important, grisant. Mais entre la pomme et la banque, soyez sûre qu'il se sera entraîné sur d'autres sujets, jusqu'à ce qu'il se sente prêt ! Il ne se contente pas de rejouer une scène archaïque, il l'alimente, sinon il ne torturerait pas ! Mais nous devons esquisser les contours de la scène archaïque, trouver une forme analytique et des mots, afin de commencer à nommer ce chaos en pleine activité… Et prévenir Miller de ce que nous trouverons, c'est la seule chose que l'on puisse faire pour aider Marshall.

— Notre tortionnaire alimenterait sa scène archaïque ?

— En fait, le vrai mot serait « contaminé ». À chaque torture infligée, l'esprit devient encore plus malade. Mais l'esprit de notre tortionnaire est plombé : il ne peut pas tuer. Une scène archaïque aussi poussée inclurait que ces tortures soient un but en soi. Donc, il y a une certaine maîtrise. Et sa propre vie n'a absolument aucune importance. Certains humains ne veulent que du bonheur. Pour l'obtenir, ils sont prêts à s'infliger les pires douleurs. Pour notre tortionnaire, son bonheur serait de se sentir aussi important qu'à une époque révolue, mais très précise de son passé. Il est comme vous et moi en apparence, sauf qu'il est contaminé par un rôle qu'il rejoue en permanence. Il doit se sentir d'utilité publique et important. Il doit se considérer, à la fois, comme vous et moi à certains moments et comme Dieu à d'autres. Lui, il s'organise. Ses victimes ont des liens évidents.

— Donc, la scène archaïque provient d'une époque lointaine. Elle est beaucoup plus ancienne.

— L'apparence jeune des adolescents qu'il choisit lui est capitale. Regardez les photos.

— Vous voulez dire qu'il a dû être un adolescent, boire du whisky et tuer pour faire naître sa scène archaïque ?

— Non ! Pas une seule seconde ! C'est totalement ridicule !

Il ne se rend pas compte qu'il me vexe. Il continue, en arpentant le bureau cette fois-ci.

— Sinon, notre tortionnaire serait devenu désorganisé. Il ne se soucierait pas de la vie d'autrui. Là, c'est tout autre chose. Il nous fout à la gueule sa supériorité sur les vivants en les torturant, en leur ôtant leur identité ! Il s'octroie le droit de vie et de mort. Mais il n'exerce pas celui de mort physique, alors il tue psychiquement. Quelque chose l'empêche de tuer ses victimes physiquement. Et c'est précisément ce qui m'intrigue.

— Précisément ?

— Oui. Il a laissé vivants Lestier, Limier et Zimbowe, mais à chaque fois son esprit se contamine un peu plus : Lestier est défiguré, Limier est suturé, Zimbowe est en suspension... Le seul fait qu'il ne remet pas en cause un seul instant est celui de ne tuer sous aucun prétexte. De notre côté, au passage, nous pouvons être certains que ça fait partie intégrante de son mode opératoire. Nous pouvons aussi être sûrs d'une chose : en retrouvant les victimes du tortionnaire, nous saurons qu'elles seront toutes vivantes physiquement.

— C'est un choix ?

— Non, Karine. C'est une élection. Je crois justement que notre tortionnaire « ne peut pas » tuer car quelque chose a été validé dans ce sens, dans son inconscient... validé ou transmis.

— Vous voulez dire que...

— Je veux dire par là que tuer un individu physiquement n'est pas inscrit dans le programme psychique de notre tortionnaire, car justement ça n'a pas été validé. Il manque l'information « tuer la victime » dans ses actes qui deviennent de plus en plus monstrueux dans la dépersonnalisation. Il « oublie » de tuer ses victimes. Alors il s'acharne différemment, car il n'a pas d'autre choix !

— Vous voulez dire qu'il ne peut pas tuer un être humain ?

— Oui, c'est précisément ce qui m'intrigue. Il en a la volonté, mais il en est incapable. De plus, je pense que notre tortionnaire ne « sait » pas qu'il ne peut pas tuer et il ne remet pas en question sa scène archaïque qu'il a validée comme normale. Ce qui prouve bien qu'elle a été validée depuis bien trop longtemps pour être remise en cause. C'est comme ça pour lui. Cette façon de valider les choses me rappelle le fonctionnement d'un enfant qui croit « bon et normal » de faire ce que ses parents lui apprennent, parce qu'ils lui témoignent une attention particulière...

— Comment peut-on faire la différence entre valider et choisir ?

— Je vous explique dans les grandes lignes. Quand on est enfant, on valide sans se poser de question parce que papa, c'est Dieu tout-puissant et maman, c'est la divinité : ils ont forcément raison ! Quand on est adolescent, on se met en guerre contre ces validations-là. Non, papa n'est pas Dieu, maman n'est pas divine, ils sont humains comme moi ! Pour prétendre à effectuer des choix, l'adolescent doit se séparer, affronter et faire le tri de ce qui est « lui » (son désir) et ce qu'il a validé de ses parents (leurs projections), car l'adolescent le sait : s'il ne fait pas le ménage entre son désir personnel et les projections parentales, il ne sera jamais un adulte ! N'oublions pas qu'être adulte, c'est être capable de faire des choix !

— Notre tortionnaire n'est pas adulte ?

— Si, mais pas psychiquement. Il ne s'est pas rebellé contre la scène archaïque qui le pousse à faire ce qu'il fait. Bien au contraire, il l'a validée, nourrie et contaminée... Le fait qu'il ne tue pas physiquement est un « lapsus » très révélateur. Il ne tue pas, car ce n'est pas inscrit dans ses actes. Le phénomène : « je ne tue pas » est simplement une information validée, donc transmise par une personne ayant un ascendant sur notre tortionnaire. Il ne s'agit pas d'un choix personnel. Ce phénomène de valider sans analyser n'existe que dans l'enfance. C'est précisément ce qui nous rapproche d'un autre sujet : la rose.

— Je ne vous suis plus, là.

— Cette rose invisible est aussi un objet validé. C'est une photographie qui ne correspond pas à notre tortionnaire, mais qui identifie le destinataire, l'individu symbolique à qui ces tortures sont dédiées ! Car c'est une dédicace !

— Vous voulez dire...

— Que notre tortionnaire n'a jamais lutté contre la toute-puissance qu'exercent encore sur lui la rose et celui qu'elle symbolise, qu'elle représente. Notre tortionnaire a contaminé sa scène archaïque en torturant les adolescents. Et il les offre au souvenir d'un être mort qui lui manque terriblement. Il lui offre ces « cadeaux », peut-être pour montrer combien il a évolué. La dédicace est l'objet précis qui lui fait garder un lien invisible, mais toujours actif ! De plus, personne n'est « mort ». Notre tortionnaire doit refuser le phénomène de la mort. Elle ne fait pas partie de sa vie à lui, donc elle n'apparaît pas non plus dans ses actes de barbarie qui sont pour le moins éloquents. On ne lui a jamais transmis l'idée qu'il allait mourir, il ne l'a donc pas validée lui-même. Pire : il n'y pense même pas !

— C'est terrifiant.

— Oui. Si ce que je dis est juste ou approximativement juste, alors on a de quoi s'inquiéter.

Je souffle. J'ai besoin de voir les choses dans le désordre pour essayer de faire des liens. Je m'exprime à voix haute.

— Un adulte ayant de l'ascendant sur un enfant… un père ? Ou une personne, proche d'un enfant, qui veillait à ne pas lui transmettre l'idée de tuer… l'idée de mourir… la présence d'adolescents… une rose de bouteille de whisky… quelqu'un qui buvait du whisky… Mais pourquoi des tortures ?

— Les tortures sont dédicacées à une personne morte. On dédicace toujours quelque chose qui va parler à son destinataire. Si notre homme a été très proche de notre tortionnaire, il est probable que les tortures jouent un rôle très important, voire essentiel. Mais la seule chose dont je suis sûr, c'est que l'homme qui vivait près de notre tortionnaire avait un lien étroit avec ce whisky ! Cette bouteille, pour notre bourreau, était tout un symbole ! Et il l'a élu et validé. Car c'est ce symbole de la rose qui a marqué au fer rouge son psychisme. Il l'a validé dans la période où l'on valide le plus : dans son enfance. Aujourd'hui, elle lui fait office de dédicace… car il n'a jamais remis en question, une seule fois, bien au contraire, le travail qu'il fait aujourd'hui pour rétablir une forme d'équilibre.

J'ai l'impression d'avoir la tête qui chauffe… Marc est un peu confus, mais pour un psychanalyste, il est hallucinant. J'ai besoin de recul. Je me lève et vais chercher une canette de soda. J'ai froid. Je lance le coca light à Marc qui l'attrape en vol. Deux « pschitt » successifs.

— Karine ?

— Oui ?

Je me rapproche, mais je n'ai pas envie de m'asseoir sur le fauteuil de Marshall une seconde fois.

— Combien pesaient Lestier, Limier et Zimbowe, en arrivant en cellule de crise ?

— C'est écrit sur mon rapport. Apparemment, il a été constaté une perte de poids de quatre ou cinq kilos.

L'imprimante s'enclenche, les dossiers de Marshall s'impriment.

— Regardez leurs joues sur les photos d'identité. Ensuite celles qu'ils ont après leur arrivée en cellule de crise.

Ils n'en ont plus. Elles ont été remplacées par des écarteurs chirurgicaux, des plaques de métal, ou simplement coupées en deux dans le sens de la longueur. Toutes ont disparu en cellule de crise. Lorsqu'il y a un choc psychologique, les joues fondent en premier. À une vitesse sidérante.

— Il ne choisit que des gens minces, capables de rester en apesanteur. S'ils ont un excès de poids, il les garde le temps qu'il faut pour pouvoir les suspendre.

— Marc ? Pourquoi a-t-il fait en sorte de laisser la bouche de Lestier et de Limier ouverte ?

— Pourquoi leur maintient-il la bouche ouverte ? Lestier et Limier ont tous les deux des écarteurs chirurgicaux. Lestier a la langue sectionnée. Zimbowe, lui, a une vis et deux plaques de métal. On lui a également enlevé ses paupières… Si on en croit l'évolution de la contamination de la scène archaïque, il change ses élans. Au final, je pense que c'est la première scène qui est la plus juste, celle qui se rapproche le plus de la vision archaïque. D'ailleurs, Léonard Lestier a subi les tortures les moins contaminées... Mais sa bouche a connu les mêmes transformations que celle de Limier.

— C'est juste, si on s'en tient à la théorie d'une possible scène archaïque !

— Dites-moi, Karine, on est sûrs qu'il les maintient en suspension, n'est-ce pas ?

— Oui.

— Ces suspensions sont effectuées trois ou quatre heures avant qu'on les retrouve mutilés, hein ?

— Oui, selon la distension épidermique constatée, je dirais que ça me semble possible.

— Qu'évoque pour vous la suspension ?

— L'apesanteur, c'est dans l'un de vos cours, je vous le rappelle !

— Exactement !

Je prends les devants, ce vers quoi il veut en venir.

— Le tortionnaire offre une nouvelle naissance.

— Pas seulement.

— Pourquoi ?

— Parce qu'il mutile : il retire doigts, voix, cheveux, paupières...

— Ce qui veut dire quoi, Marc ?

— Il ne se contente pas seulement de changer ses victimes. Il fait aussi en sorte de leur retirer leur personnalité. Il ôte à chacun d'entre eux sa « signature biologique réelle ». Juste après, il les soumet au phénomène de l'apesanteur. Ensuite viennent les mises en scène : un arbre, un jardin, un passage. Enfin, il les marque de la rose invisible.

— Je trouve les lieux intéressants. En fait, pour être franche, c'est Alvarez qui m'en a parlé.

Marc se fige, me fixe.

— Expliquez-vous, ça m'intrigue.

— Parce que chaque adolescent a été découvert près d'un emplacement de drague gay.

— Ah oui ?

Je m'approche de Marc et je sors les clichés pris sur les lieux, dans le dossier de Marshall. Je vais simplement répéter ce qu'Alvarez m'a fait remarquer.

— Léonard Lestier, premier cas. Retrouvé près de la porte Dauphine et on le sait, là-bas, c'est prostitution masculine, bois de Boulogne et compagnie. Jérémy Limier, lui, a été retrouvé dans un square du 9e arrondissement. Dans ce square se font des rencontres homosexuelles furtives, toute la nuit. Il n'y a pas d'immeubles en vis-à-vis et, sur cette photo, on voit des préservatifs et des doses de gel lubrifiant, découverts dans les bosquets qui jouxtent le chêne, lieu de l'exposition de la scène numéro deux ; les sutures infligées indiqueraient une contamination psychique du tortionnaire, sa structure morcelée s'enflamme.

Marc me regarde et sourit. Ça fait un peu de bien.

— Et pour Zimbowe, le tunnel souterrain, dans le parc des Buttes Chaumont, est un pont entre le jardin général et une autre partie reculée, qui offre assez d'intimité pour les rencontres gays. Voilà. C'est ce que m'a dit Alvarez.

— Eh bien, je l'ai sous-estimé. Je me souviens que ses réactions m'énervaient au plus haut point. Je sentais, chez lui, comme une espèce de mépris. Marshall a dû me calmer. En tout cas, merci, Karine, d'avoir dit que cette analyse venait de lui.

— Vous vous énervez ?

— Oui, et je fais aussi des erreurs ! Depuis quand un psychanalyste n'aurait-il pas le droit de se tromper ni de s'offrir le luxe de s'énerver ?

Je suis contente de sentir sa présence près de moi. Je pose ma question personnelle, cette fois-ci.

— Pourquoi me remercier de nommer Alvarez ?

— Mais parce qu'une femme qui a vos responsabilités aurait pu facilement s'approprier l'analyse d'Alvarez, pour faire valoir son intelligence. Vous laissez les choses à leur place. Sans prendre votre statut en compte. C'est un détail mais il a son importance. Et il en dit plus long sur vous que toute autre chose.

Je change de sujet.

— Pourquoi l'homosexualité, Marc ?

Il comprend que je suis touchée par son compliment.

— Je ne sais pas. Ce n'est pas encore clair pour moi.

Je soupire.

— Je peux vous faire une confidence ?

— Évidemment !

— C'est au sujet d'Alvarez.

— Eh bien ?

— Eh bien, il connaissait Zimbowe.

— Comment ça, il le connaissait ?

— Il est déjà sorti avec lui ! Le jour de son admission, il a reçu un choc. Il m'a tout dit. Mais ce n'est pas tout…

Marc ne me laisse pas le temps de finir.

— Alvarez est aussi sorti avec Léonard Lestier, n'est-ce pas ?

— Oui. Comment savez-vous ça ?

— Alvarez s'est fait lui-même un dépistage HIV, le lendemain du jour où des analyses de sang ont été faites à Lestier et Limier ! Je l'avais remarqué. Il a été des plus désagréable ensuite.

— Je n'ai pas le droit de vous en dire plus. Seul Miller est au courant des dossiers. Il est le seul à y avoir accès.

— Je vous écoute, Karine. Que nous apprennent les résultats sérologiques ?

Je m'approche du bureau et je regarde chacun des visages, un par un… Je défais mon chignon improvisé, lentement.

Silence.

— Marc, ils sont tous séropositifs. Alvarez compris.

Marc met deux secondes à réagir.

— Pourquoi Miller veut-il garder ces infos pour lui tout seul ?

— Je ne sais pas. C'est un sombre connard, de toute façon.

— Je ne supporte pas qu'on nous cache des informations aussi importantes !

— Pourquoi dites-vous ça ?

— Parce que le phénomène dominant, c'est la « contamination » !!

— Je… je… ne… comprends plus, là.

Pourtant, je sais qu'on a du feu dans les mains.

— La scène archaïque… la rose… l'homosexualité… le « visage » des tortures… les adolescents… la séropositivité.

— Le sida ?

— Non, Karine. Pas le SIDA !

— Ah ?

— Vous pouvez être séropositif toute votre vie et ne jamais développer de maladie. Des études pointues montrent aussi que les trithérapies tuent. Il ne s'agit pas de sida, ni de guérison, ni de maladie…

— Il s'agit de quoi, alors ?

— De contamination…

— Je ne saisis pas bien…

— Notre tortionnaire ne croit pas à la mort. Je pense qu'il a perdu celui à qui les roses dessinées sur les victimes sont destinées ! Mais lui ne croit pas à la mort. Même s'il a perdu l'être qui a le plus compté pour lui, il nie le fait qu'il soit mort. Ce en quoi il croit, l'immortalité de sa personne, et les faits, la mort du destinataire de ses tortures, s'opposent dans son inconscient, en permanence. En lui. Et le contaminent, lui.

— Quelque chose agit contre ce qu'il a validé dans son enfance et qu'il croyait établi ?

— Oui, Karine, exactement. Notre tortionnaire a été contaminé par l'image de la mort. Il a été témoin directement de la mort de l'homme qui a le plus compté pour lui. C'est une scène archaïque et elle a commencé à contaminer très rapidement ce qu'il avait validé enfant, c'est-à-dire qu'il est persuadé de ne jamais mourir, lui. Alors notre tortionnaire s'affronte lui-même. Sans le savoir. S'il devait croire à la mort, alors il devrait se rebeller contre ce qui représente le centre de son existence. Il y a un Œdipe morcelé, en pleine activité, nourri !

— Quel est le rapport avec l'homosexualité ?

— Je ne suis pas encore sûr, il nous manque des informations. Mais il a un Œdipe perverti. Si le sexe du tortionnaire est le même que celui de son maître, alors il est possible que l'ambivalence sexuelle, homo, soit à la fois projetée et refusée... Mais notre tortionnaire éprouve un tel « amour » pour son lien qu'il va au-delà de ceux que l'on attribue à la famille.

Je vois la canette de soda de Marshall. Je culpabilise légèrement. Je repense à ce que j'ai vu à l'écran tout à l'heure.

— Dites-moi, Marc, où était donc parti Marshall ? À quelle adresse ? Pourquoi n'y allons-nous pas ?

— Parce qu'il n'y est déjà plus. Il s'agissait bien de notre agresseur. De notre tortionnaire. Et il est très organisé. À mon avis, le prochain sur la liste devait être Alex. Il l'attendait chez lui. Je ne comprends pas pourquoi Marshall n'a rien senti, pourquoi il n'a pas éprouvé une once de méfiance dans cet appartement. Quoi qu'il en soit, nous devons faire vite : le tortionnaire a plus d'une vingtaine d'années d'avance sur nous !

— Pourquoi « plus d'une vingtaine d'années d'avance sur nous » ?

— Lui, il possède sa scène archaïque intacte, activée et contaminée par sa quête d'immortalité. Nous, nous n'avons que des bribes, des indices. Il a tout, alors que nous n'avons rien de concret. Il ne sert à rien de courir et de crier partout. Une chose est cependant préoccupante : nous n'avons pas de temps à perdre. Marshall n'est pas mort et il ne mourra pas. Reste qu'il faut agir vite quand même, surtout quand on sait que le psychisme de notre homme va encore se contaminer d'un cran supplémentaire dans l'horreur ! Karine, promettez-moi que Miller n'aura plus l'exclusivité des infos. Nous sommes bien d'accord ?

— Ce qui veut dire ?

— Sortons les cassettes de cette enveloppe en kraft. Écoutons-les avant que Miller se pointe ici, car croyez-moi, Karine, Marshall s'agaçait à l'avance de ce qu'il allait entendre. Mais si ça peut nous aider, nous... Et ne vous inquiétez pas pour Miller. Il viendra. Puisque vous lui avez dit que nous étions là, tous les deux...

Parfois, j'ai l'impression de ne faire que des conneries.

Il vide l'enveloppe, place la cassette n° 1 dans le dictaphone de Marshall. Il appuie sur « lecture » et repose l'appareil à plat sur le bureau.

J'ai des renvois de soda. Je ne suis pas bien certaine de vouloir écouter les analyses de Miller.

CLIC !

« Marshall !... Je ne suis pas très doué pour les causeries, surtout sur cassette, mais bon, je vais essayer d'être clair.

L'homme que l'on cherche aujourd'hui est comme ça.

"Comme ça..." Je veux dire par là que les prédateurs humains sont comme les chats sauvages. Savez-vous ce dont est capable un chat sauvage ?... »

PRÉDATEUR

Je me rappelle que mon père m'a demandé de m'asseoir sur l'herbe fraîche. Il a déposé une cage à oiseaux, un symbole que Miller comprendrait. Le soleil était derrière lui et il a pris la photo, par six fois. Il lui a envoyé les clichés. J'étais devenu la relève.

Sa relève. J'étais fier de moi.

*
* *

— Souffle donc sur les bougies ! À quoi tu penses ?

La grosse femme porte le même prénom que mon ancienne mère. Ce qui est drôle, ce n'est pas tant cette façon qu'ont les gens de disparaître, mais bien de se refiler les mêmes prénoms et les mêmes rôles. De partir, de s'éteindre, de renaître, de mourir encore… à l'infini. C'est juste l'enveloppe charnelle qui change. Heureusement, moi, je ne m'éteins pas : sinon, qui ferait le travail à ma place ? Et du travail, j'en ai.

On a fêté mon anniversaire : quinze bougies sur un gâteau trop riche en beurre. Une famille. Pas d'amis. Et je souffle sur le tout.

La nouvelle Annie travaille dans un bus de nuit et mon nouveau père vend du matériel chirurgical, il est représentant. Un soir, j'ai pris son catalogue et je l'ai feuilleté une nuit entière. J'ai senti poindre en moi un horizon, des possibilités inouïes, aux reflets métalliques, grâce aux écarteurs chirurgicaux et aux couteaux, nommés scalpels… Je devais m'en procurer. Utiliser l'amour qu'ils me portent pour faire semblant de m'intéresser à leur vie et en retirer un maximum d'outils.

— Papa, j'aimerais faire le même métier que toi !

Je suis à table. Je sais que mon père n'a retenu que le mot « papa ». Il se bloque et je sens la tristesse et la joie qui se mélangent en lui, sans cesse. C'est la première fois que j'utilise le mot « papa » à haute voix.

La grosse Annie réajuste sa blouse bleue de travail et vérifie sa coiffure dans le miroir mural. Elle semble ravie. Elle saisit l'avant-bras de son mari, lui adresse un sourire et s'en va. À croire que c'est la seule partie de son corps qu'elle aime toucher. Et que ce geste, à lui seul, devrait suffire à exprimer le bonheur le plus fort.

Je déteste cette apparence « normale » du monde. Cette normalité qui dégueule des sourires et des « bonnes intentions » de tous à mon égard. Les garçons que mon père et moi purgions avaient tous l'air normaux. Mais il n'en était rien. Absolument rien !

Je l'ai appris à mes dépens : les gens normaux sont, et de loin, la pire espèce de toutes. Leur morale, leur langage, leurs convictions religieuses constituent la pire des apparences. Elles cachent leurs plus horribles pulsions. Plus vous voulez « faire » normal, moins vous l'êtes. J'en sais quelque chose ! Mais je suis très organisé.

Mon nouveau père ne pouvait pas le savoir, car je lui jouais la carte de l'innocence meurtrie. Mon jeu cachait de nombreuses possibilités, nourries de ce qui s'est traduit par un double homicide passionnel. Personne n'a parlé de la pomme ou du couteau ni des lambeaux de chair, coincés dans les dents de ma mère ; et personne, non plus, n'a songé une seule seconde à me donner un rôle dans la mort de ma mère de sang et de mon père d'âme. La fin de leur vie tient dans un article de journal : « Un amant jaloux et une femme dépressive s'entretuent... » Il ne me reste qu'un lien ténu et très bien caché : les photos de cet homme, ce Miller.

La grosse Annie est partie. Je n'ai pas encore bien compris le travail qu'elle fait ; mais, apparemment, elle passe ses nuits à offrir du café et à parler. Faut dire qu'elle ne manque ni de caféine ni de paroles, c'en est même saoulant. Mon père insiste pour que je l'appelle par son prénom.

— Appelle-moi Brice !

— Je préfère papa.

— Et si tu essayais « papa Brice » ?

Je change de sujet.

— Ça consiste en quoi ton travail ?

— Je me rends dans les services de chirurgie des hôpitaux et je remplace les anciens outils de travail par des neufs, beaucoup plus chers. Si je me débrouille bien, je peux récupérer les vieux et les vendre ensuite aux universités. Je me constitue donc une réserve de vieux matériel, dans le sous-sol. Et, lors de la rentrée scolaire, je le vends. Je me fais ainsi pas mal de bénéfice.

— Tu veux de la glace, « papa Brice » ?

— Oui, je veux bien.

*
* *

Sortir de chez moi, en pleine nuit, requiert juste l'aptitude à pouvoir passer mes jambes par-dessus la rambarde du balcon.

Lorsque vous êtes jeune et seul, la plupart des gens vous remarquent. Parce que vous êtes vulnérable. Ils se demandent pourquoi quelqu'un comme vous n'est pas dans sa chambre à cette heure-là. Surtout si vous êtes seul dans un bus de nuit. Alors, imaginez le regard de ceux qui me croisent dans un bois, à cette même heure…

Je m'en fous. Il faut que je trouve quelqu'un qui puisse m'aider. Quelqu'un qui me comprenne. Pour réaliser ce projet, mon vrai père avait une solution des plus simples et des plus redoutables.

« *Tu sors de chez toi, tu te promènes sans but ; mais tu dois savoir ce que tu cherches et ainsi, crois-moi, tu trouveras !* »

Je sais ce que je cherche. Je suis sorti de chez moi et je me promène sans but.

La tour Eiffel est illuminée. La lune est rousse. Il fait froid. Il y a des ombres, des bruits de branches cassées. Je me trouve dans un bois immense. J'ondule sur un petit chemin de terre. Dégagé. Un homme se rapproche de moi. Il ouvre sa braguette, sort son sexe et se masturbe.

Il n'est pas à purger. Je l'ignore et je m'enfonce dans les bois. Il m'attrape par l'épaule.

— Hé ! Fais attention ici !

C'est à lui de faire attention. Je remarque sa calvitie naissante, son âge. La quarantaine. La lune est au-dessus de lui.

— Enlève cette main !

— Oh, mais tu as encore une voix de fille ! Ça m'excite un garçon comme ça. Tu ne veux pas me sucer ?

Je trouve sa proposition salace et hors de propos. Je ne suis pas là pour ça.

— Dégage ou je te la coupe, sale connard !

— Inutile d'essayer de m'effrayer. Je n'ai pas peur.

— Alors tu auras mal !

L'homme reçoit tous les doigts alignés, bandés, de ma main droite au niveau de son plexus solaire. Il souffle, hoquette et tombe à la renverse dans les buissons. Ce qui est drôle, c'est qu'avant toute autre chose, il protège son sexe. Il s'y accroche, comme un demeuré.

— Y a un problème ?

Je me retourne et je vois un adolescent, juste derrière moi. Il a des traits fins, un visage aussi lisse que la lune.

— Non, il n'y a plus de problème. Ce connard va se rhabiller et se casser, n'est-ce pas ?

Il ne demande pas son reste, se relève comme un automate. Il part, en se tenant toujours l'entrejambe, maladroitement, ainsi qu'une ombre sans corps. Ridicule.

— Qu'est-ce que tu fais là à une heure pareille ? Ne le prends pas mal, mais je t'avais pris pour une gonzesse.

— Ne me redis plus jamais ça !

— Ouah ! C'est fou ce que tu as l'air bizarre.

— C'est peu de le dire.

Mon père me l'avait appris : ce ne sont pas les gens les plus directs qui sont les plus dangereux. Il faut particulièrement se méfier de ceux qui sont en périphérie : les voyeurs, les observateurs, les prédateurs...

Je le regarde, les antennes de mon esprit dressées, prêtes à capter tous les signaux.

— Pourquoi nous épiais-tu, depuis les buissons ?

Je ne le distingue pas bien, à cause de la nuit, mais je sens que je le trouble. Il me répond directement, sans sourciller.

— Parce que ça me plaisait de voir comment tu allais t'en sortir...

— Oui, je vois.

— Tu vois quoi ?

Il me regarde enlever ma veste et il remarque, autour de ma taille, un jeu de cordes. Je les déroule. Il sourit dans le noir.

— Qu'est-ce que tu fais ?

Je l'assomme en lui administrant deux coups de doigts dans le nez. Il tombe immédiatement.

— Je vais te « purger ». Je vais t'empêcher de faire du mal à qui que ce soit !

Il ne bouge plus. Je sors de ma poche du fil, des tenailles et un vieux scalpel.

Le travail peut commencer. Je suis aussi précis ici que sous les lumières d'un plan de travail. Ma vie reprend sens, sous la lune arrondie.

Enfin.

FRANCK MARSHALL

J'ai froid. J'ai mal à la tête, j'ai des envies de vomir. Des sifflements dans la tête. Ça sent la terre. Je tâte doucement et la douleur se propage dans mon crâne. Je suis en décalage entre mes émotions et mon ressenti. Je caresse doucement mes avant-bras. Je ne constate aucune égratignure, aucune piqûre.

Comment se fait-il que je ne me sois pas senti en danger ?

Il faut que je me souvienne, que je trouve ce qui m'a empêché de me méfier. Il y avait quelqu'un, en arrivant chez Antoine Kin ; quelqu'un d'assez au courant de ce qui se passe pour jouer avec les quiproquos de la webcam. Mes doigts heurtent un objet enfoui dans la terre. Je creuse. Je sens quelque chose. J'entends le bruit métallique de clés qui s'entrechoquent. Il y a aussi d'autres objets plus synthétiques. Des préservatifs.

Quelqu'un était là avant moi.

J'éprouve un froid qui me mord le dos et les côtes et qui enveloppe mes poumons. Pas de hasard. Je me tiens là où Lestier, Limier, Zimbowe et Antoine Kin se sont trouvés. Je suis le prochain.

Il faut que je me souvienne.

Je me remémore l'entrée de l'appartement de Kin, la plante verte, un ficus tourmenté, assoiffé. Le salon est tout petit. Il y flotte un parfum qui me détend tout de suite. Je peux donc facilement observer l'intérieur de chez lui : je remarque des figurines japonaises sur le téléviseur. Le DVD d'un film est posé à côté. Je reconnais l'acteur, Keanu Reeves. Le vert de la jaquette m'inspire vaguement quelque chose. Je vois deux tasses vides et un stylo, de type marqueur, avec des étoiles sur toute la longueur, des étoiles brillantes, entourées de paillettes. Au mur, il y a un tableau sur lequel il est écrit à l'encre noire : « Café, PQ, dentifrice, ne pas oublier les capotes, la livraison. » Le stylo-feutre est aimanté sur l'ardoise magnétique, à la fin du dernier mot.

Je pousse la porte de la chambre. J'aperçois le lit et un bureau d'appoint. Je vois la ligne Internet et ADSL. Une petite chaise. Le long du mur, il y a la bibliothèque : des livres et des livres. Des livres ! DES LIVRES ?

Je m'assois devant le PC. Je ne me méfie pas de l'angle mort caché par la porte ouverte et devant lequel se trouve exposé mon dos…

Le parfum ?

Si Marc Dru et Karine Vallon décident d'appeler Miller, j'ai peut-être une chance… Est-ce que je peux encore compter là-dessus ?

Mon portable ? Où est mon portable ? Introuvable.

Le souvenir me fouette.

Le parfum…

Lorsque je suis arrivé chez Antoine Kin, le parfum ambiant, subtil, dans l'appartement, m'avait apaisé naturellement, pour la simple raison que je le connaissais, qu'il m'inspirait confiance et qu'il embaumait là où la fatigue frappait.

Des livres ?

Le stylo sur la table, avec des étoiles dorées. Ce n'était pas un marqueur. C'était un stylo à l'encre invisible. *Le* stylo à encre invisible ? Mais comment ai-je pu ?…

Le parfum, espèce d'idiot ! C'est le parfum qui t'a empêché de te méfier !

La terre. Des clefs. Des préservatifs. Tout s'enchaîne dans ma tête. Et la mort, tout près.

Un parfum de noisettes et de musc.

MARC DRU

Je suis en colère. La confession de Miller est édifiante. Karine se tasse un peu plus dans son fauteuil.

Tout a commencé dans le désert. Il s'agit d'un duel intemporel entre deux êtres : Miller et ce patient 6. La rose. C'est le lien. Leur lien.

Le message de la rose n'est pas destiné à un homme du passé. Il s'adresse à Miller directement. Mais si le patient 6 avait un message à transmettre, il ne se fatiguerait pas à « signer » ses victimes à l'encre invisible, un acte très enfantin et féminin ! Si le patient 6 a tué le soldat Bryan, alors il aurait tué les adolescents d'aujourd'hui. Il les aurait « timbrés » et envoyés à Miller sur son palier ! Le cachet de la poste faisant foi.

Il y a un illogisme du comportement évident.

Surtout si je prends en compte la contamination comportementale. Sans oublier que la base psychique de ces cobayes était déjà sûrement morcelée, bien avant leur présence dans le désert pour l'expérience. Un tueur ne devient jamais un simple voleur. Un violeur ne devient pas un voyeur. Un tueur organisé (qui décide de tuer) tuera. Quand le mécanisme est enclenché, il est alimenté, contaminé, et donc il récidive, c'est plus fort que lui. Son mode opératoire est la jouissance psychique : car, en décidant de tuer, il décide de jouir d'un droit de vie et de mort sur autrui qu'il apparente à celui de Dieu. S'il y a eu jouissance en tuant, alors le cerveau cherchera à jouir encore et encore, en tuant, en alimentant son processus de base, en le nourrissant... Et l'assassin tuera sans se poser de question et n'envisagera pas d'arrêter !

Si les patients du désert étaient des pervers, alors ce mode de jouissance tordu était déjà inscrit dans leur inconscient.

Le patient 6 doit sa survie au fait qu'il a tué. Ce fait est à la base du comportement du tueur et s'ajoute à son passif, à ce qu'il avait fait avant de se retrouver en prison sécurisée. Il y a là une contamination supplémentaire. Ce qui veut dire qu'il a continué à exercer ses talents après sa libération du désert. Si le tueur n'alimente plus son mode de jouissance tordu, alors il amorce un long suicide : il inverse sa rage contre lui-même. Parfois, la culpabilité mêlée à un narcissisme dépressif peut faire sombrer dans des excès de passivité jusqu'à l'annulation de soi. Mais ici, il ne peut y avoir de culpabilité, puisque tuer dans le désert était précisément un acte nécessaire à sa survie. Il peut donc se valoriser pour son courage.

Douze années de taule, un meurtre et, au bout, la liberté de... rejouer ce qui, précisément, l'avait amené en prison, douze ans plus tôt. Sauf qu'en douze années, son mode de jouissance a évolué. Il a été contaminé par les fantasmes inconscients nourris par l'isolement. L'expérience du désert, puis tuer pour survivre, a réenclenché son mode opératoire de base, nourri par la prudence et son besoin de ne plus jamais être emprisonné, pour être libre de jouir comme bon lui semble. Ce patient 6 est devenu tellement organisé qu'il ne peut pas, aujourd'hui, se montrer aussi médiocre dans ses actes, aussi novice en tortures, signant à l'encre invisible la rose de son bras. C'est totalement impossible !

Si un tueur, autoprogrammé à jouir en tuant, ne tue plus, alors il se supprime, lui. Cette décision n'est pas un élan de compréhension. Cette décision est, en fait, une fêlure narcissique immense, un trou béant, qui engouffre ses pulsions de jouissance et empêche l'organisation de sa propre survie à ses actes de tuer. Si le patient 6 était comme ça, il n'aurait pas cherché à survivre. Il aurait laissé Miller le tuer.

Lorsqu'un tueur est avalé par son narcissisme béant, tel un trou noir avalant tout dans son noyau, sa personnalité vole en miettes et c'est parfois dans un raptus violent, un suicide, qu'il y a recherche d'un contrôle sur le raz-de-marée psychique.

Souvent aussi, c'est un long naufrage psychique qui peut se traduire par un alcoolisme, des maladies diverses, des années d'errance et d'autres dépendances perverses intimes (drogue, sexe), jusqu'à atteindre le but recherché : s'annuler, soi. S'il ne s'annule pas, alors il est poussé à tuer, à récidiver, en raison de pressions terrifiantes dans ses entrailles et dans sa tête.

Si le pervers, contaminé psychiquement par ses actes, ne donne pas un sens nouveau à ses infections, alors sa perversion se retourne contre lui, de l'intérieur.

Calme-toi, Marc, prends ton temps...

La seule chose logique, le seul schéma psychique tangible, c'est qu'à son tour, le soldat numéro 6 s'approche de Miller aujourd'hui, exactement comme Miller s'approchait de lui dans le désert, victime après victime... Il répète la scène archaïque de l'expérience du « long sommeil ». Mais il la répète sans tuer. Et ça ne peut pas se passer comme ça, en régressant. Ça ne va pas du tout.

Mais pourquoi Miller, pourquoi précisément lui ? Si le patient 6 avait sauvé sa propre vie, il jouirait de sa supério-rité ; il ne reviendrait pas sur une vengeance personnelle contre Miller, des années après !

Pourquoi le patient 6 ne tue-t-il pas ses jeunes victimes ? Pourquoi se contente-t-il de les torturer, en prenant bien soin de les laisser en vie ? Pourquoi attendre toutes ces années sans rien faire ? Pourquoi se mettre tout à coup à l'œuvre, avec toute cette furie ? Pourquoi signer le tout à l'encre invisible ? Quel moment a fait « flancher » le psychisme du patient 6 ? Pourquoi précisément à cette date, cette année ?

Quelque chose ne va pas. Ne va pas du tout.

Près du PC, je remarque une autre cassette, sur laquelle il est écrit : « Alex. » Sans plus réfléchir, je la mets dans le lecteur et l'enclenche. Karine ne ressemble plus à cette femme sexy du début de soirée. Tout son charme s'est évaporé. Il reste une enveloppe charnelle dont les outils de séduction pourraient être interprétés comme un surplus. Ses cheveux paraissent lourds, rouillés.

Je soupçonne souvent les gens énergiques et pétillants d'être plus lucides que les autres, car ils savent pourquoi il est important de rire et de vivre les choses plus légèrement qu'il n'y paraît au fond d'eux-mêmes. À ne pas confondre, toutefois, avec les libellules sociales, ces éberluées comportementales, ces personnes qui passent d'une fleur à l'autre sans jamais butiner, en battant des ailes dans le vide, jusqu'à l'épuisement.

Il y a un bruit de drapeau dans le vent, des successions de larsens. Il a dû mettre le microphone dans son blouson. Alex parle à Marshall.

C'est alors qu'un bruit nous fait sursauter tous les deux. Quelqu'un frappe à la porte. Karine éteint le dictaphone.

LA PROIE

Mon père m'attend. Dans ma mémoire.

... Il est près de moi, il me frappe, me secoue. Je crache l'eau violemment, ma gorge brûle au contact de l'oxygène chaotique de l'été.

Sa bouche essoufflée se colle à l'oreille de mes huit ans. Mon cœur palpite, mon corps frémit de ce bonheur sans fin. Je ne sais combien de temps j'ai attendu ce moment intime de nudité avec lui, le contact de sa peau musquée, la puissance qui hante ses veines. Tout cela est venu me sauver. D'un coup, il pose ses dix doigts épais sur ma tête.

— *Je sais ce que tu fais... Tu es comme une fille, j'ai honte de toi...*

*
* *

Je sens une douleur dans mon dos, une deuxième... Plusieurs... Puis ma peau qui tire. J'ai si mal. Mon ventre se distend. Puis, c'est l'apesanteur. Des bruits de chaînes...

Mes hurlements accompagnent mon corps qui se surélève, tiré par les fils et les hameçons accrochés dans ma chair. Je suis suspendu dans le vide, mon visage tourné vers le bas. Mon cou n'est pas troué, je hurle.

Ma peau me tire. Les lumières s'éteignent. Les ténèbres, de nouveau. Dans mon oreille, il y a une voix qui me susurre :

— *Je sais ce que tu fais... Tu es comme une fille, j'ai honte de toi...*

Prédateur

Mon père m'a appris à « purger » dès mes huit ans. C'est bien plus tard qu'il m'expliqua le sens des purges. Ce jour-là, il m'avait entraîné dans les bois. Tous les deux, nous avancions dans le silence le plus parfait. J'attendais qu'il se confie. Il avait remonté sa manche et me montrait la rose, tatouée sur son bras.

— Je n'oublierai jamais d'où je viens.

— D'où ?

Il s'est arrêté de marcher.

— Du néant.

Je n'osais pas le regarder en face. Il a continué à parler.

— Si j'avais pu aider mon père, je crois que je me serais aidé moi-même. Quand je vivais là où j'étais, avant d'avoir rencontré ta mère, je pensais souvent à ce qu'un voisin de chambre faisait.

— Qu'est-ce qu'il faisait ?

— Il mangeait les petites filles.

J'ai eu peur. Mais, grâce au fait qu'il était en face de moi, je me sentais protégé de son voisin de chambre.

— Il attirait les petites filles chez lui. Il les tuait. Puis il les découpait en morceaux et il les mangeait.

Ma mère, parfois, me racontait des histoires ; mais celle-ci avait quelque chose de particulier. Les images étaient là, violentes, réelles.

— Un jour, il m'a dit que son comportement avait changé. Qu'il avait besoin de plus en plus de violence, qu'il avait pris son pied comme jamais, que plus rien d'autre ne comptait pour lui.

— Il a fait quoi ?

— Un jour, il a suivi une maman qui emmenait sa petite fille à l'école. Il a volé la petite fille. Il l'a ramenée chez lui. Il a fait chauffer un très grand récipient plein d'huile sur un brûleur à gaz. Il a jeté la petite fille dans l'huile bouillante. Elle était vivante. Il avait adoré ses cris.

Je me mets à hurler, car je sais que c'est vrai.

— Vas-y, hurle ! Personne ne t'entend et tu te sentiras mieux.

Il est doux et calme. Serein. Ça m'aide beaucoup.

— Moi, j'ai tué mon père ; il abusait de moi, sexuellement. Ce soir-là, j'avais été jaloux, car il aimait un autre garçon que moi. C'est grâce aux livres, en prison, que j'ai appris ce qu'il avait fait de moi : son jouet. J'étais entré dans une rage folle et j'avais tué, en parfait aveugle, d'autres hommes dans les bois. J'étais incapable de me contrôler, incapable de me défendre, je n'existais pas. Un flic m'a fait enfermer, sans prendre le temps de comprendre ce qui avait motivé ma rage. Mais, vois-tu, j'ai appris une chose : il est possible de réguler sa rage. Il suffit de subir une purge. Et ça en vaut la peine, ça peut éviter tout débordement et, ainsi, j'aurais pu être insoupçonnable.

— D'accord, papa. On ne tuera jamais, n'est-ce pas ?

— Non, on ne tuera pas. Nous, on va purger.

Je ne comprends pas ce que signifie ce mot. Je reste interdit.

— Ce voisin de chambre avait des hémorroïdes. Pendant ses crises, les petites filles ne l'intéressaient plus. Car sa souffrance physique l'empêchait de se concentrer, de fantasmer. C'est de là que m'est venue l'idée de la purge.

— Qu'est-ce que ça veut dire ?

— Trouver de futurs assassins et les purger. Les opérer de façon à ce qu'ils apprennent à gérer leurs pulsions, sans être emportés par elles.

— Ça va leur faire quoi ?

— Les tempérer. Leur permettre d'être plus prudents, plus redoutables, plus parfaits.

— Mais pourquoi ? On devrait les empêcher de tuer, non ?

— Non ! Le monde marche comme ça ! Depuis des lustres, il y a deux camps : ceux qui tuent et ceux qui se font tuer ! À toi de choisir le tien, tout de suite !

— Je ne veux pas mourir !

— Alors, tu ne mourras jamais ! C'est pour ça que je t'ai élu, toi. Car je ne peux pas te faire de mal. Dès que je t'ai vu, je l'ai su. Dès que je t'ai vu, j'ai compris que tu allais m'aider. J'ai compris comment on allait procéder, toi et moi. Car j'ai de grands projets pour toi. Tu n'as pas pu secourir ton père malade. Mais moi, tu vas m'aider et, ensemble, on va régner sur le monde. Es-tu prêt à prendre quelques risques pour ça ?

Je n'ai pas hésité une seule seconde.

— Oui.

On a marché ensemble, puis il m'a dit :

— Dans tes camarades de classe, il y en a un qui est intéressant. Il faut le suivre et m'apporter les informations nécessaires... Je vais t'apprendre tout ça. On va le purger, ensemble.

— Merci, papa. Je sais de qui tu veux parler : il n'arrête pas de m'embêter, il veut me faire des « choses ».

— Ça va être sa fête. Ne t'inquiète plus. Je suis là.

Serge Miller

Karine Vallon et Marc Dru sont dans le bureau de Marshall. Drôle de message que voici : « Marshall a été kidnappé. » C'est presque drôle. Toutes les situations s'aggravent et empirent à vue d'œil.

Qu'est-ce que tu as foutu, Marshall ? Bordel !

Pire que tout, les journalistes sont arrivés avec fracas. La peau du jeune homme, sur les pavés, a été photographiée avec un portable de pompier. L'image a été balancée sur le Net dix minutes plus tard et récupérée par la presse, pour préparer au mieux le scandale. Ils ont déboulé ici avec la sensibilité d'une pelleteuse. Les officiers m'ont montré du doigt, avec rage... Flash des appareils photo... Mon compte est bon !

J'ai ordonné de bâcher les lieux du crime. Une fois la mort du jeune homme confirmée, les techniciens ont glissé des lames de fer plates sous le corps, pour dessouder la peau de la pierre du pont. Le corps, en pleine rigidité cadavérique, a été retiré de sa monstrueuse emprise et transporté à l'Institut médico-légal, quai de la Rapée, pour une autopsie. Le ventre était bien ouvert du nombril au plexus. Une poudre blanche était visible, à l'œil nu, sur toute la longueur de l'ouverture de la peau. L'odeur était insoutenable.

La police scientifique m'ignore et je sais déjà qu'un rapport sera fait contre moi, pour me retirer toute autorité. Mon portable sonne. Il s'agit du préfet. L'heure à laquelle il ose m'appeler en dit plus long que n'importe quel rappel à l'ordre. Je décroche.

— Miller ? Vous allez faire la Une des journaux, dites-moi ! La pression contre vous est énorme, et comme la presse n'a rien d'autre à se foutre sous la dent, ça va devenir terrible. On nous accuse déjà de cacher au peuple l'existence de tous les pervers remis en liberté ! Mais là, c'est le pompon ! Je cite : « Un serial killer assassine nos adolescents dans la plus parfaite indifférence de notre Justice ! » Voilà, Miller, le papier qui va sortir demain matin. Ce qui me met en rage, c'est que c'est votre gros visage qui va représenter la Police ! Entre nous, on mérite mieux que ça, non ? Soit j'interdis la parution de ce torchon et je renforce la suspicion à notre égard, soit je laisse sortir ce journal et c'est vous qui devrez tout révéler au public. Je vous appelle pour vous dire que j'ai déjà choisi : vous vous démerdez ! Sans moi ! L'exclusivité s'arrête là pour moi. J'ai fait tout mon possible ! Que fout votre poulain Marshall ?

— Il a disparu.

— Vous plaisantez ?

— Non.

— Putain de merde ! Qu'est-ce que vous avez foutu là ? Il n'était pas censé être le pisteur superman ? En attendant, Miller, la grosse Lestier... vous vous rappelez, peut-être, que son mari travaille pour nous ? Eh bien, elle nous a fait une tentative de suicide devant votre protégé, sur le seuil de son bureau. Votre « super meilleur agent du monde » ! Il l'a laissée se trancher la gorge et n'a rien trouvé de mieux à faire que d'appeler les secours ! Elle est à l'Hôtel-Dieu, en réanimation. Votre Marshall a disparu ? Alors, vous êtes dans une sacrée merde, Miller, dans un sacré paquet de merdes fumantes !

— Eh bien...

— Non ! Attendez... La réponse ne m'intéresse plus. Dites-moi, Miller, vous m'avez tanné les couilles pour que cette histoire de disparus reste entre vous et moi, non ?

— Oui, monsieur.

— Alors, maintenant, elle ne regarde plus que vous. Démerdez-vous, Miller ! Sachez que, demain matin, l'affaire sera ébruitée dans toute la France. L'échec aura votre visage, pas le mien. L'affaire sera reprise par tous les services compétents. Vous perdrez toute confidentialité et votre rôle sera banalisé au maximum. J'avouerai au public avoir fait une erreur en vous choisissant. Mais, en même temps, j'ai agi comme tout bon préfet de police doit le faire : en employant les meilleurs. Or, force est de constater que vous ne l'êtes plus, Miller. Alors on va déterminer le sort de cette merde, au plus vite : je la laisse sur vos épaules. Car je ne perdrai pas ma place à cause de votre gros cul.

— Message reçu, monsieur le préfet. Merci.

— Ne me dites pas merci, Miller. Si je peux vous démettre de vos fonctions, je le ferai, et même, sachez-le, avec plaisir.

Je raccroche. Il ne me reste qu'une chose à faire. Marc Dru et Karine Vallon. Le bureau de Marshall. Travailler avec eux. Mais avant, je vais aller chercher les photos chez moi, les lettres… Je ne peux plus m'offrir le luxe de garder les avantages. Je dois faire au plus vite, je n'ai plus qu'une nuit devant moi. Une nuit pour défendre ma vie.

Peu importe les confidences que je ferai maintenant puisque mon heure est venue.

La pluie.

PRÉDATEUR

Mon nouveau père de substitution temporaire, Brice, a fait fructifier sa petite entreprise de reprise de vieux matériel. Un jour, il est venu me voir, des clefs à la main.

— J'ai trouvé de quoi meubler nos vacances scolaires !

— C'est quoi, papa Brice ?

— Je vais te montrer.

La grosse Annie est restée dans l'embrasure de la porte. Elle recevait tous ses « amis » du travail et, dans ces cas-là, mon père et moi, nous quittions la maison le plus souvent. Elle invitait des jeunes hommes qu'elle soutenait dans son bus. La plupart d'entre eux n'avaient plus de famille ; alors, elle leur proposait de venir chez elle faire leur lessive et boire du café. « Ne t'inquiète pas ! disait-elle à Brice, ils sont tous homos. »

Mon père m'emmena dans la proche banlieue, juste avant Aubervilliers. Il bifurqua, longea un bras de la Seine et une succession de bâtiments abandonnés.

— Il faut bien stocker le matériel en attendant qu'on me le rachète, vois-tu ? Et tu ne trouves pas que notre cave commence à devenir trop petite ?

— Oui, tu as raison. C'est une sacrée bonne idée.

— Comme ça, on débarrasse notre cave. Regarde l'endroit que j'ai trouvé.

C'est un hangar en pierre et terre battue. Il est recouvert de lierre sauvage et entouré d'orties. L'endroit est totalement désert, à l'abri du vent et des regards. Il n'a même pas subi un tag. Il gare la voiture dans une cour privée, après avoir ouvert une barrière en fer. Il pousse la porte, une porte pleine, sans le moindre jour dans la tôle, tandis que mon cœur enfle de bonheur. C'est une cave comme celle-ci dont mon père rêvait. Ici, on pourrait purger à volonté, sans risquer de se faire surprendre.

— Je changerai la porte d'entrée et je construirai une impasse. Si l'endroit est bien tenu, je pourrai faire venir les clients directement ici. Ils choisiront leur matériel et pourront le retirer en toute sécurité.

— C'est très bien comme perspective.

— Viens voir l'intérieur, d'abord.

La pièce est longue et haute de plafond. La possibilité d'édifier un étage paraît évidente. Pourtant, Brice n'a pas l'air emballé par l'idée que je lui soumets. Nous contournons la pièce, puis nous tombons sur une espèce de bac à sable dans les hangars. La hauteur, la largeur et la superficie équivalent à celle d'une baignoire ancienne, emplie de terre croupie.

— Il va falloir enlever ça. C'est d'ailleurs ma priorité, aujourd'hui ! Tu m'aides ?

Nous y avons travaillé toute l'après-midi. C'est en passant le coup de balai final que j'aperçois l'anneau. Un anneau soudé à une poignée. Dans le sol. Brice me voit hésiter. Nous ouvrons.

Deux autres pièces nous attendent. Presque six mètres de hauteur, quatre-vingts mètres carrés de superficie, des crochets de boucher fixés sur les murs, des rigoles de ciment sur le pourtour du sol, pour évacuer les liquides. Une odeur de métal plane. Le sol est entièrement recouvert de carrelage blanc ; et au fond, une pièce dans laquelle une chambre froide pétille de solitude.

— Surtout, n'en parle à personne, d'accord ?

— D'accord. Ce sera notre secret.

— Oui, voilà, notre secret. Rien qu'à nous !

Jusqu'à ce qu'il devienne exclusivement le mien. Ici, j'étais chez moi. Je venais de le décider à l'instant.

MARC DRU

Un chien mort dans la cuisine. Ce mec a une dépouille de chien dans sa cuisine.

J'ouvre la porte sur un homme corpulent, trempé. Broyé. La première chose qu'il regarde, c'est le paquet de cassettes éparpillées sur le bureau. Il les reconnaît. Il voit aussi les cadavres des canettes de soda et les cartons des pizzas complètement froides. Abandonnées. Son œil fait un tour circulaire et s'arrête sur Karine et moi. Il saisit l'ambiance de la pièce en moins de temps qu'il n'en faut pour le dire.

Karine, de son côté, reste méfiante, distante : elle aussi a entendu les confidences de Miller. Ce dernier avance dans le bureau, imperturbable. Aucune partie de son corps n'est parfumée à la peur. Il semble déterminé. Dans sa main, un sac en plastique du type « supermarché en bas de chez vous ». Rempli de papiers. Il est bien décidé à montrer qui commande ici.

— Mettons-nous au travail ! Vous, laissez-moi le fauteuil du bureau, s'il vous plaît.

— Karine ne bougera du bureau que si elle le décide !

C'était sans compter sur ma coopération. Miller me regarde, époustouflé.

— Le psy a fait des progrès avec la notion du pouvoir !

— Mon pouvoir est à la hauteur de la situation, Serge Miller ! Et vous en savez quelque chose, non ?

— Vous pensez que connaître ce qu'il y a sur ces cassettes vous donne le droit de me commander ?

— Non, je pense que, sur ces cassettes, il y en a assez pour me faire dire que toutes ces tortures auraient pu être évitées ! Vous en êtes le responsable. Vous n'avez de pouvoir ni sur Karine, qui donne de son temps libre pour faire avancer l'enquête précisément là où vous la freinez, ni sur moi.

Miller jette son sac de plastique sur le bureau. Des cassettes volent. Du bruit.

— Alors on va commencer par le début, Marc Dru !

— Oui, merci. Vous nous devez au moins ça !

— Nous ?

— Oui, « nous ». Karine et ces gosses, madame Lestier et moi. Oui, vous nous devez au moins ça, Miller !

— Voyez-vous ça ! Le psy qui se transforme en héros : les autres, la veuve, l'orphelin et moi ! Vous êtes aussi méprisable que ces gens, incapables de voir autrement que ce qu'ils ont sous leur nez ! Pendant que vous jouez au gendarme de la vérité, le danger court... Mais ce qui vous suffit, c'est d'avoir votre coupable : et c'est moi ! Moi seul, le responsable ! Si tout était aussi simple, Dru, croyez-moi, vous ne vivriez pas de vos talents de psychanalyste, « talents » étant employé sciemment, pour ne pas trop vous angoisser à l'idée d'injustice. Parce que c'est bien ça qui vous anime Dru, non ? L'injustice ? Ne devrions-nous pas commencer par là ?

— Vous perdez votre temps, Miller. Je ne suis pas manipulable. Et la raison première de ma présence ici est que je suis motivé par la vérité. L'injustice étant une composante humaine indélébile. Ce n'est pas vous qui allez me contredire sur le sujet !

— Je n'ai à m'expliquer de rien, ici. Votre ersatz de tribunal est aussi glauque que votre morale dégoulinante. Vous avez toutes les composantes nécessaires pour travailler dans le social. Vous devriez essayer, vous savez, le genre « enfants battus »... Ça pourrait marcher du tonnerre, Dru ! Mais là, en ce qui vous concerne, vous ne me donnez pas envie de vous aider dans votre lutte de super héros national.

— Ah !... Parce que c'est nous qui avons besoin d'aide, maintenant ?

— Oui, Dru, si vous êtes motivé par la vérité, alors j'ai de l'avance sur vous. Ce qui vous met en position de fermer votre gueule.

Silence.

— Ce silence me donne l'avantage dans cette situation, Dru. Alors fermez-la ! Vallon, virez votre cul de ce fauteuil.

Elle se lève. Il lui a parlé de façon militaire, abrupte. Visiblement, Miller ne connaît pas ma façon à moi d'interpréter le silence.

— Miller ?

— Quoi ?

— Si ne rien dire est une façon, pour vous, de vous octroyer le droit de nous mépriser, alors vous n'allez pas faire long feu sur cette affaire. Vous êtes à bout. Vous avez un cadavre de chien dans votre cuisine et une dépression intime si énorme qu'elle vous rend presque parfait quand vous arrivez à faire taire votre entourage. Vous croyez quoi ? Qu'on va vous laisser continuer à cracher sur les gens sous prétexte que vous seul détenez des vérités ? Vous puez la fin de course, Miller. Vous seul avez besoin d'aide dans cette pièce. Si vous n'en demandez pas tout de suite, alors Vallon et moi, nous nous retirons. Nous allons dans un commissariat. Nous déballons tout ce que nous savons. (Je regarde les cassettes.) Je dis bien : tout ! Et vous n'aurez plus qu'à aller vous allonger, à côté de votre chien.

— Vous êtes parfait, Dru : un vrai con, en bonne et due forme !

— Je suis heureux de vous voir capable de jugements aussi fins et réfléchis. Vous remontez dans mon estime.

— Rangez vos dents blanches. Reprenez Vallon dans vos bras et cassez-vous. J'ai pas le temps...

— Fermez vos putains de gueules !!

Silence interloqué.

Karine Vallon reprend son souffle.

— Mais, bordel, vous jouez à quoi, là, tous les deux ? Ravalez votre fierté et revenez sur terre, en mettant votre ego de côté ! On a besoin de votre matière grise, ici. Rien de plus et rien de moins.

— Écoutez-la, Dru ! Elle pourrait bien devenir votre femme ! Elle en pince pour vous, sinon elle ne défierait pas mon autorité. Les femmes sont des kamikazes. Vallon est bien plus convaincante que vous. Et elle a raison.

Je ne dis rien. Karine rougit. Je choisis de lui faire croire que je n'ai rien remarqué, pour la mettre à l'aise plus facilement. Miller est désespéré, il n'a rien à perdre : s'il y a un suicidaire parmi nous, c'est lui. Il va falloir, en plus de travailler, veiller à ce qu'il ne nous entraîne pas dans ses délires de dernière ligne droite.

— Vous avez raison, Karine. Excusez-moi. Mettons-nous au travail !

— Parfait, le psy Dru ! Merci de vous remettre en place tout seul. Il n'y a pas mieux qu'une autoanalyse de la situation !

Mais Karine ne lâche pas le morceau.

— Ça suffit, Miller. En parlant de place, un chien crevé dans une cuisine, ce n'est pas top pour faire le VRP de l'homme modèle qui sait tout ! Vous êtes un bourrin, Miller. Vous faites tout comme un bourrin : du mariage au divorce. Estimez-vous heureux d'avoir deux personnes disponibles pour vous aider. Et si vous êtes capable d'empathie, alors pensez à Marshall et recentrons-nous sur des priorités extérieures à nos petits problèmes du moment. Votre sale gueule et votre impuissance évidente à mener cette enquête tout seul commencent sérieusement à me tanner les ovaires !

Rien de pire pour un homme hétérosexuel que d'avoir la confirmation d'une stérilité apparente venant d'une femme qui connaît sa vie grâce aux commérages des lieux de travail. Karine nous a définitivement cloué le bec.

Miller donne un coup de poing sur le bureau. Karine en profite pour faire un pas vers lui. Ainsi, elle se rend disponible à l'agressivité de Miller ; elle lui renvoie aussi en pleine tronche son attitude agressive. Elle le fait taire, une bonne fois pour toutes.

— Vous ne gérez plus rien, Miller. Ici, vous ne faites pas le poids. Alors on va se partager les tâches. Vous allez commencer par la vôtre, Miller. C'est quoi ce projet : « Le long sommeil » ?

Silence.

Silence.

Silence.

— Le projet « Le long sommeil » est un projet d'État. C'est peut-être le premier qui allie, à la fois, l'État et un laboratoire de recherches médicales privé.

Je me rapproche de Karine. À différents niveaux, nous menons notre enquête : Miller assis, persuadé de son autorité, et Karine et moi, comme deux inspecteurs.

— Pourquoi vous, Miller ?

— Comment ça, pourquoi moi ?

— Pourquoi étiez-vous sur les lieux ? Qui a fait la sélection ?

Il sourit.

— La sélection s'est faite par courrier. J'avais ordre d'aller dans les Hautes-Alpes. Un hélicoptère nous a déposés près d'une caserne abandonnée, en pleine montagne. En fait, tout se passait en sous-sol.

— Une caserne ?

— Non, une prison, Dru. Une prison, qui renfermait les tarés les plus redoutables : ceux qu'on ne pouvait se permettre de mélanger à la population carcérale habituelle sans risquer un bain de sang.

— Des tarés ?

— Oui, chère madame, des tarés « de groupe 1 », comme on disait à l'époque. Sous Mitterrand, beaucoup de choses sont restées cachées. Ces mecs-là étaient des « choses » cachées. Mais on les dissimulait pour de bonnes raisons.

— Lesquelles ?

Miller souffle. Il se détend. On doit profiter de cet avantage.

— Les prisonniers extrêmement dangereux sont condamnés à la perpétuité. Ils ont une dette, celle de leur prise en charge par l'État. Car ne croyez pas qu'un prisonnier ne coûte rien au contribuable, bien au contraire ! Le contribuable l'ignore, en général. Il se contente de se savoir en sécurité, une fois le pervers emprisonné.

— Ce qui veut dire ?

— Ce qui veut dire que ces prisonniers appartenaient à la France. À vie.

— Et qu'a fait la France pour eux, en retour ?

— Des expériences scientifiques, en étroite collaboration avec un laboratoire.

— Mon Dieu ! On dirait un mauvais roman qui traite de méchantes bestioles dans des pipettes, transfusées dans le sang des prisonniers... Stephen King a fait fortune avec ça !

— Vallon, épargnez-moi vos analyses littéraires ! Il ne s'agissait pas de méchantes bestioles. Il s'agissait du vrai virus HIV.

— C'est une plaisanterie ?

— Non, on leur avait fait signer un contrat qui stipulait qu'en échange d'une vie plus facile, ils donnaient leur corps à la recherche. Trois salles de sport, un sauna, des douches à volonté et des repas chauds.

— Qui payait tout ça ?

— Un laboratoire...

— Moyennant des « soins » spéciaux.

— C'est ça ! Au départ, il y avait vingt-deux prisonniers. Un seul avait été contaminé « naturellement ». Suite à la découverte de la séropositivité de cet homme, on a commencé par supprimer les préservatifs.

— Mon Dieu !…

— Ne faites pas votre chochotte, Dru ! La psychanalyse regorge d'ignominies. La guerre virale est un fait. Une évidence. Tout le monde le sait et personne ne dit rien. Ça laisse le champ libre pour… tout et n'importe quoi. Les virus ont été le principal intérêt chimique pour la fabrication de nouvelles bombes, bien au-delà du nucléaire. Tous les pays ont envisagé, un jour ou l'autre, cette possibilité. Au-delà des larmoiements, le sida est une aubaine pour qui voudrait se débarrasser des homosexuels, des Noirs, des toxicomanes et autres prisonniers à long terme… Il s'agit là d'une vérité morale. Chaque pays a la sienne. Et c'est de loin, la pire de toutes. Ce virus a effrayé les populations, mais il a aussi attisé beaucoup de convoitises. Les religions y voient une vengeance divine ; les politiques, une façon de ne pas laisser l'hétérosexualité et les valeurs de la famille se faire voler la vedette ; et enfin, mais surtout, les sodomites allaient être punis par la vie, ce qui constitue un des plus vieux fantasmes hétérosexuels du monde.

— Je ne vois pas le rapport.

— Laissez-moi raconter la suite, Dru.

— Allez-y, excusez-moi.

Miller reprend son souffle.

— Les prisonniers se côtoyaient souvent et ils étaient soumis à des pressions. On leur donnait des journaux érotiques gays parmi d'autres plus conventionnels. Au départ, il y a eu rébellion et violence, mais en trois semaines, nous avons remarqué que tous avaient eu des rapports sexuels avec d'autres détenus, des rapports sexuels désirés. Au bout de sept mois de rapports homosexuels sans protection, nous avons été étonnés de constater qu'aucun détenu n'avait été contaminé.

— Impossible !

— Si, complètement possible ! La preuve, sous nos yeux. À cette époque, les spécialistes annonçaient une pandémie.

Ainsi, ils rendaient tous les homosexuels de la Terre responsables de mort et coupables à cause de la sodomie. Cela entraînerait une destruction massive de l'humanité, un sujet vieux comme le monde : une petite communauté était un virus pour une société dominante. Tout ça était démontré sans jamais être nommé une seule fois. Le monde avait, dans les mains, une arme redoutable, une arme plus que séduisante aussi qui permettait d'éliminer de sa société ses pédés et ses gouines, ses Noirs et tous ses autres indésirables. Si un virus pouvait le faire, alors le monde « juste » retrouvait toute sa noblesse. Il fallait donc dominer ce virus et voir toutes les possibilités qu'il offrait.

— Mais où voulez-vous en venir ?

— Au bout de dix ans, seulement deux détenus étaient devenus séropositifs.

— Mais comment est-ce possible ?

— Je ne sais pas, Dru, mais reste qu'à ce moment-là, on a décidé de leur donner à tous de l'AZT.

— À tous ?

— Oui, à tous !

— Que s'est-il passé ?

— Vous voulez vraiment le savoir ?

— Oui.

— La moitié des prisonniers sont morts en un an. Il nous restait donc dix prisonniers vivants.

— Mais…

— Six mois plus tard, il n'y en avait plus que sept.

— Mais que voulez-vous dire, là ?

— Que, sous mes yeux, un médicament tuait là où une saleté de virus ne suivait pas les probabilités mondiales.

— Mais ce n'est pas possible ! Ce que vous nous racontez est impensable ! Je ne vous crois pas…

— Arrêtez de croire, Dru. Croire ne sert à rien. À cette époque, l'AZT était pur et non dilué. Vous connaissez son histoire, à ce médicament ?

— Non. Je ne vous crois pas.

— Dru ! En dix ans, aucun des patients ne présentait de symptômes. Depuis l'AZT, nous avions précisément retrouvé tous les symptômes décrits par les médecins... Et, en plus, nous avions le nombre de morts pronostiqué !

— Vous pensez que je vais croire un mec qui laisse le cadavre de son chien dans sa cuisine me raconter ce genre de connerie ?

— Seul le patient 6 était séropositif dans cette prison. Il était homo, il représentait la bombe de service. Il a toujours été le seul à n'avoir aucun symptôme : même avec prise d'AZT.

Karine s'avance.

— C'est quoi, l'histoire de l'AZT ?

Je ne suis pas contre un cours d'histoire, moi non plus.

— Il faut savoir que, surtout au début des années sida, en sous-main de la folie journalistique, la communauté scientifique s'est divisée en deux camps. Il y avait ceux qui attestaient, avec virulence, l'existence réelle du virus, et ceux qui remettaient totalement en cause la théorie du HIV, accusant l'un de ses pères, Robert Gallo, de fossoyeur. Le premier groupe accusait le second d'être criminel. Est apparue l'appellation « *barebacking* », en anglais : « chevaucher la viande à cru ou sauter à cru », peu importe, le résultat est le même. Un homme et une femme qui font l'amour sans préservatif sont des gens « normaux », tandis que deux hommes qui copulent sont considérés comme anormaux. Parce qu'il est impossible pour les gens « normaux » de concevoir des sentiments amoureux dans l'homosexualité, ils vont volontiers stigmatiser la chose ; homos non protégés égalent « barebackers », plus explicitement : assassins, irresponsables ! Dans ces années-là, des pontes de la recherche ont été radiés de leur profession parce qu'ils contestaient la théorie du sida, du cancer gay. Les scientifiques radiés refusaient tous de sexualiser un virus et cherchaient à remettre les choses à leur place, à savoir : un virus n'a pas de tête chercheuse, il n'identifie pas ses victimes ! Mais la morale, si. Ils n'ont rien vu venir, ils ont été virés !

— Mais, enfin, il y a bien la découverte d'un virus, quand même ! Ce n'est pas rien ça, non ?

— Oui et non. Il y a surtout une découverte de coupables, porteurs de virus ! Mais commençons par l'AZT.

Soudain, Miller redresse sa tête, comme s'il la sortait de l'eau.

— Dites-moi… Les gosses sont séropositifs aux tests HIV. Est-ce que votre collègue, Alvarez, l'est aussi ?

Karine me regarde. Je lui fais signe d'abattre ses cartes. On n'est plus à un secret près.

— Oui.

— J'attends les résultats du jeune Kin.

Mon sang ne fait qu'un tour.

— Vous l'avez retrouvé ?

— Oui. Il est mort.

— Il l'a tué ?

— Non, il a fait en sorte qu'il meure. Le jeune homme était collé sous le pont des Arts, le ventre perforé. La peau découpée, décollée du corps, a glissé sur le sol. Il y avait des hameçons… Et le gamin voulait que je le tue…

Miller revit un traumatisme. Il est inconscient du fait qu'il parle à voix haute. Karine ferme les yeux. Je les devine mouillés aux coins. Miller soupire lourdement une fois encore. Puis il ouvre les yeux et réagit, plus vite que l'éclair.

— Tout a commencé aux États-Unis, lors de la guerre du Vietnam.

Je propose une chaise à Karine. Puis, une fois assis, nous écoutons Miller. De mon côté, l'image d'un jeune homme, collé sous un pont, le ventre ouvert, me hante…

— Les soldats américains partaient faire la guerre dans un pays étranger. Pour limiter les risques de ramener sur le territoire américain des virus équatoriaux, de type Ebola, les laboratoires mirent au point une pilule ayant la fonction primaire de purifier le sang des soldats en permanence, afin qu'aucun de ces virus potentiels ne vienne pervertir le sol américain. Il faut dire qu'à cette époque, les paranoïas étaient grandes. Les premiers soldats de retour, les vétérans du Vietnam, revenaient complètement sous le choc. Après tout, une guerre n'est jamais jolie. Mais voilà, certains avaient des problèmes de santé évidents. Certains avaient les os qui s'effritaient, d'autres des bouffées délirantes ou des lipodystrophies, c'est-à-dire que les graisses se stockaient, de façon inesthétique, dans le corps. Très vite, on s'est aperçu que la drogue, appelée AZT, était dangereuse, voire même assassine. On a donc immédiatement interrompu les traitements, mettant au rebut des milliers de pilules ; ces dernières étant considérées, par l'OMS, comme dangereuses pour l'homme.

— Vous voulez dire que…

— Au début des années sida, la terreur fut si grande, en 1984, à cause des déclarations du professeur Gallo, qu'on a ressorti les pilules. Rappelez-vous, il y a eu un scandale, car il n'y en avait pas assez ! Alors, l'État américain en a fabriqué… et l'OMS, acculée face à l'urgence, a validé la pilule dangereuse. Ce fut l'époque du début des thérapies. Rappelez-vous qu'alors, on pensait trouver un vaccin dans les deux prochaines années. Ça fait vingt-cinq ans que ça dure ! Et le comble, c'est qu'aujourd'hui encore, l'AZT est présent dans les trithérapies, en faible quantité mais en dose réelle. L'AZT est responsable de l'allure du sida, car lui seul a fabriqué les peaux fanées, les silhouettes amaigries, les corps déformés… Plutôt que de dire : « Il ou elle a le sida », on devrait dire : « Il ou elle prend de l'AZT. » La moitié du monde médical est d'accord pour imposer la trithérapie à chaque séropositif et l'autre moitié déplore les thérapies comme étant assassines et fourbes… et propose une tempérance. En tout cas, le fait qu'il n'y ait pas de remède contribue à l'excellente santé mondiale des laboratoires.

— Quel rapport avec le patient 6 ?

— Le rapport ?

— Oui !

— Eh bien, il est simple : il ne prenait pas ses pilules d'AZT. Il nous a trompés, en beauté. Et il est devenu survivant, malgré lui.

— Et c'est pour ça qu'il n'est pas tombé malade ?

— Oui.

— Mais c'est proprement hallucinant !

— Autre chose, Dru.

— Oui.

— Si vous voulez détruire quelqu'un, que faut-il commencer par faire au niveau de son comportement ? Vous êtes un spécialiste en la matière, je crois, non ? Alors étonnez-moi un peu !

— C'est très simple : casser le sommeil et séparer le sujet de sa sexualité.

— Vous m'épatez.

Karine me regarde avec douceur. Heureusement que nous sommes assis.

— Alors, nous avons essayé d'autres choses.

— Mon Dieu !…

— Une guerre, ma petite Vallon ! Il s'agit d'une guerre !

— Il s'agit de vies humaines.

— Non, Karine, il s'agit de guerre ! Et dans une guerre, il y a des morts !

Je fixe Miller.

— Comment êtes-vous au courant de tous ces complots ? Qu'est-ce qui les atteste ?

— Une chose très simple, Marc.

Pour la première fois, il semble avoir un minimum de compassion pour mon savoir limité sur le sujet.

— Vous êtes-vous réveillé, un matin, en vous disant : c'est quoi le sida ? Quelle est l'histoire « merveilleuse » du sujet ? Comment et où voir ce virus en action ?

— Non, ce que je sais sur le sida me suffit : capote et faire attention.

— Voilà, Marc. Nous y voilà, précisément.

— Nous y voilà ? Où ?

— Eh bien, votre réponse. Le fait de savoir que le sida est « comme on vous l'a appris », que vous protéger est la meilleure prévention et vous permet de vous sentir responsable, n'est-ce pas ?

— Oui, et quand je vous entends, tout me montre que j'ai raison de faire comme ça.

— Oui, sûrement, Marc. Mais maintenant, imaginez que vous appreniez que vous êtes séropositif. Que faites-vous ?

— Je vais chez mon médecin et je lui fais confiance, c'est son métier de savoir ce qu'il faut faire.

— Vous êtes parfait, Marc. Laissez-moi vous raconter une histoire maintenant.

Je ne dis rien, mais Miller m'insupporte au plus haut point.

— Si demain, moi, j'apprends que je suis séropositif, eh bien, je décide de me renseigner par moi-même sur le sujet. Après tout, ça fait vingt-cinq ans que les labos se penchent sur le virus, que leurs travaux avancent « à grands pas » et que nous autres donnons l'argent de nos poches pour faire avancer l'espoir… n'est-ce pas ?

— Oui, tout à fait ! Ça va vous paraître étrange, Miller, mais on ne connaît pas tout ! On ne peut pas tout savoir. La seule chose évidente est la suivante : la protection reste le meilleur réflexe contre les MST !

— Tout à fait d'accord sur ce sujet et à ce propos, j'aurai une tout autre confidence à vous faire ! Mais pour le moment, je garde l'hypothèse selon laquelle je déciderais d'aller me renseigner sur ce qui peut se passer dans mon corps parce que je suis diagnostiqué séropositif.

— On vous écoute...

— Alors je vais dans les rayons santé des librairies pour trouver un livre qui aurait sa juste place dans l'histoire du sida, puisqu'elle est fréquemment nommée « cause nationale ». Et là, qu'est-ce que je vois ? Je devrais, au moins, avoir accès à des informations précises, non ?

— Vous ne savez pas quel livre choisir, le plus sanglant ou le plus glauque, non ?

— Sacrée Karine Vallon, votre réputation vous précède ! Voyez-vous, j'aurais aimé vous dire oui. Mais le problème est beaucoup plus simple que ça.

— Ah bon ?

— Oui, et vous pouvez le vérifier par vous-mêmes : il n'existe, depuis vingt-cinq ans, absolument AUCUN livre sur le sujet ! Aucun livre scientifique comportant histoire, photos, analyses, preuves... Les seules traces que vous trouverez apparaissent dans les dictionnaires et les prévisions dramatiques de la maladie... Et surtout dans la morale de votre voisin de palier ! Mais, en aucun cas, vous ne trouverez de livres traitant sérieusement du virus, de sa découverte jusqu'à aujourd'hui, photos à l'appui. Ce qui devrait être le rôle premier de la médecine de recherche, voyez-vous... Vous pouvez trouver des traces d'actions de germes syphilitiques, des photos, des preuves, des histoires, notamment celle de la découverte de la pénicilline, due à une erreur médicale ! Vous pouvez trouver tout ce que vous voulez, sur tous les sujets que vous voulez, sauf sur... le sida.

— Pourtant, il y a des photos du HIV !

— Oui, mais elles ont été démontrées « non fiables » et ont été retirées du marché.

— Qu'est-ce que vous racontez là ?

— Qu'au bout de vingt-cinq ans, on ne sait toujours pas grand-chose et qu'on reste dans l'urgence la plus totale.

Les trithérapies ne guérissent pas, très loin de là ! Elles alimentent la discorde et rendent le monde homophobe. Le monde est en pleine ségrégation sexuelle, raciale... à cause du sida et du besoin primal de l'homme de trouver un coupable. La chasse aux sorcières a désormais commencé et, à la place des dieux, les populations ont mis leur foi dans les labos car elles sont aveuglées par la terreur. Comme au Moyen Âge, les labos profitent de la place, mais ils devront payer un jour et alors, ils ne sauront pas comment faire. Ils auront intérêt à trouver de bons scénaristes. Car le sida est « devenu » une guerre.

Karine s'impatiente tout à coup.

— Vous voyez le monde pourri d'un bout à l'autre, Miller. Votre théorie est bonne pour les indigènes. Mais permettez-moi de vous préciser que j'ai vu des malades peser vingt kilos pour un mètre quatre-vingts et que ce que vous dites est tout simplement monstrueux...

— Vous êtes une bonne soignante, Vallon. C'est le plus important à retenir chez vous... Le reste est discutable, à commencer par vos problèmes d'appréciation. Les établissements hospitaliers fourmillent de gens comme vous qui ont vu la souffrance. Et c'est normal : c'est votre métier de voir des gens mourir !

— Vous n'êtes qu'un sale enfoiré, Miller.

— J'allais justement parler de votre politesse !

— Calmez-vous !

Miller et Karine me regardent. Je dévisage Miller.

— Pourquoi le sida ?

Miller va couper court à toutes complications.

— La pilule du sommeil permettait d'accélérer le processus de l'effondrement immunitaire, puisque le HIV et ses traitements n'allaient pas assez vite pour en faire une arme rapide. Savez-vous pourquoi on trouve de nouveaux produits anti-cafards, chaque année ?

— Quel rapport ?

— Au début, vous vaporisez votre produit nouveau. Vous tuez des centaines de cafards. Mais ensuite, ils ne meurent plus et vous savez pourquoi ?

— Non !

— Leur système immunitaire a déjà enregistré la composante chimique agressive. Il l'assimile, puis les cellules tueuses fabriquent illico presto de nouvelles armes, de nouvelles immunologies... L'homme devra, lui aussi, rechercher toujours plus fort car les réponses à l'agression seront, elles aussi, de plus en plus redoutables. Plus vous élevez le poison, plus le système immunitaire se renforce.

— Vous pensez que c'est le cas du HIV ?

— Il ne s'agit plus de penser, mais le patient 6 ignorait sa séropositivité. Je n'en ai pas parlé à Marshall, dans les cassettes. Mais la prise de la pilule du sommeil n'avait qu'un seul et unique but : empêcher de dormir et épuiser l'organisme jusqu'à la mort. Ce que le sida n'avait pas fait en dix ans, la pilule l'accomplissait en quinze jours. Vous ne dormiez pas et vous mouriez. Le HIV fut aussitôt oublié.

Je fixe Miller et je comprends.

— Et le patient 6 vous avait encore joué un tour. Il n'avait pas pris ses pilules du sommeil. Aucune.

— Il nous a baisés, en se fondant dans la masse. Il a joué le chat sauvage, le prédateur allongé feignant la mort sur le bord de la route pour attirer et choisir le charognard le plus gras. Sa technique est quasi hallucinante.

— Qu'avez-vous fait pour essayer de le rattraper ?

— Je n'avais plus de véhicule, un jeune bleu avait été tué, et le patient 6 avait pris sa vareuse et son treillis. J'ai avalé quelques pilules du sommeil, je ne devais pas dormir : il fallait le rattraper au plus vite. Ce que, bien évidemment, je n'ai pas réussi à faire.

— Qu'avez-vous entrepris, une fois en France ?

— Ma nouvelle fonction m'attendait sur mon bureau. J'étais promu chef de brigade au 36, quai des Orfèvres. J'ai essayé de contacter d'anciens agents, mais tous les numéros et les postes avaient changé pendant le temps de ma mission dans le désert. Je me suis même déplacé dans les Alpes en train, pour essayer de retrouver le dossier du patient 6. Mais j'ai seulement vu une caserne désaffectée, transformée en hangar à bois. Tout avait été déménagé pendant la guerre du Golfe. Il ne restait plus rien. Normal : personne ne devait revenir vivant du désert.

— Vous avez alors compris que cette promotion professionnelle n'en était pas une ?

— Exact, Dru ! En fait, c'était une façon de me tenir en laisse. Lorsque le corps de Lestier a été retrouvé, je ne me suis pas spécialement affolé. Mais quand Karine a découvert la rose, je n'ai pas hésité, j'ai appelé Marshall.

— Pourquoi Marshall ?

— Les éléments de l'enquête apparaissaient et je sentais une possibilité naître : le patient 6 revenait vers moi... Marshall est un sanguin, il s'énerve pour rien, mais c'est aussi un sacré bon pisteur. Son analyse psycho/synthèse de Onyx a permis son arrestation.

Karine l'interroge.

— Ce qui veut dire ?

— Ce qui veut dire, mes chers amis, que Marshall était l'homme qu'il me fallait. Hélas, il était amoureux d'une fille, je crois. Un pisteur en chagrin d'amour doit, j'imagine, perdre tout son talent. J'aurais dû le virer dès que je m'en suis aperçu ! On n'en serait pas là !

— Ce qui signifie, Miller ?

— Que l'homme qui agit aujourd'hui n'est pas le patient 6. Mais celui qui enlève et torture ces adolescents est forcément lié à lui, d'une manière ou d'une autre ! Avec les messages inconscients qu'il adresse à l'encre invisible. Et les lettres qu'il m'a envoyées. (Il ouvre le sac en plastique.)

— Il vous a adressé des lettres ?

— Oui, mais je ne pouvais pas les interpréter. C'était difficile pour moi, car il ne s'agissait que de menaces.

Karine me jette un coup d'œil et, ensemble, nous considérons Miller qui étale une poignée de lettres et la photo d'un enfant, assis sur l'herbe.

— Il s'agit de quoi alors, Miller ?

— D'avoir ma peau. Il s'agit tout simplement d'avoir ma peau. Rien de plus compliqué. J'ai beau remuer tout ça dans tous les sens, je suis incapable de voir où et quand j'ai pu fauter. Mais je reste sidéré par une chose, plus que toute autre : le dessin de la rose est la parfaite copie de celle de son bras…

— La rose est ressemblante ?

— Ah que oui, elle l'est ! Je l'ai suffisamment approchée pour pouvoir la reconnaître tout de suite. Je me suis fourvoyé toute ma vie, Dru. Depuis mon retour du désert, tout a foiré. Le travelo et la mort de mon chien… Ma vie est partie en couille, dix jours après que j'ai reçu la première lettre.

— Le travelo ?

— Oui, psy Dru, c'est mon péché mignon. Ça aussi, le messager du patient 6 le savait et il a bien su s'y prendre.

— Pourquoi n'avoir rien dit ?

— J'ai vu vos réactions par rapport au sida, tout à l'heure. Imaginez celles de mes supérieurs si je leur avais parlé d'un travelo conspirateur… d'un patient qui a échappé à une expérience, dans le désert, pendant la guerre du Golfe, et qui communique avec moi pour entraîner ma perte ? Je ne pouvais que laisser faire. Je n'avais plus de choix. J'étais seul.

L'homme que je vois n'a plus rien d'humain. C'est une âme trop lourde, une âme qui est à bout. Alourdi à chaque pas par la culpabilité, dans les ténèbres, la peur aux tripes.

— Mais nous devons revoir nos théories au plus vite, car je suis sûr désormais d'une chose.

— On est tout ouïe, Serge.

Parfois, ça fait du bien de se faire appeler simplement par son prénom.

— Le patient 6 s'est bel et bien échappé du désert. Mais il n'est pas resté seul, car sa santé a fini par le rattraper, par le menacer des années plus tard, puisqu'il n'était pas au courant de son statut sérologique. Il n'est pas resté inactif et il a sûrement dû s'adapter sans se faire remarquer. Ce qui confirme le pire.

— Attendez, là ! Pas resté seul ? Le pire ?

— Non, pas seul et, oui, le pire. Il a monté son entreprise. Et il a formaté des « ouvriers » à sa cause principale.

— Vous le pensez vraiment ?

— Oui, il a engendré une putain de portée de chats sauvages.

La Proie

Ils sont plusieurs.

Mon dos me fait terriblement mal, ma peau est si tendue qu'elle me brûle et m'empêche de respirer. Mon ventre est écrasé par la pression due à l'apesanteur. Dès que je panique, la douleur est aussi fulgurante que celle provoquée par un millier de caries dentaires réactives sur ma colonne vertébrale, transformée en une improbable gencive. Si je m'affole, je deviens un corps brûlant, hurlant. Je pourrais crier car je n'ai pas de trou dans la gorge, mais le feu qui est en moi me fait angoisser davantage encore.

Combien sont-ils ?

Je suis condamné à regarder ce qui se passe au-dessous de moi. Suspendu dans le vide, des hameçons dans la peau.

L'homme en noir entre dans la pièce, il appuie sur l'interrupteur. Trois mètres au-dessous de mon menton, l'ampoule grésille, clignote et s'allume. L'abat-jour en inox empêche la lumière de monter jusqu'à moi. Je reste dans l'ombre. C'est alors que je vois le sac s'ouvrir. Mais, à la place d'un garçon, il y a une femme. Une femme assez forte.

Elle pleure et tremble comme un oisillon tombé du nid. Elle est nue, ligotée, paralysée. Il lui donne une claque et elle s'étale sur le carrelage, en criant autant qu'elle peut. La voix métallique résonne.

— Ta gueule !!

— Mais… que ?...

D'un revers violent, l'homme cogne la femme sur la tempe. Elle s'écroule. Il la redresse et la dépose sur la table en inox, juste au-dessous de moi. Il sort de sa poche un fil de nylon relié à une aiguille. Sans plus attendre, il lui perfore la lèvre inférieure et lui coud la bouche, avec une agressivité démesurée.

Mon corps réagit et aussitôt la douleur me fait regretter mon émotivité. J'émets un grognement terrible. La femme ouvre les yeux. Elle m'a entendu.

Je n'aperçois que le blanc de ses yeux tourner dans ses orbites. L'homme la gifle entre deux sutures et elle revient à elle, à chaque fois. C'est comme moi pour mon dos, dès qu'elle essaie de crier, la douleur la scie en mille morceaux. Elle finit par se taire tout en restant affolée. J'ai envie de l'aider : « N'aie pas d'émotions, laisse-toi faire. » Mais je réalise combien mon conseil est grotesque et aussi peu valable qu'un appel au secours.

L'homme sourit. Il approche de la femme une lampe halogène qu'il tourne vers le plafond. Je sais ce qu'il va faire… C'est terrifiant.

— Regarde, salope !

L'halogène diffuse sa lumière sur moi. La femme m'aperçoit. Elle crie si fort que les fils de nylon lui déchirent la lèvre en trois points différents. Elle saigne. Alors l'homme la saisit par les épaules, la tire en la faisant tomber de la table ; un bruit d'os brisés arrive jusqu'à moi. La femme hurle. L'homme ne l'écoute pas et continue de la faire glisser sur le carrelage. Dans un élan redoutable, il soulève son corps et le plaque sur l'un des nombreux crochets de boucher qui se trouvent sur le mur tout autour de la pièce. Il l'empale par le haut du dos.

Elle n'est pas morte. Elle se débat. Devenue hystérique. L'homme revient juste au-dessous de moi. Il dirige l'halogène vers la femme transpercée par le crochet.

— Regarde ça !

C'est à moi qu'il parle…

L'homme prend un couteau. Et se place face à elle. Elle le dévisage et cherche désespérément au-dessus de lui. Elle est perdue et ne comprend rien. Cette idée me fait souffrir tout le long de ma colonne vertébrale.

— Au revoir, salope !

Il retire sa capuche, la femme le fixe et s'effondre, cessant de lutter. Il enfonce la lame dans la peau. Il perce et lui ouvre le ventre du plexus jusqu'au pubis. Il jette le couteau qui rebondit plusieurs fois sur le carrelage, l'éclaboussant de sang. La femme continue de le scruter, ne fait plus que ça. L'homme en noir plonge ses deux mains dans la fente du ventre. Il hurle. Il libère une rage démentielle, tout en labourant frénétiquement les entrailles ; il donne des coups rapides et violents, comme un chien gratte et écarte la terre d'une fourmilière. Il sort des paquets de tripes fumantes et les jette sur le sol. Il arrache le colon, le foie et l'estomac.

De la vapeur s'échappe par le trou dans la chair. Je vois luire les côtes, rouges, criantes. Les mains de l'homme raclent, décollent les poumons et extirpent le cœur. Il jette le tout sur le tas qu'il a fait. L'odeur intestinale me pique le nez. Mes yeux me brûlent. Chaque respiration me fait souffrir le martyre. Mais je ne dois pas me plaindre. La tête de la femme tombe d'un coup sur une épaule. D'où je suis, je jurerais qu'elle pleurait.

Si je ne veux pas souffrir, je dois me concentrer.

Ne ressens rien pour elle, si tu veux survivre...

PRÉDATEUR

C'est dans sa nature. L'homme tue, se recoiffe, sourit et crache.

Dans les bois, très tard, je croise les flics sur leurs vélos et je leur fais un salut amical. Certains s'attardent sur mon visage et me font un clin d'œil. Je leur souris. C'est important d'avoir une apparence qui inspire confiance. Certains se passent une main dans les cheveux, d'autres crachent du haut de leur vélo. Ils sourient tous quand ils me voient.

Ils chassent les homos. Ils ont l'impression d'être utiles dans leur détermination à les surprendre en pleine copulation entre les arbres. S'ils se donnaient au moins la peine d'aller plus loin sur les boulevards ou dans les bois, ils pourraient verbaliser et punir les filles qui se prostituent et les hommes pressés, des bureaucrates de la Défense qui d'une main ouvrent leur braguette et de l'autre manipulent leur portable pour s'excuser auprès de leur femme de la tournure de la réunion. Alors, ils seraient vraiment utiles.

Je me souviens... Mon père me le disait souvent.

« Les homos, on les déteste ouvertement, mais quelque part, on les envie aussi... Et parfois, c'est l'inverse, mais on ne peut pas ne faire ni l'un ni l'autre. »

Bien que ce ne soit pas mon combat, je me suis intéressé aux homosexuels. Après tout, la grosse Annie travaillait avec eux. Ils passaient à la maison, buvaient du chocolat chaud et du vin à la cannelle et parlaient parfums ou mecs sexy. La grosse Annie se sentait ainsi moins rejetée à cause de ses kilos en trop et alors, elle riait, pendant les déplacements de mon père.

Je pense souvent à mon vrai père et je me demande comment il vivait sa sexualité, car la seule fois où je ne l'ai pas vu seul sur un lit, c'était le jour de sa mort, avec ma mère qui lui mangeait la peau.

Aujourd'hui, je sais quoi penser de l'homosexualité. J'ai emprunté un livre à la bibliothèque, pour mieux comprendre. Voici ce que l'auteur dit, non sans humour :

« L'homosexualité a toujours fait bander les hétérosexuels les premiers. L'homosexualité, c'est un truc d'homme, le plus naturel de tous. C'est la jouissance sexuelle par le biais de la prostate. Chaque homme a une prostate. Elle provoque en lui des envies qui l'interpellent dans son intimité masculine et lui fait diriger ses doigts vers son anus, le plus naturellement du monde. Les hommes sont tous très sensibles au niveau de l'anus et, croyez-moi, les femmes qui le savent sont les reines...

Plus un homme déteste les gays, plus cet homme veut éliminer ce désir qui lui est propre, un "désir possible" qui menace sa suprématie hétérosexuelle. Les femmes devraient le comprendre : l'ennemi suprême d'un hétérosexuel masculin se cache dans sa prostate.

Les femmes, d'ailleurs, ne se sentent pas menacées par l'homosexualité masculine, car elles sentent que ce combat ne les regarde pas, à juste titre : les femmes n'ont pas de prostate. L'homosexualité féminine, de son côté, est une organisation de la vie qui se passerait du rôle primaire de l'homme. Les femmes ont "trop" attendu que l'homme règle de lui-même ses problèmes de polarité anale, ambivalents.

Les femmes ne vont pas se faner dans l'attente. Alors, certaines d'entre elles deviennent les hommes qu'elles attendaient dans leurs rêves, des hommes qui seraient capables de les aimer, elles. Elles savent comment combler une femme et elles ne lâcheront pas leur place. Ni pour redevenir une femme qui "attend", ni pour remplacer l'homme hétérosexuel, car ces femmes-là n'envient aucun homme. L'homosexualité féminine ne menace pas l'homme, pas plus qu'elle ne le désire. Mais je crois qu'il y a une rancœur. Car les femmes gays ont pris le rôle de celui qu'elles attendaient. Le Prince charmant ne vient pas ? Alors ce sera une reine... Faut que quelqu'un vienne, bordel !

L'homosexualité féminine devrait faire réellement peur à l'hétérosexuel masculin, dans le sens où elle bannit l'homme du rôle qu'il aimerait tant avoir. Mais là encore, l'homme "normal" va encore nous en faire une bonne : il est tellement "aspiré" dans sa lutte anale que l'homosexualité des femmes est une aubaine pour lui, car elle représenterait la fin de son conflit anal. Être désiré par deux femmes voudrait dire qu'il est enfin devenu l'homme sans combat intérieur contre sa prostate, qu'il aurait enfin accès à la normalité qu'il convoite : la paix intérieure.

L'homosexualité féminine est alors la récompense de l'homme "normal" qui a gagné contre le désir de sa prostate ; il est normal qu'il trouve deux fois plus de jouissance ailleurs qu'en lui-même, d'où les deux femmes !

En même temps, un hétérosexuel masculin a raison d'avoir peur de deux femmes, car elles le mangeront. Elles lui feront payer ce rôle de Prince qu'il n'a jamais été pour elles... Il sera devenu à son tour un outil. "Viens, mon Prince, viens entre nous, on a un vieux compte à régler." L'homme sait.

Plus il fantasme sur les femmes entre elles, plus l'homme à polarité hétérosexuelle quitte son propre combat : il entre au paradis de la prostate perdue. Et un homme sans prostate n'est plus un homme. C'est la castration la plus taboue de son identité, la pire pression "invisible" qu'il puisse subir.

Savez-vous pourquoi les homos ne contractent pas le cancer de la prostate ? Grâce aux massages. Pendant le rapport anal, leur prostate est entretenue. Et leurs désirs aussi.

L'homme vit un combat permanent. Une lutte intime.
Qu'il soit homo ou hétéro, l'homme n'a pas le choix : il
devra entretenir ses ambivalences, sous peine de perdre son
identité... »

C'est terrible ce qui est écrit dans ce livre.

« C'est pour ça que l'homme ne supporte pas la paix,
car elle n'est pas pour lui : son corps le lui rappelle en
permanence. Ce qu'il voit tous les jours aussi. »

L'auteur de cet « essai » est un psychanalyste assez connu
et très controversé. Mais reprenons notre lecture... aux
chapitres sur les phobies.

« Les homophobes masculins appartiennent à une
catégorie de gens assez intéressante. Les homophobes
n'auront jamais le courage d'être gays, ils ont choisi de
refuser le plaisir par la prostate. Alors, ils s'approprient
l'hétérosexualité comme une évidence. Or nous l'avons vu,
pour être hétérosexuel, il faut entretenir l'ambivalence : j'ai
envie de ma prostate, mais je choisis de...

Le refus anal chez l'homme devient l'hétérosexualité.
Mais à cause de la prostate, l'hétérosexualité n'est jamais
vraiment acquise. Pourtant, à en croire les films pornos,
lorsque le mâle hétéro se déchaîne sur une femme formatée,
il n'hésite pas à lui infliger la sodomie, ce paradis perdu pour
lui-même, ce désir qu'il a banni de lui, projeté sur elle. Ce
genre de scène n'a jamais été désiré par une seule femme. Il
n'est fait que pour les hommes, pour qu'ils puissent, entre
eux, jauger leur puissance frustrée et comparer leur statut
d'hétérosexualité.

En sodomisant une femme, l'homme projette sa propre
homosexualité et croit s'en débarrasser. "Tu aimes ça, hein,
salope ?" Cette phrase typiquement masculine est une
féminisation de ce qu'aurait pu être son désir anal primaire.
Plus un homme trivialise la femme, plus il s'adresse toujours
à lui-même. À cette occasion, il ne mettra pas de capote.
Dieu bénit toujours l'homme "normal", c'est bien connu.

Plus l'homme a besoin de sexe, moins il gère ses polarités. L'homophobe se croit victime. Il subit l'agression visuelle permanente de ceux qui s'assument là où lui n'arrive pas à gérer l'appel de sa prostate. Alors il se bat pour que le monde ressemble à ses frustrations : il veut éliminer ceux qui l'agressent et menacent de faire le hold-up d'un constat d'hétérosexualité qu'il s'est attribué au grand jour. Le pervers est, en quelque sorte, celui qui s'approprie sans se remettre en question profondément. Comme il n'arrive pas à gérer son attirance interne anale et externe vaginale, il cherche à se déculpabiliser de ne pas être capable de s'organiser psychiquement, en cherchant le pouvoir d'un groupe ou, pire même, d'une nation.

Car cette structure-là n'a pas d'autre choix que celle de posséder un maximum de pouvoir. Plus l'homophobe en a, plus il trouvera "normal" que son travail soit axé ailleurs que sur lui-même. Alors, il accusera les autres de ses propres dysfonctionnements intimes. Plus il brimera les homos, plus il saura de quoi il parle : il aura l'impression d'avoir gagné son combat contre sa propre homosexualité interne.

Hitler avait des racines juives. Et il adorait les hommes blonds. Il a fallu sa domination et des milliers de morts pour arriver à ce simple constat psychique, interne et, au final, humain : le monde est avant tout psychique. Tout ce que vous avez sous les yeux n'est que le reflet de sa structure. Que vous le vouliez ou non.

La pulsion de normalité utilise le concept "femmes et enfants". Les hommes "normaux" certifient leur statut à coups de religion et ils s'octroient ainsi le droit de juger quiconque n'accepterait pas ce concept. La machine sociale à broyer est alors mise en marche. La perversion de la normalité humaine n'a pas de limite, surtout quand elle s'éloigne du vrai problème. Mais un jour, leur normalité les rattrape. C'est un des grands tabous de notre société.

L'homme normal déteste les femmes et les enfants, au même titre qu'il déteste l'étranger (sa prostate qui l'attire et le révulse), l'homosexuel (celui qui assume). Alors il va tenter d'assujettir le monde. L'homme normal utilisera le mot "respect" pour faire sa propre guerre. Il parlera d'amour là où il sera incapable de se comprendre. En voulant être normal, l'homme répond à un vieux fantasme : se débarrasser de ce désir de pénétration pour accéder enfin à l'hétérosexualité, un monde normal qui, par nature, n'existera jamais.

N'est pas père qui veut. N'est pas mère qui le croit. Même un homme qui n'a jamais eu de penchant homo sait combien le statut d'hétérosexualité n'existe pas, car lui-même, il lutte biologiquement pour rester hétérosexuel. L'hétérosexuel assumé acceptera de plaire aux hommes sans entrer dans la phase de séduction. Il n'aura de relation sexuelle qu'avec les femmes. C'est un statut d'équilibriste. Pour l'homosexuel, c'est l'inverse : il plaira aux femmes, mais il dirigera son équilibre vers les rapports sexuels avec d'autres hommes.

Mais le monde court après un vieux rêve, celui où l'homme normal existerait sans ambivalence et y serait roi. Autant le dire : tout le monde possède exactement la même structure interne que Hitler. Il n'y a pas des bons et des méchants, il n'y a qu'un amalgame des deux et une ambivalence qui reste avant tout intérieure et qui ne demande qu'à tendre vers un équilibre.

Le monde a peur des équilibres différents. Il s'est complètement coupé, scindé. Nous ignorons le monde avec ses réalités biologiques et humaines pour avancer dans un monde totalitaire, puissant, autodestructeur. Inévitablement. Nos manques d'équilibre nous rattrapent toujours. Depuis l'aube des temps, l'homme fait la guerre, car il n'a jamais trouvé de repos face aux conflits de sa chair, à ses choix et aux plaisirs qui l'habitent. »

*
* *

— *Tu viens manger ?*

— *Oui, j'arrive.*

Je n'ai pas entendu la grosse Annie entrer dans la chambre. Je referme le livre.

— *Tu lis quoi ?*

Je lui montre la couverture. Elle saisit le livre de ses deux mains bouffies, manucurées à outrance.

— *Ah, j'ai déjà entendu parler de ce psychanalyste, Marc Dru !*

— *Il faut aussi le lire, tu sais, en entendre parler ne suffit pas.*

Je passe devant elle. Sa capacité à faire croire que « tout va pour le mieux dans le meilleur des mondes » me rend dingue et je n'ai pas envie de devenir aussi dingue qu'elle.

* * *

J'ai vingt-sept ans.

La grosse Annie a refait sa teinture, elle aimerait avoir la même couleur de cheveux que Mylène Farmer. Fréquenter les homos n'apporte pas que des bonnes choses. Surtout à ce niveau.

Chaque fois que je passe à table, j'ai la vision de la soupe aux asperges de ma vraie mère, une image qui me hante en permanence. Aujourd'hui, c'est une soupe à la tomate, acide, trop rouge. La grosse Annie me sert. Elle sent l'ammoniac.

Je pense trop souvent à mon vrai père. Il me manque terriblement. La vie que je mène aujourd'hui n'est qu'une carapace et j'ai envie de tout foutre en l'air ! C'est précisément ce jour-là que je me suis senti prêt.

— *Tu as l'air de nager dans le bonheur ! Y a des choses que tu voudrais dire à ta maman ?*

— *Non, car il faudrait que j'en aie une. Et la mienne est morte depuis longtemps. Toi, tu n'es qu'un compromis social* entre Mylène Farmer et Rika Zaraï. Ton avis ne m'intéresse absolument pas.

Bruit des cuillères dans les assiettes.

Juste après son départ pour le travail de nuit, je me change et je vais dans les bois. Il est vingt heures.

Mon vrai père avait raison : « Il y a des gens dont on ne se soucie jamais de savoir s'ils disparaissent ou s'ils vivent, et il te faut les repérer... » C'est normal, ça fait partie de la logique de la vie : un jour ou l'autre, vous n'êtes plus là. Et tout le monde semble, quelque part, d'accord avec ça. En observant bien les comportements de ceux qui m'entourent, je m'aperçois que faire disparaître quelqu'un est aussi délicat que l'empêcher de naître.

Dans les fourrés, on voit de tout. Ce jour-là, au hasard de ma promenade solitaire dans les bois (entre les regards amusés des homos et ceux très intéressés des pervers), je la remarque instantanément. C'est une femme très bien habillée, classieuse, qui marche, puis s'enfonce dans l'épaisseur d'une haie de mûriers ; elle semble faussement décontractée. C'est ce qui m'alerte. Et, pour cette raison, je décide de la suivre.

Au bout de vingt minutes de filature, je comprends qu'elle a pris un chemin qu'elle connaît par cœur... Finalement, elle pénètre dans un buisson qui, au premier abord, paraît inaccessible. J'en fais le tour en rampant jusqu'à ce que j'aperçoive ses genoux, dix mètres devant moi. Je reste couché. Elle s'est accroupie, a descendu sa culotte et glisse une main gantée entre ses jambes. Sa main remue à l'intérieur. Elle l'agite encore. Ça m'amuse de regarder.

Tout à coup, je vois jaillir du sang. Puis quelque chose tombe sur le sol. Quelque chose de rose et bleu, et une poche blanche. Il y a un trou dans la terre. De ses mains gantées, elle fait glisser le tout dans la cavité, ajoutant même la terre du sol qui avait accueilli la bouillie de ses entrailles comme pour ne laisser aucune trace. Ensuite, elle fait quelque chose d'étrange. Elle vide un pot de moutarde sur le trou rebouché. Et elle remet une couche de terre par-dessus.

Cette femme a une grande classe, porte des chaussures de luxe et un tailleur rougis par le sang. Elle transpire beaucoup. Je reste agenouillé et je l'observe. Je remarque qu'elle prend un sac qu'elle avait camouflé dans un fourré. Un sac qu'elle n'avait pas avec elle en arrivant. Elle en sort un survêtement. Des baskets. Et elle se change, essuyant le sang sur ses cuisses avec son chemisier. Elle enfile son sweat. Puis elle effectue deux gestes improbables : elle se coiffe en catogan et sourit. Finalement, elle crache sur le petit tas de terre. Et s'en va, en se tenant la hanche, feignant d'avoir couru. Le sac sur le dos.

Je reste abasourdi. J'attends que la nuit doigte la cime des arbres, laissant assez de clarté au sol pour y voir encore. Je me lève et me dirige vers le tas de terre. À l'aide d'un bout d'écorce, je creuse le monticule. J'aperçois une main minuscule faible, bleue. Ainsi, l'homme « normal » est un tueur. Mais en bon connaisseur des névroses des tueurs silencieux, je pense à son sac à dos. Il était là avant elle. J'investis les lieux. Et je comprends.

Je m'accroupis et je remarque quatre niveaux de terre. Je me redresse et, à l'aide de l'écorce, je gratte. En souriant. Je sais ce que je vais trouver.

Quatre tombes, plus ou moins anciennes. L'homme tue. C'est dans sa nature. L'homme tue, se recoiffe, sourit et crache.

J'ai un flash. Immense et terrible. Le premier. Un flash de mon enfance. L'odeur du béton fêlé…

L'odeur du béton fêlé et des herbes qui poussaient à travers. Elle me hante. Ce jour-là… j'étais au ras du sol. Je les avais attirés dans cet endroit isolé. C'était un vrai piège. Mais eux, ils ne riaient pas. Ce jour-là… ils étaient cinq.

Je me rappelle l'odeur de l'herbe au travers du béton. J'ai d'abord repéré l'arbre en courant et mes pieds ont touché le goudron abîmé, abandonné dans les herbes folles. Je me suis laissé tomber sous l'arbre. Mon père était suspendu dans les ténèbres, dans des branches, pas loin de moi.

Le premier a perçu quelque chose au-dessus de lui et il a eu peur. Il s'est enfui. Le second a jeté son cartable et il a dit : « On va s'amuser, hein ! Alex ? » Mais Alex ne répond pas. Tout le monde cherche Alex. Tout le monde a peur. Et tout le monde fuit.

Mon père descend des branches. Alex dans ses bras. L'enfant est terrifié. Mon père le regarde.

« Montre donc ce que tu voulais lui faire ? »

L'enfant est figé, il est paralysé par la peur. Mon père déroule la corde autour de sa taille. Il lui scotche la bouche avec du chatterton et le suspend, la tête en bas, le long du tronc d'arbre. Enfin, il lui enlève son pantalon et son slip.

« Regarde, c'est simple. » Il dénude un fil et détache les fibres métalliques. Il sort son cutter et incise l'anus du petit à un endroit précis. Il dépose les fils de cuivre dans la plaie. Et il la recoud. On essuie le sang. J'enlève la corde en tournant autour de l'arbre. Mon père redresse l'enfant. Il lui parle. « Chaque fois que tu rétracteras ton cul, une douleur traversera tout ton corps. Une douleur abominable. Le monde appartient à ceux qui acceptent la douleur. Si tu veux faire du mal aux gens, assure-toi d'abord d'être capable de supporter le mal toi-même. Maintenant, il t'est impossible de mentir, car la douleur va te faire réagir ; et on verra si tu es l'homme que tu prétends être. Je vais t'enfermer. Si dans une semaine, tu n'as plus mal, alors tu seras guéri. Si dans une semaine, tu as toujours mal, je te tuerai. Car tu seras dangereux. »

Aucun n'a tenu plus d'une semaine. Ils sont tous morts.

J'ai balayé la scène, rangé la corde et passé de l'eau sur le tronc de l'arbre ; le sang noircit vite. Demain, on ne

remarquera que quelques taches. Nous avons tout remis
en ordre. Puis nous avons traîné l'enfant près d'un sac en
toile. Mon père a ouvert le coffre. Mis l'enfant dans le sac,
et le sac dans le coffre. Avant de rentrer dans la voiture, j'ai
vu mon père cracher. Il s'est assis au volant. Il a bougé le
rétroviseur, il a souri et s'est donné un coup de peigne. La
chemise retroussée, je voyais la rose. Ouverte, offerte. Un
rouge velouté. Nous sommes rentrés à la maison.

Je me rappelle que ce soir-là, maman, qui avalait ses
premiers cachets, avait fait de la soupe aux asperges dont
l'odeur me rappelait celle de l'herbe dans le goudron. Fin du
flash.

*
* *

Je connais un mec qui s'appelle Alex. Il fait la pute
pas trop loin d'ici. J'ai les photos de Miller. Un travail à lui
demander. Il l'acceptera, car je lui plais.

L'homme tue, se recoiffe, sourit et crache. De manières
tellement différentes.

CARNATION
Les effets de la nuit

Serge Miller

Il n'a pas l'air aussi con que ses livres, c'est déjà pas mal. Dru est un homme très séduisant, avec une dentition parfaite. Je comprends qu'il plaise à Vallon. Il n'y a qu'à voir comment elle le regarde dès qu'il lui tourne le dos.

Plus que quatre heures avant l'aube.

Quelque part, je m'aperçois que tout ceci n'a vraiment plus d'importance. Maintenant, je vais me détacher de tout. Dru fronce les sourcils. Il analyse, selon ses théories, les lettres que j'ai reçues et la photo de l'enfant. J'aimerais lui dire qu'on en a soupé plus qu'il n'en faut de ses livres pendant les nouveaux cours de criminologie. Au-delà des armes terroristes innovantes – les explosifs (indétectables dans les aéroports) et leurs différents déclencheurs portables, en mode vibreur ou collés sur le flanc de briquets dont le gaz a été remplacé par du liquide explosif –, nous devions nous farcir les récentes théories analytiques. Chaque génération terroriste invente ses propres pensées terroristes. En un mot, chaque nouvelle arme suscite des comportements inédits. Autant dire qu'il n'y a pas de fin.

Freud étant mort lui survivent ses théories monolithiques. Il a bien fallu des sbires pour le représenter, des VRP. Dru est un sbire de Freud ; il a beau se prétendre lacanien, il n'en reste pas moins que sans Freud, pas de Lacan, pas de sbire.

Vallon m'énerve. Elle consulte, sur le PC de Marshall, les dossiers envoyés par les légistes de sa propre équipe de soins. Elle joue à quoi, celle-là ?

Contre toute attente, Dru ouvre la bouche.

— Lestier, Limier et Zimbowe se connaissaient ; reste à savoir s'ils connaissaient Kin aussi.

À mon tour de jacasser.

— Antoine Kin ne dira plus rien : il est mort.

Mort. Ce mot interrompt tout élan. Dru se rapproche de moi, assez énervé.

— Y a-t-il autre chose qu'on doit savoir, Miller ?

— Absolument pas ! Vous n'appartenez pas à la police (et me tournant vers Vallon) et vous n'avez pas été recrutée pour fouiner dans le PC de Marshall !

— À quoi vous jouez, Miller, bordel ?

Des dents très blanches. Dru me dévisage et je sens pointer les emmerdes, car il ne flanche pas et me relance :

— Le tortionnaire ne tue pas. Vous n'avez pas trouvé Kin mort, n'est-ce pas ?

— Non, pas vraiment mort, mais nu, fixé sous le pont des Arts par des points de colle sur toute la moitié face de son corps. La peau de son dos prédécoupée… hameçons, fils de pêche et moulinet… l'histoire habituelle. Kin est mort d'un coma traumatique. Son ventre était ouvert du plexus au pubis. Quoi que l'on fasse, il allait mourir.

Dru se retourne et souffle.

— La contamination.

— La quoi ?

Il me fixe.

— À chaque torture, la furie du tortionnaire augmente et son travail est de moins en moins gérable. S'il a commencé à découper le ventre, alors il est possible que maintenant, il se mette à tuer. Et pour de bon, cette fois !

— Bravo, Dru ! C'est vous que j'aurais dû embaucher !

— Y a-t-il un lieu de drague homo aux alentours du pont des Arts ?

— Où voulez-vous en venir, Karine ?

Karine ? Eh bien, on ne perd pas de temps ici... Elle m'examine, complètement exaspérée. Si elle aime Dru, moi, elle me hait.

— Parce que c'est dans ces endroits qu'allait draguer Alvarez ; il me l'a confié. Pour Lestier, c'était la porte Dauphine ; Limier, un square du 9e ; Zimbowe, le parc des Buttes Chaumont ; et Kin, sous le pont des Arts, c'est-à-dire les quais de Seine. À proximité de chaque corps retrouvé, il y a un lieu de drague.

— Et alors ?

— Alors, si les adolescents retrouvés torturés étaient gays, il est fort probable qu'ils n'ont jamais été vraiment enlevés...

La phrase est simple, concise et mûrement réfléchie. J'oublie Dru.

— Continuez, Karine... (Dru me lance un regard sombre et appuyé.)

— Ils ont été accostés. Ils ont suivi la personne sans se méfier. Ils ont été torturés, puis remis sur place.

— Alvarez connaissait tous ces lieux de drague ?

— Oui. Tous.

Ce putain d'assistant médical méprisant est un homo ! Un de ceux que je déteste. Il sort la nuit pour vivre sa sexualité et, le jour, il la ferme pour faire normal. Mais d'un type de ce genre, y a rien à découvrir de plus que sur la vie d'une chouette.

— Alvarez vous a dit ça parce qu'il a découvert sa séropositivité ? Que vous a-t-il confié d'autre ?

C'est Dru qui répond.

— Alvarez connaissait les victimes, de vue. Puis il les a identifiées, une par une, quand elles sont arrivées dans son service.

— Pourquoi a-t-il fait un test de séropositivité ?

— Parce qu'il se sentait menacé.

— Mais de quoi ?

Karine se lève.

— Alvarez avait des rapports sexuels fréquents avec Zimbowe.

Je réfléchis rapidement. Ça vient vite. Si Alvarez a les compétences suffisantes pour mutiler des amants, reste qu'il était présent sur son lieu de travail, avant, pendant et bien après la découverte de chacun des adolescents. J'ai vérifié son emploi du temps. S'il les connaissait tous, qu'il les a vus défiler dans son service, torturés et mutilés, alors il est possible qu'il se sente en danger.

Lui aussi.

— Karine, où habite Alvarez ?

— Je ne suis pas sûre... Mais j'ai son numéro de portable. Au cas où il aurait besoin de parler à quelqu'un... Il faudrait l'appeler, ça pourrait en effet nous être utile.

Marc Dru reste silencieux.

— Appelez-le, Vallon. On va aller lui rendre une petite visite.

Dru me fusille du regard.

— Dites-moi, Miller, à propos de portable, Marshall donnait un code particulier aux officiers scientifiques pour se faire repérer, non ?

— Exact.

— Pourquoi n'appelez-vous pas les services compétents pour essayer de le situer ?

Je m'approche de lui, de ses dents.

— Je n'ai pas attendu votre réflexion très amoindrie de psy, sûrement provoquée par un sentiment amoureux de dernière minute, en tout cas.

Je lui désigne mon portable.

— J'attends précisément qu'on me donne sa localisation d'une minute à l'autre. C'est la seule chose qui me permette de tenir entre vous et Vallon. C'est quoi, cette odeur de carton chaud ?

Sur la chaise. Les pizzas. Je sais que je vais bientôt mourir.

— Pour le moment, à table !

MARC DRU

Miller a peur.

Je n'ai pas attendu votre réflexion très amoindrie de psy, sûrement provoquée par un sentiment amoureux de dernière minute...

Cette phrase me hante depuis qu'il l'a prononcée.

Il se dirige vers les pizzas. Ouvre le premier carton de la pile et déchire une tranche parfaitement asymétrique. C'est surréaliste.

Je me replonge dans les dossiers de Marshall. Et je repense à son agression en direct devant nos yeux via la webcam. Mustapha, le père de Lamy, m'avait pourtant prévenu. Kader. Les soirées. Lestier y allait. Zimbowe aussi... Or, si Alvarez les connaissait tous les deux, peut-être que... Miller les connaissait aussi.

Il faut faire vite. Mais je ne dois rien lui dire.

Si j'explique pourquoi je suis informé de ces soirées, alors Miller fera pression sur moi à coup sûr et ça retombera forcément sur le père de Lamy. Je ne peux pas me permettre de foutre en l'air tout le travail que j'ai entrepris pour offrir un avenir meilleur à ce gamin. Je ne veux pas prendre ce risque. Miller est un bourrin de la pire espèce : il mélange ses propres peurs, il les projette et les sème en utilisant le vent de son pouvoir.

— À quoi pensez-vous, Dru ?

Il a aussi le syndrome de ceux qui sont plongés dans la terreur depuis trop longtemps : rien ne leur échappe. Ils n'ont rien à perdre. L'esclave de la terreur est toujours plus fort que le maître, car il ne cherche pas à se libérer d'une position de maître. Réagir vite.

— Je pense qu'il faut qu'on se sépare et que chacun de nous aille sur un lieu différent.

— Hum ! Très bonne, cette pizza ! Un jeu de piste, Dru ? Mais comme c'est sympa ! Surtout en pleine nuit, non ?

— Très drôle, Miller ! Mais continuez à manger, rendez-vous utile ! Karine, il faut appeler Alvarez au plus vite. Je vais aller au domicile de Marshall. Il faut qu'on garde le contact.

— Et moi, vous me donnez quel rôle, mon bon monsieur Dru ?

— Vous ne faites pas partie du jeu, Miller, et, à mon avis, ce n'est pas la première fois que ça vous arrive, n'est-ce pas ? Vous faites très bien votre travail : patienter jusqu'à ce qu'on vous donne la localisation de Marshall. Il ne vous restera plus qu'à appeler les forces compétentes et ainsi, vous aurez tout fait dans les règles de l'art. On trouvera le cadavre de Marshall, grâce à vous et à votre dextérité. Vous serez certainement décoré… Mais en attendant les honneurs et les trompettes, Miller, vous avez deux bonnes pizzas. Et un bureau vide rien que pour vous ! Ça devrait aller, non ?

— Un bureau vide ?

— Oui ! Moi, je ne vais pas laisser tomber Marshall. Il a besoin de moi. Il me paie pour ça. J'irai au bout de mon travail, avec ou sans vous, peu importe.

— C'est touchant, mais je ne vois pas le rapport avec le bureau vide.

— Ça veut dire : ta gueule, Miller, et bouffe !!

Le visage de Karine Vallon est aussi roussi que ses cheveux. On n'a pas le temps de la calmer.

— Vous n'êtes qu'un nase, Miller ! Toutes ces tortures et la mort de Kin, ces lettres que vous receviez chez vous, tout est en fait dirigé contre vous. Vous êtes la cible. Parce que vous avez raison, Miller, c'est un jeu de piste et vous êtes le point final. Pourquoi ? Vous ne le savez même pas vous-même. Alors, vous avez propulsé Marshall sur le ring, parce que vous êtes incapable de vous battre. Vous ne savez qu'exécuter des ordres de mise à mort. Maintenant, vous envoyez tout paître, car votre vie est en danger ! Comme c'est pratique ! Au moins, il y a une chose logique dans votre vie, Miller !

— Je vous en prie, dites-moi, Vallon.

— C'est normal que votre femme et votre fille vous aient abandonné. Et c'est encore plus normal qu'un chien en putréfaction les remplace.

— Allez jusqu'au bout de votre pensée, Karine ! (Il me regarde.) Il ne faudrait pas le décevoir en si bon chemin d'analyse…

Elle ne se dégonfle pas, avance vers lui. D'une main, elle lui arrache sa pizza. Et la flanque par terre.

— Il y a bien longtemps, Serge, que vous êtes mort ! C'est pour ça que l'odeur de votre chien ne vous a jamais dérangé : vous portez la même.

Elle ramasse tous les dossiers, les photos. Et elle sort du bureau sans jeter un regard en arrière. Je profite du silence pour prendre le dictaphone et la cassette « Alex ». Miller me regarde et je sens la tristesse voiler ses yeux aussi rapidement qu'un tomber de rideau au théâtre.

— Ne dites rien, Dru. Prenez ça et dégagez !

En refermant la porte, j'entends le bruit d'un coup de pied dans le bureau. Puis la sonnerie d'un portable. On vient sûrement de retrouver la trace du téléphone de Marshall.

PRÉDATEUR

La grosse Annie fouille dans mes affaires. Il me manque une photo : celle que mon vrai père avait prise de moi, assis sur l'herbe avec la cage à oiseaux. Le cliché a disparu. Heureusement que j'avais séparé mes photos personnelles de celles de Miller.

Je la déteste. Ses ongles deviennent insupportables à ma vue. Je n'ai plus envie d'être poli avec elle. Parfois, j'aimerais asperger ses cheveux et les faire cramer à la flamme d'un briquet. Je suis sûr qu'elle plongerait ses ongles dans les gerbes de feu. Et rien que le fait de l'imaginer m'aide à trouver la vision de cette truie intéressante.

Brice part de plus en plus souvent. Il fuit la maison et il change. Il me semble qu'il doit avoir d'autres points de chute libidineux. Et si la grosse Annie fouille dans mes affaires, c'est qu'elle pense que je partage un secret avec lui. Mais Brice revient uniquement pour moi. Je le sais à sa façon de me regarder. Si, effectivement, comme je le soupçonne, il a rencontré quelqu'un d'autre, alors il me le dira à moi ; en cela, j'ai de l'avance et du pouvoir sur la grosse Annie.

La truie aime recevoir les gens. Mais la truie n'a pas d'amis. Alors, c'est un défilé de putains et de paumés qui remplacent le flux et le reflux des amitiés perdues. Parfois même, lorsque Brice n'est pas là pendant une semaine, je trouve des gens endormis sur le canapé du salon, lorsque je me lève pour aller travailler. Un jour, la truie ramènera un homme de passage dans son lit. Si ce n'est déjà fait, cette évidence plane ici, comme la buse au-dessus d'une charogne.

Je commence à avoir des économies. Si Brice s'en va, je ferai le maximum pour récupérer l'entrepôt et peut-être même que j'y habiterai. Pour le moment, j'ai laissé une annonce de demande de logement sur mon lieu de travail, le va-et-vient étant énorme et mon charme faisant le reste. On est dans un siècle de séduction et de jouissance, un siècle intolérant à l'émotion et aux sentiments, un siècle fait pour les gens comme moi. Mon père avait raison : chaque époque a ses comportements. Si le monde refuse ces composantes, alors il me sera encore plus facile de tuer.

Je m'organise. Je pense souvent aux garçons que j'ai purgés dans les bois, depuis mon arrivée ici. Je les attache, la tête en bas, le pantalon enlevé. Je pratique l'incision et je ne recouds pas. Je n'ai pas le temps d'attendre une semaine entière. Je dois faire vite.

Ils se vident de leur sang. Ensuite, j'introduis dans leur bouche un scalpel que j'ai modifié en agrandissant son manche à l'aide d'une tige de fer et je sectionne tous les vaisseaux sanguins dans leur gorge. Une seule pression suffit, une pression mortelle.

Le sang, accumulé par le fait d'avoir la tête près du sol, se dégorge, se libère en flaques et tombe dans un trou. Une fois mort, je détache le corps et referme le puits de sang improvisé. Il ne me reste plus qu'à mettre le cadavre dans un fossé creusé à cet effet. Ensuite, j'étale la moutarde. Car elle empêche les animaux d'aller y frotter leur museau. Les bois sont pleins de chats sauvages et de chiens. Même s'il est peu probable qu'ils s'approchent jusqu'ici, je préfère prendre un maximum de précautions…

Évidemment, je ne les laisse pas dans le fossé pour toujours ; cette tombe n'est que provisoire. Car je compte bien qu'un jour on les retrouve. Tous.

Pour le moment, je les choisis du même gabarit : minces, pas très grands (pas plus d'un mètre soixante-dix). Je n'ai aucun mal à les faire venir jusqu'à moi, à les attirer dans les bois… et à m'amuser avec eux.

Contrairement à mon vrai père, je ne me sens pas investi d'une mission. J'aime ce que je fais et il y a si longtemps que je l'accomplis que je suis devenu parfaitement insoupçonnable. Ma vie est une jouissance permanente et, lorsque je me sens mal, il me suffit de penser à tous les meurtres que j'ai commis jusque-là, à tous ces disparus jamais retrouvés ; alors, je me sens supérieur à toute cette faune paumée. Je pense qu'il est bon de narguer ces soi-disant hommes de loi, car si j'ai bien hérité de mon père une chose, c'est la haine pour ces hommes qui accusent, qui condamnent et qui tuent (exactement comme je le fais), sous couvert de justice sociale. Pourtant, il suffit de regarder pour comprendre combien la Justice est obsolète et aveugle, au point d'enfermer de parfaits innocents comme mon père (un enfant violé par son père est un innocent). Les voir sur leurs vélos en train de chasser inlassablement. Car l'homme est un chasseur, le seul prédateur au monde à éprouver de la joie en tuant. C'est l'unique fait qui le différencie de l'animal.

Quand je superpose mes souvenirs et le reflet de mon visage dans un miroir, je souris. Je suis totalement indétectable. Alex est devenu un « ami ». Un confident. Du moins, j'en sais suffisamment sur lui pour puiser les informations dont j'ai besoin et ce que bon me semble. Il m'a fait un aveu : il a envie de se confier à quelqu'un et il aimerait que ce soit moi. Évidemment, je l'ai formaté dans ce sens, je n'allais pas laisser passer l'occasion.

Il ne savait pas que son prénom, déjà, avait suffi à éveiller en moi un intérêt tout particulier. « Alex » marque le début de mon activité nocturne, une activité qui demandait l'investissement d'une autre personnalité. Afin de ne jamais mélanger les aspects extérieur et intérieur, je prenais grand soin de bien séparer mes pulsions, de les structurer le plus tôt possible. C'est en cela que je suis supérieur aux autres. Je m'organise de l'intérieur.

Alex a le visage fin, presque comme celui d'une fille. Son aspect frêle lui donne un air juvénile qu'il exploite au maximum afin d'attirer sa clientèle. On a rendez-vous dans un bar ; il choisit une table isolée. Nos cafés fument. Il allume une cigarette.

— Tu n'en parleras pas à Annie, c'est d'accord ?

— Oui, et tu le sais très bien ! Allez, dis-moi !

« Comment peut-on parler à Annie ? » a failli être ma réponse. Mais je n'ai rien dit. J'ai alimenté le silence, ne lui laissant plus le choix de se rétracter dans ses élans de confession. Il s'est effondré.

— Je suis séropositif.

C'est gênant de ne rien ressentir, à part : « Intéressant ! » Je fais semblant d'avoir l'air concerné, fronce les sourcils et lui prends la main. Ça me rappelle lorsque mon père biologique est mort d'un cancer, même pas six mois après avoir touché sa première allocation de retraite. Je n'éprouvais rien d'autre qu'un renforcement, une supériorité. En entendant cette confidence, je me suis dit que je devais grandir.

— Ce n'est pas grave, Alex, ne t'inquiète pas, ça va bien se passer.

Et j'ai pensé à Miller. Les photos, la rue, le quartier. Son quartier. J'avais enfin une envie toute personnelle de grandir. Évoluer.

L'ombre en moi, qui purgeait des corps depuis l'âge de huit ans, réclamait le droit d'exister au grand jour. De sortir. Une injonction de sa part. L'homme en noir. En moi.

La Proie

J'ai mal.

Mon corps descend. Le retour à la pesanteur est une ignominie. Le retour dans ma chair. J'ai mal partout.

On m'enlève les hameçons en tirant dessus. J'entends ma peau qui craque. La douleur est fulgurante. Je suis allongé sur le ventre, le froid du métal de la table engourdit mon ressenti.

— Changement de programme… Tu vas retourner d'où tu viens, je m'occuperai de toi plus tard.

La peau de ma cuisse me fait souffrir. L'hameçon, arraché de ma chair. Dans le dos. Les épaules. Je ne dis rien. Je grimace.

— Mais avant, je vais m'assurer que tu vas bien coopérer.

Je ferme les yeux.

— Tu vas subir un test unique. Si tu le passes avec brio, alors je te laisse en vie. Mais si tu le refuses, je te vide de ton sang, comme un porc. Ta purge n'aura pas marché. Tu as bien entendu ?

J'ouvre les yeux.

— Oui, j'ai bien entendu.

— Le bon garçon coopératif que voici.

Je ferme les yeux.

*
* *

Mon père venait souvent s'assurer que je ne lui faisais plus honte. Souvent, il me demandait avec rage, les yeux cramoisis :

— *Tu es toujours un pédé ?*

— *Non, papa.*

Il se contentait de la réponse. Il ne me parlait que pour me poser cette question. Ma mère, elle, restait calme et sereine, elle ne se sentait pas concernée, ça ne la regardait pas. J'ai toujours été seul. Avec ma vérité. J'étais pédé.

* *
*

La table en métal roule. J'ai l'impression qu'on me renvoie dans la chambre blanche. Je suis couché, la tête tournée vers le mur. J'entends la clé dans la serrure. En face de moi, une cavité. Il y a une odeur terrible. La porte s'ouvre, bruyamment. Le bruit d'un interrupteur. Et la lumière.

Suspendu à un crochet, le corps de la grosse femme évidée a été recousu sur toute sa longueur. Sa bouche est restée ouverte, maintenue béante grâce à un écarteur chirurgical. N'ayant plus de larmes pour moi, je ne peux en avoir pour elle.

Le chariot bouge, roule. La lumière devient alors plus intense. Je le vois. Un homme a été placé juste à côté de la femme, sur un autre crochet. Il a les jambes repliées comme celles de Jésus. Son corps est cousu ; ses bras sont relevés, on dirait qu'il pousse quelque chose de lourd. Mais il est mort et son physique a été sculpté à coups de vis et de fils pour lui donner cette attitude. Ses yeux ont disparu de leur orbite. La peau de son visage a été lacérée, elle pend comme si elle avait été arrachée avec des dents.

Le chariot continue de rouler, lentement. La vision terrifiante de ce couple disparaît derrière moi. D'un coup, l'homme en noir me jette au sol, violemment. Tout mon corps hurle. Un son rauque et plaintif sort de ma gorge. Un cri qui me dépasse. Contre toute attente, je pleure.

Quelque chose de chaud m'effleure un doigt. Je penche la tête et j'aperçois le chiot. Il est content de me revoir. Il a été le seul à me prodiguer l'affection dont je manquais depuis trop longtemps, je crois. Jamais je n'ai éprouvé un tel sentiment écrasant.

Le chiot montre sa joie et couine du bonheur de me retrouver. Il vient entre mes jambes et cherche à approcher mon visage. J'avance vers lui, en me penchant. La douleur est effroyable, je sens des jets de flammes sillonner mon dos et mes cuisses ; ma peau semble flétrie, vieillie.

L'homme en noir est toujours là, avec sa voix aussi terrifiante que celle de mon père. Le chiot me lèche, me nettoie. Je pleure. Il boit mes larmes.

— Il est temps de faire le test. Si tu le réussis, je te laisse la vie sauve. Sinon…

Je ferme les yeux. Je sens la langue du chien et son amour inconditionnel, sa chaleur. Un baume dont je savoure la moindre goutte.

— Ouvre tes yeux !

Je m'exécute. L'homme en noir est debout devant moi. Il a une barre de fer dans les mains. Je l'ai déjà vu faire. Un coup sur la tempe et tout devient silence.

Vivre.

— Es-tu prêt pour le test ?

Je lève mon visage et fais face à l'homme en noir qui s'est accroupi pour mieux me fixer. Le chien s'assied et se blottit contre moi. Il m'observe avec des yeux emplis d'amour.

L'homme en noir enlève sa capuche, débranche le micro de son cou et me sourit. Il désigne du doigt l'animal. Et me dit doucement :

— Tue-le !

La nuit est froide. La lune comme un œil unique, glacé. Aussi incongru que ce soit, je pense aux plantes de ma mère sur son balcon. Peut-être qu'elle pensait aussi à moi ? Que j'allais l'aider à rentrer ses plantes chez elle ? Karine est assise à côté de moi.

— Que fait-on, maintenant ?

— On va aller dans une soirée…

— Pardon ?

Le temps de nous rendre chez Mustapha, je lui explique ce que j'ai appris. Au feu rouge, je place la cassette « Alex » dans le dictaphone. Et appuie sur « lecture ». On entend le bruit des graviers en fond sonore, il a dû mettre l'appareil dans une poche, mais l'intelligibilité de la conversation est très bonne. En me préparant à sortir de la voiture, je vois Karine s'extraire de sa ceinture.

— Non, je suis désolé, vous ne bougez pas d'ici, je vais seul chez Mustapha.

Elle me sourit.

— Je n'avais pas l'intention de vous accompagner chez lui. J'ai juste envie de fumer une cigarette, ce que je n'ai pas fait depuis des lustres. J'en ai besoin, maintenant.

Une addiction pour aider à supporter ce qui va suivre. Elle me regarde.

— Je vais appeler Alvarez, aussi.

Je fais un signe de tête entendu et je me dirige vers l'appartement de Mustapha. Le policier en faction est toujours là. Il est beaucoup plus coopératif que la dernière fois. Mustapha dort toujours sur son canapé. Il a beaucoup transpiré, il est en plein effondrement psychique. La drogue n'est plus là pour le soutenir.

Les soirées de Kader.

— J'ai besoin de vous, Mustapha.

Il paraît surpris.

— Vous ? Vous me demandez de l'aide ? À moi ?

— Oui, et je n'ai pas beaucoup de temps devant moi.

— Je vous écoute.

— Où habite Kader ? Je dois le rencontrer.

Mustapha est abasourdi par ce que je lui demande.

— Mais pourquoi ?

— Mustapha, vous êtes informé pour ces disparitions, non ?

— Oui, comme tout le monde maintenant !

— Alors, regardez ces photos… Prenez votre temps.

Je pose toutes celles que j'ai en ma possession, sur la table du salon. Puis il me vient une idée.

— Je reviens, Mustapha.

Je retourne à la voiture. Karine fume, elle semble abattue.

— C'est déjà fini ?

— Non, je suis venu prendre ça.

Je lui montre le dictaphone.

Mustapha tremble. Un pli supplémentaire se forme sur son front lorsqu'il observe la photo de l'enfant sur la pelouse.

— Vous connaissez ce cliché ?

— Ça me dit quelque chose, oui… mais je ne suis pas sûr.

— Je peux vous faire entendre un enregistrement ?

— Oui.

— Il s'agit d'un dénommé Alex. Je n'ai pas de photo de lui, je n'ai que sa voix.

— Il connaît Olivier et les autres ?

Je mets un certain temps à comprendre qu'Olivier est Zimbowe.

— Oui, je pense.

— Faites-moi écouter.

J'enclenche la lecture. Au bout de quelques instants, Mustapha me fixe.

— Oui, je le connais.

Avant que je dise quoi que ce soit, il garde la parole.

— C'est un de mes contacts sur Messenger. Son pseudonyme, c'est IPOD.

Je revois Marshall se faire enlever. « Le pseudo IPOD a mis fin à la conversation. »

— Il allait aux soirées de Kader ?

Il rit. Un rire amer.

— Il y est tout le temps. Il recrute les nouveaux éléments, susceptibles d'être clients. Il les « essaie » dans une chambre, il mélange salive et poudre, sans que l'autre se doute de quoi que ce soit. Jusqu'à en redemander... encore et encore...

— Clients pour la prostitution ?

— Non, clients pour l'héroïne. Il me l'a avoué lui-même, un soir. Après que je suis devenu accro à Zimbowe ou à la poudre, je ne sais plus très bien maintenant. Ces gars-là formatent et recrutent de nouvelles proies pour devenir dépendants d'eux, soit en consommateurs, soit en recruteurs. C'est une grande structure. L'appartement de Kader est un lieu de passage. Un carrefour.

— Ces gars-là ?

Mustapha examine les photos.

— Oui, tous ces mecs faisaient la même chose : ils recrutaient, formataient et rendaient dépendant chaque nouveau participant.

Mustapha regarde le vide, puis il prend la photo de l'enfant dans ses mains. Il pleure.

— Si vous refusez de devenir accro, vous vous exposez à un certain danger. Pour vous faire marcher droit, ils vous menacent de dévoiler votre homosexualité à votre famille et à vos proches. Ils se servent de tout, y compris de ce qui vous fait jouir. Ils peuvent aller jusqu'à vendre de la poudre sous les yeux d'un petit garçon. Sans le moindre répit, ils savent vous faire taire et vous obliger à consommer jusqu'à la mort. Vous vous en apercevez très vite. Croyez-moi, j'en sais quelque chose... J'en suis arrivé à faire des horreurs sur mon petit... Mon Dieu !... Mon Dieu !...

Mustapha ne voit pas un enfant sur l'herbe. Mustapha voit son fils. À ce moment précis, je n'ai pas peur de transgresser mon rôle analytique. Je m'assois près de lui et je lui pose une main sur l'épaule. Mustapha se laisse aller aux larmes. Son corps se recroqueville à chaque sanglot et il se blottit dans mes bras, doucement. Vide.

Je resserre mon étreinte. La fêlure en moi s'ouvre. Le souvenir remonte.

« Maman, calme-toi. Calme-toi, maman, ça va passer. On mettra une fleur sur la table. On va remplacer l'alcool par des fleurs... Calme-toi, calme-toi... Pleure, pleure, ça te fera du bien... Laisse-toi aller, maman, laisse-toi aller dans mes bras... »

Mon téléphone vibre.

SERGE MILLER

Le portable de Marshall a été identifié. Dans le 17ᵉ. Autrement dit, ça ne me sert à rien. J'ai quand même envoyé deux agents armés chez Kin. Une fois là-bas, ils m'appelleront. Je leur dirai de s'installer sur son PC. J'ai un détail à vérifier.

Marshall n'avait aucun contact avec la cellule de crise, il menait son enquête de son côté, je servais d'intermédiaire. L'important pour moi était de faire partir Karine Vallon de ce PC et Marc Dru de cette pièce, sans que l'ordinateur soit éteint. Dru est sûrement bon dans son cabinet, mais en dehors, il semblerait que les choses lui échappent quelque peu. À lui ou bien à ses théories. Mais j'ai l'habitude de l'errance et je dois m'en servir pour continuer mon enquête. Seul.

Je m'installe au bureau de Marshall. Je dois confirmer une chose que je redoute plus que tout. Mes doutes étant fondés par la présence même de Karine Vallon ici. D'abord le téléphone.

— Oui, ici Miller, tenez-vous prêts ! Combien êtes-vous ? C'est bon, ça fera l'affaire. N'hésitez pas ! Ne le laissez pas sortir de son bureau, on est bien d'accord ? Bon, parfait.

Je raccroche et je compose un autre numéro.

— Oui, ici Serge Miller. Passez-moi le docteur Alvarez, s'il vous plaît !

On me demande de patienter. Il y a un clic et un bruit de combiné.

— Alvarez, j'écoute.

— Ici Miller.

— Je sais que c'est vous.

— Vous venez de recevoir le corps du jeune Antoine Kin, n'est-ce pas ?

— Oui, c'est exact.

— Dites-moi, quel est son statut sérologique, je vous prie ?

— Euh, il vient d'arriver et je n'ai pas eu le temps de faire les tests ELISA et Western Blot.

— Foutaise, Alvarez. Vous n'avez pas besoin de les faire pour le savoir.

— Qu'est-ce que…

— Laissez tomber pour le moment. Dites-moi, vous avez bien un ordinateur près de votre foutu téléphone, non ?

— Oui.

— Connectez-vous à Messenger, s'il vous plaît ?

Il n'y a pas de réponse.

— J'ai dit : connectez-vous, Alvarez !

— Je n'ai pas le temps, j'ai du travail devant moi.

Je saisis le poste fixe de Marshall et je fais le numéro de téléphone. Je prends le combiné. Je m'éloigne du portable.

— Allez-y, maintenant.

Je raccroche le combiné du téléphone fixe. J'entends des claquements de portes dans mon portable. Des sommations et des bruits de papier et de lutte. Un froissement, et tout redevient calme.

— Alvarez ?

— Oui.

— Maintenant que vous avez un canon sur la tempe, vous allez pouvoir prendre le temps de vous connecter ?

Pas de réponse.

— Passez-moi l'agent près de vous.

Il s'exécute.

— Oui, j'écoute.

— OK, forcez ce connard à se connecter sur Internet. Il doit ouvrir la session Messenger. Je dois vérifier un truc très urgent. Il me faut aussi le nom de son pseudo de messagerie.

— Très bien.

J'entends des protestations, mais aussi la musique de Windows, à l'ouverture de la session. Comme toutes les messageries, si un des contacts se connecte, toutes les personnes qui ont ce contact sur leur PC le voient se connecter. L'officier reprend le combiné.

— Le pseudo d'Alvarez est BB75.

— Activez le contact, connectez-le.

L'écran de Marshall est vide. Puis soudain, un carré d'information apparaît m'avertissant que BB75 vient de se connecter à Messenger.

— Monsieur l'officier ?

— Oui ?

— Arrêtez Alvarez immédiatement. Immobilisez-le au plus vite. J'arrive.

PRÉDATEUR

Je ne me rappelle pas tout dans l'ordre, mais je me souviens de tout quand même.

*
* *

J'ai enfin réussi à en avoir un. Il était descendu de son vélo, cherchant un fourré. Ses collègues étaient plus loin. Je me suis avancé vers lui. Il m'a souri.

— Excusez-moi, monsieur l'agent, je cherche le pavillon Dauphine.

— Ah, il va falloir faire demi-tour : c'est juste derrière vous, à deux kilomètres à peu près.

— Merci, c'est très gentil.

Par réflexe, il regarde en direction de ses collègues, puis vers moi. Je sais que je l'intéresse. À mon tour, je jette un coup d'œil dans leur direction et je sors un bout de papier avec mon numéro de portable.

— Merci. À très vite, monsieur l'agent.

Il a pris le morceau de papier et l'a enfoncé dans sa poche. L'ironie étant qu'en fin de compte, c'était moi qui l'avais lui, tout entier, dans la mienne.

*
* *

Je remarque qu'il y a des travaux dans le bois. Le sable du sol va être remplacé par des pavés (déchargés en pyramides) sur une longueur de cinq cents mètres. Près d'une machine à travaux jaune se trouve un tas de sacs vides, avec quatre pavés posés dessus pour les faire tenir. Des sacs en plastique et nylon tressés. Robustes, étanches, impeccables. La vie vous offre tout.

*
* *

J'arrive porte Dauphine deux heures plus tard. J'attends qu'Alex revienne de chez un client. Je fais ça depuis deux semaines. Ensemble, nous essayons de trouver la personne qui aurait pu le contaminer. J'ai alimenté un discours basé sur la vengeance, tout en le persuadant que même si ça ne réglait rien, ça allait lui faire du bien, à lui. Il aurait fait ce qu'il pouvait pour rétablir une certaine justice. Ça servirait au moins à éviter de le déprimer.

Ce soir-là, il descend de la voiture et me cherche du regard. Nous commandons deux cafés.

— Je ne vois qu'une personne.

— Qui ?

— Mais il met toujours des préservatifs... Donc, je ne vois pas le rapport.

— Il y a forcément un truc. Pourquoi penses-tu que c'est lui ?

— Parce qu'il est le seul client à vouloir me payer plus cher pour ne pas en mettre.

Je bois une gorgée de café.

— Tu dois le revoir et l'observer, fouiller chez lui...

Il me sourit.

— Je le rencontre ce soir.

— Parfait.

C'est vers deux heures du matin qu'Alex me retrouve. Il est vert et il a besoin de s'asseoir.

— Que se passe-t-il ?

— Il a fait des trucs avec les préservatifs.

— Quoi ?

— Avec son ongle.

— Explique-moi, Alex, bordel !

Il me regarde, étonné.

— Ah ben ! Quand tu te mets en colère, toi, ça te change vraiment !

— Dis-moi !

— Il met une capote mais, avec son ongle, juste avant la pénétration, il découpe tout le tour du gland. Les allers-retours font le reste. Pendant l'acte, l'embout prédécoupé se détache et se perd dans le corps : ainsi le gland n'est plus protégé.

— Et il jouit comme il le désire, c'est ça ?

— Oui.

Je ne tergiverse pas.

— Allons chez lui.

— Ça ne va pas, non ?

— Si, très bien même. Allez, lève-toi, on va le voir.

— Mais qu'est-ce que tu vas faire ?

— Et toi, qu'est-ce que tu vas faire, maintenant que tu sais ? Te suicider ? Réagis, bordel !

— Je vais aller porter plainte.

— Voyez-vous ça ! Une pute de la porte Dauphine qui va porter plainte pour séropositivité ?

Le vent.

— Allez ! Je t'emmène. Dis-moi où il habite.

L'homme vit dans les beaux quartiers chics du 17e arrondissement. Il loge au dernier étage dans un vieil appartement de caractère, un immense F3. Lorsqu'il ouvre la porte, il est en peignoir de bain, et semble surpris de voir Alex.

— Tu veux quoi, la pute ? Tu as eu la dose qu'il te fallait, non ? Tu fous quoi là ? Et qui c'est, ça ?

Je pose une main sur le tissu de son peignoir, en lui empoignant l'entrejambe, et je serre si fort qu'il ne peut même pas crier. J'entre dans l'appartement. Alex me suit.

Je lui fais signe de fermer la porte avec son coude. Ce qu'il fait.

— Maintenant, tu vas fermer ta gueule et écouter, on est bien d'accord ?

Il fait oui de la tête. Je lui enlève son peignoir. J'enroule les liens en éponge autour de ses poignets et de ses chevilles. Je le laisse ainsi deux minutes pendant lesquelles je vais dans la cuisine. Je fouille la poubelle murale et je retrouve le préservatif troué. Dans un placard, je découvre un entonnoir de plastique rouge.

Je reviens vers lui. J'essaie de lui ouvrir la bouche en y enfonçant l'embout de l'entonnoir. Il hurle. Je glisse le préservatif dans l'entonnoir.

— Avale !

Il proteste, mais j'appuie si fort qu'il finit par ouvrir sa bouche d'un coup et sa mâchoire « claque ». Il hurle.

— Avale-le !

Il pleure, il crie, il a peur.

— Tiens ça, Alex.

— Mais qu'est-ce que tu vas faire ?

— T'occupe pas de ça !

— D'accord.

Je retourne dans la cuisine et j'examine le placard sous l'évier. Destop. Lorsqu'il voit le bidon, il hurle si fort que ses yeux deviennent rouges, prêts à exploser. Je ris.

— Ça t'éclate de contaminer des gamins, sous prétexte que tu paies ? Ça te fait doublement jouir de tricher, hein ? Avale ! Voilà, c'est bien.

Il déglutit. Il me fixe. Il se demande comment je sais tout ça. J'ordonne à Alex de se taire. Je remarque alors une mallette, sous un imper suspendu. Je vais l'ouvrir et je découvre l'outil de médecin. La vie est pleine d'ironie. Je fouille la mallette, il y a un calepin. Cet enfoiré est marié et a deux enfants. Ça force le respect, une couverture pareille.

Je demande à Alex de sortir de l'appartement. Il obéit. Une fois seul avec l'homme, je le dévisage.

— On te surveille. Une plainte chez les flics ou un autre rapport sexuel à capote trouée et tu regretteras de ne pas avoir bu cette bouteille de détergent. Crois-moi !

Je m'approche de ses yeux et je le scrute.

— Tu me crois, n'est-ce pas ?

Je n'ai pas l'ombre d'un doute. Une fois dehors, Alex me regarde.

— Merci de ta force, Emily.

J'éprouve un vertige fulgurant.

— De rien, Alex, de rien.

*
* *

Un vertige fulgurant. Je prends ma voiture et je vais au dépôt. J'entre dans la pièce aménagée. Je m'allonge sur le divan. Il faut que je protège et que je nourrisse la couverture apparente de ce que je représente pour les gens. Encore un peu.

J'enclenche la lecture. Puis je me force à le dire, car c'est de plus en plus dur de me cacher. Mais je dois le faire, je dois imaginer cette fille que j'ai un jour été, et la faire grandir pour m'assurer la couverture. Y croire.

— Je vous écoute, Emily...

Et je n'arrive plus à parler. Emily n'existe plus. Pour Marco.

Me forcer à y croire. Un vertige fulgurant.

Franck Marshall

Ce sont les cris d'un chiot. Des cris de torture et de mort. Puis les cris d'un enfant en pleurs. Désespérés.

Je rampe dans la terre et j'approche mon oreille du mur. Il y a des barreaux de fer. Puis cette odeur. Elle vient du sol. Je prends de la terre dans mes mains et je renifle.

Du chloroforme ?

Je me sens faible. J'entends des bruits de perceuse, des bruits de poulies et des bruits de marteau. Et des cris, des cris de fureur.

Puis je glisse. En moi.

— Écoutez, Karine. Je ne veux pas vous imposer ça. Je vous raccompagne chez vous, si vous le voulez.

— Non, surtout pas chez moi !

Le non est si dur, sec et froid que je ne sais comment l'interpréter. Je continue sur ma lancée. Puis je réfléchis.

Je regarde l'adresse et les codes sur le papier que m'a donné Mustapha en me remerciant de mon soutien. Je réfléchis.

Si Kader fait des soirées à thème bien ciblé, que chaque victime y est passée, le lieu qui les relie tous ne se situe pas chez Kader. Car chez Kader, c'est une destination, un lieu de passage. Pas le site de base. Le véritable espace de sélection des victimes n'est pas chez Kader. C'est là où on a retrouvé la première victime.

J'enclenche la cassette d'Alex. Car c'est lui qui a trouvé la première victime. Puis au milieu de la confidence, la phrase ultime. Terrible. D'Alex.

— *J'ai cru que c'était un règlement de comptes. Alors j'ai couru pour lui porter secours. Entre prostitués, même si on ne s'aime pas, on se défend toujours.*

Entre prostitués.

À la porte Dauphine. Je fais demi-tour.

Karine me regarde et je la vois si éteinte que je me demande si elle va tenir le coup.

— Qu'est-ce qui ne va pas ?

Elle pleure. Je me concentre sur la route et, éventuellement, sur ce que j'ai dit ou fait qui aurait pu la mettre dans un état pareil. Elle craque complètement.

— Mais enfin, Karine, qu'est-ce qui ?…
— Ils ont mes enfants, Marc ! Ils ont mes deux enfants.

SERGE MILLER

Toute la vie ratée d'un flic prend son sens lorsque vous vous trouvez en face d'un genre de crapule de l'acabit d'Alvarez. Comme prévu, il jette son regard fourbe.

— C'est Karine Vallon qui vous a recruté pour l'enquête, n'est-ce pas ?

— Oui, c'est elle.

— Vous n'avez rien à voir ensemble, si ?

— Comment ça ?

— Vous n'êtes pas mariés ?

— Non !

— Non, c'est sûr, car vous appartenez à ce genre de pédés qui pullulent dans les parcs la nuit et qui donnent mauvaise presse aux homos respectables qui, eux, ont le courage de s'assumer, le jour comme la nuit, jusqu'au bout.

— Je vous interdis…

— Non, toi, tu fermes ta gueule !

S'ensuit un calme blanc. Un de ceux qui feraient croire que, pendant deux secondes, il n'y a personne dans la pièce.

— Maintenant, explique-moi pourquoi Karine Vallon te contacte du PC de Marshall ?

— Pardon ?

— Oui, elle a basculé sur son compte Messenger, puis elle est entrée en contact avec toi. Je l'ai obligée à fuir du bureau avec l'analyste Dru. Ce qu'elle a fait, sans prendre le temps d'éteindre le PC de Marshall. Car elle a besoin d'aide. Et devinez quoi ? J'ai lu tout son dialogue. Son dialogue avec BB75. BÉBÉ 75. Votre pseudo.

— Je… je… je…

— Tu vas juste fermer ta grande gueule de pédale froussarde, Alvarez.

Il a beau être costaud, il n'impressionne pas un homme comme moi qui n'a plus rien à perdre. Je possède l'énergie du désespoir, la pire que l'homme puisse engendrer.

— Et tu vas tout me raconter, sans minauder, comme un homme, en me regardant en face.

PRÉDATEUR

Brice est arrivé plus tard que prévu et ce n'est pas dans ses habitudes. Je suis assis sur le divan. Et je l'attends. Il me voit et je sens la torture qui l'étreint. Tout son corps en a envie et toute sa tête lui dit non.

La lutte tue l'homme. Elle l'épuise.

Je m'approche de lui. Je l'embrasse. Je glisse ma langue contre son palais et la roule dans sa gorge. Au bout d'un petit moment, il répond avec la sienne et nous faisons l'amour. Nous restons sur le divan, pour être bien en face de l'objectif qui nous mitraille.

Il me faut plus d'argent. Alors, j'ai un plan. Me débarrasser d'eux et donner un sens nouveau à ma vie.

Je fais l'amour en feignant l'orgasme. Et je lui demande de partir chez la grosse Annie au plus vite. Il m'annonce qu'il ne veut plus y retourner. Mais il me dit une chose plus horrible que tout.

— Je ne veux plus coucher avec toi, je suis ton père !

C'est alors que je vois rouge. Une rose rouge. Sang.

Mon vrai père a vécu les mêmes choses. Et ça se répète dans ma vie à moi. Tout s'est déclenché. La vision de ma mère, de la pomme verte, de mon père en train de se laisser manger par ma mère enragée. Comme son père à lui s'était laissé assassiner par son fils, pour avoir osé aimer un autre enfant que lui. La rage.

Vais-je mourir en errant dans les bois et attendre qu'un flic me surprenne ? Non, certainement pas. C'est alors que j'ai su.

Tout avait commencé avec *lui*. Tout finirait avec *lui*. Miller. Serge Miller.

J'ai frappé Brice. Puis, je l'ai descendu à la cave. Et je me suis organisé. Je vais mettre fin à ma malédiction.

* *

Je suis retourné dans le 17ᵉ. Au dernier étage. L'homme m'a ouvert la porte. Il avait fait du thé.

— On va faire un marché.

Il me regarde et voit que je ne prendrai la peine ni de boire ni de m'asseoir.

— Quoi comme marché ?

— Vous avez l'habitude de payer pour vous faire des jeunes mecs, non ?

Il a du mal à me répondre. Je me dirige vers la cuisine et je jette un coup d'œil aux placards.

— Oui ! Oui, c'est vrai…

— Je vous file tous les gosses que vous voulez pour tirer votre coup tranquillement. Mais en échange, je veux votre appartement pour faire des soirées.

— Mon appartement… il n'est pas assez grand pour des soirées.

— Non, mais il est bien agencé.

— Mais des soirées pour quoi faire ?

— Pour faire jouir d'autres garçons. Leur donner envie de revenir, encore et encore…

— Des soirées ?

— Oui, des soirées de mecs entre eux. Vous aurez libre choix. À volonté.

Instantanément, je vois la sueur perler sur son front. Il a faim. Et elle dit : « Faisons vite ! »

— Prêtez-moi votre appart et trouvez-moi de l'héroïne, docteur… Avec tous les mômes que vous vous tapez, ça devrait être facile d'en trouver.

— Mais c'est risqué, non ?

— Pas plus que le Destop.

Il n'a pas le temps de me répondre.

— Dépêchez-vous !... Au fait, c'est quoi votre prénom, monsieur Abbouz ?

— Kader.

*
* *

Je rentre tard dans la nuit. Je range les photos numériques dans la boîte que fouille la grosse Annie. Je me déshabille. Mets mon portable sur la recharge. C'est alors que je vois que j'ai reçu un message. Un texto.

« Hello, je suis le flic du bois (rire). Espère t'offrir un verre chez moi très rapidement. »

Le beauf.

La grosse Annie est rentrée plus tard que prévu, ce matin. Avant d'aller travailler, j'ai laissé bien en évidence la boîte qu'elle aime tant fouiller. Je garde avec moi le portable de Brice.

Il faut que j'achète de la moutarde.

*
* *

Je décide de rencontrer le flic. Sans trop savoir pourquoi. Mais mon père, à ce sujet, a toujours été formel : « Laisse-toi aller jusqu'au bout. Y a toujours quelque chose à apprendre. »

Il m'emmène chez lui et je devine un univers étriqué, banal, absolument ennuyeux. Comme prévu. Mais j'ai des questions à lui poser, car je lui ai fait croire que je le trouve très beau. Il me parle de ses séances de sport intensif et je refrène, par six fois, mon envie de bâiller.

En fait, il est du genre à n'accepter aucune question des autres : un âne en bonne et due forme, une bonne vieille tête de mule comme je ne pensais jamais qu'il était possible d'en croiser un jour. C'est peu rassurant de savoir un bêta pareil dans la Sécurité nationale. Puis il me montre un dossier.

— Ce gars, c'est le meilleur pisteur de la planète. Il vient visiter notre service, la semaine prochaine. C'est chouette, on va pouvoir lui parler, car il y aura une fête après ! J'ai hâte.

— Tu en as de la chance, toi, dis donc ! (Je feins l'émerveillement.) Tu as une vie palpitante.

Il s'approche de moi, persuadé que je n'en peux plus. Il m'embrasse.

— Je fais plein de choses intéressantes.

Pendant que la police nationale me roule sa langue dans le cou, je jette un coup d'œil sur le dossier. Et je le vois. Son visage, son regard. Et j'ai un choc. C'est la réplique exacte de mon père, lorsque je l'ai rencontré à mes huit ans.

Franck Marshall.

— Montre-moi ce que tu sais faire et je t'accompagnerai peut-être à ta soirée de la semaine prochaine.

— Je n'osais pas t'inviter...

— Je sais, tu es très bien élevé.

Marshall.

Franck.

Ça déclenche des choses en moi.

*
* *

En rentrant chez la grosse Annie, je remarque qu'elle est seule, attablée dans le salon. À peine suis-je entré qu'elle me fait signe de venir la voir. Je lui offre un de mes plus beaux soupirs.

— À quoi tu joues ?

Elle étale les photos sur la table. Cela fait un moment qu'elle fouille dans mes affaires et que Brice ne rentre plus à la maison. Elle les a enfin trouvées. Moi avec Brice, nus, allongés, en plein acte sexuel. Je la regarde. Et m'assois juste en face d'elle.

Je lui souris. Elle a peur.

— Ça ne va pas fort entre toi et Brice, n'est-ce pas ? Il faut dire que tu es si laide et en plus si stérile ! Il m'en a souvent parlé. Au dépôt de son matériel médical, nous avons installé un coin rien que pour nous. C'est là-bas qu'on est le plus tranquilles, tu sais. Il a fait livrer ce divan vert que j'ai choisi et il n'est que pour nous deux. Tu es en train de finir ta vie seule et tu ne t'en rends pas compte. Ta vie n'aura servi à rien d'autre qu'à me permettre d'exister ; pour ça, je te dois une seule fois le respect, en attendant ton dernier souffle. Tu te persuades du contraire, mais même les tapineurs, comme Alex, se servent de toi. Pour manger, pour dormir, pour boire. Rien de plus. Comme Brice, comme moi. Les gens ont toujours agi ainsi avec toi, précisément parce que tu n'es bonne qu'à ça.

Elle commence à pleurer. Elle tremble. Elle chouine :

— Qui es-tu ?

J'approche mon visage.

— Tu n'imagines pas ce que je suis. Tu ne le peux pas. La seule chose que tu dois savoir, c'est que je n'hésiterai pas une seule seconde à te confondre en justice si tu ouvres ta grosse gueule. À savoir les empreintes sur les photos. Je n'hésiterai pas, non plus, à porter plainte contre toi et Brice. Pour viol en réunion.

— Tu es cinglée !

— Pas plus que toi. Et si tu crois le contraire (je lui apporte le téléphone), vas-y, appelle les flics tout de suite. Je suis un enfant adopté. Quand ils vont te voir, toi et ta vie disloquée, à recevoir des putes masculines chez toi, à essayer de ressembler à Mylène Farmer pour avoir des amis, à accueillir des inconnus, la nuit, le jour, dans ta maison… ils ne vont pas hésiter à te traiter de perverse. Car tes urgences affectives t'empêchent de mettre des limites entre ton lieu de travail et ton domicile. Et tu le sais très bien. Alors je t'offre une dernière chance.

Elle déglutit et tremble de partout. Elle repousse le téléphone.

— On t'a accueillie parmi nous. Pourquoi tu fais ça ?

— Parce que c'est moi qui vous ai choisis. Moi seul. Vous ne m'auriez pas convenu, j'aurais changé de famille.

— Pourquoi es-tu restée alors ?

— Parce que j'ai vu comment Brice me regardait et j'ai su que je vous tenais tous les deux. J'ai eu raison.

Elle pleure pour de bon quand je lui parle de Brice. Et elle fait une tentative pour me vexer.

— J'aurais dû choisir un garçon. Tu es la fille la plus salope que j'aie jamais vue !

Ma rage ressort.

— Je ne suis pas une fille !

La grosse Annie accuse ma vérité. Elle la souligne comme l'ont fait tous ceux qui sont morts de l'avoir entendue.

— Mais enfin, Emily !

À l'énoncé de ce prénom, j'ai un immense vertige... Je regarde mes mains. Je la fixe, elle. Ma fureur est plaquée sur mes joues. Je hurle.

— Je suis Marco ! Mon nom est MARCO !!

Elle pose ses deux mains sur sa tête, effrayée. Ma voix vient de changer, ma posture aussi. Je me redresse, je retrousse mes manches et tous mes muscles bougent sous la peau de mes deux bras.

— Sur cette photo, je suis Emily. Devant toi, je suis Marco.

— Mais...

Je pousse la photo du bout de mon doigt. Ses yeux ahuris comprennent trop tard. Ils descendent sur la photo.

— Emily n'est qu'une couverture sociale. Mon vrai nom, c'est Marco. Si tu es capable de comprendre ça, alors tu sais qu'il vaut mieux que tu te taises et que tu apprennes à raser les murs. Car en trois claquements de doigts, je te renvoie d'où tu viens : de nulle part.

Elle pue la peur, une terreur qui prouve qu'elle va se soumettre. Je vais lui dire la vérité. Dans son oreille, en murmurant.

— Mon père a choisi Emily, car les garçons, ça lui faisait faire des choses horribles, épouvantables, avec leur corps.

Elle a un·haut-le-cœur. Ses yeux globuleux voudraient sortir de leurs orbites. Je m'en fous. Dire que j'existe est la chose la plus importante pour moi.

— En choisissant Emily, il ne pouvait pas me faire du mal. Car je n'étais pas un garçon. Je le suis devenu à l'intérieur.

Elle me regarde. Je sais qu'elle est effondrée. Que je lui ai mangé sa vie précisément en lui faisant croire qu'il y en avait une importante pour moi. Je me rassois en face d'elle. Très calme.

— Maintenant que tu sais tout, il faut qu'on se parle, toi et moi.

EMILY

J'ai maintenant peur du soleil, mon ombre est devenue si grande. Elle m'avale. Et me fait faire des choses... Je vois la douce Annie, attablée avec les photos.

Pourtant, je lui inflige des choses horribles : je lui cause du mal car je couche avec son mari. Pourquoi est-ce que j'agis de cette façon ? Je n'arrive plus à aller à mes séances d'analyse sur le divan. Je pense à Franck que j'aime.

Mais je reste assise, au fond de mon esprit. Je ne peux que voir ce qui se passe. Et trembler d'effroi. En moi.

Je veux mourir. Qu'on me libère de ma chair possédée.

SERGE MILLER

Je fais signe à l'agent de retirer le canon de la tempe d'Alvarez. Je n'en reviens pas d'avoir été si profondément entubé.

— Je veux tout savoir de toi.

— Tout savoir et rien savoir, c'est la même chose. Votre phrase ne veut rien dire.

— Alvarez fait de l'esprit ! Alvarez fait de la musculation ! Alvarez a senti quelque chose ! Whaou !... Alvarez se croit intéressant ! Dis-moi, miss Mappemonde, y a-t-il d'autres pensées en boîte à éjecter de ton muscle frontal de gros con... ou dois-je soutirer les infos à la perceuse ?

Il frétille, son nerf facial est bandé. Alvarez est un narcissique qui ne supporte pas l'idée de véhiculer l'image d'un être imparfait dans les yeux d'inconnus. Il pense que sa vie est grande et qu'elle est un modèle d'hygiène. Un homme d'une banalité affligeante qui a confondu le savoir et la fonte. Un homme comme il y en a trop dans ce monde ! Car il est parfois bien plus éprouvant d'ouvrir un livre que de soulever cinquante kilos toute une journée.

— Que voulez-vous savoir, Miller ?

— Qui te tient par les couilles ?

— Personne. Je suis libre, mais je ne suis pas transformiste. Je doute de pouvoir vous intéresser, Miller.

Il joue. Alors, jouons.

— Ne t'inquiète pas pour ça. C'est de ton habit d'homme que ressort ton côté « femelle passive » et toute la fonte du monde n'y changera rien. Bien au contraire, elle le soulignera. J'aime les transformistes artistes, pas les dindes anabolisées pédantes.

— Vous perdez votre temps.

— Non, justement, je le gagne. Pour le moment, tu es le seul à être responsable de tous ces futurs cadavres. Si tu ne dis rien, ce sera perpète.

— Vous ne pouvez pas...

— Je peux tout faire ! Et tu n'as pas idée à quel point mon imagination est fertile en ce moment même : à te voir te chier dessus de peur que je t'embrasse ! Pitié pour moi !! Tu es laid de l'intérieur. C'est une chose que comprennent ceux et celles qui ont la force de tourner les pages d'un livre.

— Arrêtez de m'emmerder, Miller !!

— Voyez-vous ça : *Rambo, la fiotte... Le retour.*

— Je ne dirai rien.

Je me redresse. Je demande aux agents de sortir de la pièce. Ils me répondent d'un clin d'œil. Une fois isolés, je m'assois en face de lui. Le crotale et la souris. Il tremble.

— Donne-moi ton portable, maintenant.

— Non, je ne peux pas.

— Tu as deux mains et deux bras. Donne-moi ton portable.

— Non.

— Alors, finie la politesse.

Je saisis le classeur sur la table. D'un revers, je lui flanque une claque magistrale. Il y a un bruit sourd. Son nez saigne. C'est la vue de son sang qui affole un narcissique. Toujours.

— Je vais porter plainte, Miller.

— Non, car vous êtes tombé par terre !

Je l'attrape par le col, l'arrache de son fauteuil à roulettes en le poussant vers le bas. Il s'écrase face au sol. Du rouge sur le carrelage. Quelque chose sort de la poche de sa blouse et roule sur le blanc immaculé du plancher. J'appelle les officiers.

— Il a voulu s'échapper comme un lâche ! Redressez-moi ce connard.

Je saisis le portable. Alvarez monte en furie.

— Vous allez crever, Miller !

Je le fixe.

— Mais toi aussi, tu vas crever. C'est le grand tic-tac pour tout le monde. Et, crois-moi, déjouer les plans de petites connasses comme toi, c'est mon travail !

— Rendez-moi mon portable !

Je regarde les deux agents. Je leur tends le classeur.

— Faites taire cette merde ! Pour le bien-être de l'humanité !

Je sors de la pièce. Alvarez hurle.

Sur le cadran du menu, il y a une photo d'Alvarez torse nu. Surprenant. Dernier numéro effectué : 01 24 28 96 32. À deux heures quinze du matin. Juste avant que j'appelle. Je connais ce numéro.

Je prends mon portable et je compose le numéro sur le clavier de mon téléphone. J'enclenche la touche « appel ». Et d'un coup apparaît sur mon écran personnel : « Karine Vallon, fixe. » Si Vallon, dans le bureau de Marshall, a communiqué avec Alvarez sur Messenger, pourquoi Alvarez a-t-il appelé au domicile de Vallon, après ?

Karine Vallon est célibataire, elle a deux enfants…

Deux enfants… seuls en pleine nuit ?

Je retourne dans la pièce. Alvarez a les joues rouges et le teint blafard.

— Tu es mignonne en poupée russe.

Je l'ignore complètement.

— Faites en sorte que ce connard n'appelle personne. Il est en garde à vue, la plus stricte possible. Je compte sur vous et le classeur, messieurs !

Je choisis de partir doucement.

— Attendez !

Je me retourne. Si les enfants de Vallon sont pris en otages, alors ils ne sont pas en danger pour le moment, car tout le monde est dans l'attente de savoir ce qui se passe. Au moins pendant dix minutes. Alvarez me regarde.

— La solution n'est pas chez elle.

— Comment ça ?

— Vous n'y trouverez qu'un autre pion, rien de plus, et vous le savez.

Alvarez tremble encore une fois. Je le considère différemment.

— Pourquoi Karine Vallon ?

— Parce que c'est elle qui décide qui travaille avec elle.

— Et ?

— Alors les enfants ont été utiles comme moyen de pression pour m'introduire, moi, dans l'enquête. Pour voir si tout allait dans la bonne direction.

— La bonne direction ?

— Oui, pour vous diriger. Vous, Miller. Vous, personnellement.

Autres tremblements. Je fais signe aux deux hommes de le lâcher. Alvarez paraît effondré. Pour un sportif…

— Vous êtes de la police, pas vrai ?

— Oui, je le suis.

— Comment êtes-vous arrivé sur cette enquête, Alvarez ?

Je fais signe aux deux hommes de sortir. Je les suis. Mais avant de fermer la porte, je dis aux deux compères : « Fouillez son casier, surtout les recoins. »

Je pousse la porte. Alvarez tremble. Je lui apporte de l'eau. Il boit.

— Ce n'est pas comment je suis arrivé sur l'enquête qui est important, c'est comment j'ai foutu ma vie en l'air sans m'en rendre compte ! C'est ça la question, Miller.

— Je t'écoute, alors.

— Tout a commencé avec cette fille magnifique. À cette époque, j'étais sur mon vélo, avec les collègues. On surveillait le bois de Boulogne. Elle est venue me voir et elle m'a donné son numéro de téléphone. Ensuite, tout est allé très vite.

— Comment s'appelait cette fille ?

— Emily.

— Un nom de famille ?

— Non, aucun. Et je ne lui en ai jamais demandé ! Car quand on la voyait, on ne pensait qu'à « Emily », jamais on n'allait plus loin que ça. Je l'appelais tous les jours. Je la voyais tous les jours. Et pas une seule fois, je n'ai pu imaginer qu'elle eût un nom de famille. Étranges parfois, ces choses qu'on pense évidentes, sans avoir le réflexe de les remettre en cause.

— Comme un chat sauvage allongé sur le bord de la route et que l'on croit mort…

— Pardon ?

Il tremble encore. J'entends frapper à la porte. Je vais ouvrir. L'un des agents me tend une fiole de poudre blanche. Je soupire et je la garde dans ma main. Je reviens vers Alvarez.

— Vous pouvez continuer.

— Je ne me sens pas bien.

— Je sais.

Je lui montre la fiole et aussitôt, il éprouve un regain de vitalité. Je m'approche de lui et lui donne. Alvarez la saisit et il ferme les yeux en s'envoyant la poudre dans le nez.

— Désolé de faire ça devant vous…

— Pas de problème de mon côté.

Ses yeux le piquent et des larmes coulent sur ses joues, mêlées à de la tristesse. Réelle, profonde.

— Ensuite, nous sommes allés dans une soirée, une soirée au cours de laquelle on rencontrait le célèbre pisteur, Marshall.

Voilà, j'y suis. Marshall amoureux… de cette fille. Il y a une décharge en moi. Des images extrêmement violentes de rose rouge et de sable chaud. Des images qui ne sont, en fait, que des questions restées en suspens trop longtemps dans ma vie et qui, d'un coup, se connectent entre elles. Psychiquement. Je tremble tellement qu'Alvarez a un mouvement de recul puissant.

Une fille. Le patient 6 a formaté une fille ! Le seul moyen, pour ce pervers, de ne pas détruire qui allait lui survivre.

— Où vit cette fille ?

— On ne se donnait rendez-vous que dans les bois. Elle me disait que des copines à elle travaillaient dans un bus de soutien, pas loin… Je ne sais pas où elle habite. Je l'aimais. Un jour, elle m'a dit qu'elle sortait avec Marshall. Ça a été la chute pour moi. Mais un autre jour, elle m'a invité à une soirée. J'étais avec elle et je me sentais bien. J'adorais son parfum. Je me suis « assoupi » pendant la soirée. Puis je me suis retrouvé dans un lit. Nu. Emily me souriait et m'a dit : « Laisse-toi faire, j'ai envie de te voir comme ça. » Alors, des garçons s'occupaient de moi. Pendant qu'elle m'embrassait, elle mettait de la poudre dans mon nez. Et je ne sais pas… j'ai aimé. Je n'ai plus jamais lutté… Et alors, j'ai eu besoin de poudre. Donc elle m'a proposé un *deal*. De la poudre gratuite, à volonté, à vie. Je ne la revoyais que pour ça et le sexe.

Le discours d'Alvarez est décousu, mais fait d'informations essentielles. Son addiction doit lui mener la vie dure.

— J'ai décidé d'arrêter mes conneries. J'ai décroché.

— Et qu'avez-vous fait ?

— Des études. Je voulais devenir légiste. Alors, j'ai repris tout un cycle de cours et j'ai aussi rencontré une fille superbe : Daphné. J'ai eu mes examens et je suis entré dans la police scientifique. J'habitais avec elle.

— Comment Emily est-elle revenue vers vous ?

— Le plus simplement du monde. Sous ma porte d'appartement, avec des photos de mes orgies. Daphné est partie en courant, elle était enceinte de deux mois.

— Pardon ? Des photos sous votre porte ?

— Oui !

Et moi qui me croyais seul.

— Qu'avez-vous fait ?

— Rien. Un jour, j'ai ouvert la porte et elle était là. Sublime. Elle est entrée chez moi et s'est dévêtue. J'étais tellement en colère !... Mais elle m'a fait une piqûre. Une seule.

— Ce qui vous a fait rechuter, pas vrai ?

— Oui, instantanément. C'est comme l'alcool ou la cigarette. Si vous arrêtez, il ne faut jamais reprendre. Même pas une fois.

— Et que s'est-il passé ensuite ?

— Elle m'apportait mes doses et, en même temps, elle me disait qu'elle sortait avec mon héros, Marshall. Et plus tard, j'ai été appelé par Vallon, pour faire partie de son équipe.

— On vous a donné un rôle ?

— Il n'y a qu'elle, Miller, elle seule. Emily. Elle m'a demandé de mentir.

— Mentir ?

— Oui, mentir.

— Comment ça ?

— Personne n'est séropositif. Aucune des victimes.

Je tombe de haut. Cette annonce m'a fait m'écrouler. Moi ! Le patient 6 a dû mourir de sa maladie et elle me le fait payer comme si j'en étais l'unique responsable. Le but était de m'anéantir envers et contre tout. En utilisant des pions, asservis par le manque et la terreur.

— Pourquoi ne pas avoir porté plainte ?

— Elle menaçait d'envoyer des photos dans tous les commissariats. De toutes les positions, ma famille... Je ne suis pas homo... J'ai juste été subjugué par l'amour que je portais à quelqu'un qui l'utilisait pour m'anéantir.

— Pourquoi avoir appelé chez Vallon, ce soir ?

— Pour savoir si j'avais été livré.

Il remue le flacon.

— Les enfants de Vallon sont-ils en danger ?

— Non, ils sont juste un moyen de pression.

— Karine se drogue ?

— Non, elle ne se drogue pas.

— Pourquoi ?

— Je ne sais pas. C'est elle qui m'a choisi. Elle était informée pour les mensonges, mais elle ne voulait pas savoir comment j'en étais arrivé là. J'imagine qu'elle avait ses propres ennuis. Je crois qu'elle a essayé de prévenir Marc Dru. Mais il n'est pas enquêteur, juste analyste.

Elle voulait mettre Dru sur la voie, Marshall étant empoisonné par Emily. Il ne lui restait plus que Dru. Et lui seul. Moi, je devais représenter la mort. C'était encore moins concevable de se tourner vers moi. Je comprends mieux sa colère.

Alvarez se laisse tomber à terre. Je m'approche de lui.

— Je ne vous laisserai pas tomber, Alvarez. Combien sont-ils chez Vallon ?

— Une personne, une seule.

Je prends le téléphone et j'appelle Dru. Il me répond immédiatement.

— N'allez pas chez Vallon !

— Qu'est-ce que vous nous cachez encore ?

— Rien. Dites à Karine que je viens d'avoir la confession d'Alvarez et que j'envoie des professionnels pour ses enfants. Ils sont en sécurité. Si vous voulez être utile, rejoignez-moi à la porte Dauphine au plus vite.

Je raccroche. J'appelle les deux agents, rédige l'adresse du domicile de Vallon et leur tends. Ils me font un signe de tête et s'en vont. Alvarez me regarde.

— Pourquoi la porte Dauphine ?

— Parce qu'Emily vous l'a dit : elle a des amis à elle dans le bus de soutien.

— Faites attention !

Je le dévisage et je lui souris. J'effleure la fiole de poudre.

— On ne fait jamais assez attention, Alvarez. J'en sais quelque chose dans ma vie, vous savez. Et vous aussi. Acceptons-le. Chacun à notre niveau.

En me retournant, j'entends un bruit de verre cassé. Je souris.

MARC DRU

Karine pleure. Elle se sent soulagée.

— Dieu merci… Merci, Miller.

— Nous allons attendre l'intervention de la police. Dès que Miller nous appellera pour confirmer la totale réussite de l'opération, je vous déposerai chez vous.

— Merci, Marc.

— Ne me remerciez pas.

— Je n'ai rien pu dire à qui que ce soit pour mes enfants. Je ne voulais pas prendre de risques, d'autant plus qu'ils ne leur faisaient pas de mal. Je n'avais qu'une hâte, c'est que tout ce cauchemar finisse.

— Et vous pensiez qu'il allait se terminer comment ?

— À la mort de Miller.

— D'où votre colère dans le bureau tout à l'heure.

— Oui. J'aurais aimé qu'il meure et que mes enfants soient enfin libres.

— Parlez-moi d'Alvarez.

— Héroïnomane. Il avait sa dose et me dictait les informations à vous soumettre.

— À nous soumettre ?

— À Miller et à Marshall. Pour vous, j'ai essayé de vous mettre sur la piste le jour de notre rencontre. Devant la vitre teintée. J'ai fait allusion aux enfants, aux sucreries… mais je me suis vite rétractée. En voyant ces adolescents, j'imaginais ce que l'on pouvait faire à mes enfants.

— Et moi qui pensais que vous me draguiez.

Je me rappelle bien m'être posé la question : si elle avait des enfants.

— Ne le pensez pas, sachez-le !

Nous rions, comme nous le pouvons, maladroitement. Je repense à mon altercation avec Alvarez. Sa piqûre.

— Vous m'avez bien dit qu'aucun des adolescents n'est séropositif, n'est-ce pas ?

— Oui. Mais j'avais ordre de prétendre le contraire. Les dire séropositifs suffisait : ce genre de nouvelle peut détruire une vie sans avoir besoin de donner de preuves !

— Pourquoi Alvarez s'est-il fait un test sanguin, alors ?

— Peut-être parce que c'était lui qui dessinait les roses sur la peau. Il a forcément été au contact du sang des victimes… Il croyait peut-être que… Je ne sais pas. J'avoue que je ne pense qu'à mes enfants maintenant.

Je suis abasourdi. Miller ne nous a pas tout dit. Il fait cavalier seul depuis le début de cette histoire. Il a ses raisons.

Comme une tornade, cette folie a emporté Karine, ses enfants, Mustapha et indirectement son fils, Lamy, tous ces adolescents, Marshall, Alvarez et moi. Et les personnes concernées sont encore loin d'être toutes décelées.

Nous arrivons à la porte Dauphine. Je stationne près du bus, comme me l'a demandé Miller. La nuit redevient lisse et brillante, une fine pluie tombe. Les pneus des voitures passantes font des bruits étranges sur les pavés. Le portable de Karine sonne. Elle regarde l'écran et me montre ce qui est écrit, « numéro caché », avant de décrocher.

— Allô ? Miller ?

Karine baisse ses mains sur ses genoux et fixe l'appareil.

— Ce n'est pas lui. On a raccroché. Un faux numéro, sans doute.

La portière arrière s'ouvre. Quelqu'un s'assoit rapidement dans le véhicule. Une jeune femme, au regard halluciné.

— Ce n'est pas prudent de rouler sans fermer les portes arrière ! C'est moi qui viens de vous appeler sur votre portable. Voyez-vous, je voulais être sûre que c'était vous.

Elle ferme tous les loquets derrière elle et elle enfonce quelque chose de pointu dans mon dos à travers le siège du conducteur.

— Donnez-moi votre portable, Karine.

La femme glisse sa main droite devant Karine : un cutter avec une lame en dents de scie.

— Un outil de ma fabrication, prêt à être testé.

Je remarque ses ongles noirs, sales. On observe souvent ce genre de détail chez les psychotiques. Karine lui tend son appareil.

— Maintenant, roulez, Dru ! Pensez à cette pauvre Karine et à ses deux rejetons, hein ? Vous n'aviez sûrement pas imaginé la chose suivante à propos de Vallon : que ce soient ses enfants qui se retrouvent sans leur mère !

— Qui êtes-vous ?

Je crois qu'il s'agit d'une arme qu'elle enfonce, d'un coup sec, dans mon dos.

— Craignez plutôt ce que je suis devenu.

Je redémarre. Concentré.

... *ce que je suis devenu.*

PRÉDATEUR

Le bois de Boulogne est assez agréable à découvrir. Notamment ses allées et ses petits ruisseaux. Votre œil croise des canards colverts, deux mâles pour une femelle, ainsi que des poules d'eau, ce qui signifie que l'eau est suffisamment profonde pour qu'ils plongent chercher de la nourriture et aussi qu'il y a de la vase, au fond. Si vous ne voyez pas d'animaux flottants, c'est parce que le ruisseau n'est pas assez encaissé.

Cette nuit-là fut la plus dure de ma vie. 24 décembre. Une nuit de réveillon. Pas de flics, pas de passants et surtout pas de promeneurs au cœur de la nuit. La grosse Annie et le Brice vont veiller seuls. J'ai décidé de prendre le large et d'aller voir mes amis.

Depuis que j'ai ma voiture, je suis allé les chercher un peu partout. La plupart se baladent en groupes de trois. Ils n'ont pas forcément de papiers. Mais repérer leurs camps est facile : vous en suivez un et il vous mène aux autres.

Personnellement, je préfère les jeunes enfants, ils sont moins lourds et c'est plus excitant quand ils se débattent. Mais cette fois-ci, il ne s'agit pas d'en ramener un dans les bois, mais de déterrer les autres, afin qu'un jour ils puissent être découverts. J'ai les sacs et mes réserves de pierres. Cette nuit-là, je déterre les dix corps.

L'odeur de la moutarde subsiste toujours un peu, la terre est parfumée par cette âcreté. Les premiers corps sont si abîmés que j'en glisse deux dans le même sac. Puis, je les disperse dans les ruisseaux. Six sacs en tout : quatre sacs contiennent deux corps et deux sacs n'en contiennent qu'un seul. *Six bouillons majestueux, puis ils coulent au fond. Quand les eaux les auront purgés, que les rats se seront nourris, il ne restera que des ossements parfaitement impossibles à identifier pour plusieurs raisons, mais surtout parce qu'à la base, les petits Roumains romanichels sont les seuls enfants à n'être presque jamais connus de l'État.*

Parfois, certaines familles portent plainte et on voit leurs photos dans les journaux. Lorsque je les reconnais, je garde les coupures. Mais seules deux plaintes officielles ont été déposées.

Le dernier sac coule et je m'ennuie déjà. Les purges ne sont plus drôles.

Ce soir-là, je croise un homme dans les bois. Il est seul. Il me regarde.

— *Qu'est-ce que tu fais ici ?*

— *Je n'ai pas de famille.*

— *Est-ce si grave que ça ?*

— *Non, je peux faire ce que je veux, je suis libre.*

Et l'homme se met à rire.

— *Libre ?*

— *Oui, libre !*

— *Mais tu ne vois donc pas que la liberté, ça n'existe pas ?*

— *Si, elle existe !*

— *Non, elle n'existe pas et tu sais pourquoi ?*

— *Non, dites-moi ?*

— *Parce que si elle existait, tu ne serais pas là ce soir. Pas là, précisément ce soir. Si tu es là, c'est parce que tu n'as pas eu le choix ! Tu es venue ici ce soir, car tu le devais ! Tu crois à la liberté pour te persuader que c'est toi qui as choisi ta soirée !*

— *Pourquoi êtes-vous là, vous, monsieur ?*

— *Tu vois cet arbre ?*

— *Oui.*

— *C'est ici que ma mère m'a abandonné. Un 24 décembre. Depuis, je pense à elle.*

Il avait raison. Car qui penserait à lui sinon, un 24 décembre ? Il tremble. Je le vois sortir une fiole et une seringue.

— Je me shoote ici en espérant voir son visage dans un flash. J'aimerais bien voir à quoi elle ressemblait, ma mère.

Il fait son garrot. Il s'adosse à l'arbre et il enfonce la seringue. Puis il s'effondre.

Il a complètement raison. Je vais même l'aider. Je ne dois prendre aucun risque. Je le relève et l'aide à marcher jusqu'au bord du ruisseau. Je le laisse tomber dans l'eau d'hiver. D'où il est maintenant, il la voit sûrement, sa mère !

Il fut le septième bouillon de la soirée. Comprenne qui pourra.

J'ai alors erré dans les bois et je me suis dit que j'allais me préparer à sortir de l'ombre. Il fallait que je me débarrasse d'Emily. Je ne supporte plus sa peau. Ma couverture. Je dois devenir Marco. Et ça ne se fera qu'en me débarrassant de ma dette envers mon père. En éliminant Miller.

Ça tombe bien. Il faut que je passe à autre chose. Que je monte d'un cran. Les purges me lassent...

SERGE MILLER

Pas de trace de Marc Dru ni de Vallon. Je prends mon portable et celui d'Alvarez.

Le bus de soutien est là, assis dans la nuit. Fumant. Comme un siège provisoire, reposant sur le trottoir. J'entre à l'intérieur et une femme angoissée se tourne vers moi. Elle me dévisage.

— Vous êtes ?...

Je lui montre ma plaque.

— Serge Miller. Votre nom, s'il vous plaît ?

— Elizabeth Durand.

— Dites-moi, Elizabeth, vous travaillez seule, ici ?

Elle paraît triste.

— Non, mais ma collègue Annie n'est pas venue depuis trois jours. Je suis sans nouvelles d'elle, je m'inquiète.

— Connaissez-vous une certaine Emily ?

— Bien sûr ! C'est la fille d'Annie. Elle est passée ici tout à l'heure. Elle aussi aimerait savoir où est sa mère ! Vous voulez du café ?

— Oui, un bien fort, si possible... Euh, dites-moi, vous avez une photo d'Annie et de sa fille ?

La femme me fixe. Elle sourit, comme le font les gens qui se rappellent les bons moments de leur vie.

— Oui, regardez, là, sur le côté du micro-ondes, c'est la plus vieille photo de sa fille Emily, enfant. Emily avait cinq ans là-dessus.

Je m'approche. La femme me tend le café, mais je ne le vois déjà plus.

Sous un aimant. Un enfant, une ombre, une cage en arrière-plan. La reine de la portée sauvage du patient 6.

Ma collègue Annie n'est pas venue depuis trois jours...

— Fermez la boutique et emmenez-moi chez Annie, au plus vite !

Elle pose le café. Nous fermons le bus et nous entrons dans ma voiture. Je sors la boule bleue, mais ne mets aucun son.

— Prenez le périphérique et la sortie Aubervilliers.

— Très bien. Parlez-moi d'Annie.

— Que voulez-vous savoir ?

— Sa vie ! Est-elle mariée ?

— Oui, bien sûr, son mari Brice est un homme charmant. Ça ne va pas très bien entre eux ces derniers temps, mais ils forment un couple solide.

— Parlez-moi d'Emily.

— C'est-à-dire ?

— La connaissez-vous ?

— Oui, ici, tout le monde la connaît. C'est une fille discrète, intelligente et très charismatique...

— Mais ?

— Comment ça, mais ?

— Dites-moi tout, Elizabeth, s'il vous plaît !

Elle soupire.

— Je ne veux pas juger. Se savoir stérile a été très dur pour Annie. Quand elle a adopté Emily, elle a éprouvé un vrai bonheur, ça a changé sa vie.

— Elizabeth ! Parlez-moi d'Emily, juste d'Emily.

— Il y a quelque temps, elle est montée me voir dans le bus. Elle s'était salie et voulait se nettoyer. Ce soir-là, Annie ne travaillait pas, elle était de repos. Emily désirait se laver les mains. J'attendais à côté d'elle pour prendre de l'eau pour le café. Le problème, c'est que, dans la terre qui coulait de ses mains, il y avait du sang. L'un de vos collègues, un dénommé Marshall, a cherché il y a peu à rencontrer Alex, le seul ami que je lui connaisse.

— Oui, je vois. Vous l'avez raconté à Annie ?

— Non, je n'ai rien dit. Elle en bavait assez comme ça.

— Et vous n'en avez pas parlé à Emily non plus ?

— Non. Non, monsieur Miller.

— Pourquoi ?

— Cette fille me fiche la chair de poule. Je bosse avec des jeunes qui vendent leur corps pour un peu d'argent. J'ai eu maintes fois l'occasion de croiser le regard des pervers et des sociopathes sexuels. Croyez-moi, on ne sait jamais qui ils sont. Mais si vous faites attention à votre ressenti, il y a un froid qui escalade votre colonne vertébrale. C'est le signe infaillible. Il y a un prédateur près de vous.

— Vous sentiez ça en présence d'Emily ?

— C'était pire avec elle : je percevais le vent glacé avant même qu'elle n'entre dans le bus et le ressentais bien après son départ. Avec elle, ça me l'a toujours fait. Alors, je me suis fermée. Pour pas qu'elle s'intéresse à moi.

Pour être aussi fort qu'un prédateur, il faut être aussi mort. Aussi froid que lui. Mais ce silence a un prix. Celui de laisser tomber vos amis menacés. Ce qu'éprouvait Elizabeth, je l'avais découvert tout au long de mon expérience. Le prédateur est toujours synonyme de vent froid dans le dos ou la nuque, chez sa potentielle victime.

Marc Dru

La fille prend la tête de Karine Vallon et elle la frappe sur l'appuie-tête avec une telle force que ses yeux se révulsent. La tête retombe mollement. Puis elle la coince entre la ceinture et son épaule, pour lui donner l'air de dormir.

— À nous deux, Marc Dru.

Cette fille est disjonctée et organisée. Un mot de travers peut être fatal. Je choisis de ne rien dire.

— Arrêtez-vous là.

C'est un endroit désert. Entre des bâtiments abandonnés. On est en proche banlieue.

— Donnez-moi les clés de votre voiture.

Je la laisse les prendre. Elle sort et ouvre un portail blanc au fond d'une impasse. Elle revient. Je perçois une odeur d'urine de chat et de végétation sauvage. Il pleut de plus en plus fort. Elle entre dans la voiture.

— Remets la clé et approche la voiture au bout de cette impasse. Magne-toi !

Je m'exécute. Dans le rétroviseur, furtivement, je remarque deux choses essentielles. Son regard change. Parfois il est contemplatif et dilaté, les sourcils tombant presque de chaque côté du visage, on pourrait croire un enfant perdu. Mais cette impression est juste passagère, car la plupart du temps, les sourcils se rejoignent et se touchent juste au-dessus de l'arête du nez. L'œil devient alors angoissé et la pupille est rétractée, agressive et luisante.

Mon cœur bat vite. J'avance la voiture dans la cour. Et je remarque le bâtiment. Sur ma droite. De la rue, il est invisible.

— Descends ! Et prends-la avec toi !

Je contourne la voiture. Elle est dans mon dos. Je sens du froid sur ma colonne vertébrale.

— Tu vas prendre ta bien-aimée dans tes bras ; ensuite, elle te mangera les joues.

C'est un discours psychotique : elle ne me parle pas, elle décrit ce qu'elle perçoit de sa mémoire. Elle me fixe, mais ne me voit pas. En un éclair, son visage fond et devient presque doux, féminin. Mais aussitôt, il redevient aussi perçant qu'une mèche de métal tournant au bout d'une perceuse électrique. J'abonde dans son sens.

— Oui, je lui mangerai ses joues plus tard.

À nouveau, le visage doux réapparaît. Puis l'ombre à l'intérieur reprend le dessus : les pupilles rétrécies, la voix grave.

— Tu feras bien plus que ça, connard !

Elle ouvre la porte. Et elle entre dans le noir. De sa voix forte et grave :

— Avance, Dru !

Puis la tonalité, elle aussi, change un tout petit peu, une voix plus suave, plus saccadée.

— … Pense à la nouvelle peau que tu vas avoir ! La nouvelle vie !!

Je prends Karine par les bras et je la tire en arrière, afin d'éviter au maximum de lui faire mal. Les paroles heurtent mon inconscient, et me reviennent les images des corps de Lestier et de Limier. Les déformations que leurs corps ont subies. C'est alors que je comprends. Les mots qu'elle emploie sont destinés à elle-même.

Pense à la nouvelle peau que tu vas avoir ! La nouvelle vie !!

Je déglutis par deux fois. Puis j'entre à reculons. Ma jambe droite ne trouve que le vide. Je bascule et je tombe. Entraînant Karine avec moi.

Il y a un bruit au-dessus de moi. Un battant tombe sur le sol. Puis la porte d'entrée se ferme. J'entends ma voiture démarrer.

Quelqu'un souffle près de moi.

— Karine ?

Je la touche, elle respire trop faiblement pour qu'il s'agisse d'elle. Je place sa tête sur mes genoux. Je perçois le bruit de quelqu'un qui rampe. Une présence qui réchauffe ma colonne vertébrale.

— Marc ? C'est Franck... C'est moi, Marshall...

Il me tombe dans les bras.

— Respire doucement, Marc... Il y a du chloroforme dans la terre.

Comme la pièce n'est pas aérée, il ne s'évapore pas vraiment, ce qui intensifie son pouvoir anesthésiant. Je pose la tête de Marshall sur mon genou gauche. Et lui caresse les cheveux, machinalement. Sortir d'ici.

Je pense à Miller. Il est encore plus en danger que nous pour le moment. Je fouille mes poches : sans grand étonnement, je constate que mon portable a disparu.

Sortir d'ici.

C'est une maison de banlieue, simple, insoupçonnable. Je laisse Elizabeth dans la voiture. Il pleut fort.

Je passe le long du flanc est de la maison et je me retrouve dans une petite cour sur jardin. Sans vis-à-vis. Au-dessus de moi, il y a un balcon en fer forgé. Minable. Ce n'est pas haut, mais trop pour moi et mon poids en surcharge. Je remarque une vitre oblique, l'immense fenêtre rectangulaire de ce qui ressemble, à première vue, à un sous-sol.

J'avance dans le jardin. Je me saisis d'une pierre et la projette au centre du carreau. Le bruit est mat comme celui que produirait une pierre plate sur l'eau. Je me glisse à l'intérieur.

En allumant la lumière, je remarque les étagères. Si elles sont vides, elles sont néanmoins étiquetées : « écarteurs, perceuses, scalpels... », avec les numéros de série et les références des différents modèles. Que fait le père d'Emily ?

Je monte à l'étage. J'arrive dans un couloir sans caractère. La porte en face donne sur une chambre à coucher. Il y a la photo d'une femme assez ronde et d'un homme aux traits communs, un brun aux yeux noisette, un visage bon, doux. Le lit n'est découvert que d'un seul côté : je pense aux problèmes de couple. J'allume la lampe de chevet. Je dirige le halo de lumière et je vois un cheveu roux sur l'oreiller. C'est donc elle qui dort ici.

Au bout du couloir, une autre chambre. Mon cœur cogne si fort que j'ai du mal à ouvrir la porte. J'allume la lumière. C'est l'odeur qui me frappe. L'odeur de musc et de noisettes. L'odeur du travelo.

Je me mets à quatre pattes et j'inspecte directement sous le lit. Il y a une boîte sombre. Je l'ouvre. La même photo que j'avais chez moi. Je souffle. Il y a un autre endroit.

Si Emily est le chat sauvage dressé par le patient 6, alors il existe un autre lieu où il se cache, se recentre et se narcissise. Un endroit où il pense à ce qu'il va faire. En dehors de cette apparente vie de fille.

Forcément.

J'avance dans la cuisine. Mon portable sonne.

— Miller, j'écoute.

— Officier scientifique Ruffen. Nous sommes chez Karine Vallon.

— Tout s'est bien passé ?

— Absolument. Il n'y a rien à déclarer.

— Comment ça, rien à déclarer ?

— Son concubin est à la maison. Il s'occupe des enfants. Photos, certificats en règle.

— Comment s'appelle-t-il ?

— Monsieur Abbouz. Kader.

Je remarque des photos sur la table du salon, une pièce adjacente. Je m'aperçois que j'ai toujours le téléphone à l'oreille.

— Ne le lâchez pas de vue, ce Kader. S'il vous refuse l'accès à sa maison, postez-vous devant et derrière chez lui, et suivez-le s'il sort.

— Très bien, monsieur Miller.

— Au fait ?

— Oui.

— Vous faites du très bon travail, je m'en souviendrai.

— Merci, monsieur.

La présence d'un mari chez Vallon me gèle l'esprit. Surtout un mari qu'appelle Alvarez en manque, en pleine nuit.

Les photos éparses sur la table du salon me font froid dans le dos. J'ai un frisson. La tête entre les jambes nues de sa propre fille adoptive, notre mari modèle s'en donne à cœur joie pour rattraper le temps perdu à fuir le corps énorme de sa femme rousse. Emily semble jouer avec l'objectif. C'est une sacrée belle femme ! Je réalise soudain la dangerosité du personnage.

Elle brûle les règles et les gens en agissant directement sur les zones taboues de notre composition humaine. Je compte les chaises dont les assises et les dossiers sont en paille tressée, autour de la table. Cinq chaises ?

Au bout de la table. La dernière chaise est tombée.

Je cherche un interrupteur en glissant ma main sur le mur. J'appuie. C'est un système d'halogènes indirects. Je relève le siège. Coincés entre les tissages des fibres, je les reconnais. Les cheveux roux.

Je passe par la chambre et le balcon. Une fois dehors, je pense au sous-sol. Quel métier fait le père adoptif d'Emily ?

Un cri. Un cri de femme, des crissements de pneus.

Je saute par-dessus la rambarde, je contourne la maison et je vois ma voiture, la portière du passager ouverte. Parfaitement vide.

Mais je la reconnais. Elle était sur le parking de Marshall. La voiture de Dru. Sur le trottoir d'en face. Une femme au volant. Une femme, au regard cerné, l'œil irradiant la folie, un regard malade qui me fixe sur place et me scinde en deux parties.

L'une est aux aguets. L'autre est glacée. La colonne en stalactites.

Je reste là. Incapable de bouger. Dans la nuit. Parfaitement immobile.

PRÉDATEUR

Il y a trop de bénéfices. Kader se révèle être un excellent gérant. Il s'avère aussi être un excellent pédophile. Son goût pour les jeunes hommes me rappelle mon père, et plus j'apprends à le connaître, plus je regrette l'idée d'avoir voulu lui faire boire du Destop.

Notre entreprise est florissante. Un homme politique fait des tentatives. Je crois qu'on est sur la bonne voie pour entrer dans la sphère des interdits. Royaume qui est mien depuis bien longtemps et qui m'est dû. Je vais grandir. Devenir homme.

L'héroïne vendue engendre des gains conséquents. Il faut continuer sur notre lancée : formater d'autres garçons. Qu'ils aillent en chercher d'autres, afin de les casser de l'intérieur et de les rendre dépendants jusqu'au bout. Les rues n'ont que ça à offrir, des hommes lassés de leur vie de couple insignifiante et sans jouissance.

J'ai une idée. Kader prend rendez-vous avec Brice, dans le plus parfait anonymat. Avec les bénéfices, il va commander du matériel chirurgical, des tables d'opération et des fauteuils, des outils et des appareils... tout ce qu'il faut pour ma transformation. Évidemment, Kader expliquera bien à Brice que, pour le moment, il n'a pas d'endroit pour stocker ses importants achats. Alors, avec sa fondamentale niaiserie, Brice lui proposera une partie de son entrepôt à louer et ainsi, je m'approprierai les lieux. Petit à petit.

Car, de mon côté, je vais mettre Brice dans ma poche. Il ne le sait pas encore, mais ce dépôt sera bientôt à moi.

Il l'a toujours été. On ne peut pas lutter contre ce que j'ai décidé.

L'homme politique arrive. Il louche sur un petit Slave qui est, en fait, un romanichel coiffé et modernisé. Mon passé de purgeur est en train de couler dans le bois de Boulogne. Maintenant, je m'organise différemment.

L'enfant est propre, lavé dans le lait. Parfaitement camisolé à l'héroïne. Dix mille euros la nuit. Droit de vie et de mort compris. Avant qu'il parte, Kader prend l'homme à part.

— *Excusez-moi, monsieur le préfet.*

— *Oui, Kader. Au fait, merci pour la soirée, ce fut parfait ! Vous m'excuserez pour les dégâts sur le lit, mais je me suis un peu laissé aller ce soir.*

— *Il n'y a aucun problème, cet endroit vous est réservé.*

— *Puis-je vous être utile ?*

— *Oui. Car nous aimerions faire fructifier nos bénéfices.*

— *Très bonne idée ! En quoi puis-je vous aider ?*

— *Voilà, un homme pourrait mettre à mal notre structure. Et il risque aussi indirectement de vous menacer. C'est pour ça que je préfère vous en parler maintenant.*

— *Vous avez toute mon attention. Qui est cet homme si menaçant ?*

— *Il s'appelle Serge Miller.*

Je retrouve Kader bien plus tard, pour l'aider à faire le ménage. L'enfant est mort sur le lit, le corps vidé de son sang au niveau de son entrejambe. On le roule dans les draps et on jette le tout dans un sac poubelle.

Ne pas oublier de commander un incinérateur d'hôpital par l'intermédiaire de Brice. Avec de l'argent, vous pouvez tout avoir.

La pluie. C'est elle qui me réveille. Quelque chose roule dans mon estomac. J'éprouve un sentiment bizarre de déjà-vu.

La voiture de Dru est partie. Mais je sais où elle est allée.

La pluie.

J'ai passé ma vie à rechercher les failles qui m'avaient englouti. Mais là, il n'est plus question ni de cassure ni d'engloutissement. Là, il s'agit de genèse. Le début.

J'ai le vertige et j'ai l'impression qu'il me faut une éternité pour aller jusqu'à ma bagnole. Quatre heures cinquante-cinq du matin. Je me dirige vers le centre de Paris. J'ai une idée.

L'épicerie de chez Luc est toujours bien achalandée. Cependant, lorsqu'il me voit arriver et qu'il me dévisage, je devine que je ne dois pas trop dépareiller avec ce que j'achète.

Il me dit : « Vous ferez attention, hein ? » Je réponds : « Oui. » Je ne fais plus que ça : attention !

Je remonte dans la voiture avec mes achats. Direction le bois de Boulogne. La porte du bus est ouverte. Un attroupement d'ombres tourne autour, telles des mouches de nuit sur une fleur moirée. J'approche en voiture. Étant donné la stupeur sur le visage des gens, je comprends qu'à l'intérieur, Elizabeth vole déjà vers d'autres cieux.

La révolte gronde en moi. Violente.

J'appuie sur l'accélérateur. Je contourne la place Dauphine et je file sur la route qui longe le bois. Je traverse et longe les allées goudronnées jusqu'à ce que je la voie. La voiture de Dru. Immobile. Je prends mon imper et je me prépare.

Cinq heures trente du matin. L'aube. Je sors de la voiture et je m'enfonce dans les bois. Il pleut. Peu importe la direction prise, je sais qu'elle me surveille, quelque part. Le passé se superpose, jusqu'à me ramener à cette nuit-là.

Je cherchais un travesti et je profitais de mon statut de flic pour les tenir à ma merci. Puis je suis tombé nez à nez avec lui. L'homme à la bouteille cassée qui avait tué son père et six autres garçons. Ce souvenir a marqué le début de ma carrière, car heureusement, je n'ai pas été pris en flagrant délit de fellation. Sinon, je collerais des timbres avec ma langue, aujourd'hui !

J'entends des bruits sur ma droite. Je me retourne sur deux joggeurs fous, foulant la terre au rythme d'un galop. Je leur envie leur facilité à faire du sport. Moi, je n'en suis plus capable, mais je leur laisse volontiers la furie de la course. Faut vraiment ne rien avoir d'autre à foutre !

Je m'enfonce, encore et encore…

Elle est là. Je le sens. Mon dos et ma nuque le ressentent. Le froid. La pluie tombe, mais ne me mouille plus. Je roule à terre, juste avant qu'elle me tombe dessus.

Les branches, libérées de son poids, remontent en craquant. Elle se relève. Elle a quelque chose autour de sa gorge. Un micro. Une voix métallique parfaitement grossière libère un rire mauvais. Son visage devient triste, mais aussitôt, il se cristallise dans la haine. Une haine primitive.

L'homme à la bouteille cassée qui avait tué son père et six autres garçons. Mon esprit percute. L'homme à la bouteille était le patient 6. Gérald BUNASARD. Il était dans les bois, le visage tuméfié de terreur, couvert de sang.

J'ai reçu un certificat de décès, dû à un suicide dans sa cellule, deux ans après son incarcération. Ce certificat n'était rien d'autre qu'une façon de masquer son existence. Il n'y a pas eu de procès non plus. Les faits l'accusaient et il était d'une extrême dangerosité. Douze années de taule plus tard, je ne l'ai pas reconnu lorsqu'il a été transféré sur le projet du long sommeil. Mais lui, si. Je réalise l'absolu surréalisme.

J'ai un peu d'avance sur la chatte sauvage : j'ai passé toute ma vie à l'attendre. Tout a commencé dans ce bois. Tout finira ici.

Alors, je sors la bouteille de whisky de dessous mon imper. Et je lui montre la rose. Elle me regarde et rigole à pleins poumons. Hystérique. Avant de s'évanouir.

Je m'approche et lui mets deux doigts dans le nez. Je la tire en arrière et je la fais mettre à genoux.

Shootée à mort à l'héroïne.

Ses cheveux. Sa peau. J'enlève le micro et remarque la pomme d'Adam. Ce n'est pas une fille. Je tire sur les cheveux et je vois des fils chirurgicaux suturant tout le pourtour de son crâne. C'est un scalp réel. Une peau et des cheveux châtains de femme remplaçant ceux de l'original masculin.

Comment a-t-il pu conduire une voiture dans un état pareil ?

Je reconnais le travelo. Celui qui est venu chez moi. Il respire très difficilement. Je lui parle.

— Dis-moi comment tu t'appelles ?

Son visage tremble, des soubresauts terribles. Il a des spasmes, sa veste s'ouvre.

Héroïne.

Je recule instantanément. Je remarque les seins énormes greffés à même la peau. Une paire de vrais seins de femme… d'une peau bien plus blanche que la sienne. Une femme corpulente… une femme rousse ? Les seins sont flasques et en début de décomposition. Ils sont raccommodés grossièrement. Suturés à vif.

— Comment t'appelles-tu ?

Contre toute attente, il plie ses jambes et met ses mains sur son pubis.

— Alex, je… Bientôt Emily… aussi… joli…

Il délire et son pouls s'accélère. Il a des convulsions. *Il est à la limite de l'overdose.*

De ses bras, il donne des coups dans le vide. Il arrache sa jupe et ses collants. Et il hurle. Alors, je vois. Avec une rage inouïe, quelqu'un lui a arraché ses organes génitaux. Il a été castré. À la place de son sexe, sa chair boursouflée, meurtrie, a été recousue avec de grosses agrafes industrielles, enfoncées au hasard. Une condensation s'évapore de la plaie ravagée entre ses jambes.

Trouver mon portable.

J'ai de l'eau sur le nez, mes mains sont pleines de sang et je ne peux m'empêcher de pleurer, déchiré par l'épouvante. Du sang coule dans ma bouche lorsque je desserre mes lèvres pour appeler du secours.

Je raccroche. Les deux mains du jeune homme cherchent quelque chose. Je lui donne ma main. Il l'attrape aussitôt. S'y cramponne.

Ce geste fait vaciller les immondes mamelles violacées. Quelques fils de suture craquent. Les tétons noircis pointent vers l'éternité leur vie volée.

— Je ne… veux pas… mou… rir… seul.

J'enlève mon imperméable et l'étale sur son corps. Je prends ses mains dans les miennes. Nos vies disloquées.

— Tu ne mourras pas seul, je te le promets.

Le jeune homme se rétracte intérieurement. Son corps se bande. Noueux. Puis, il se détend doucement.

— Mer-ci… ci.

Un long soupir majestueux, doux, féminin. Un bruit de drap dans le vent. Je me retrouve seul dans l'aube. Sous la pluie.

PRÉDATEUR

Au fil du temps, Alex est devenu un modèle. Je peux tout lui dire et, finalement, des années après l'avoir envoyé en travesti chez Miller, il a pris goût aux déguisements. Il plaît aussi bien aux hommes qu'aux femmes. Ce charme naturel et ce besoin de sourire, un sourire appuyé, coquin.

Je veux être comme ça. Mon modèle.

Contrairement à ce qu'il croit, je ne suis pas son ami. C'est une façon pour lui de se rapprocher de moi, de rester dans le périmètre de ma gravité, car je représente la sécurité. De toute ma vie, je n'ai jamais éprouvé de sentiments. Encore moins pour un modèle. Tous les peintres du monde méprisent leurs modèles. Parce que quand on aime, on ne partage pas. On protège. On veille aux prédateurs. Les modèles aimés sont alors jetés à la casse. Mon modèle aimé est, et reste, dans ma tête. Suspendu. Pour toujours. Dans ma tête, pas dans mon cœur. Mon modèle est l'image de ce que deviennent les gens qui aiment, les gens qui ne vous veulent que du bien.

Hitchcock ne voulait que du bien à Grace Kelly. Il a emprisonné sa muse à coups de contrats d'exclusivité. Une minutieuse mise à mort des possibles artistiques de la belle, concoctée par la bête. Il a utilisé la vie de cette femme pour valoriser sa propre vie. Il lui a fait le coup de l'exclusivité. Et elle s'est sentie aimée et désirée. Elle a été la carte de visite lumineuse de son monde noir et sombre. Une proie blonde pour le monde gris d'un vautour, ressentant une haine sans limites pour son apparence physique.

Les gens normaux ont besoin de se sentir « appartenir ».
Ils ont besoin de se consoler chez un autre, dans leurs fuites.
L'homme normal est une proie des plus banales. La proie
des médias, de la morale, des religions, des politiques, des
sociétés consommatrices... La société formate ses prédateurs
et ses proies, depuis des lustres. Quand la société ne contrôle
plus ni l'un ni l'autre, alors il y a danger. Anarchie.

Je suis anarchie pure et simple. Je suis le danger. Un
chaos isolé. Mais je le maîtrise depuis l'âge de mes huit ans.
Et je peux dire que j'ai de l'avance sur le monde, une avance
terriblement précieuse.

Les gens normaux ont besoin de croire en des maîtres
pour justifier leur incapacité à vivre par eux-mêmes. Une
vie d'esclave, une vie transformée en chair à canon. Le
prédateur utilise sa lucidité, précisément là où une proie la
dédaigne. La lâcheté n'est rien d'autre que le fait de refuser
sa propre intelligence.

Alors, la victime se laisse cerner par les prédateurs. Parfois
elle y trouve même un intérêt, une jouissance. Ce qui, bien
entendu, fait que le prédateur épuise toute sa perspicacité à
utiliser sa proie au maximum. Jusqu'au moment où elle ne
devient plus utile. La proie est alors éliminée.

La proie a une limite. Le prédateur n'en a pas. Même
mort.

C'est précisément ce qui me sépare du reste du monde.
Je suis froid, glacé, depuis si longtemps que je perçois
toute chaleur comme une menace. Je suis redoutable là où
l'homme normal est désespéré, froid, affaibli. Alors, j'attaque
et je réduis à néant, j'embrase son intériorité jusqu'à briser
son identité tout entière.

La nature n'a que faire des dépressifs. Kader s'est amusé.
Surtout avec Léonard Lestier. Mais l'addiction à l'héroïne
du jeune garçon a été si forte que son corps a vieilli trop
vite. On a eu beau lui faire comprendre qu'on ne voulait
plus le voir, qu'on lui enverrait des agents le fournir chez

lui, il revenait toujours et sans cesse, en pleurant pour qu'on l'aime un peu. Kader aime les garçons qui, précisément, se refusent à lui. Il augmente ses chances de « carboniser » sa proie plus violemment, ça le fait bander encore plus dur. C'est lui qui m'a donné l'idée.

Se débarrasser de nos proies affaiblies.

Mais chacun de nous doit éliminer ses propres démons. Le mien s'appelle Serge Miller. Je dois me libérer de ma dette envers mon père pour exister par moi-même, enfin.

Le laboratoire à Aubervilliers. Brice. Annie. Et encore des déchets : Jérémy Limier, Olivier Zimbowe, Antoine Kin, Alex…

Il est temps de montrer au monde qui je suis. Il m'a présumé mort, caché dans le corps d'une fille. Maintenant, je vais me défaire de mes dettes et de mes fausses peaux. M'affranchir de tout le monde. Emily compris. Devenir un chaos isolé.

Je donne une claque à Marshall. Il faut qu'on se reprenne. Qu'on réagisse. Karine se soulève.

— Où sommes-nous ?

— Dans une sorte de cachot.

On entend un bruit sur ma gauche. Puis plusieurs. Des claquements de portes d'acier, des grincements de poulies qui tournent, un vacarme de scies, de marteaux et de clous. C'est de l'autre côté du mur. Pourtant, nous sommes arrivés par au-dessus. Il y a plusieurs étages. Nous sommes situés entre deux.

Je repousse Franck. Je pose sa tête dans les mains de Karine. Je me lève. En faisant attention à ne pas trop remuer la terre. Je me mets sur la pointe des pieds, le long de la cheminée de terre par laquelle nous avons glissé ici. Il me manque vingt centimètres. Pas plus. Le bout de mes doigts effleure une masse compacte, froide. De l'acier. Une porte au sol, certainement.

Ce que je vais demander n'est pas chose facile. Mais s'il y a du bruit sur la gauche du mur, il est fort probable qu'il n'y ait personne au-dessus. J'aimerais dire que j'ai tout essayé.

— Karine ? Je peux vous demander un service ?

— Qu'est-ce que je peux faire ?

— J'aimerais me surélever pour sortir d'ici.

— Prenez donc appui sur mon dos.

Ce que je m'empresse de faire sans trop réfléchir. Je ne m'étais pas trompé. C'est une porte au sol et elle n'est pas fermée, peut-être à cause du départ précipité de la fille.

Son visage était si étrange.

Tout à coup, je n'ai plus envie de m'échapper. Je ne suis pas assez fort pour affronter cette « chose ». Je le sais. Mais je dois dépasser cette peur, contrebalancer la terreur.

Je pose mes pieds sur le dos de Karine. Je glisse mes mains sur le rebord, soulevant la porte doucement, en prenant prise. Puis je me dresse. J'avance mes mains, reprends appui sur un coude. La porte se soulève, je dois amortir sa chute : je me hisse d'un coup. Et elle atterrit sur ma tête. Lentement. À peine plus de bruit que celui d'un arrosoir en acier vide, posé rapidement sur le sol. Du dessous de la porte d'entrée, je remarque l'aube, en face de moi. Je tends l'oreille : aucun son. D'ici, j'entends les cris de l'acier frappé en sous-sol. J'en profite pour m'extraire de la trappe, gardant une jambe entre le battant et le sol, le temps de soulever la porte avec ma main, d'ôter ma jambe et de la refermer.

L'intérieur de la pièce est facile à appréhender grâce à un velux au plafond. La lumière de l'aube y pénètre. Tels des doigts fantomatiques, elle effleure une sculpture de momie, posée devant une poutre porteuse. Unique. Au milieu de la pièce. Mes doigts caressent les tranches des livres rangés sur une bibliothèque improvisée. Je distingue des rangements semblables à ceux que j'ai vus, via la webcam, chez Antoine Kin.

Le divan.

Il est ancien, du type de ceux que l'on trouve dans les vieux cabinets de psychanalyste. Velours vert à bordures rectilignes et légèrement bombé sur le dos. Il y a des cassettes répertoriées. Doucement, j'en prends une, je regarde. « Emily, séance 124. » Avant de la remettre en place, je remarque que dans l'emplacement se trouvent d'autres cassettes. Des centaines.

Une photo. Sur le mur. C'est celle qu'a également Miller.

J'essaie de me rappeler le visage de la femme qui est entrée dans ma voiture. Je n'ai que le souvenir bref d'une rage et d'une passivité mélangées. Un regard de perceuse électrique.

C'est plus fort que moi. Je prends le dictaphone, l'enclenche en baissant le son et le porte à mon oreille.

« *J'ai peur de mon ombre... Elle est si proche de moi...* Allez-y, Emily, dites-le !... *Elle est en moi...* »

Je revois le visage doux de cette fille quand je l'entends dire : « J'ai peur de mon ombre. » Mais c'est son visage nerveux et cramoisi qui me revient en mémoire en poursuivant l'écoute : « *Allez-y, Emily, dites-le !* »

Emily a essayé de guérir, de comprendre. Pas la « chose ». La « chose » avait compris. Et c'est pour cela qu'elle tenait le rôle du psy. Deux volontés différentes dans un même corps. Sauf que celle qui sait écrase celle qui cherche.

Le remue-ménage au-dessous s'interrompt soudain. Je distingue un bruit dans les murs et un cri. J'entends tomber quelque chose de lourd. Par réflexe, je m'accroupis.

C'est alors que je la vois, en face de moi. La momie. C'est un véritable enfant tsigane ! Son corps est solidifié. Il présente des sutures tout du long. C'est épouvantable. Éviscéré. Recousu.

Empaillé.

Je jette un coup d'œil et je vois les livres traitant des momifications... Le savoir est grand et les livres ont des étiquettes universitaires.

Empaillé.

Je regarde alentour. Je discerne une faible lumière sous le divan. Je me baisse et rampe. Un portable. Celui de Karine Vallon. Rapidement, j'ouvre le menu et je cherche la lettre M. Je fais défiler le curseur. Miller. J'appuie sur la touche « appel ».

Je ne peux pas prendre le risque de parler. Je replace le téléphone sous le divan. La porte s'ouvre. Violemment. La lumière jaillit dans la pièce. Ce que je vois est pire que tout.

LA PROIE

J'ai tué le chien. Mais je ne veux pas me séparer de son cadavre. De son amour. Il m'aimait. Je le sais. Je n'ai pas d'autre repère. Je m'y accroche. Pour lui, je vais survivre.

J'ai entendu le chariot rouler derrière la porte. J'ai entendu l'homme en noir charger les deux corps des crochets, puis il est parti avec sa potence.

Je me souviens des moments simples de ma vie. De ceux qui furent plus complexes, parce que moins bien compris. En fin de compte, je m'aperçois combien la vie peut paraître futile lorsqu'on cède à la terreur.

Je n'ai plus peur de la mort. Ma vie ne m'angoisse plus. J'embrasse le chien.

Dans ma tête, le bruit lointain d'un piano, des images de mes vacances en Corse, de ses eaux et de ses rivières. Je vois les ombres des citrons danser sur ma mère. Elle retire les mains de son visage, elle ne craint plus que je me noie, désormais.

Un piano… Un sourire.

Et j'attends l'homme en noir.

FRANCK MARSHALL

Le mur s'est ouvert. La lumière a jailli. Puis le bruit du verre. Et le chloroforme jeté dans la terre.

— Où est l'autre connard ?

Je n'arrive plus à parler. Karine a le visage contre terre. Nous sommes engourdis.

Il y a ces bruits de métal. L'ouverture dans le mur s'agrandit. Je ne peux plus lutter.

J'entends quelqu'un monter les escaliers, une porte claquer violemment et des bruits de lutte. J'entends un corps rouler dans les escaliers. Un moine se place devant le passage.

Je vois le corps de Karine Vallon glisser, puis tomber par la brèche. Puis c'est mon tour. Je suis totalement incapable de me défendre ; au mieux, juste capable de voir. Je sens qu'on me déshabille. Je perçois le froid d'une table métallique et des cordes autour de moi. Puis son plateau se soulève.

Marc Dru est dévêtu et porte une marque rouge sur son front. Ligoté. Karine est allongée, nue sur la table.

— Salut, chérie !

L'homme en noir enlève sa capuche. Il est basané. Typé d'Afrique du Nord. Quelque chose se pose sur mon épaule. J'ai les larmes aux yeux.

En face de moi, du fond de la pièce, une ombre s'avance. Je n'ai pas besoin de voir qui c'est. Je le sais. Car sinon, comment ma chatte Ebony pourrait-elle être sur mon épaule ?

PRÉDATEUR

Kader n'attendait que ça : que sa femme voie les prodiges qu'il était capable de faire en dehors de son métier de médecin. Il avait adoré recevoir les deux flics pour leur montrer sa jolie vie de couple. Il m'avait demandé s'il pouvait me rejoindre dans notre laboratoire. Il avait hâte que je naisse, lui aussi. Il voulait « voir ça ».

Kader est si occupé par sa jouissance qu'il n'a certainement pas pensé plus loin que le bout de son nez. Heureusement. Je suis là. Pour penser.

Mais Kader désirait qu'avant de mourir, sa femme comprenne à quoi allaient lui servir ses deux enfants. Kader n'aime les enfants que dans un dessein unique, précis. Il les élève, en prend soin, jusqu'au moment où il ne le peut plus, son désir étant devenu trop violent. Il est si excité qu'il ne tient plus en place. Il enlève sa capuche. Parle à sa femme qui a du mal à se réveiller.

Je sors de l'ombre et j'avance vers Marshall. Le chat, introuvable jusqu'ici, saute du plafond. Sa gueule est pleine de sang. Je souris, je sais d'où il vient.

Kader me regarde.

— Dites-moi, Maître, lequel voulez-vous ?

Il a une érection. Il pense au jeune mec qui attend, dans la chambre froide de l'autre côté. Le gamin est pour lui. La proie. Sa récompense. Il l'a traqué dans un bordel, l'a ramené ici. Il s'est amusé avec lui. Maintenant, il rêve de lui donner le coup de grâce.

Je le regarde et le fixe.

— Approche-la !

— Oui, Maître.

Il roule la table jusqu'à moi. Je saisis le scalpel. La femme bouge un peu. Un coup de coude sur la tempe et elle s'immobilise enfin.

J'enfonce la lame à la jonction de l'oreille et de la joue. Le sang perle. Je glisse la lame sous la peau et je remonte le long de la tempe. Je décolle la peau du front, elle y est plus fine encore. Je fais le tour de la table et soulève la peau de l'autre tempe jusqu'à la jonction avec la deuxième oreille. Ensuite, je pratique une incision sous le cou. J'y décolle la peau. Elle commence à se réveiller, mais souffre tellement qu'elle ne criera pas.

Je place la table en face de Marc Dru. Il est debout, adossé à une table, ligoté, nu, comme Marshall : deux hommes pour moi. Je m'approche de lui et je le gifle plusieurs fois. Il reprend ses esprits. Il voit Karine nue. Allongée. Devant lui. Ça le fait réagir, on dirait. Karine Vallon souffle de plus en plus fort. Elle panique.

Je contourne la table. Je me positionne en face de Marc Dru. Je caresse le visage de Vallon. Heureusement qu'il a du chatterton sur la bouche. Les psys sont dangereux.

Je saisis les pans de peau sous la gorge. Je recule ma jambe. D'un coup sec. Je lui arrache son visage.

Les cris sont comme de la musique, ils montrent à quel point la chaleur humaine est vaine et relative. Je jette la peau sur le sol. Je me déshabille. J'enlève ma capuche.

Je retire, de mon visage, le masque coulé dans l'alginate. Cette pâte, que les dentistes utilisent pour recouvrir les gencives et les dents, fait les meilleurs moulages du monde, au détail près : du grain de beauté à la nervure de peau indétectable à l'œil nu.

La femme hurle lorsque le masque entre en contact avec ses chairs à vif. Je colle le visage d'Emily sur la figure de cette femme, devenue sans identité. Et je lui donne la place qui lui revient : celle d'une femme morte.

Marc Dru et Marshall se débattent. Je suis aux anges. Je vais naître, enfin. La Marque du Chaos. MARCO.

Je saisis le scalpel et trace, sur le ventre, les lettres : E M I L Y. La femme se tord en tous sens. Deux fentes dans le masque laissent libres ses yeux. Elle s'immobilise soudain, car elle le voit. Son mari.

Elle comprend alors : elle sait qu'elle est engluée dans la toile depuis trop longtemps pour survivre. Son mari lui sourit, il est surexcité.

— Débarrasse-toi d'elle !

Il cligne des yeux. Il pousse le chariot sur lequel est attachée sa femme. Il sort de la pièce. Je les suis.

Au fond du couloir, la chaleur est énorme. Kader ouvre la porte du four. Le jaune des flammes est si intense que seules ne ressortent que la pâleur de la peau de cette femme et les stries des lettres pleines de sang.

— Au revoir, Emily.

Kader soulève la table au-dessus de la large porte de l'incinérateur. Il coupe les cordes des deux côtés. Le corps s'écroule et s'avachit dans les cendres. Kader s'immobilise devant l'âtre. Et il regarde le corps se tordre de douleur dans le magma.

Je me sens libre. Je me sens homme.

Enfin !

SERGE MILLER

Les cadavres des deux officiers sont dans la cour de Vallon. Je pouvais toujours essayer de les joindre ! Après l'arrivée de l'ambulance, j'ai repris ma voiture et je suis allé chez elle.

Mon téléphone sonne. C'est le portable de Vallon. Je fronce les sourcils. Rien ne va. Non vraiment, rien ne va.

J'ai beau parler, personne ne répond au bout du fil. Des bruits de bagarre, puis j'entends : « Ne lutte pas, tu es foutu ! » Je raccroche. J'appelle un numéro.

— Oui, bonjour, code AV76B.

Je retourne à mon véhicule au pas de course, le temps que l'on vérifie mon identité.

— Monsieur Miller ?

— Oui, exactement !

— Je vous écoute.

— C'est pour la localisation d'un téléphone portable, ça urge !

La rage est inouïe. Je n'ai pas la force d'affronter une force pareille.

Je fais passer de la salive entre mes lèvres. Toujours plus de salive. La colle se disperse. Je ferme les poings et je transpire. Je baisse les yeux et vois un angle du chatterton se soulever. Lorsqu'il n'y a plus personne, j'accélère les mouvements.

De la salive.

De la salive.

Je passe ma joue sur mon épaule et je frotte. Le chatterton s'enlève. J'en suis à la moitié lorsque je vois la table revenir devant moi. Vide.

L'homme basané, qui tient une lame longue et épaisse comme un sabre rafistolé, et la « chose » se regardent.

Souviens-toi, Marc, que pour elle, elle n'est plus une femme.

Et ce détail surprenant. Elle a des gants. J'étais tellement traumatisé par ce qu'elle a fait subir à Karine que je ne l'avais pas remarqué. Je le vois maintenant, car lui, il n'en porte pas.

Il passe près de moi. Il arrache l'adhésif. Je hurle. Heureusement que j'avais humidifié mes lèvres. Je ne dis rien.

Mon silence est si pesant que la fille vient vers moi. Sa voix est cependant très masculine.

— On n'ouvre pas sa gueule, Freud ?

L'homme s'approche de moi. Il lui susurre :

— Lequel voulez-vous, Maître ?

La femme me dévisage. Elle tend la main, enlève un gant, la dirige vers mon pénis et le caresse.

— Tu me rappelles quelqu'un, car tu es circoncis... Tu es un sale Juif qui va à la librairie pour draguer une femme et tromper la tienne ? Ou un sale pédé qui veut forniquer ?

Je viens de comprendre. Je ferme les yeux. Je vois le visage de Karine lorsque j'ouvre la porte du bureau de Marshall. Elle tient son poing en l'air et elle fait mine de frapper. Je ne peux pas fermer la porte, je ne peux pas me taire. Il me faut réagir, et vite. Je le dois au moins à Karine.

Où est-elle ?

Je rouvre les yeux. Les livres, Emily, la douceur, la librairie... C'est le métier d'Emily. Je dois ramener cette « chose » devant son véritable ennemi.

— Si, moi, je te rappelle un homme avec qui tu as couché, c'est que la femme qui était en toi n'est toujours pas morte.

— Qu'est-ce que tu viens de dire ?

— Si tu es devenu un homme, tu ne peux plus avoir les souvenirs d'une femme morte !

Elle retire sa capuche. Elle a coupé ses cheveux, son regard est si sombre qu'il lui donne l'air habité par une créature d'une autre planète. Elle me fixe. Ses lèvres tremblent, elle se les mord. Jusqu'au sang.

Les mots mettent un certain moment à atteindre leur cible. Mais le fait que je garde le silence a attiré l'attention de cette femme psychotique sur moi. Si je m'étais plaint, elle m'aurait ignoré. Marshall est trop faible pour se défendre. Il ne reste que moi pour tenter de faire quelque chose.

Alors, elle retrousse ses manches et je la vois. Une rose dessinée au scalpel.

Elle a toujours sa main sur mon sexe. Elle le touche avec douceur, alors que son visage vire au rouge vif. Emily est sortie de sa cachette. Au moins dans un bras.

La « chose » entre instantanément en crise identitaire. Un duel qui peut se lire sur son visage, qui se défigure. La

« chose » ne contrôle plus le bras. Le bras est devenu un corps étranger.

Les psychotiques refusent les problématiques. Car l'indécision peut les tuer psychiquement. Il leur faut une solution urgente et réelle. Je me mords les joues à l'intérieur, je fais couler le sang de ma bouche et prononce cette phrase avec la voix la plus désincarnée possible, sans aucune humanité.

— Putain, Marco, dépêche-toi ! Coupe ce bras ! Elle veut reprendre sa place.

Avec une violence inouïe, Marco se retourne. La main d'Emily est toujours sur mon sexe, une main chaude, vivante. Il arrache la lame de la main de l'homme. Puis il se retourne en prenant de l'élan.

Je vois la lame briller dans l'espace. D'où je suis, je le distingue parfaitement bien. Le bras qui tient la lame est musclé et bandé, celui qui est posé doucement sur mon sexe est très féminin, pâle et fragile. La lame s'abat.

Emily et Marco se partagent successivement la douleur. Le bras tombe sur le sol. Des hurlements et du sang. Le chat quitte l'épaule de Marshall et court dans le couloir. Il miaule fortement.

Le sbire reprend ses esprits. Il me regarde et m'offre un sourire de vainqueur. Plus Emily hurle, plus Marco continue de sabrer sa propre chair à l'aide de son bras marqué par la rose. Le corps finit par devenir une ronde triste de rage, de larmes et de cris. La lame se plante d'un coup dans une cuisse. Le bras arrache les vêtements. Puis les sous-vêtements. C'est alors qu'il le remarque. Son sexe féminin. Rasé.

Il y a un grognement. Puis un cri ignoble et guttural qui fait résonner le métal de la table sur laquelle je me tiens. L'homme basané s'approche de moi.

— À chacun sa merde, mon pote !

Il se caresse l'entrejambe. Il a toujours son érection.

— Je vais lui labourer le fion et l'écarteler.

Il parle de quelqu'un d'autre. Mon Dieu, combien on est là-dedans ?

C'est à ce moment que j'entends un coup de feu. Et que je reçois une gerbe de sang sur le visage.

L'homme s'écroule. Il sourit, son entrejambe se mouille.

ÉPILOGUE
Ce *qui nous lie...*

« *La violence est le seul refuge de l'incompétence psychique* »

La Proie

Le chien est parti. Mais c'est un chat qui arrive. Je perçois des cris et des hurlements. Je n'ai plus peur. Le chat se réfugie près de moi.

J'entends des voix et un homme qui approche. Il allume la lumière. Il est nu. Ses dents sont comme un soleil. Le brun de ses cheveux est doux. Il ne veut pas me noyer. Mon cœur se remet à battre.

Il a le visage plein de sang. Une âme qui a lutté pour sa vie. Je souris à ma mère, les citrons s'évanouissent.

Il me prend dans ses bras et pose ma tête contre sa poitrine. J'entends cogner sous ses côtes. Puis, en résonance, j'entends cogner en moi. Vivant. Je suis vivant !

Nous entrons dans le couloir. Il se tourne vers les flammes qui lèchent les parois d'une ouverture. L'homme qui me porte est en larmes.

Je devine le corps calciné dans une purée hurlante de rouge et d'orange. La chaleur de l'âtre me fait du bien. Je ferme les yeux.

Le feu salvateur. Je souris. J'entends le piano.

SERGE MILLER

Ça grouille de flics, partout. Le préfet est injoignable, mais j'ai ma petite idée.

Marshall est près de Dru. L'analyste tient un jeune homme dans ses bras. Personne ne sait qui il est.

Des DVD, des films et des coupures de journaux ont été saisis et, pour moi, l'affaire commence vraiment. J'ai interdit à quiconque d'aller dans le sous-sol. J'ai quelque chose à récupérer. D'intime.

La « chose » est là, caressant de sa main unique son bras coupé. En attendant son dernier souffle. Je l'ai redressée pour la laisser vivre un peu plus longtemps. En face d'elle, sur le sol, Marc Dru a déposé la peau du visage de Karine Vallon.

J'ai découvert l'horreur de cette organisation terrifiante, au-delà de tout ce qui est imaginable. Mais si tout était bien rangé dans l'entrée, les affaires du chat sauvage, celles qui me concernent, doivent être par là. Je me retourne.

La « chose » me regarde. Elle n'aura pas droit aux soins : je vais la laisser crever. J'ai l'habitude de désobéir. Ça ne me fait pas peur. Le monde doit comprendre que les prédateurs ne peuvent pas être soignés pour une bonne raison : ils ne sont pas malades. La société ne devrait faire que deux choses : les enfermer à vie et les observer.

On entre dans un siècle de lucidité, un siècle où l'homme doit bannir ses émotions et sa sensiblerie. Il ne doit donc plus se mentir : les prédateurs seront de plus en plus nombreux et différents, mais ils ont tous un point commun.

Les prédateurs sont froids, calculateurs et ordonnés. Ils n'ont aucun scrupule. Cette tanière le prouve.

Le corps calciné de Karine Vallon a été laissé dans l'âtre : mieux vaut récupérer des cendres. Nous en avons trop vu d'un coup.

La « chose » me regarde. Elle sait qui je suis. Je m'approche doucement de son oreille. Il est important qu'elle sache que je vais lui survivre. Ce bout de chair cruentée doit entendre le nom et le prénom de celui qui a utilisé sa vie, depuis son enfance jusqu'à cette seconde. Je suis le but. Je suis la fin.

Il faut que la « chose » comprenne qu'elle n'a été qu'une esclave, une merde.

Ne pas savoir tue et un esprit mort engendre le chaos. L'intelligence que nous avons est aussi périssable que le temps qui nous est imparti.

— Ton père s'appelait Gérald Bunasard, un vrai connard !

Elle émet un souffle rauque, le même que ceux des victimes sur chaque lieu de tortures. Elle lève les yeux, je suis la direction de son regard : il n'y a que les ténèbres. Une bulle de sang sort de sa gorge. Et elle sourit.

Je vois la boîte, derrière les escaliers. Je l'ouvre. Il y a des pilules, un morceau de tissu rectangulaire en velcro, sur lequel est écrit « Bryan. » Je ferme les yeux. Le désert s'envole.

Je remarque un interrupteur. Sur le sol, un bouton électrique. Je presse dessus. C'est un dédale de néons qui crépite au-dessus de moi. Je lève la tête. Ébranlé. Annie et Brice, ça ne fait aucun doute.

Cousus l'un sur l'autre. Suspendus dans les airs par des hameçons et des fils, des triangles de chair, partout, violacés par la putréfaction. Elle est assise sur lui, le chevauche comme une amante meurtrière. Elle est morte et évidée, les cuisses écartées. Ses seins lui ont été arrachés. Je comprends que le jeune Alex en a fait les frais. Les doigts de la femme sont enfoncés dans les orbites vides de l'homme. Ce dernier a la bouche ouverte, défoncée par un écarteur métallique. En contournant ce spectacle d'épouvante, je devine que de la peau manque sur les joues de l'homme et qu'elle pend de la mâchoire béante de la femme.

En face de la scène cannibale, un miroir fixé sur une porte d'armoire est suspendu à des fils. Il renvoie ses reflets directs, immondes. D'ici, je vois le scalp grossier du crâne de la femme. Je ferme les yeux et me remémore les sutures sur le crâne du jeune garçon dans les bois, Alex.

Je vois la femme qui mange l'homme. Je distingue, au milieu du miroir en suspension, un objet rond et lisse, incongru, pendu à un fil. Je mets un certain temps à l'identifier.

La femme. L'homme. La pomme.

À suivre… *Plasma*, Opus 2 de la *Trilogie des Pulsions*.

REMERCIEMENTS

Merci tout particulier à Dominique Devillard, pour son travail olympique : ses lectures et relectures, ses corrections... Merci pour son amitié : j'ai beaucoup de chance !

Je salue ici ses deux enfants : Oury et Neïma.

Je remercie les spécialistes en psychiatrie et en psychanalyse, pour leurs avis sur mon travail. Ils sont nombreux, ils se reconnaîtront.

Merci aux amis : Julien Cozzolino, Maxime Garbarini, Stéphanie Walfard... Je ne peux pas tous vous citer, mais merci d'être là.

Merci à Carine Castet, dite : « K-Station », pour son amitié et son talent graphique.

À Sara Mortensen, actrice talent-tueuse.

À Nuno Da Graça pour ce qu'il dégage, sa bonne et vraie personne.

Merci à Léo Bardon pour sa profonde gentillesse. Je t'embrasse, l'ami. Prends soin de toi... Maintenant, c'est à ton tour de ne pas t'oublier.

Autopsie du cœur à mes parents, Georges et Marcelle Barron, pour leur amour, leur force, leur respect. Mes frères et sœur, neveux et nièces... Je vous aime profondément.

Un salut amical à Odile Girard et ses enfants.

Je place ici un clin d'œil à la mémoire de Bertrand Le Page, manager hystérique, ami haut de gamme : « La vie n'est qu'une putain d'arnaque ! » Ce n'est pas tout à fait vrai. Paix à ton âme, là où tu demeures, mon ami.

Merci à toute l'énergique équipe de Transit Éditeur : Stéphane Berthomet et Nicolas Fréret ont tout fait pour que ce livre arrive entre vos mains. Qu'ils en soient ici remerciés.

Le mot de la fin pour vous, chères lectrices et chers lecteurs. Sans votre participation, mon travail n'est qu'une succession de mots et de ponctuations qui fondent.

Quelque chose tourne dans mon ventre et dans ma tête. Quelque chose entre en contact et veut s'exprimer.

La suite arrive.
Préparez-vous.
Je n'ai pas dit mon dernier mot.

Paris, Quai de Seine
16 mars 2010
Jac Barron

Collection « Sang pour Sang »

Déjà paru :

Sang pour sang – Gipsy Paladini
Meurtres à l'école de police – Yves Desmazes
Les Cicatrices – Trilogie des Pulsions, Opus 1 – Jac Barron

*
* *

À paraître :

La Trilogie des Pulsions – Jac Barron
Opus 2 : Plasma
Opus 3 : Impulsions

Achevé d'imprimer en Avril 2010
sur les presses de Legris Service Litho

11051, boulevard Ray-lawson
Anjou
Québec H1J 1M6

Imprimé au Québec

Dépôt légal : Deuxième trimestre 2010

ISBN : 978-1-926745-19-0